ACIDENTALMENTE APAIXONADOS

O Arqueiro

GERALDO JORDÃO PEREIRA (1938-2008) começou sua carreira aos 17 anos, quando foi trabalhar com seu pai, o célebre editor José Olympio, publicando obras marcantes como *O menino do dedo verde*, de Maurice Druon, e *Minha vida*, de Charles Chaplin.

Em 1976, fundou a Editora Salamandra com o propósito de formar uma nova geração de leitores e acabou criando um dos catálogos infantis mais premiados do Brasil. Em 1992, fugindo de sua linha editorial, lançou *Muitas vidas, muitos mestres*, de Brian Weiss, livro que deu origem à Editora Sextante.

Fã de histórias de suspense, Geraldo descobriu *O Código Da Vinci* antes mesmo de ele ser lançado nos Estados Unidos. A aposta em ficção, que não era o foco da Sextante, foi certeira: o título se transformou em um dos maiores fenômenos editoriais de todos os tempos.

Mas não foi só aos livros que se dedicou. Com seu desejo de ajudar o próximo, Geraldo desenvolveu diversos projetos sociais que se tornaram sua grande paixão.

Com a missão de publicar histórias empolgantes, tornar os livros cada vez mais acessíveis e despertar o amor pela leitura, a Editora Arqueiro é uma homenagem a esta figura extraordinária, capaz de enxergar mais além, mirar nas coisas verdadeiramente importantes e não perder o idealismo e a esperança diante dos desafios e contratempos da vida.

SABRINA JEFFRIES

ACIDENTALMENTE APAIXONADOS

Traduzido por Michele Gerhardt MacCulloch

Escola de Debutantes

3

Título original: *Accidentally His*

Copyright © 2024 por Sabrina Jeffries
Copyright da tradução © 2024 por Editora Arqueiro Ltda.

Todos os direitos reservados. Nenhuma parte deste livro pode ser utilizada ou reproduzida sob quaisquer meios existentes sem autorização por escrito dos editores. Publicado originalmente por Kensington Publishing Corp. Direitos de tradução negociados com Sandra Bruna Agencia Literaria, SL

coordenação editorial: Taís Monteiro
produção editorial: Ana Sarah Maciel
preparo de originais: Catarina Notaroberto
revisão: Ana Grillo e Pedro Staite
diagramação: Guilherme Lima e Natali Nabekura
capa: Miriam Lerner | Equatorium Design
imagem de capa: Lee Avison | Trevillion Images
impressão e acabamento: Bartira Gráfica

CIP-BRASIL. CATALOGAÇÃO NA PUBLICAÇÃO
SINDICATO NACIONAL DOS EDITORES DE LIVROS, RJ

J49a

Jeffries, Sabrina
  Acidentalmente apaixonados / Sabrina Jeffries ; tradução Michele Gerhardt MacCulloch. - 1. ed. - São Paulo : Arqueiro, 2024.
  304 p. ; 23 cm. (Escola de debutantes ; 3)

  Tradução de: Accidentally his
  Sequência de: O que acontece no baile
  ISBN 978-65-5565-659-6

  1. Romance americano. I. MacCulloch, Michele Gerhardt. II. Título. III. Série.

24-91425

CDD: 813
CDU: 82-31(73)

Gabriela Faray Ferreira Lopes - Bibliotecária - CRB-7/6643

Todos os direitos reservados, no Brasil, por
Editora Arqueiro Ltda.
Rua Artur de Azevedo, 1.767 – Conj. 177 – Pinheiros
05404-014 – São Paulo – SP
Tel.: (11) 2894-4987
E-mail: atendimento@editoraarqueiro.com.br
www.editoraarqueiro.com.br

Para Wendell Williams e Julie Brennan, e para todos os outros muitos cuidadores do meu filho autista no decorrer dos anos. Obrigada pelo trabalho duro, dedicação e carinho. Sei o quanto Nick é grato por isso, e os pais dele com certeza são também! Vocês são os melhores!

CAPÍTULO UM

Londres
Agosto de 1812

O coronel Raphael Wolfford cumprimentou sir Lucius Fitzgerald enquanto este se sentava na sua frente na carruagem. Conforme o veículo seguia viagem, o chefe dos espiões observava Rafe com olhos atentos.

Rafe ergueu uma sobrancelha.

– Talvez eu devesse ter vindo de uniforme.

– Por que começar agora? Na Península, você costumava se disfarçar de aldeão espanhol, mercenário irlandês ou quem quer que fosse preciso para descobrir os segredos dos franceses. Você é o único soldado que conheço que já se vestiu de árvore, ou melhor, de Jack in the Green, para colher informações. Então, hoje à noite, é melhor que pelo menos uma vez seja você mesmo, o herdeiro de um visconde.

Rafe deu uma risada amarga.

– Dizem que as damas preferem homens de uniforme.

– Não essas damas. Se elas o virem de uniforme, vão presumir que você é o segundo filho, não o herdeiro, e esse não é o objetivo do seu plano, certo?

– Provavelmente não.

– Além disso, não queremos que ninguém descubra que você ainda é um oficial. Nem que já está na Inglaterra há mais de um ano e meio. – Sir Lucius tirou o relógio do bolso para ver as horas. – Então, tem certeza de que quer ir a esse evento sendo você mesmo?

– Tenho. – Mesmo que ele não estivesse tão certo de quem era ele mesmo. – Não vejo outra forma de prosseguir com essa investigação.

– Você entende que, na melhor das hipóteses, o seu esquema é duvidoso, e na pior, perigoso?

Rafe deu de ombros.

– Tio Constantine arriscou a própria vida para descobrir a verdade, então o mínimo que posso fazer é arriscar a minha. – Por instinto, ele passou a mão por cima do bolso secreto na calça, onde guardava a faca que levava para todo lugar. – E, sinceramente, não vejo nenhum perigo. Meu tio estava usando um nome falso quando foi baleado, o maldito espião francês não sabe a verdadeira identidade de tio Constantine e, portanto, desconhece a minha relação com ele.

– Não temos certeza disso. Constantine não tem como nos contar se em algum momento foi reconhecido como general Wolfford... nem mesmo se foi forçado a revelar a identidade para avançar na investigação. Por isso, me preocupo com o perigo.

Um tiro de pistola na cabeça do tio de Rafe no ano anterior colocou um ponto-final nas investigações, deixando o velho general preso a uma cama e vítima de alucinações. Rafe não deixaria que o mesmo acontecesse com ele, droga.

– Verdade, mas depois das últimas informações que tivemos, preciso fazer *mais alguma coisa* – afirmou Rafe. – Ir disfarçado não foi o bastante. Preciso me infiltrar naquele ninho de víboras para descobrir e desmascarar o culpado.

Sir Lucius o fitou, desconfiado.

– É isso que você acredita que as irmãs Harpers e a Ocasiões Especiais são? Um ninho de víboras?

– Não elas exatamente – respondeu Rafe, irritado. – O papel delas na traição é, no máximo, secundário, embora eu ainda não tenha descartado o novo marido de lady Foxstead. Mas não tenho dúvidas de que o pai delas, os criados dele e, talvez, até a mãe e seu novo marido tenham dedo nisso.

– Bem, era nisso que seu tio acreditava.

– E ninguém pode dizer que ele não tinha um sexto sentido para o trabalho de inteligência. Ele me ensinou tudo que sei.

Mas não o suficiente. Rafe observou pela janela as lamparinas a óleo que passavam, lançando tanta luz sobre a rua quanto sua espionagem lançara sobre a família Harper até agora. Rafe nunca havia encontrado um inimigo mais astuto do que Osgood Harper, o conde de Holtbury. O cretino nunca dava um passo em falso, e seu divórcio da primeira esposa e o posterior casamento com outra dama da sociedade eram prova disso. Ambos mostraram a habilidade tortuosa de Holtbury de usar as regras, o poder e o dinheiro em benefício próprio.

Isso atormentava Rafe.

– Mas ainda não sei ao certo quem é o espião. Nem onde tio Constantine escondeu suas anotações e os relatórios mais recentes sobre o assunto. Nem mesmo quem o atacou por estar se aproximando demais da verdade.

– Essas coisas exigem paciência. E você já conseguiu eliminar vários suspeitos do círculo de amizades dos Harpers, vários amigos próximos, o mordomo da Ocasiões Especiais, além de alguns outros criados.

– Verdade, mas o tempo está se esgotando. Wellington já sofreu diversos contratempos por causa desse espião. E com a invasão de Napoleão à Rússia, ele precisa usar toda a sua força na Península enquanto pode.

Sir Lucius ficou tenso.

– O que o novo médico de Edimburgo disse sobre a memória de Constantine?

– Ele apenas confirmou o que eu já suspeitava. O velho general nunca mais vai se recuperar. E não deve viver por muito mais tempo.

O trabalho de tio Constantine sempre o consumiu, mesmo depois que se aposentou do Exército. Por isso Rafe queria que, antes de morrer, ele soubesse que sua missão fora cumprida, mesmo que só pudesse contar para um homem que não entendesse muito bem o que ele estava falando.

Uma repentina pontada no peito fez Rafe cerrar os dentes. Como o tio dele sempre dizia: *Deixar o coração mandar no assunto / É a melhor forma de virar um defunto*. Seu tio adorava fazer provérbios com rimas.

Rafe se esforçou para ficar calmo.

– É por isso que preciso me infiltrar no círculo de amizades mais próximo da família.

– E é por isso que estou preocupado.

– Vai valer a pena se eu descobrir algo de valor. Assumir grandes riscos e não ter resultados, como na festa do Dia de Maio, me deixa muito frustrado.

Principalmente porque a investigação sobre sua falecida mãe também não estava avançando.

– Foi quando você conseguiu chegar mais perto do conde.

– Mas não me levou a nada. – Rafe bufou. – Me fantasiar de árvore não tornou exatamente fácil fazer amizade com o homem. Eu deveria ter previsto que a fantasia de Jack in the Green não era a melhor opção. Além disso, quase fui desmascarado.

Pela filha dele, lady Verity Harper. Uma mulher bisbilhoteira demais para seu próprio bem.

– Conhecendo a sua reputação, acho muito pouco provável que descobrissem que era você. Ora, você enganou até Beaufort, e o chef deles o conhece muito bem.

– Ah, eu cuidei desse assunto, fique tranquilo. Mas foi por pouco – contou Rafe. – Tentar desaparecer em uma propriedade em que os convidados são todos familiares e amigos, e onde todos os criados e artistas são revistados exatamente pelas pessoas que você quer enganar não é nada fácil. Muito diferente de entrar em um baile na cidade, onde posso me misturar e onde nem todas as pessoas se conhecem.

Sir Lucius arqueou a sobrancelha.

– Você está dizendo que o Camaleão não consegue mais entrar onde quiser?

Rafe não gostava do apelido famoso. Talvez tivesse merecido ser chamado assim na Península. Ou, ainda mais provável, era isto que acontecia quando soldados entediados queriam se divertir: contavam histórias sobre as façanhas dele, que foram se tornando cada vez mais lendárias à medida que eram recontadas. Ainda mais porque conseguira realizar seu trabalho sem revelar sua verdadeira identidade, que só era conhecida por poucos. Wellington. Sir Lucius. Seu tio.

Rafe ficou tenso.

– A guerra exige estratégias diferentes. Fora do país, eu estava reunindo informações sobre o inimigo, não sobre os meus compatriotas. Até o senhor precisa admitir que não vou conseguir descobrir nada sobre aquela família até que conquiste a confiança deles.

– Cortejando lady Verity.

– Por que não? Alguém precisa fazer isso. Essa mulher já está fora de controle há um bom tempo.

Sir Lucius deu um sorriso pretencioso.

– Estou percebendo uma nota de irritação no seu tom de voz?

– Nem um pingo.

Mentiroso. É claro que Rafe estava irritado. Tinha uma missão, e lady Verity Harper a estava atrapalhando. Todas as vezes que ele chegava perto de conseguir alguma informação importante, ela aparecia, forçando-o a se retirar antes que fosse pego ou reconhecido. Era hora de recuperar o controle da situação.

– Você está pensando em conquistá-la para que ela lhe diga tudo que você quer saber – sugeriu sir Lucius.

Rafe deu de ombros.

– Toda mulher da sociedade quer um marido.

– Eu não teria tanta certeza. Mas, se você precisa cortejar uma mulher para desmascarar nossa presa, é ótimo que ela seja bonita.

– A aparência dela não tem nada a ver com isso.

É verdade que ele sentia uma atração por lady Verity. Mas quem não sentiria? Uma beldade de olhos verdes, pele dourada e cabelo cor de mel que fazia todo homem imaginar… e querer conhecê-la melhor.

Ainda assim, a despeito de seus encantos reais, lady Verity Harper era a melhor forma de ele se infiltrar. Principalmente porque as outras duas irmãs já estavam casadas e felizes, pelo que ele tinha percebido.

Sir Lucius pigarreou.

– Depois que entrar na sociedade como você mesmo, será bem mais difícil voltar a se disfarçar. Você vai perder toda a vantagem que conseguiu na clandestinidade, e terá que levar a missão até o fim, mesmo que isso signifique arruinar a sua reputação como futuro lorde Wolfford.

– Não me importo.

Além disso, ele nunca quisera esse papel. Quando entrou no Exército como porta-estandarte, era apenas o herdeiro de um general, já que seu tio Constantine ainda não havia sido condecorado com o viscondado por seu serviço ao país. Quase todos os seus companheiros viam Rafe apenas como um oficial com conexões militares.

– De qualquer forma, terei que me apresentar quando meu tio morrer. Pelo menos posso me beneficiar dessa revelação – continuou ele.

Sir Lucius soltou um suspiro.

– Devo admitir que o momento é perfeito. O próximo evento da Ocasiões Especiais no litoral será a oportunidade de ouro para você estudar a família bem de perto.

– Fiquei sabendo que até a ex-esposa de Holtbury estará presente.

– Lady Rumridge.

– Isso mesmo – disse Rafe. – Conversar com ela será a minha prioridade, considerando a patente do marido. É possível que seja *ela* quem repassa as informações. Não poderia haver ocasião melhor para questioná-la do que uma temporada festiva de duas semanas em uma casa de praia com ela e todos os outros suspeitos da investigação.

– Supondo que você consiga um convite.

Rafe cruzou os braços.

– A Ocasiões Especiais quer apresentar suas clientes a cavalheiros elegíveis. Farei o que for preciso para conseguir esse convite. Melhor ainda, Exmouth fica a um dia de viagem da propriedade de Holtbury, então, se tudo progredir bem, posso viajar até lá como amigo da família, ou até como noivo de lady Verity.

Sir Lucius ficou sério.

– Você não tem a intenção de realmente pedir lady Verity em casamento, sabendo que teria que honrar o pedido. Nem mesmo seu tio aprovaria tamanha mentira.

– Verdade.

Sendo que se chegasse a esse ponto... Não, Rafe sabia que não podia admitir para seu superior que iria tão longe. Afinal, sir Lucius era um cavalheiro de corpo e alma.

Mas Rafe era um soldado que não conseguia suportar a ideia de ver seus compatriotas morrerem porque algum aristocrata decidira vender informações sobre as movimentações das tropas inglesas para o inimigo.

– Só espero saber flertar com uma mulher sem acabar algemado.

– Você espera? – Sir Lucius bufou. – Se eu tenho alguma dúvida sobre esse seu plano, é justamente a sua habilidade de cortejar uma mulher da sociedade. Você não teve oportunidade de conhecer mulheres assim na sua profissão, e como nunca teve mãe nem irmãs para lhe ensinar, de onde vem todo esse seu farto conhecimento sobre mulheres e flerte?

Rafe se endireitou no assento, ficando ereto.

– Já convivi com mulheres o suficiente para perceber que elas não são diferentes dos homens. Mostre-se interessado por elas e seus assuntos e elas lhe revelarão o que você precisa saber.

Seu superior deu uma gargalhada.

– Essa afirmação mostra que estou certo. Mulheres podem ser muito diferentes de homens. A maioria dos homens as subestima. Não estamos falando de uma jovem criada, com pouco estudo, da zona rural de Devonshire, nem mesmo de uma moça deslumbrada de 18 anos na sua primeira temporada. Estamos falando da filha de um conde, com experiência como dona de um negócio. Para impressionar uma mulher sofisticada como lady Verity, você talvez precise de habilidades que nunca chegou a desenvolver.

– Talvez. Mas ela não teve nenhum pretendente desde que lorde Minton a rejeitou anos atrás, o que causou um escândalo. Ela vai ficar feliz em ser cortejada.

– Ou talvez o comportamento dele a tenha deixado desconfiada dos homens. É possível que você descubra que ela é mais imune à atenção masculina do que acredita.

Rafe fez um gesto de desdém. Qual poderia ser a dificuldade de conquistar uma mulher cuja experiência de mundo se resumia à atmosfera rasa da sociedade?

– Mesmo assim, a família dela vai se interessar pela ideia de eu ser um par para ela. Com certeza vão receber bem qualquer pretendente respeitável e vão tentar influenciar a escolha dela. Só com isso já devo conseguir um convite para a temporada na casa de praia. – Ele estreitou o olhar para fitar sir Lucius. – A não ser que o senhor esteja preocupado que eles possam me reconhecer de outras incursões.

Sir Lucius dispensou essa ideia com um gesto.

– Não existe a menor chance de eles sequer saberem que você existe. Sei que tem sido difícil bancar o "Camaleão" na sociedade, mas você conseguiu com maestria, caso contrário eu já teria escutado alguma coisa.

Rafe se recostou nas almofadas.

– Bem, então, a não ser que o senhor tenha um plano melhor, esta parece a minha melhor oportunidade para abrir caminho para dentro do círculo deles.

O chefe dos espiões o encarou por um momento prolongado, como se o estivesse avaliando.

– Mais uma coisa: está correndo um boato de que Minton tem falado por aí sobre voltar a procurar lady Verity. Acho que mudou de opinião agora que as irmãs dela fizeram bons casamentos, então é possível que você precise competir pela atenção dela.

– Correm muitos boatos na sociedade, mas isso não faz com que sejam verdadeiros. E mesmo que seja o caso, eu consigo lidar com Minton. – Para se preparar, Rafe já havia observado o barão e chegado à conclusão de que ele não era digno de lady Verity, nem de qualquer outra mulher respeitável. – O sujeito é um cretino.

– Isso não se discute. – Sir Lucius parecia pensativo. – Mas é possível que lady Verity ainda sinta alguma coisa por ele. Se você conseguir afastá-lo, o que vai acontecer com ela depois que você descobrir o espião e acabar com a corte?

– Seja lá o que acontecer, ela vai ficar muito melhor sem Minton. Além disso, a família dela vai ter muito mais com o que se preocupar do que um flerte que não deu certo. Ela provavelmente nem vai *querer* se casar comigo quando descobrir a razão que me levou a cortejá-la.

– Veremos. – O homem coçou o queixo. – Você ainda pretende se aposentar do Exército quando descobrir quem atacou o seu tio?

– Alguém precisa cuidar dele e da propriedade do Castelo Wolfford. Sou o único que pode fazer isso.

Sir Lucius desviou o olhar.

– Se ele durar até lá.

Rafe se esforçou para não praguejar em voz alta. O homem que era a única figura paterna que ele conhecia merecia um destino melhor. Por isso, a intenção de Rafe era garantir que o maldito, ou maldita, que atirara em seu tio pagasse com a própria vida.

A carruagem parou em frente a uma imponente mansão que ele já visitara antes, embora nunca com sua verdadeira identidade. Localizada em frente ao Hyde Park, ficava na propriedade do duque de Grenwood. Que, por acaso, era recém-casado com a antiga lady Diana Harper.

– Todas as irmãs Harpers estarão presentes no leilão beneficente? – perguntou Rafe.

– Acredito que sim, já que os Grenwoods são os anfitriões do evento. Você veio preparado para dar lances? Sua presença precisa ser justificada.

– Não se preocupe – respondeu Rafe em um sussurro enquanto o lacaio abria a porta para eles. – Eu sei muito bem bancar o lorde rico e entediado em busca de diversão.

Sir Lucius riu.

– Não entediado *demais*, ou lady Verity vai achá-lo desinteressante.

Sem dúvida, ela e as irmãs passam muito tempo lidando com esse tipo de sujeito.

– Vou ver o que funciona e sigo nesse caminho.

Depois disso, a discussão acabou – nenhum deles queria se arriscar a ser ouvido. Mas Rafe já tinha seu plano definido. Usaria a curiosidade nata de lady Verity para atraí-la, então a cativaria para que contasse os segredos de sua família... ou, pelo menos, mostrasse onde ele deveria procurar.

O que poderia ser mais fácil do que isso?

CAPÍTULO DOIS

Lady Verity Harper inspecionou as mesas para ver se havia alguma coisa atrapalhando sua arrumação impecável: uma tortinha esquecida sobre a toalha branca, um respingo de molho manchando o brilho prateado do centro de mesa, um prato de biscoitos posicionado junto com os pratos salgados, e não com os outros doces... Esse era o melhor momento para conferir, já que a maioria dos convidados estava no salão de baile examinando os itens que seriam leiloados em benefício do Foundling Hospital.

Elas precisavam causar uma boa impressão na sociedade para que no segundo – e último – evento beneficente do ano conseguissem arrecadar uma quantia considerável. Em outubro, ela e as irmãs ofereceriam um leilão para a outra obra de caridade que ajudavam: a Fazenda Filmore para Mulheres Maculadas, e queriam que os convidados estivessem empolgados para dar lances mais altos que de costume.

Era sempre mais difícil arrecadar dinheiro para obras beneficentes que ajudavam mulheres de reputação manchada do que para aquelas que ajudavam bebês. Por mais que isso a chateasse, precisava aceitar a dificuldade e trabalhar para resolver o problema. Daí surgia a sua determinação em fazer com que o leilão tivesse tanto sucesso.

– Onde devo colocar os suflês, senhorita? – perguntou um dos criados de seu cunhado.

– Pode colocar uma bandeja ao lado dos espetinhos de peru, e a outra ao lado do marzipã. Os convidados estão começando a sair do salão do leilão.

Quando a sala de jantar estivesse cheia, os empregados se encarregariam de completar os pratos, e ela poderia sair para tomar um pouco de ar fresco. Estava muito quente ali dentro.

– Está tudo pronto, madame. Essas são as últimas. – O criado colocou a bandeja onde ela tinha pedido e parou com a outra ainda na mão. – Sir Lucius Fitzgerald está procurando pela senhorita. Posso trazê-lo até aqui?

– Sir Lucius... Sir Lucius... – Ela coçou o queixo. – Ah! Eu o conheci na semana passada.

O envolvente sujeito era um pouco mais velho do que seu outro cunhado, lorde Foxstead, e solteiro, algo que normalmente a deixaria na defensiva. Mas, sendo subsecretário de Guerra, sir Lucius era um contato importante demais para ser ignorado.

– Sim, posso conversar com ele por alguns minutos.

Pelo que lembrava, sir Lucius era bonito: cabelo preto muito bem cortado, queixo marcado e olhos azuis com um brilho terno, que não combinavam com o restante de suas feições. Ainda assim, resistiu à vontade de endireitar o cabelo e se certificar de que seus cachos não estavam caindo. Um homem do governo como ele devia estar procurando uma esposa perfeita. O que ela jamais seria. O que nunca *quisera* ser. Não tinha nem certeza se desejava mesmo se casar com alguém.

Então manteve as mãos abaixadas e se dirigiu para a porta, onde encontrou *dois* cavalheiros. Um deles era sir Lucius, claro, mas foi o outro que despertou sua atenção. Algo na maneira como ele andava ou no formato de seu rosto lhe parecia familiar. A pele marrom-clara e o cabelo preto como ébano não lembravam ninguém que ela conhecesse. Mas os olhos caídos e o nariz alongado fizeram com que pensasse em um certo Jack in the Green...

Seu coração acelerou. Por um momento, teve quase certeza...

Mas não, como poderia ser? A pele e o cabelo eram mais escuros do que ela se lembrava. As poucas vezes em que vislumbrou o homem que apelidou de Fantasma mostraram que ele tinha pele clara e cabelo louro. Mas, quando Eliza o viu uma vez, achou que o cabelo louro dele era estranho, parecido com uma peruca. E ele podia ter clareado a pele, mas essa suposição lhe parecia pouco provável.

Além disso, nem o Fantasma seria tão ousado para se aproximar dela em um evento social. Não depois de todos os eventos da Ocasiões Especiais nos quais ele entrara sem convite, usando diferentes disfarces. E ele parecia ter desaparecido nos últimos meses. Ou então estava tão bem disfarçado que ela não notou.

Ridículo. Ela sempre o notaria, mesmo que as suas irmãs achassem que ela estava louca por vê-lo em todo lugar. Nunca se esquecia de um rosto. Por isso, aquele homem à sua frente não podia ser ele. Não fazia sentido.

– Lady Verity – disse sir Lucius, ao se aproximar. – Que prazer em vê-la.

– É uma honra para mim e para minhas irmãs tê-lo aqui – disse ela, estendendo a mão para o subsecretário. – Quando enviamos o convite, não tínhamos certeza se conseguiria encaixar o evento na sua agenda. Sei que o senhor está muito ocupado cuidando da guerra.

Ele riu.

– Não estou exatamente cuidando da guerra, mas de fato cuido de assuntos que o ministro não consegue. – Quando ela levantou uma sobrancelha, ele acrescentou: – Como apresentar um amigo nosso à senhorita e à sua família. Este é o Sr. Raphael Wolfford, sobrinho do visconde Wolfford, de Wiltshire. Rafe, esta é minha nova conhecida... e ouso dizer "amiga"... lady Verity Harper. Lady Verity e suas irmãs cuidam da Ocasiões Especiais, que, pelo que entendi, está oferecendo este evento.

– Estamos dando nosso melhor. – Verity se virou para o Sr. Wolfford. – É um prazer conhecê-lo, senhor.

Ela tentou examinar seus traços disfarçadamente, mas nunca estivera tão perto de alguém que achasse que pudesse ser o Fantasma, então não sabia bem o que estava procurando.

O que via era um homem de pouco mais de 30 anos, bem-vestido, com olhos cinzentos como o céu de inverno embaixo de sobrancelhas grossas da cor de café forte. Diferente de todos os outros homens no salão, ele parecia ter apenas passado um pente pelo cabelo liso. Nada de cera, nada de cachos falsos... nada dessas coisas ridículas.

Ele também era mais alto do que ela, o que era bom, para variar, já que Verity costumava ser mais alta do que a maioria dos homens. O fraque azul-marinho com botões dourados e as calças cor de creme que ele usava mostravam um corpo bem torneado que toda mulher esperta buscava. E uma gravata com nó simples.

Talvez fosse uma nova fantasia de Fantasma, mas a atraía mesmo assim. Ela tentou disfarçar sua reação.

– Suponho que sir Lucius tenha convencido o senhor a comparecer contando histórias sobre os produtos exóticos do nosso leilão.

O sorriso repentino dele a pegou desprevenida com sua beleza arrasadora, e fez com que um arrepio delicioso tomasse sua pele.

– Na verdade, vim por causa da obra de caridade que está sendo ajudada. Órfãos são meu ponto fraco.

– Os pais de Rafe morreram quando ele era bebê – contou sir Lucius –, por isso o tio dele o criou. Ele é o único herdeiro do visconde.

O Sr. Wolfford virou a cabeça de um jeito que chamou a atenção dela. Podia jurar ter visto o Fantasma fazer a mesma coisa. Mas aquilo não fazia o menor sentido. Se era ele, o que estaria procurando em tantos eventos que elas organizavam? Por que ele se revelaria – ou, pelo menos, apareceria como ele mesmo – agora? O que havia mudado?

Meu Deus, essa incerteza era irritante. Olhou diretamente para ele.

– Bem, todos sabemos o que significa ser um herdeiro. O senhor deve estar procurando uma esposa.

Sir Lucius pareceu surpreso com o comentário tão direto, mas o Sr. Wolfford apenas inclinou a cabeça.

– Observação muito perspicaz, senhorita.

– Não tão perspicaz quanto o senhor pensa. É parte do que eu e minhas irmãs fazemos, providenciar o encontro de partes elegíveis em ambientes agradáveis que estimulem a corte.

– Ah. – Os olhos do Sr. Wolfford brilharam para ela, parecendo mais prateados do que cinza. – Então, vim ao lugar certo.

– Com certeza. – Ela estreitou o olhar para fitá-lo e resolveu ser atrevida. – Nós já nos conhecemos, sir?

O maxilar forte dele se contraiu de leve ou ela estava apenas vendo coisas demais em um gesto simples dele?

– Ouso dizer que eu me lembraria se tivesse conhecido uma dama tão adorável quanto a senhorita.

As palavras roucas pareciam genuínas, não apenas ditas para seduzi-la. No entanto, ela às vezes não conseguia perceber falsidade em um homem; prova disso era o fato de lorde Minton ter chamado a sua atenção anos antes. De qualquer forma, o Sr. Wolfford tinha uma linda e ressonante voz de barítono que fez o sangue dela ferver, o que era um tanto desagradável dadas as circunstâncias, para dizer o mínimo.

– Meu amigo também acabou de se aposentar como coronel, chegou há pouco tempo da Península – contou sir Lucius –, então, a não ser que a senhorita estivesse lá, lady Verity...

– Claro que não – respondeu ela, com uma risada. – Eu nunca conseguiria ajudar a tocar a Ocasiões Especiais estando na Espanha ou em Portugal. – Ela voltou sua atenção para o coronel. – Há quanto tempo voltou, sir?

– Um mês. Mas passei as últimas três semanas na propriedade do meu tio, resolvendo alguns assuntos por lá. Ele está muito velho para cuidar de tudo sozinho, infelizmente.

– Entendo.

Deveria acreditar nele? Se só estava na Inglaterra há um mês, e na cidade há uma semana, não poderia ser o Fantasma. E sir Lucius certamente não mentiria sobre a identidade do Sr. Wolfford. Afinal, ele trabalhava no governo.

A não ser que ele não soubesse da vida dupla do amigo. Mas seria muito pouco provável, não?

Ela forçou um sorriso.

– Bem, Sr. Wolfford, estamos honradas que o senhor tenha conseguido se juntar a nós. Perdoe a minha impertinência, mas espero que tenha vindo preparado para dar lances em um ou dois itens.

– Claro. Na verdade, espero que a senhorita tenha um tempo para me mostrar os itens pessoalmente... e, quem sabe, me orientar sobre quais eu deveria me aventurar a disputar.

Outro sinal de que ele não era o Fantasma. Certamente não se arriscaria a ficar sozinho com ela se achasse que poderia reconhecê-lo de outros eventos.

Ela inclinou a cabeça na direção dele.

– Eu ficaria lisonjeada. Mas devo avisar que vou tentar convencê-lo a ficar com os de maior valor.

Ele riu.

– Eu não esperaria nada diferente.

Virando-se para sir Lucius, ela disse:

– Gostaria de nos acompanhar, sir? Tenho certeza de que consigo encontrar um relógio ou um chapéu de seda que faça jus ao seu bom gosto.

– Tenho certeza de que sim – afirmou sir Lucius. – E é exatamente por isso que vou deixar que use seu charme com o Sr. Wolfford. Ele tem uma fortuna muito maior que a minha.

– E eu sei exatamente no que ele deveria gastá-la – disse ela, em um tom de brincadeira, acompanhando o Sr. Wolfford na direção da sala onde os itens para o leilão estavam expostos.

Assim que ficaram sozinhos, Verity perguntou:

– Então, devo chamá-lo de coronel? É como prefere ser chamado?

– Vendi minha comissão, então não. Sr. Wolfford está bom. Ou... Rafe, se a senhorita preferir.

Isso a pegou de surpresa.

– Acabamos de nos conhecer.

Ele deu de ombros.

– Todo mundo me chama de Rafe, até meu tio. Não vejo nenhuma razão para que não me chame assim.

– Isso é pouco comum.

E um pouco suspeito também, embora Verity não soubesse muito bem por quê. Será que lorde Minton corrompera tanto a opinião dela sobre homens que não conseguia mais confiar em *nenhum* que fosse minimamente simpático?

Mas, de novo, prevenir era sempre melhor que remediar.

Enquanto eles andavam entre as mesas, ela pensava o que poderia perguntar – e de que forma – para confirmar se aquele homem era ou não o Fantasma. Mas ele ficava desviando a atenção dela para os vários objetos à venda, querendo mais informações sobre cada um.

Ele ia passando direto por uma caixa de costura quando se virou outra vez para o objeto.

– É feita de conchas?

– Sim, quase toda, e de madrepérola. Também é revestida do mais puro ouro.

– Alguém *doou* essa caixa?

– Uma mulher muito rica.

Ele examinou o restante da mesa.

– Vejo que tem muitas peças de conchas. A mesma mulher rica doou todas elas?

– Na verdade, não. Mary Parminter, uma mulher solteira não tão rica assim, doou metade das peças de conchas. Eram da prima dela, Jane, que morou com ela até falecer, no ano passado. As primas viajaram juntas o mundo inteiro e juntaram conchas em todos os lugares por onde passaram, depois criaram objetos com elas. Elas até construíram uma casa, que escolheram decorar com conchas de todos os tipos.

– A senhorita conheceu essa casa?

– Muito brevemente. Minha irmã e meu cunhado compraram uma casa no litoral em Exmouth, onde também fica a casa Parminter, então fizemos um tour quando visitamos a cidade pela primeira vez.

– Preciso fazer uma viagem para lá. Não consigo imaginar uma casa decorada com conchas. Parece um tanto...

– Estranho? Bonito? Vulgar?

– Interessante – respondeu ele, com um sorriso tranquilo. Ele examinou a caixa de costura e declarou: – Suponho que a senhorita esteja tentando me avaliar a partir das minhas opiniões.

– De que outra forma posso descobrir que tipo de esposa o senhor está procurando?

E se é ou não quem diz ser?

Ele fixou o olhar nela.

– Quer dizer que a senhorita tomou como missão encontrar uma esposa para mim?

– Já lhe expliquei, é isso que eu e minhas irmãs fazemos.

– Para clientes. Não qualquer cavalheiro que conheçam, imagino.

Verity deu de ombros.

– Nossas clientes costumam ser mulheres, então precisamos de cavalheiros *respeitáveis* para se casarem com elas. Além disso, não me incomodo de dar conselhos quando desejo.

Ele levantou uma sobrancelha.

– E não me incomodo de aceitá-los quando desejo. Contanto que eu realmente deseje. – Ele a fitou com um olhar interessado. – O que a senhorita achou da casa de conchas?

A volta abrupta para o assunto anterior a tirou do prumo.

– Eu achei... bem... ela é linda. Embora muitos possam achar que não, eu adorei. Por quê?

– A senhorita não é a única que pode avaliar alguém. E, com base na sua resposta, me arrisco a dizer que faz o estilo artista, lady Verity.

– Podemos dizer que sim. – Uma ideia passou pela cabeça dela. – Gosto de todo tipo de arte, principalmente quando associada à natureza. Sou apaixonada por aquela peça decorativa com folhagens, o Green Man, e também adoro Jacks in the Green.

A reação dele não passou de um leve tremor em uma sobrancelha sedosa.

– Jacks in the Green não são aqueles sujeitos que se vestem de árvore nas festas?

– E de moita – acrescentou ela. – Na verdade, qualquer tipo de folhagem que conseguirem colar na armação que estiverem vestindo.

Ele a fitou com ceticismo.

– Não me parece algo tão artístico assim. Por outro lado, o Green Man é uma ilustração que se repete em culturas do mundo inteiro. Eu vi um em uma igreja em Lisboa.

– Entre batalhas, suponho? – questionou ela, um tanto ácida.

Ele riu.

– A senhorita ficaria surpresa ao saber como é comum um soldado encontrar estruturas arquitetônicas ao marchar de uma cidade para outra. Passamos muito tempo sem ter o que fazer nos acampamentos enquanto os oficiais superiores decidem quando e onde atacar.

– Eu teria que perguntar ao meu cunhado, lorde Foxstead. Ele era capitão de infantaria.

– É mesmo? – O Sr. Wolfford continuou andando pelo corredor entre duas mesas. – Interessante.

– O senhor já disse isso antes. "Interessante" parece uma palavra que usa para não dar sua verdadeira opinião.

Ele riu.

– Golpe certeiro, madame. Parabéns.

Verity viu que a irmã estava no mesmo corredor, um pouco à frente deles, o que fez com que tivesse uma ideia.

– O senhor iria gostar do meu cunhado. Ele também pensa em termos de guerra e batalhas. Ali está a esposa dele, Eliza, que poderá lhe dizer melhor em que batalhão ele serviu e quem era o superior dele.

Dessa forma, Verity saberia se o Sr. Wolfford realmente servira no Exército, ainda que achasse que o subsecretário não mentiria a respeito *disso*.

Melhor ainda, Eliza vira o rosto do Fantasma. Talvez *ela* pudesse reconhecer "Rafe". Supondo que o Sr. Wolfford realmente fosse o Fantasma, hipótese que Verity ainda não tinha como confirmar.

– Sempre gosto de conhecer outros soldados e suas esposas – afirmou ele.

Essa fala fez com que ela parasse para pensar por um instante, pois ele saberia se já tivesse encontrado Eliza antes.

Ainda assim, Verity estava determinada a se certificar.

– Eliza, espere! Quero lhe apresentar uma pessoa!

Quando sua irmã parou e se virou para cumprimentá-los, Verity observou o rosto de Eliza, mas nada na sua expressão demonstrou que ela reconhecia o Sr. Wolfford. Logo, Verity fez as apresentações, enquanto Eliza se comportava de forma apropriada ao conhecer um estranho.

Verity suspirou.

– Eliza é quem organiza a música nos nossos eventos e, às vezes, ela mesma se apresenta – explicou Verity. – Música boa não pode faltar, o senhor concorda, Sr. Wolfford?

Ele sorriu.

– Claro, já que "a música tem encantos para acalmar o peito de um selvagem".

Eliza piscou.

– O senhor lê Congreve?

– Todo mundo lê, não?

– Nem todo mundo que *nós* conhecemos – comentou Verity.

E, com certeza, nenhum oficial que ela tivesse conhecido, por melhor que fosse sua educação de cavalheiro.

– Passei grande parte da infância sozinho – contou ele. – E meu tio tinha uma biblioteca enorme. Li o máximo de livros que consegui.

– Por falar nisso – disse Eliza –, também temos livros no nosso leilão, alguns deles muito antigos e valiosos.

– Não me importo com o preço de um livro, apenas com o conteúdo – declarou ele.

– Fácil não se importar quando pode comprar qualquer livro que queira – resmungou Verity.

– Verity, não seja rude – repreendeu Eliza. – O Sr. Wolfford estava apenas dando sua opinião.

– Isso mesmo, lady Verity – concordou ele, com humor brilhando em seus olhos. – Minha opinião *verdadeira*.

Ele estava rindo dela?

– Além disso – continuou ele –, achei que mulheres em busca de pretendentes preferissem os ricos.

Com certeza ele estava rindo.

Ela ergueu o queixo.

– Sim, quando todas as outras coisas estão em pé de igualdade: idade, caráter, honestidade... se é carinhoso. – Ao perceber que nem ele nem Eliza estavam entendendo o motivo para ela estar sendo tão amarga, acrescentou: – Perdoem-me, sempre fico um pouco... tensa nas noites de leilão. Quero que tudo corra bem.

Eliza deu um tapinha no braço dela.

– E tudo vai correr bem, querida. Como sempre.

– Estou aqui para ajudar no que for possível – ofereceu o Sr. Wolfford.

Ele ainda estava rindo dela.

Ele *tinha* que ser o Fantasma. Tinha que ser. Havia certa arrogância nele que ela achava desagradável. E os olhos dele eram de um tom prateado muito bonito.

Ah, as irmãs dela morreriam de rir se ouvissem *essa* observação.

Talvez você queira que esse sujeito bonito e espirituoso seja o Fantasma para justificar a sua vontade de passar mais tempo com ele.

Talvez. Considerando a escassez de homens interessantes na sociedade, isso nem seria uma surpresa.

Ele olhou para a mesa mais próxima, que estava elegantemente posta para um jantar, então leu a descrição em uma placa ao lado.

– Estou vendo que a Ocasiões Especiais também fez sua doação para o leilão – disse. Levantando o olhar para elas, acrescentou: – Isso me lembrou de uma pergunta que eu gostaria de fazer. Como as três damas começaram seu próprio negócio? Sir Lucius me explicou que são filhas de um conde. Posso não estar há muito tempo na sociedade, mas até eu sei que não é bem-visto que as filhas de um cavalheiro trabalhem.

– Sir Lucius não lhe contou sobre o divórcio escandaloso dos nossos pais? – perguntou Eliza. – Achei que *todo mundo* falasse sobre isso.

Verity se esforçou para não ter um ataque de nervos. Por que Eliza mencionara isso para *ele*, entre todas as pessoas?

– Já faz seis anos, Eliza. A fofoca já deve ter diminuído.

Eliza riu.

– Um pouco, talvez. Mas tenho certeza de que o Sr. Wolfford acabará ouvindo falar a respeito disso mais cedo ou mais tarde. Então, talvez seja melhor que nós mesmas contemos. Assim, ele pode conhecer a versão verdadeira. Mas vou resumir. – Ela se virou para o Sr. Wolfford. – Primeiro, nossa mãe fugiu com seu proeminente amante, um major-general do Exército. Então, nosso pai pediu o divórcio publicamente. Depois, minhas duas irmãs, que ainda não eram casadas, foram consideradas párias da sociedade, embora não tivessem a menor culpa do acontecido. Nós chamamos de "O Incidente".

– Um eufemismo e tanto – afirmou ele.

– Não entendo por que o senhor acha isso – comentou Verity, transbordando sarcasmo.

Eliza olhou de um para o outro.

– De qualquer forma, meu marido da época fugiu para a guerra, me abandonando em nossa casa em Londres. Então, quando uma pessoa pediu a nossa ajuda para organizar um baile e se ofereceu para pagar, nos pareceu uma boa ideia combinar nossas forças e começar um negócio.

– Para ser sincera – completou Verity –, estávamos cansadas de ser motivo de fofoca pelo que *não* tínhamos feito. Então decidimos ser motivo de fofoca pelo que sempre fizemos mas nunca tínhamos recebido para fazer.

– Ainda mais porque éramos boas nisso – acrescentou Eliza. – Depois que meu marido morreu na guerra, me deixando sem nada, todas precisávamos de dinheiro, e isso permitiu que nos sustentássemos sem depender de pais que não são confiáveis.

– Entendo – respondeu ele em um tom de voz ameno que não combinava com o interesse que brilhava em seus olhos. – E agora se tornaram tão bem-sucedidas que podem até doar para obras de caridade.

– Exatamente – concordou Verity. – Agora que nossos serviços são valorizados, as pessoas até dão lances por ele.

Ele olhou de novo para a placa que descrevia o que estavam oferecendo.

– O que significa exatamente um refinado jantar preparado de acordo com as suas "meticulosas especificações por monsieur Beaufort, chef da Ocasiões Especiais"? É ele que vai preparar o jantar para o vencedor ou a senhorita, lady Verity?

– Eu decido o menu depois de conversar com o vencedor e determinar qual o jantar ideal para ele.

Ele levantou uma sobrancelha.

– O vencedor não poderia simplesmente dizer ao chef o que quer?

– Poderia. Ou poderia me dizer qual seu prato preferido e me deixar descobrir o que realmente quer.

– A senhorita está dizendo que consegue ler os pensamentos de uma pessoa? – perguntou ele, cético.

Eliza sorriu.

– Ela consegue, acredite ou não.

– Que absurdo, Eliza. Eu não leio os pensamentos de ninguém. – Ela o fitou. – Mas tenho uma habilidade particular para preparar uma iguaria específica para uma pessoa que nem sabe que tipo de iguaria deseja.

Ele deixou seu olhar se demorar na boca de Verity.

– Adivinhar os desejos das pessoas. *Esse* é realmente um bom truque.

– Não é adivinhação. É mais uma... especulação, com base nas perguntas que faço. – Ela olhou para ele de forma recatada. Ou, pelo menos, era o que ela esperava, já que estava enferrujada nesse tipo de coisa. – E, se o senhor quiser me ver em ação, pode arrematar esse item mais tarde.

– Garanto que as refeições de Verity são bem disputadas – acrescentou Eliza. – Ela realmente sabe como descobrir os gostos de uma pessoa e traduzir isso em pratos que monsieur Beaufort prepara de forma impecável.

O Sr. Wolfford abriu um meio-sorriso.

– Ah. As damas souberam como jogar a isca. Talvez eu dê um lance nesse item, só para ver como lady Verity vai se sair.

Verity assentiu.

– Por favor. Esperamos conseguir uma boa quantia de dinheiro neste leilão.

E, enquanto isso, talvez ela conseguisse, finalmente, encurralar o Fantasma.

Nesse momento, o líder da banda se aproximou e cochichou alguma coisa no ouvido de Eliza, que se desculpou e saiu apressada com ele, sem dúvida para resolver uma daquelas emergências musicais que de vez em quando acontecem nos eventos.

Verity estava prestes a fazer outro comentário provocativo quando viu entrando no salão um cavalheiro que não tinha a menor vontade de encontrar. O mesmo sujeito que partira seu coração tolo e inocente: lorde Silas Minton.

O que ele estava fazendo? Passara os últimos anos evitando Verity e sua família, e *agora* aparecia em um dos eventos delas? Como ele se atrevia?

Bem, ela não ficaria por perto para descobrir o motivo. Se o cretino tentasse falar com Verity, ela seria capaz de quebrar a cabeça dele com o balde de gelo mais próximo. Era melhor evitar que isso acontecesse.

Sendo assim, o trabalho de determinar se o Sr. Wolfford era o Fantasma teria que ficar para outro momento.

CAPÍTULO TRÊS

Rafe não pôde deixar de notar a expressão abalada de lady Verity. Seguiu o olhar dela e quase bufou. Minton. Ele teve que fingir que não conhecia o sujeito, ou ela se perguntaria como ele tinha conhecido o barão se só estava na cidade havia uma semana.

– Algum problema? – perguntou ele.

Ela desviou o olhar, muito brilhante, para ele.

– Com licença, mas e-eu preciso ir. Está abafado e quente demais aqui dentro.

Ela se encaminhou para as portas francesas que davam em um terraço, e Rafe a seguiu.

– Excelente ideia. A senhorita se importa se eu acompanhá-la? Também gostaria de pegar um pouco de ar fresco.

Isso pareceu surpreendê-la, até que lady Verity assentiu.

– Por que não? – disse ela. – Os jardins ficam belíssimos a esta hora com as lamparinas acesas.

– Sem a menor dúvida.

Rafe ofereceu o braço a ela, e ficou aliviado quando ela aceitou. Mostrava que confiava nele.

Mostrava que ela não o reconhecera.

Não esperava que reconhecesse, já que ele nunca se aproximara o suficiente para que gravasse seus traços. Além disso, estava sempre disfarçado. Mas, por um momento, quando ela mencionou Jacks in the Green...

Não, aquilo fora pura coincidência. E lady Verity também deixara que ele entrasse no assunto da nova casa de Grenwood no litoral. Se ela desconfiasse que ele poderia estar querendo um convite para a temporada, provavelmente não teria permitido. Quando se aproximaram das portas, ele passou na frente para abri-las e ela inspirou fundo antes de atravessá-las. Naquele momento, ele conseguiu uma bela vista do peito dela subindo e descendo. O que chamou a sua atenção da mesma maneira que seus olhares brincalhões e implicantes.

Talvez ela não fosse tão voluptuosa como as irmãs, mas, mesmo assim, tinha um lindo colo, ainda mais em um vestido que o favorecia, com corte baixo e justo o suficiente para atrair o olhar de um homem. Alguns poderiam até dizer que o vestido era ousado, que tinha a única intenção de atrair a atenção masculina.

Droga. Ele afastou o olhar quando uma emoção pouco familiar tomou conta dele. Culpa.

Esse era o problema em espionar seus compatriotas. Um verdadeiro cavalheiro não fazia isso. Um verdadeiro cavalheiro não enganava uma mulher, muito menos se aproveitava da sua confiança.

Nem desejava os seios dela.

Rafe se forçou a ignorar a culpa. Nunca fora um verdadeiro cavalheiro, por isso, aquilo não significava nada. Seu tio o criara para ser um soldado, e ele era isso acima de todas as coisas. Independentemente de as pessoas o chamarem de Sr. Wolfford ou de herdeiro do visconde Wolfford, em seu coração ele era coronel Wolfford em uma missão, nada mais, nada menos.

Claramente distraída, lady Verity não segurou seu braço outra vez, o que ele lamentou. Tinha gostado de sentir a mão dela em seu braço. Era... diferente.

– Melhor agora? – perguntou ele enquanto inspiravam o ar noturno.

– Hum? – questionou ela, olhando para trás, procurando Minton, sem dúvida. – Ah. Sim. – Ela relaxou um pouco. – Bem melhor, não acha? – continuou. – Agosto na cidade é sempre abafado.

– Não tenho como saber. Só estou aqui há uma semana.

Dizer isso o ajudou a se lembrar de seu plano. Das mentiras que tinha que contar para sustentar sua história. E para evitar as suspeitas, caso ela tivesse alguma.

A voz de tio Constantine soou na sua cabeça: *Quando desempenhar um papel, sempre se mantenha o mais próximo possível dos fatos. Lembrar-se das mentiras é mais difícil do que se lembrar das verdades. Não dê muitos detalhes. Mantenha histórias vagas, impossíveis de serem verificadas.*

Era fácil falar.

Ela levantou o olhar para ele, seus olhos interessados cintilando com a luz das lamparinas no terraço.

– O senhor não chegou a vir para a cidade antes de se tornar oficial?

– Talvez tenha vindo, rapidamente. Não me lembro. – Era verdade. Como ela pareceu surpresa, Rafe acrescentou: – Eu entrei no Exército com 16 anos.

Isso também era verdade.

– Tão jovem?

A simpatia na voz dela o deixou desconfortável. Mas, pelo menos, ele conseguira desviar a atenção de lady Verity de Minton.

Rafe deu de ombros.

-- Para um órfão, fazia sentido.

– Quantos anos o senhor tinha quando seus pais faleceram?

– Eu era bebê. Eles sofreram um acidente de carruagem em uma viagem fora do país. De alguma forma, eu e o cocheiro sobrevivemos. Ele escreveu para o meu tio, que foi até a América do Sul para me trazer para a Inglaterra.

– Graças a Deus, ou quem sabe o que teria sido do senhor?

Quem poderia saber? Rafe não sabia, já que seu tio sempre fora vago ao falar a respeito da morte de seus pais e de como Rafe sobrevivera. Só sabia que seu pai era cartógrafo e tinha ido ao Brasil para mapear um pedaço do país. Lá, ele conheceu a mulher com quem se casou, filha de um comerciante brasileiro, chamada Julieta. Rafe nem sabia o sobrenome de solteira da mãe ou onde ela morava antes de conhecer seu pai.

Na verdade, tinha começado a pensar que talvez a reticência do tio fosse proposital. Rafe não conseguira descobrir muita coisa sobre os pais desde que voltara para a Inglaterra, por mais que tivesse investigado. O que lhe parecia muito estranho.

Mas, talvez, o fato de seus pais terem passado a vida viajando tivesse tornado impossível para seu tio fazer descobertas sem que precisasse refazer os passos do irmão no Brasil para encontrar a família de Julieta. O que seria difícil na situação do tio. Ele estava servindo ao Exército do outro lado do mundo quando precisou buscar Rafe. Era compreensível que estivesse mais preocupado em levar o sobrinho para a Inglaterra, onde poderiam cuidar dele, do que investigar a esposa do irmão.

No entanto, Rafe havia começado a questionar a história, principalmente depois do tempo em que servira na Península. Havia inconsistências que não conseguia ignorar. Com certeza, existia uma justificativa, só que...

– Então, foi o seu tio que criou o senhor? – perguntou lady Verity enquanto ele a conduzia pelos degraus para o jardim abaixo.

– Não exatamente. Sendo um oficial na ativa e solteiro, ele me deixou por conta dos criados da propriedade dele em Wiltshire. Depois, tive tutores e, quando tive idade suficiente para me juntar ao meu tio, fui servir como seu ajudante de campo. Fiz isso até ele se aposentar depois de ser ferido na Batalha de Alexandria. Depois, fui um hussardo na Legião Germânica do Rei, até finalmente servir no regimento de Wellington na Península. Passei metade da vida no Exército.

– Meu Deus. Isso é... O Exército leva meninos tão novos assim?

– Eu tive sorte. Se ele fosse da Marinha, teria sido ainda mais jovem.

Ela balançou a cabeça.

– Sinto muito. Eu não sabia. Não temos irmãos, e todos os oficiais que conheci já são mais velhos.

– Sabe, não é ruim entrar no Exército tão cedo. Faz com que você se torne homem bem rápido.

– Querendo ou não, pelo visto. – Ela levantou um olhar de pena para ele. – O senhor, pelo menos, *queria* entrar para o Exército?

Ninguém nunca lhe fizera essa pergunta, nem seu tio. O fato de lady Verity questionar isso o deixou com um estranho desconforto. E na defensiva.

– Foi uma oportunidade de conhecer o mundo. Além disso, preferia ficar com meu tio, o que tive de mais próximo de um pai, do que passar o tempo inteiro lendo ou vagando pela propriedade sem companhia além de alguns criados, e ninguém da minha idade.

– Parece solitário.

O timbre suave da voz dela não soou bem.

– Um pouco, acho. – Ansioso para mudar de assunto, Rafe sorriu para ela. – Claro, se eu tivesse alguém tão adorável quanto a senhorita para me fazer companhia...

A risada surpresa dela o pegou desprevenido.

– Se o senhor insiste em ser galanteador, deve, pelo menos, aprender a variar os elogios.

– Como assim? – perguntou ele, com cautela.

– É a segunda vez que me chama de "adorável". Garanto que uma vez por noite é suficiente. Mas sinta-se à vontade para me chamar de "inteligente" quantas vezes quiser. Gosto bastante desse elogio.

Droga. Quem diria que havia regras para elogiar uma mulher?

– Infelizmente, não estou acostumado a ficar perto de mulheres adoráveis... *inteligentes*. Estou até gaguejando.

Lady Verity levantou uma sobrancelha e um sorriso iluminou seu rosto.

– Por algum motivo, duvido. Posso apostar que o senhor nunca disse uma palavra errada na vida, para uma mulher ou qualquer outra pessoa.

– A senhorita perderia essa aposta. Meus tutores costumavam bater nos meus dedos por falar o que não devia.

Ela riu.

– Minha governanta fazia o mesmo. Não que ajudasse. Tenho a tendência a falar o que me vem à cabeça.

– Notei.

A expressão dela se tornou séria.

– O senhor desaprova?

– De forma alguma. Prefiro mulheres diretas às ardilosas.

– Engraçado – respondeu ela. – Sinto o mesmo a respeito dos homens.

Hum.

– Então, se eu dissesse para a senhorita que sua tiara de pérolas está escorregando, ficaria grata, e não constrangida?

Ela ficou boquiaberta e, na mesma hora, colocou a mão na tiara. Quando percebeu que estava no lugar certo, respondeu, ácida:

– Se fosse verdade, ficaria grata. Mas, como não é, fiquei aborrecida. Espero que não seja um hábito seu falar mentiras sobre o penteado de uma dama.

Ele riu. Mas, ao escutar passos no cascalho atrás deles, provavelmente alguém em busca de ar fresco, ele baixou o tom de voz:

– Depende se a senhorita vai tornar um hábito aceitar as minhas visitas.

Ele ficou satisfeito por ter conseguido surpreendê-la, já que ela parou para avaliá-lo.

– Ainda não tenho certeza, sir. Veremos como a noite vai transcorrer.

– Eu aceito esses termos, se isso significar que passarei mais tempo na sua companhia.

Os passos pararam e Rafe olhou para trás, onde estava lorde Minton, imóvel, com o olhar fixo nos dois.

Inferno. Bem, havia uma boa forma de descobrir se ela ainda tinha sentimentos pelo sujeito.

— Ei, você — chamou ele, na hora que Minton começava a se virar. — Está nos seguindo? Bisbilhotando a nossa conversa?

Lady Verity olhou para trás e bufou alto.

— Não dê atenção a ele — murmurou ela, embora seus olhos fuzilassem Minton, que adotou uma postura ofendida.

— Só vim me certificar de que nenhum cretino esteja se aproveitando da dama — respondeu Minton.

— Como se o senhor se importasse — retorquiu lady Verity, sem paciência. — E ele não é nenhum cretino, lorde Minton. É o coronel Wolfford, de Wiltshire Wolffords. Herdeiro do visconde Wolfford.

Como Minton pareceu surpreso, Rafe disse:

— Então a senhorita conhece esse sujeito, milady?

— Conhecia. — Ela fitou Minton de cima a baixo. — Mas já faz alguns anos que não tenho o desprazer de encontrá-lo.

Rafe não deixou de ficar satisfeito ao testemunhar a insolência dela com o barão.

— Só quero conversar com você, Verity — disse Minton. — Só isso. Um minuto do seu tempo. — Ele encarou Rafe e acrescentou: — Em particular.

Por alguma razão, aquelas palavras enfureceram Rafe. Sabendo que Minton a rejeitara no passado, não estava inclinado a ser tolerante.

— Em primeiro lugar, sir, é *lady* Verity. E não acho que ela queira falar com o *senhor*.

— Eu posso responder por mim — afirmou Verity, embora tivesse se aproximado um pouco de Rafe. — Mas o Sr. Wolfford está correto. O senhor é a última pessoa no mundo para quem quero dar um minuto do meu tempo. Já dei minutos suficientes para o senhor seis anos atrás, lorde Minton.

Minton deu um passo à frente e disse com um tom de voz apaziguador:

— Eu não sabia o que estava fazendo na época.

Ela o encarou.

— Então, deixe-me esclarecer o que o senhor estava fazendo: livrando a própria pele de um escândalo. Infelizmente, não pude fazer o mesmo. Mas consegui me reerguer apesar de tudo, e o senhor não ajudou em nada, então me perdoe se não acredito em nem uma palavra que está dizendo agora. – Ela enfiou a mão no braço de Rafe. – Se nos dá licença, sir, eu e o Sr. Wolfford estávamos voltando para o leilão. Não queremos perder.

Rafe assentiu para Minton e pegou um caminho diferente para acompanhá-la até o terraço, desviando do barão, que os ficou encarando como se fosse um bichinho magoado. Quando não podiam mais ser ouvidos, Rafe murmurou:

– Depois de testemunhar a sua hostilidade com aquele sujeito detestável, a senhorita vai precisar me contar o que ele fez.

Como só sabia por alto sobre o escândalo com Minton, queria escutar a história inteira vinda da própria lady Verity.

– Por quê? – respondeu ela, claramente ainda nervosa com o encontro.

– Para que eu não cometa os mesmos erros, é claro.

Ela piscou e o encarou.

– Não seria possível, senhor, já que meus pais não devem se separar dos atuais cônjuges.

– O comportamento dele teve alguma coisa a ver com "O Incidente", é isso?

– O que mais? – Ela parou um pouco antes das portas do terraço e suspirou. – Não tenho problemas em lhe contar. Toda a sociedade de Londres já sabe, e logo o senhor também ficará sabendo. Lorde Minton certamente não escondeu a história de ninguém. – Os olhos verde-dourados, que brilhavam sob a luz do terraço, se estreitaram para fitá-lo. – E, como o senhor parece disposto a me defender, embora eu ainda não saiba bem por quê, devo avisá-lo que ainda não sou muito bem aceita nos círculos mais altos da sociedade. Não que eu me importe, mas o senhor deve saber.

– Considere-me devidamente avisado. Embora eu ainda queira saber o que ele fez.

Encarando-o, ela endireitou os ombros.

– Lorde Minton me pediu em casamento em particular pouco antes de minha mãe fugir com o major-general Tobias Ord. Quando ele ficou sabendo da indiscrição, sugeriu que não anunciássemos o noivado até que o escândalo fosse abafado. Só que isso nunca aconteceu. Minha mãe se recusou a voltar para casa, toda a sociedade fofocava a respeito, e a família de lorde Minton ficou horrorizada. – Ela baixou o olhar e fitou as mãos. – Então, ele passou a cortejar Bertha, que supostamente era minha amiga. Até então, todo mundo sabia que ele estava considerando me pedir em casamento, mas a corte dele a Bertha se tornou tão pública que as pessoas começaram a comentar. Quando lorde Minton resolveu me procurar para contar que "tinha sentimentos por outra mulher", depois de ter me deixado no limbo durante semanas, a sociedade já tinha criado a sua própria história sobre o motivo de ter transferido seu afeto de mim para Bertha.

A raiva dele por Minton, que vinha crescendo enquanto ela contava a história, levou a melhor.

– Não me diga que encontraram um jeito de colocar a culpa na senhorita.

– Não é sempre assim? – questionou ela, com a voz amarga. – Os fofoqueiros diziam que ele certamente tinha se recusado a se ligar a mim porque eu era uma mulher imoral, como a minha mãe.

Rafe prendeu a respiração. Era ainda pior do que ele pensara.

Lady Verity o encarou.

– Só piorou depois disso.

– Quanto mais pode piorar?

– Bem, primeiro, depois que meu pai decidiu se divorciar da minha mãe... – Ela praguejou baixinho, de uma forma que damas não costumam fazer. – Minton, covarde que é, deixou que acreditassem nas histórias que circulavam sobre mim, em vez de admitir a verdadeira razão pela qual de repente não me queria.

– E ele *me* considera um cretino. – Rafe fez uma pausa. – Mas ele não se casou com Bertha, suponho.

– Essa é a parte engraçada, na verdade – disse ela, cheia de amargura. – Ela conseguiu fisgar um peixe maior do que ele, enquanto lorde Minton a rondava, e ele de repente se viu sem nenhuma das herdeiras no bolso. – Como se percebendo o que tinha acabado de dizer, ela o encarou com um olhar desafiador. – Exatamente, pelo visto o interesse dele em nós duas tinha mais a ver com nossos dotes do que com as pessoas que somos. O que só piorou tudo.

– Posso bem imaginar por quê.

– Não, não pode. Homens não são vendidos e comprados no mercado de casamento como as mulheres. Além disso, um homem como o senhor teria que matar alguém para que a sociedade levantasse o nível de escândalo e boatos que eu e minhas irmãs suportamos. E que, de vez em quando, ainda temos que suportar.

Ela ergueu o queixo em um gesto defensivo que ele estava começando a reconhecer.

– Antes do escândalo, tive alguns pretendentes, mas como uma garotinha boba e cega de amor, escolhi lorde Minton. E cada um desses pretendentes sumiu depois que minha mãe fugiu com o major-general.

Ele a encarou.

– Pelo visto, toquei no seu ponto fraco.

Um toque de desgosto atravessou o rosto dela.

– Peço perdão, falar de lorde Minton me aborrece. Mas o senhor perguntou.

– Perguntei. E fico satisfeito que tenha me contado. Agora sei como agir da próxima vez que encontrarmos com ele em público.

– Como assim? – perguntou ela, com cautela.

– Embora eu preferisse dar um soco na cara dele e desafiá-lo para um duelo, isso só a envolveria em mais um escândalo. Mas fingir que não o conheço me parece apropriado, não acha?

Lady Verity abriu um sorriso.

– Muito. – O tom de voz dela ficou cínico. – Por isso mesmo, eu e minhas irmãs fingimos que não o conhecemos nas raras ocasiões em que o vimos, e ele nunca pareceu notar.

– Vou me certificar de que ele note a partir de agora.

– Vai? – Ela lançou um olhar pensativo para ele. – O senhor tem certeza de que não nos conhecemos?

Ele procurou sinais no rosto dela de que o reconhecia dos encontros remotos que tiveram. Mas era difícil decifrar a expressão dela, e Rafe não fazia ideia de como ela poderia se lembrar.

– Tenho certeza. – Lembrando-se da conversa mais cedo, ele acrescentou: – Sempre me recordo de uma mulher inteligente quando encontro uma.

Ela levantou os olhos, o mau humor por causa de lorde Minton, pelo visto, esquecido.

– Não se esqueça de "adorável" – disse ela, só para implicar.

– Isso também – concordou ele. – Agora, a senhorita não tem um leilão para supervisionar?

– Tenho mesmo. Obrigada por me lembrar. Se me dá licença, meu lorde…

Com uma breve mesura, ela se afastou, deixando-o para trás, admirando seu jeito firme de andar, seu pescoço de cisne e a forma como o decote do seu vestido branco afundava para mostrar as costas flexíveis. Lindas costas que combinavam com uma linda frente.

Ele se perguntava se o corpo lindamente esculpido continuava por baixo do vestido e das camadas de roupas íntimas. Será que sua cintura também era fina? Um traseiro levemente sinuoso para combinar com os seios?

Quando ele sentiu algo rijo dentro da calça, praguejou baixinho. Não veria nada disso, e estava tudo bem. Embora a conversa estimulante e, às vezes, espinhosa com ela estivesse tornando a missão mais divertida do que esperava, Rafe precisava tomar cuidado para não se envolver tanto no flerte com ela a ponto de se esquecer de seu propósito.

Afinal, tinha uma responsabilidade.

CAPÍTULO QUATRO

Verity e as irmãs assistiam do outro lado de uma porta quando o leilão começou. Ali, podiam conversar sem atrapalhar.

– Aposto cinco libras que lady Sinclair vai dar um lance e vai levar aquele bracelete de rubi – disse Verity, baixinho.

– Aposto que não – retrucou Geoffrey, seu cunhado.

Diana deu uma cotovelada nele.

– Aposta nada. Você sabe que nunca ganha de Verity. Ela tem um sexto sentido para essas coisas que você não tem.

– Claro que tenho – respondeu Geoffrey.

– Você não é um jogador e sabe bem disso – acrescentou Nathaniel, conde de Foxstead. – O único lugar em que você se arrisca é nos investimentos. Além disso, Verity fica sempre de orelha em pé nos eventos, então costuma saber de coisas que nós não sabemos.

– Acho que esta noite não foi bem assim – disse Eliza, pensando alto. – Ela estava distraída com um certo cavalheiro.

Diana fez uma careta.

– Ah, eu vi que lorde Minton está aqui, aquele cretino.

– Não estou falando dele – replicou Eliza, lançando um sorrisinho para Verity. – Estou falando do cavalheiro bem-apessoado que sir Lucius apresentou a ela. Coronel e herdeiro de um visconde.

Verity revirou os olhos.

– Eu o conheci enquanto vocês três estavam organizando o início do leilão – contou Geoffrey. – Sujeito fascinante. Ele serviu na Península. E em outros lugares antes, desde muito jovem.

– Quem era o general dele? – perguntou Nathaniel, se animando ao ouvir sobre a guerra.

– General Wolfford, por um tempo. É tio dele. Está doente, pelo que sei.
Nathaniel franziu a testa.
– General Wolfford foi essencial na vitória da Batalha de Alexandria. Mas não ouvi muito sobre o sobrinho dele.
– General Wolfford não conseguiu o viscondado como recompensa por essa batalha? – perguntou Eliza.
– Caso seja isso, o sobrinho não pode herdar – salientou Nathaniel.
– Espere, acho que li algo a respeito – disse Diana. – Quando o general recebeu o título, colocaram um aditivo para que seu sobrinho pudesse herdar. Foi o mesmo que fizeram com o almirante Nelson, para que o irmão mais velho dele pudesse herdar. Caso contrário, o título morreria com o general, já que ele não tem filhos.
– Pelo visto você sabe muito mais do que nós sobre esse assunto. Tenho que apresentá-lo a você. – Havia um certo brilho nos olhos de Eliza. – Ele e Verity soltam faíscas juntos.
– O quê? – questionou Verity. – Que absurdo. Você está inventando coisas.
Se bem que, quando ele a defendeu de lorde Minton, foi difícil não suspirar. Se é que *algum dia* ela suspirou por um homem.
Pelo amor de Deus, não podia suspirar pelo Sr. Wolfford. Ele podia muito bem ser o Fantasma. De fato, estava na ponta da língua dela perguntar se eles o reconheceram, mas eles teriam dito se tivessem, e trazer o assunto à tona seria se expor ao ridículo.
Principalmente se estivesse errada. Talvez houvesse outra forma de abordar a questão.
– Você não o conheceu ainda, Diana? – perguntou ela.
– Acho que não. Nem encontrei com sir Lucius hoje. – Diana parecia muito cheia de si. – Falando em sir Lucius, ele é solteiro. Descobri na semana passada quando fomos apresentadas a ele.
Eliza dispensou o assunto com a mão.
– Ele é muito velho para Verity. Uns dez anos, pelo menos.
– Talvez ela prefira alguém mais velho – comentou Diana. – Ainda mais depois do noivado desastroso com lorde Minton.
– Eu nunca fui noiva de lorde Minton – afirmou Verity. – Pelo menos não formalmente.
– Ah, não faz diferença, quem se importa com formalidades? – questionou Eliza. – Ele a pediu em casamento, e você aceitou.

– Antes de saber que ele era um calhorda – resmungou Verity.

– Por que Verity pode dizer "calhorda" e eu não? – questionou Geoffrey.

– Porque ela também não pode – declarou Diana. – Mas fala. Não é a mesma coisa.

– Não é justo – reclamou Geoffrey.

Diana suspirou.

– Vamos combinar uma coisa, sempre que vocês dois estiverem conosco, podem falar "calhorda" o quanto quiserem, contanto que mais ninguém escute.

– Essa é a regra? – perguntou Geoffrey. – Perfeito. Isso quer dizer que eu também posso dizer "droga", "inferno" e "maldição"?

Para um duque recente que antes era engenheiro civil, Geoffrey tinha um vocabulário bem variado que Diana e Eliza vinham tentando fazer com que abandonasse. E, às vezes, Verity também, embora o vocabulário dele a divertisse.

Diana fez uma cara feia para ele.

– Você só pode dizer as palavras que Verity diz. Não queremos que você inunde nossos ouvidos.

Aquela conversa toda estava irritando Verity.

– Droga. Inferno. Maldição. Pronto, Geoffrey. Agora você pode falar todas elas.

– Olha o que você começou, Diana – comentou Eliza, que nunca dissera uma palavra vulgar na vida. – Geoffrey vai acabar se esquecendo e usando essas palavras na frente de outras pessoas.

– Não vou – protestou Geoffrey. – Sou um cavalheiro.

– Até parece – murmurou Verity.

– Não insulte o meu marido – repreendeu Diana. – Só eu posso fazer isso.

– A propósito, eu estava certa sobre lady Sinclair? Ganhei minha aposta com Geoffrey? Acabei não prestando atenção.

– Você perdeu – disse Geoffrey, com um sorrisinho.

– Mentiroso – rebateu Verity. – Você também não estava prestando atenção.

– E ele não apostou – acrescentou Diana.

Eliza mandou que todos ficassem quietos.

– Estou tentando ver quem está dando lances para o quê.

Todos obedeceram e ficaram em silêncio enquanto o leilão continuava.

O Sr. Wolfford e até sir Lucius, apesar de se dizer pobre, deram lances e ganharam alguns. Quando Verity fez as contas, viu que os lances do Sr. Wolfford chegavam a 30 libras, de fato, um valor muito bom.

Não deixou de perceber que lorde Minton não deu nenhum lance, embora estivesse sentado bem na frente. Ela não sabia se ele não se importava em fazer caridade ou se simplesmente não tinha fundos. A última opção explicaria por que estava se reaproximando dela. O idiota devia achar que seu pai ainda daria um dote se ela se casasse.

Lorde Minton não sabia que quando ela desafiara o pai ao se mudar para a casa de Eliza, ele a deserdara, dizendo que só restabeleceria seu dote se ela voltasse para casa. Por sorte, não estava tão desesperada assim, e Nathaniel e Eliza disseram que ela poderia ficar por quanto tempo quisesse. Estar lá facilitava as coisas para ela e Eliza cuidarem da Ocasiões Especiais, com a irmã de Geoffrey e Diana.

Verity ficava mais nervosa conforme o leilão continuava. Seu item era o último. E se ninguém se interessasse? Pelo menos o Sr. Wolfford daria um lance.

– Está chegando a vez do item de Verity.

– Espero que ela quebre a banca desta vez – disse Diana.

– Posso dar um lance para aumentar o valor? – perguntou Nathaniel.

– Não preciso da sua ajuda para isso – disse Verity.

– Vocês podem ficar quietos? – pediu Eliza. – Quero escutar.

Os lances começaram baixos, claro, como sempre. Mas depois de alguns bons lances, uma voz familiar anunciou alto:

– Trinta libras.

Considerando que todo o jantar custaria sete libras e dois xelins para ser produzido, era um lance impressionante, que fez com que Verity sentisse um frisson de satisfação.

– O Sr. Wolfford está dando um lance – afirmou Eliza, como quem sabe das coisas. – Eu disse que ele e Verity estavam *simpatico*, como diria meu marido meio-italiano.

– Trinta e duas libras! – anunciou outra voz familiar.

Verity bufou.

– Ainda bem que não preciso jantar com quem comprar. É lorde Minton.

Geoffrey se virou para Diana.

– Quer que eu dê um lance...?
– Não – responderam as três em uníssono.
– Só se parecer que o Sr. Wolfford vai perder – disse Eliza, sempre prática.
– Quarenta libras! – ofereceu o Sr. Wolfford.
Verity prendeu a respiração. Depois sorriu.
– Toma essa, lorde Minton! – exclamou Eliza, para o grupinho deles. – É isso que dá brincar com os sentimentos da nossa irmãzinha.
– Apoiada – disse Diana, baixinho.
Mas foi só o começo. Lorde Minton deu um lance mais alto. Então, para choque e imenso prazer de Verity, o Sr. Wolfford continuou dando lances até que lorde Minton entendesse o recado e parasse... em duzentas libras! Era uma quantia opulenta. Todos estavam atordoados quando o leiloeiro anunciou:
– Dou-lhe uma, dou-lhe duas... vendido para...
– Raphael Wolfford! – respondeu seu novo defensor.
Ela queria dar um beijo nele, embora isso significasse que começariam a fofocar sobre os dois. Mas se ele fosse o Fantasma dela...
Bem, ele não era *dela*. Mas era óbvio que queria alguma coisa com ela. Por que outro motivo daria um lance tão alto? E como lorde Minton conseguira acompanhar lances tão altos por tanto tempo? Não acreditava que ele pudesse pagar por aquilo. Procurou pelo salão, mas parecia que lorde Minton tinha ido embora. Já fora tarde. Talvez as ofertas agressivas do Sr. Wolfford tivessem feito com que ele se retirasse. Embora, pelo visto, o Sr. Wolfford também tivesse desaparecido.
– Bem, depois dessa performance um tanto dramática, acho que devemos convidar o Sr. Wolfford para a temporada na casa de praia – sugeriu Eliza.
– Mas já fechamos a lista de convidados – disse Diana.
Eliza fungou.
– É a nossa temporada, podemos convidar quem quisermos. Acho que devemos convidá-lo. Ele é elegível e provou ser amigo da Ocasiões Especiais, além de estar claro que se apaixonou por Verity.
– Certo – murmurou Verity.
O Sr. Wolfford não lhe parecia o tipo de homem que se permitia se apaixonar assim.
As irmãs se viraram para ela.

– Você precisa desempatar. O que acha? Quer dizer, se não gostar dele ou achar que ele é muito agressivo na forma como está correndo atrás de você...

– Primeiro, ele não está correndo atrás de mim. Segundo... – Verity deixou a frase morrer antes de continuar protestando.

Convidá-lo não era uma ideia de todo ruim. Daria a ela uma chance de conhecê-lo melhor e descobrir de uma vez por todas se era ele mesmo que vinha se escondendo nos eventos delas.

Claro, isso significava que ele se esconderia em outro. Se ele aceitasse. E se ele fosse o Fantasma, algo de que ela ainda não tinha certeza absoluta.

Na verdade, esse era outro motivo para convidá-lo. Na temporada na casa de praia, talvez conseguisse fazer com que ele admitisse a verdade, qualquer que fosse. Se não continuasse investigando, nunca saberia quem ele realmente era e por que entrava de forma furtiva nos seus eventos.

– Acho que devemos convidá-lo – anunciou Verity. – É o mínimo depois de ele dar duzentas libras para o Hospital Foundling. Ora, isso é mais do que arrecadamos no total do primeiro leilão.

– Então está resolvido – disse Eliza. – Vamos convidá-lo.

– Só um momento, Eliza – interveio Geoffrey, com a testa franzida. – Você nem conhece o sujeito. Ele pode ser algum trapaceiro querendo... bem... passar a perna em você e em seus convidados.

– Sir Lucius me apresentou a ele – destacou Verity. – Você realmente acha que alguém do governo faria isso?

Geoffrey se virou para a esposa.

– Talvez não, mas ainda acho que devemos ser cautelosos.

– Que tal se eu tentar descobrir alguma coisa sobre Wolfford com meus amigos do Exército? – sugeriu Nathaniel. – Alguém deve saber se ele realmente é quem diz ser.

– E nós o procuraremos na Debrett's também – acrescentou Diana. – O herdeiro de um visconde deve aparecer.

– O general só se tornou visconde três anos atrás – salientou Nathaniel.

Verity suspirou.

– Então não deve aparecer na Debrett's. Não lançam uma nova edição desde 1808.

Eliza coçou o queixo.

– Conheço uma pessoa para quem posso perguntar a respeito do general e sua família: nosso primo, major Quinn. Ele entrou no Exército muito antes de Nathaniel.

O marido dela fechou a cara.

– Precisamos mesmo? Achei que ele tivesse saído do país outra vez.

– Não, ele ainda está de licença – explicou Eliza. – Só não sei por quê.

– Por algum motivo nefasto, com certeza – resmungou Nathaniel.

O conde não tinha major Quinn em alta conta, provavelmente porque o primo distante delas tivera a intenção de pedir Eliza em casamento antes de Nathaniel. Ou, pelo menos, era esse o boato. Eliza não sabia se era verdade, mas não importava.

Eles interromperam a conversa quando perceberam que o próprio Sr. Wolfford estava se aproximando. Ela esperava que ele não tivesse escutado o que estavam discutindo. Seria extremamente constrangedor. Embora ele não demonstrasse nenhum sinal de que ouvira. Parecia exultante em seu sucesso.

De toda forma, estava na hora de ver se Diana ou Nathaniel o reconheceriam de algum dos eventos em que estavam presentes, principalmente do Dia de Maio.

Verity o apresentou a todos e, para sua decepção, ninguém demonstrou nem sinal de que o reconhecia. Será que eles eram cegos?

Ou *ela* era?

Não importava. De alguma forma, descobriria a verdade. Era impossível que não descobrisse. O Sr. Wolfford conversou com a sua família e respondeu a algumas perguntas, mas assim que o assunto se esgotou, ele perguntou se poderia falar em particular com Verity.

– Claro – respondeu ela, ignorando as sobrancelhas levantadas de suas irmãs. – Precisamos resolver quando o senhor gostaria de marcar o seu jantar especial.

– Exatamente. – Ele sorriu. – E a senhorita precisa me fazer todas as suas perguntas especiais para a preparação. Acho que agora é o momento ideal.

– Fiquem à vontade para usar a sala íntima para conversarem – ofereceu Diana. – Não vamos usá-la esta noite.

Diana e Eliza, porém, lançaram um olhar de advertência que dizia: *Deixe a porta aberta*. Verity resistiu à vontade de dar a língua para elas. Que audácia das duas! Ambas tiveram "conversas particulares" com seus maridos antes de se casarem, e agora negavam a *ela* a mesma chance? Claro, Eliza já era viúva, então a maioria das pessoas fazia vista grossa para tal comportamento, mas Diana...

De qualquer forma, não importava o que as irmãs e seus respectivos pretendentes tinham feito. Verity não era como elas. Então, quando ele lhe ofereceu o braço, Verity aceitou com um olhar desafiador para as irmãs. Sabia se cuidar. Ora, se o Sr. Wolfford tivesse qualquer atitude inconveniente, ela simplesmente gritaria, sem se importar com os lances altos que ele dera no leilão.

Anos antes, depois de algumas tentativas de supostos cavalheiros com a intenção de saber se ela era a dama despudorada de que tinham ouvido falar, ela aprendera que quando uma mulher protesta de forma que outros possam escutar, os patifes fogem rapidinho. Era isso, ou não ir a nenhum lugar sozinha com eles.

Infelizmente, ou talvez nem tanto assim, seu comportamento cauteloso lhe rendera a reputação de ser espinhosa e perigosa de cortejar. Mas Verity não se importava. Além disso, já ficara sozinha com o Sr. Wolfford e nada tinha acontecido, então estaria a salvo. Conhecendo as irmãs e seus maridos, sabia que elas se revezariam para espiá-los de tempos em tempos.

– Obrigada pelos lances – disse ela ao deixarem sua família intrometida para trás. – Sei que o Hospital Foundling fará bom uso dos fundos.

– Fico feliz em saber. Antes de vir a esse leilão, pesquisei sobre o que eles fazem. Parece uma causa muito nobre.

– É, sim.

Um silêncio desconfortável tomou conta da sala. Ao sentir que ele a fitava, ela respirou fundo e agradeceu:

– Obrigada pelo lance tão alto no meu jantar.

– Eu disse que estava curioso para ver como a senhorita prepara tudo.

– Duzentas libras por curiosidade? – perguntou, cética.

Ela o fitou e viu que ele agora olhava para a frente.

– Eu não podia permitir que aquele... cretino do Minton conseguisse se aproximar tanto da senhorita. Já sabemos que ele não é digno de confiança.

Ele parecia sincero, e isso a surpreendeu.

– É verdade. – Ela parou na frente da porta da sala íntima. *E agora é a sua vez de provar se é digno de confiança.* – Chegamos.

Eles entraram, e Verity percebeu que ele nem tentou fechar a porta. Era um bom sinal. Mas também não se sentou nem puxou uma cadeira para ela. Em vez disso, ficou parado em frente ao espelho, encarando-a pelo reflexo. Estranho.

De repente, ele se virou para fitá-la com um olhar galanteador.

– Estou curioso sobre outra coisa além da sua capacidade de criar um jantar para mim.

– Ah! É mesmo?! – exclamou ela, realmente perplexa.

Ele se aproximou.

– Eu gostaria de saber como seria beijá-la.

Normalmente, isso despertaria todos os seus instintos de autopreservação. Mas as palavras dele saíram com tanta naturalidade, quase como se ele estivesse prestes a conduzir um experimento, que Verity precisou se segurar para não rir.

Então, ela compreendeu a situação. Ah, por que ele era como todos os outros homens do mundo?

Ela se esforçou para falar baixo.

– Vejo que o senhor espera receber bastante em troca do seu alto lance; um jantar pomposo *e* um beijo. Achou mesmo que arrematar o jantar lhe daria direito a fazer o que bem entendesse comigo? Porque posso lhe garantir que meus serviços não estão à venda, então se...

– Não! – cortou ele, parecendo genuinamente constrangido pela forma como ela interpretou as palavras dele. – Não. Perdoe-me, não foi o que quis dizer. Está claro que não me expressei muito bem.

– Muito bem. – Ela cruzou os braços. – Então, o que o senhor *quis* dizer?

O Sr. Wolfford endireitou os ombros.

– Olhe, não me importo com o jantar. Deus sabe que não sou conhecido por ter um paladar refinado. Na verdade, eu daria essa mesma quantia ao Hospital Foundling sem qualquer outra razão além de saber que é uma boa causa, e diria para a senhorita guardar a quantia necessária para o jantar. Sem querer ofender.

– Tu-tudo bem.

Aquela devia ser a conversa mais estranha que ela já tivera com um homem.

Ela viu um músculo se contraindo no maxilar dele.

– Mas a senhorita é a primeira mulher da sociedade que considero interessante. – Ele se aproximou. – A primeira que considerei beijar. A maioria é tão previsivelmente esnobe, e eu sou... bem...

Quando ele deixou a frase morrer, ela compreendeu.

– Essencialmente, um órfão – disse ela baixinho.

Ele a encarou, tenso.

– Eu ia dizer "soldado", mas acho que "órfão" também se encaixa.

Ele parecia pouco à vontade e orgulhoso ao mesmo tempo. Era um tanto cativante. Se fosse mesmo genuíno.

– Entendo.

Agora, ele parecia nervoso.

– Esqueça tudo que eu disse. Pagarei pelo jantar e, como compensação por insultar a senhorita, não espero que o realize. Porque eu realmente não quis...

– É o seguinte. – Ela analisou a expressão dele, mas estava claro que o Sr. Wolfford entrara em uma área que não dominava e queria recuar. O que mudava completamente a forma como ela se sentia em relação ao pedido dele. – O senhor quer um beijo, e eu não quero ser tratada como uma... mulher da vida, que recebe dinheiro em troca de favores. Então, que tal isto? – Ela se aproximou. – Ainda vou lhe dar o jantar. Afinal, o seu lance foi para isso, e tenho muito orgulho do que faço para querer provar as minhas habilidades para o senhor. Mas como também tenho curiosidade em saber como é o seu beijo, nós nos beijaremos, mas não terá nenhuma relação com o seu lance no leilão. Pode ser assim?

– Qualquer acordo que acabe com um beijo entre nós dois é aceitável para mim. – Quando ela começou a se eriçar, ele logo se retratou: – Eu não quis dizer "acordo". Droga, que péssima escolha de palavras. E agora praguejei na frente de uma dama. – Ele bufou. – Sou péssimo nisso, não é mesmo?

Ela levantou uma sobrancelha.

– Em quê?

– Flertar? Cortejar uma dama? – Ele balançou a mão no vazio entre eles. – O que quer que isso seja. Sir Lucius me avisou que eu seria um desastre, e eu o repreendi.

Ele discutira com sir Lucius a possibilidade de cortejá-la? Que intrigante.

– Mas, pelo visto, ele estava certo – disse Rafe, de mau humor. – E eu sou um tolo estúpido.

– É mesmo. – Tentando não rir, Verity se aproximou para dar um leve beijo nos lábios dele. – Mas isso não impediu que nós nos beijássemos – disse ela, com um sorriso. – Agora está feito, e nenhum de nós precisa ficar na curiosidade.

– Feito? – questionou ele, com um brilho repentino nos olhos. – De forma alguma.

Antes que Verity pudesse pensar, ele colocou as mãos na cintura dela, puxou-a para perto e pressionou os lábios nos dela outra vez. O coração dela deu uma cambalhota. Esse beijo era melhor do que aquele que acabara de dar. Ele brincou com seus lábios, sua respiração se misturando com a dela, quente e com cheiro de cravo.

– O seu gosto é inebriante – murmurou ele contra a sua boca e, como se quisesse enfatizar, mordiscou de leve seu lábio inferior.

– O seu cheiro é inebriante – sussurrou ela antes que ele cobrisse de novo seus lábios, com mais vontade dessa vez.

O cheiro dele era o paraíso. A mistura masculina de rum, cravo e canela a deixava tonta. Ou, talvez, fosse o beijo, agora alternando entre leve e potente. Nunca ninguém a beijara assim.

Deleitando-se no prazer daquele beijo, Verity passou os braços pela cintura dele, os olhos se fechando sozinhos. Ele deslizou a ponta da língua pela abertura dos lábios dela, separando-os, então enfiou a língua dentro de sua boca.

Ah, socorro. Aquilo era tão imoral. Maravilhoso. Diferente. Viciante. Seu rosto estava em chamas, como seu sangue. Ainda mais quando ele começou a movimentar a língua entre seus lábios, como se quisesse possuí-la. Ela não estava acostumada com esse tipo de... comportamento ousado. Fazia com que também tivesse vontade de ser ousada, enfiar os dedos no cabelo sedoso e ondulado dele e sentir as mãos dele em lugares inaceitáveis...

O som de vozes no corredor fez com que ela se afastasse, embora não tivesse vontade. Eram Diana e Geoffrey, conversando mais alto do que o normal para avisá-los de forma nada sutil para se comportarem.

Ele não mudou em nada sua postura, só deixou os braços caírem. Mas seus olhos, seus gloriosos olhos prateados, estavam fixos no rosto dela e, então, em sua boca, que ainda formigava dos beijos.

Verity se recompôs. Percebendo que a irmã e o cunhado achariam estranho se ela e o Sr. Wolfford continuassem quietos, disse em um tom de voz que pudesse ser ouvido do corredor:

– Então, mesmo que o senhor não goste de doces, achamos que um pouco de açúcar funciona no molho.

Ele olhou para ela, claramente sem entender nada, e ela o cutucou. Foi quando, aparentemente, ele percebeu. Começando a sorrir, ele disse:

– Acredito que um pouco de açúcar funciona com praticamente qualquer coisa.

Ele teve a audácia de estender a mão e contornar os lábios dela com um dedo.

Que homem sem-vergonha. Tirando a mão dele de seus lábios, ela lançou um olhar de advertência.

– *De toda forma*, como mencionei mais cedo, tenho uma lista de perguntas para o senhor responder. É só me passar seu endereço, que mando entregar para que possa responder à vontade.

– Claro. No momento, estou no Albany.

Aquilo a surpreendeu. Só os melhores solteiros da sociedade tinham quartos no Albany, desde que tinha sido inaugurado quase dez anos antes. Poetas, políticos e dramaturgos andavam por seus corredores, além de um ou dois filhos de duque. Não conseguia imaginar o Fantasma por lá.

A não ser que ele estivesse hospedado como convidado de alguma outra pessoa, o que era possível.

– Entendo. – Ela parou para escutar por um momento, mas, pelo visto, Diana e Geoffrey tinham seguido em frente. – Logo eles vão voltar – afirmou ela, baixinho. – Então, por que não decidimos quando será o jantar e posso voltar para a minha família antes que o senhor... que *nós* caiamos em tentação e continuemos... hã... fazendo experimentos de flerte?

– Eu gosto de experimentos.

– Eu também – concordou ela –, por mais imprudentes que sejam.

Os olhos dele brilharam.

– Com certeza só mais um não vai fazer mal.

O coração dela começou a bater tão alto no peito que ela achou que ele poderia escutar. Nenhuma vez lorde Minton a fizera desejar *daquela forma*.

Mais uma razão para recusar. Por isso, deixou escapar um gemido resignado quando se escutou dizendo:

– Tudo bem. Só mais um, *rapidinho*.

Sem nem perguntar, ele deu um passo à frente e a tomou em seus braços. E, pouco antes de a boca dele tomar a sua, Verity viu o desejo em sua expressão, e sentiu a mesma onda tomar conta de seu corpo, e soube na mesma hora que estava encrencada.

Porque a luxúria era pecado, e ela estava prestes a cometer um pecado gravíssimo.

CAPÍTULO CINCO

Rafe sabia que aquele era um jogo arriscado que poderia perder feio se assustasse Verity. Mas havia forma melhor de fortalecer sua conexão?

Não tinha nada a ver com sua necessidade urgente de beijar aquela boca de novo.

Fechando os olhos e ignorando esse pensamento, ele intensificou o beijo, sentindo-se triunfante quando ela abriu os lábios para receber sua língua. O calor de sua boca quando as línguas se emaranharam o deixou ofegante e fez com que seu sangue corresse mais rápido. Por mais que se esforçasse para ignorar os encantos dela, beijá-la foi uma revelação, que mostrava que lady Verity podia deixar de ser espinhosa e se transformar em uma macia pétala de rosa em seus braços.

Isso fez com que a desejasse ainda mais. Queria saboreá-la mais, tocá-la mais... senti-la mais.

Droga.

As mãos dela agarraram suas lapelas, puxando-o para mais perto, e ele se deliciou ao acariciar seu rosto e dar beijos em sua orelha.

– O seu gosto é como um raio de sol – sussurrou ele.

Ela riu, o que não era a reação que ele pretendia causar.

– E qual é o gosto de um raio de sol?

Ele mordiscou o lóbulo da orelha dela.

– De laranja.

A respiração dela oscilou.

– Deve ser... o óleo de laranja do meu perfume.

Os fios de cabelo dela fizeram cócegas em seu nariz.

– Eu adoraria ver seu cabelo solto.

Meu Deus. Ele realmente tinha dito isso em voz alta?

Ela ficou tensa.

– Isso provavelmente não vai acontecer, Sr. Wolfford – afirmou ela, começando a se afastar.

– Rafe – corrigiu ele. – Pode me chamar de Rafe, Verity.

– Não lhe dei permissão para me chamar de...

Ele a interrompeu com outro beijo, longo e intenso e íntimo, fazendo com que ela soltasse um gemido que incendiou o sangue dele. Então, ele se afastou e murmurou:

– O que você estava dizendo?

Ela levantou o olhar para fitá-lo com seus olhos verdes como florestas sob a luz da tarde.

– Você é um sujeito impertinente, não é... Rafe?

– Às vezes. Mas você também é uma mulher impertinente, Verity.

– Como pode saber disso se acabamos de nos conhecer? – perguntou ela, com o tom de voz baixo, como um aviso.

Ele ignorou o tom. Era óbvio que, sendo espião havia tanto tempo, ele via perigo em todo lugar.

– Você foi impertinente desde o momento em que disse que um herdeiro precisa de uma esposa.

Um sorriso relutante surgiu nos lábios dela.

– Verdade. Mas, por favor, não me chame pelo nome quando minhas irmãs estiverem por perto. Elas vão achar que temos uma relação imprópria.

– Nós *estamos* fazendo coisas impróprias – afirmou ele, enfatizando seu ponto de vista ao mordiscar o lábio inferior dela.

Só que não é impróprio o bastante para mim.

Ele notou como a respiração dela estava acelerada. Nada o deixava mais excitado do que ver uma mulher excitada. Ainda mais quando a mulher em questão não se esforçava em esconder.

– Não quero que elas saibam o que estamos fazendo – sussurrou ela –, senão, elas não vão parar de falar sobre isso e vão ficar muito protetoras.

Ele sorriu.

– Como você preferir, milady.

Levantando uma sobrancelha, ela se soltou dos braços dele. Estava claro que os beijos tinham acabado. Não que ele se importasse. De forma alguma.

Certo.

Sem olhá-lo nos olhos, ela passou a mão de leve no cabelo como se quisesse se certificar de que cada cacho estava em seu devido lugar.

– Agora, precisamos realmente discutir quando e onde será o seu banquete.

Ela provavelmente *não* se referia ao tipo de banquete que ele queria naquele momento.

– Acho que não seria apropriado fazer isso nos meus aposentos no Albany.

Onde ele poderia ter o que queria.

– A não ser que tenha uma cozinha completa escondida lá.

Ele riu.

– Bem pensado. Infelizmente, embora eu queira procurar uma casa para alugar para a temporada na primavera, ainda não sei exatamente quanto tempo vou ficar em Londres, por isso não tenho como lhe dar uma data exata.

– Eu e minha família vamos sair da cidade na semana que vem e passaremos um mês fora, então o ideal é que fosse antes disso.

– Ah. Para onde vocês vão? – perguntou ele, embora já soubesse.

– Vamos passar uma temporada na casa de praia.

Você poderia me convidar, pensou ele. *Poderia me convidar agora.*

Mas ela ainda estava cautelosa demais para dar um passo como esse sem a aprovação prévia das irmãs. E ele ouvira o suficiente da conversa delas depois do leilão para saber que ainda não estavam prontas para isso, graças aos seus maridos intrometidos.

Você sabe que seria tão cauteloso quanto se estivesse no lugar deles.

Sim, ele seria.

– Podemos marcar para depois que você voltar – sugeriu ele. – Supondo que eu ainda esteja na cidade. Sem dúvida, você deve ter muitas coisas para providenciar antes de partirem.

– Certo – disse ela, gesticulando com a mão enluvada. – Vou conversar com o chef e ver se ele consegue se planejar para antes da nossa viagem.

Rafe forçou um sorriso, embora por dentro estivesse tremendo. Monsieur Beaufort, claro. Beaufort não ficaria contente por Rafe ter ganhado o jantar no leilão, mas Rafe não podia fazer nada a respeito. Dar lances no leilão fora uma decisão tática da qual ele não se arrependia. Para ser justo, ele tinha tentado *não* reivindicar o jantar, mas isso não acalmaria os ânimos de Beaufort.

– Deixe um recado para mim no Albany e vou tentar conciliar minha agenda com a sua e a dele.

– Obrigada por ser tão atencioso – declarou Verity, com animação.

Ele pegou a mão dela.

– Posso ser ainda mais atencioso, se for o que você desejar.

Ela cravou o olhar nele.

– Em que aspecto?

– Por que não vamos para o jardim discutir esse assunto?

Onde ele poderia beijá-la sem se preocupar com o fato de ela estar desacompanhada, e garantir que, quando ela voltasse para as irmãs, insistisse em convidá-lo para a temporada.

– Isso não seria nada prudente – disse ela baixinho, decepcionando-o. Até que ela acrescentou: – Devemos voltar para nossos acompanhantes.

Nossos acompanhantes? Esse era um bom sinal. Ela já pensava nele como parte de seu círculo.

– Muito bem. Outra hora, então.

Eles estavam saindo da sala quando um lacaio se aproximou com uma mensagem para ele, um bilhete conciso de sir Lucius que dizia:

Precisamos conversar em particular. Encontre-me naquela casa no jardim de pedra. Você sabe qual.

Algo terrível deveria ter acontecido, do contrário, sir Lucius nunca teria entrado em contato com ele no meio do evento.

Ele se virou para Verity.

– Perdoe-me, mas sir Lucius precisa da minha ajuda. Ele veio na minha carruagem, e eu... hã... preciso levá-lo de volta.

Para surpresa dele, ela riu.

– Parece que ele tomou um pouco de champanhe demais, certo? – comentou ela.

– Exatamente – concordou ele, torcendo para que sir Lucius não ficasse ofendido.

– Bem, não posso reclamar, ele fez lances respeitáveis, e foi ele que me apresentou a você, que deu lances mais do que respeitáveis. Por isso, se não o encontrar de novo, vou entender. Mandarei um recado para você no Albany assim que souber quando poderemos marcar o jantar.

– Obrigado. – Uma ideia lhe ocorreu quando entraram no salão de baile e ele perguntou: – Lorde Minton ainda está por aqui?

O rosto dela endureceu.

– Acredito que não. Mas pode deixar que não vou caminhar sozinha pelo jardim.

– Ótimo. – E havia mais de um motivo para isso. – E se resolver caminhar no jardim, peça que o duque ou lorde Foxstead a acompanhe.

Com a expressão se suavizando, lady Verity colocou a mão no braço dele.

– Obrigada pela sua preocupação. Ele não vai me pegar desprevenida de novo, posso lhe garantir. Agora, vá cuidar do seu amigo.

Assentindo, ele se apressou até a porta que levava aos jardins. Da última vez que estivera na Grenwood House, disfarçado, Rafe explorara toda a propriedade e encontrara um laboratório nos fundos do jardim. Sir Lucius devia ter se lembrado desse detalhe do seu relatório.

No momento em que Rafe entrou, sir Lucius saiu da sombra.

– Acabamos de receber uma mensagem do Serviço Secreto relatando que Napoleão cruzou a fronteira da Rússia.

O Serviço Secreto tinha um nome bem apropriado, já que era, literalmente, o segredo mais bem guardado do governo britânico. Um ramo do Serviço Postal do Governo havia quase três séculos, que lia todas as correspondências enviadas para a Inglaterra de qualquer país estrangeiro, e vice-versa. Todos os dias, um pequeno grupo de funcionários e tradutores verificava com cautela o conteúdo dessas cartas em busca de qualquer coisa que fosse significativa para o bem-estar da Inglaterra, antes de enviar a correspondência para seu destino.

Durante os tempos de guerra, o Serviço Secreto era essencial. A população não sabia de sua existência. Muitos no governo também não. E mestres da espionagem como sir Lucius queriam que tudo permanecesse assim.

O simples fato de o espião que estavam procurando evitar usar correspondências significava que tinha amigos no alto escalão. E era por aquela razão que Rafe e sir Lucius recorreram àquele tipo de investigação.

– Se Napoleão vencer na Rússia – continuou sir Lucius –, seremos pressionados a derrotá-lo de uma vez por todas. E se ele vencer na Península... – Balançando a cabeça, ele falou mais baixo: – Também recebemos notícias de uma batalha em que a vanguarda britânica foi surpreendida. *Alguém* sabia que estávamos chegando.

– Inferno.

– Wellington está marchando para Madri. Ele precisa tomar a cidade se quisermos ter alguma chance de vencer Napoleão depois que ele conquistar a Rússia.

– Supondo que ele *consiga* conquistar a Rússia – disse Rafe. – O inverno está começando, e os invernos russos são brutais.

– Mesmo assim, eu me sentiria melhor... o Gabinete de Guerra se sentiria melhor, se conseguíssemos eliminar o espião que está compartilhando informações da nossa tropa. Como foi com lady Verity? Tudo correu bem?

– Muito bem – respondeu ele, de forma evasiva.

– Imagino, considerando o seu lance no leilão. Duvido que o Gabinete de Guerra reembolse duzentas libras por um jantar.

– Não espero um reembolso. Considero como parte da minha vingança pelo meu tio.

– Tem dinheiro o bastante no cofre da sua família?

– O suficiente – replicou Rafe. – Eu precisava chamar a atenção de lady Verity de alguma forma. E parece que funcionou. Escutei uma conversa entre ela e as irmãs sobre me convidar para a temporada na casa de praia.

Sir Lucius assoviou.

– Excelente.

– Mas também escutei Grenwood e Foxstead expressarem sua preocupação, já que as damas não sabem muito a meu respeito. Os cavalheiros insistiram em me investigar um pouco mais antes de fazerem o convite.

Seu superior assentiu.

– Nós previmos que isso pudesse acontecer e já está tudo providenciado. Chegamos a "vender" a sua comissão para um oficial, para que ele possa substituí-lo na Espanha. Como você não queria retornar para a guerra com seu tio à beira da morte, seu status como soldado na ativa foi mantido em segredo. Ninguém sabe sobre o verdadeiro estado da "doença" dele, além de mim, de você e do ministro da Guerra.

E dois ou três serviçais do Castelo Wolfford, em quem Rafe podia confiar.

– Ótimo. Porque acho que as irmãs Harpers estão pensando seriamente em me convidar. Claro, se Foxstead ou Grenwood as convencerem do contrário, isso indicaria que um *deles* é o espião.

– Não acredito que seja qualquer um dos dois. É claro que você deve se certificar, mas Grenwood não está há tempo suficiente na sociedade, e Foxstead foi um herói de guerra, pelo amor de Deus.

– Verdade.

Sir Lucius pegou um cigarro e acendeu na vela que pelo visto trouxera.

– Eu vi que você saiu sozinho com lady Verity depois do leilão. Não foi imprudente?

Imprudente? Não. Mas bastante prazeroso. Não que ele fosse dizer isso a sir Lucius.

Seu chefe continuou:

– Pelo menos reconheça que se levar esse flerte longe demais, poderá ser descoberto. Ou, pior ainda, estará encarando o mesmo perigo que seu tio. Não quero *dois* Wolffords feridos pesando na minha consciência.

– Vou ter cuidado. – Se ao menos Verity não tivesse se mostrado capaz de derrubar as defesas dele quando ele menos esperava... – Eu não poderia ir embora sem fazer com que nossa "amizade" florescesse, por assim dizer. Não depois de escutar que eles iam investigar meu passado para garantir que posso ser convidado para a temporada.

Ao escutar o tom amargo na sua voz, não se surpreendeu quando sir Lucius disse:

– Acho que eu não deveria ter revelado tão cedo que você é órfão. Mas foi você quem disse que órfãos eram seu ponto fraco.

– Ela acabaria descobrindo.

A verdade era que ele não tinha a menor intenção de mencionar órfãos. Apenas escapou quando ele a viu em carne e osso, tão perto, tão linda, tão...

Imprevisível. Era isso: Verity era essencialmente imprevisível. Rafe passara toda a sua carreira militar usando a previsibilidade para administrar suas missões, para avaliar os soldados inimigos e seus comandantes, civis estrangeiros na política, determinados funcionários públicos de alto e baixo escalão. Mas não havia previsibilidade em Verity, e ele achava isso irritante demais.

E muito fascinante.

Ridículo. Não estava nem um pouco fascinado. Não quando ela estava conseguindo distraí-lo de seu objetivo.

– Além disso, eu e ela precisávamos combinar quando e onde ela vai me oferecer o jantar que ganhei no leilão.

– Ah, sim.

– Ela parece gostar de mim, o que conta a nosso favor.

O subsecretário bufou.

– Gosta mesmo? Como você sabe?

Uma parte de Rafe se recusava a revelar que ele e Verity tinham se beijado, mais de uma vez.

– Digamos apenas que flertamos um pouco enquanto falávamos sobre o jantar.

Pelo visto, sir Lucius não sabia que o termo "flertar" poderia encobrir muitos pecados, porque ele sorriu com a informação.

– Graças a Deus, você avançou tanto em tão pouco tempo. Vou garantir que o caminho esteja livre para você seguir em frente. Quem quer que Foxstead e Grenwood consigam encontrar no meu gabinete para falar sobre você só passará as melhores informações.

– Obrigado – disse Rafe, secamente. – Não sabia que havia informações *ruins* sobre mim circulando por aí.

Sir Lucius deu de ombros.

– Você é um espião. Nossos compatriotas não gostam da ideia de serem espionados pelo próprio governo. É exatamente por isso que mantivemos o Serviço Secreto ativo durante todos esses séculos. – Ele bateu no ombro de Rafe carinhosamente. – Não se preocupe. Vou garantir que não saibam nada sobre espionagem, nem mesmo que você era um oficial da inteligência de Wellington.

– Faça isso. Talvez eu ainda consiga ir para o litoral.

– Você sabe que estará por sua conta e risco, não sabe?

– Como todas as vezes que atuei como oficial da inteligência.

– É diferente. Se precisar de mim, mande um bilhete por um mensageiro e providenciarei ajuda. Presumindo que você vai conseguir um convite.

– Juro que vou.

Era melhor que conseguisse mesmo, não importava o que fosse preciso fazer. Rafe passara a vida toda se preparando para aquele tipo de trabalho, graças ao tio. Por isso, sempre sabia no que estava se envolvendo quando saía em uma missão: um mundo sombrio em que ninguém confiava em ninguém. Era por isso que não confiava em nenhuma pessoa além do tio e meia dúzia de homens como sir Lucius. Era melhor continuar assim.

Embora, às vezes, todas as mentiras e segredos pesassem, para dizer o mínimo. Era difícil ter uma vida normal quando não se confiava em ninguém. Então, sir Lucius estava certo sobre uma coisa: ter um romance com lady Verity era perigoso, principalmente se a família dela fosse tão traiçoeira quanto ele temia.

Independentemente do que acontecesse nas próximas semanas, Rafe precisava estar preparado para tudo. Ou acabaria como seu tio: privado de toda a sua razão.

E, possivelmente, de sua vida.

CAPÍTULO SEIS

Dois dias depois do leilão, Verity sentou-se à mesa da sala íntima de Foxstead Place, onde era possível ter um pouco de privacidade, já que o café da manhã tinha acabado. Entre Nathaniel, Eliza e Jimmy, isso podia ser difícil.

Mas morar com a irmã era melhor do que morar com o primo de segundo grau e sua esposa, Rosy, na antiga casa da irmã na cidade. Rosy estava fazendo um excelente trabalho na parte de moda da Ocasiões Especiais, e Winston ajudava em muitas tarefas, incluindo a de consultor de moda e etiqueta para homens. Eles precisavam de um lugar para morar em Londres, e a casinha de Eliza era perfeita para o jovem casal.

Isso certamente facilitou as coisas para ela e Eliza. Mas Verity se negou veementemente a morar com eles, sabendo que o casal recém-casado precisava de privacidade. Não era a mesma coisa com Eliza e Nathaniel. Para começar, Foxstead Place era muito mais espaçosa. Além disso, Eliza já tinha sido casada, e o pequeno Jimmy morava com eles, o que deixava tudo menos... íntimo.

Eliza e Nathaniel estavam cuidando de Jimmy, o filho ilegítimo do falecido marido de Eliza, enquanto a mãe do menino e o padrasto hussardo estavam na Península. Verity achava a combinação entre os dois casais muito pouco convencional, mas o pequeno Jimmy era uma graça, e seria injusto levar o menino de apenas 2 anos para a guerra. Nossa, a família deles tinha muitos oficiais, não é? O Sr. Wolfford se sentiria à vontade com o grupo, supondo que decidissem convidá-lo para a temporada na casa de praia. Esperava que sim. Queria descobrir de uma vez por todas se ele era mesmo o Fantasma.

Verity bebericou seu chocolate e percebeu que tinha esfriado. Ugh! Colocando a xícara no pires, concentrou-se na sua tarefa: fazer uma lista de tudo que percebera sobre o Fantasma. Precisava fazer *alguma coisa* para parar de pensar em por que Nathaniel e Geoffrey estavam demorando tanto para descobrir a verdade sobre o Sr. Wolfford. Infelizmente, sua lista não estava ajudando a determinar se o Fantasma era Rafe.

Ela resmungou. *Sr. Wolfford*, não *Rafe*, pelo amor de Deus. Se não tomasse cuidado, o chamaria pelo primeiro nome na frente dos outros, e sua família nunca mais a deixaria em paz.

– O que você está fazendo? – perguntou Eliza, que estava atrás dela e a fez pular de susto.

– Meu Deus – murmurou Verity, fechando o caderno. – Está querendo me matar do coração?

– Nem preciso tentar – disse a irmã, contente. – Você está sempre dizendo que vai morrer do coração por causa de bandejas de saladas mal arrumadas ou do leite fermentado na sopa. Não sei como evitar.

– Não sou tão dramática assim – reclamou Verity. – Mas, afinal, o que você está fazendo? Achei que você e Diana tivessem ido fazer compras.

– Nós fomos. Três horas atrás. Já terminamos.

– Nossa, acho que nem vi o tempo passar.

Eliza olhou para o caderno fechado de Verity.

– Estava planejando o cardápio para a temporada na casa de praia?

– Não. Esses já estão prontos. – Ela enfiou o caderno no bolso do avental. – Deixe de ser bisbilhoteira.

A curiosidade estava estampada no rosto de Eliza, mas ela não perguntou mais nada. Eliza nunca fazia isso. Mas Diana faria. Verity teria que encontrar um lugar muito bom para esconder seu caderno.

– Muito bem – disse Eliza. – Posso ver os cardápios?

– Não antes de eu conversar com monsieur Beaufort. Você sabe como ele tem opiniões fortes sobre os pratos sazonais. De qualquer forma, está tudo certo com a comida. Os convidados já responderam? Já decidimos se vamos ou não chamar a mamãe?

– Acho que não devemos, mas ela está ansiosa para ver a bebê, e Diana quer convidá-la.

– Algumas mães e acompanhantes não vão querer que suas protegidas fiquem perto de alguém considerada *persona non grata* na sociedade.

– Diana conseguiu chegar a um acordo – contou Eliza. – Ela convenceu mamãe a só ficar nos dois primeiros dias. Diana vai explicar a situação para as acompanhantes, de forma que, se elas preferirem, podem chegar só depois que mamãe for embora. Talvez algumas não se incomodem, mas, pelo menos, podem escolher se querem ou não expor suas protegidas à escandalosa lady Rumridge. Depois elas poderiam dizer para as fofoqueiras que mamãe não estava lá.

– Isso se você conseguir convencê-la a ir embora. Sabe como ela gosta de um banho de mar – disse Verity com uma careta. – *Eu* não preciso tomar banho de mar, preciso? Odeio aquelas criaturinhas que entram embaixo da minha roupa de banho. É muito perturbador.

– Sem falar nas águas-vivas. Sabemos bem o que você acha *delas*. – Eliza a fitou com carinho. – Você não precisa nem chegar perto do mar se não quiser.

– Que bom. – Verity sorriu para a irmã. – Prefiro caminhar pela areia e catar conchinhas. – E, animada, completou: – Ah, e precisamos planejar uma excursão para A La Ronde. Não consegui ver tudo da última vez.

– Faremos o que todas as damas quiserem. – Eliza piscou para ela. – E tudo aquilo em que os cavalheiros concordarem em acompanhar as damas. Afinal, esse é o objetivo.

– Sei que Isolde e a mãe dela confirmaram, mas não me lembro quem mais.

Diana entrou naquele momento e respondeu:

– Lady Robina e o irmão, lorde Ambridge, com a esposa dele. Major Quinn.

Eliza gemeu.

– Ele precisa ir?

– Ele é nosso primo. E seria bom se conseguisse uma esposa.

– Nathaniel vai reclamar – resmungou Eliza.

– Ele está casado com você agora, querida – disse Diana. – Não vai se incomodar.

Eliza parecia cética.

– Além disso – continuou Diana –, acho que o major e Isolde estão mutuamente interessados e podemos incentivá-los. Ah, lorde Henry e sua irmã gêmea, lady Harriet, também vão.

– Os dois? – questionou Verity. – Ela não é nossa cliente.

– Não, mas ele é um solteiro elegível e não vai se ela não for.

– Isso é porque ela arruma confusão aonde quer que vá – murmurou Verity. – E os dois ainda atendem por Harry. É confuso quando estão juntos.

– Bem, não *tão* confuso assim – opinou Diana. – Ela é mulher e ele, homem. Se eu disser "Harry está experimentando um vestido", vamos saber de quem estou falando.

– Sim, mas se você disser "me passa o molho, por favor, Harry"...

– Pelo amor de Deus, é só chamar de lorde Harry ou lady Harry, e ninguém vai se confundir – disse Diana, irritada. – E esse é o certo, de qualquer forma.

– Sim. – Verity se debruçou na mesa. – E quem mais?

– Só as acompanhantes. Ah! E o americano e sua irmã tímida.

– Sr. Nigel Chetley e Srta. Ophelia Chetley – informou Verity. – Ela se abriu um pouco depois que eu e Eliza começamos a trabalhar com ela. Os dois fizeram sucesso no baile dos Devonshires. Acho que a intenção do Sr. Chetley é conseguir um marido inglês com título para a irmã, já que eles são podres de ricos.

Diana suspirou.

– Você pode, por favor, não ser *tão* direta assim na temporada na casa de praia? Queremos ajudar a Srta. Chetley, não causar problemas para ela.

Verity se defendeu:

– Eu *jamais* diria isso para alguém além de vocês duas. E talvez para Geoffrey. Ele parece não se incomodar com o fato de eu ser tão direta.

– Porque você e meu marido se parecem nesse aspecto – comentou Diana.

– E vocês nos amam por causa disso – salientou Verity. – Admita.

– Eu o amo apesar disso. E amo *você* porque é minha irmã. Quem não ama a própria irmã?

– Deve haver *alguém* que não gosta das próprias irmãs – comentou Eliza. – Provavelmente, muitas pessoas.

Diana fungou.

– Bem, eu gosto das duas, embora vocês me deem nos nervos de vez em quando. – Parecendo preocupada de repente, ela se sentou ao lado de Eliza. – Preciso contar a vocês que convidei Sarah e os meninos.

Verity se levantou em um pulo.

– Você está louca? Se Sarah e papai forem e mamãe também, nossos pais vão brigar o tempo inteiro!

– Não sou tola a ponto de convidar o papai – esclareceu Diana. – Só nossa madrasta e os filhos dela. Além disso, ela só vai chegar quando mamãe for embora. Sendo que, pra ser sincera, acho que mamãe não dá a mínima para o fato de papai ter se casado com Sarah depois do divórcio.

Afinal, a mãe delas tinha o novo marido. O major-general Tobias Ord, agora também conhecido como visconde Rumridge, que estava servindo ao país em Portugal. Ela mal o via.

– Como você convidou Sarah sem convidar o papai também? – questionou Eliza.

– Apenas deixei implícito que era uma temporada só para mulheres, na qual vamos discutir moda, filhos e todos os outros assuntos que homens costumam achar chatos – explicou Diana. – Quando Sarah perceber que não é bem isso, podemos dizer que mudamos o escopo do evento. Ela não vai se incomodar.

– Ela nunca parece se incomodar com nada – comentou Verity. – Só não sei como ela consegue aturar papai.

– Ela não atura, pelo que eu percebo – disse Diana. – Papai não viria, de qualquer forma, mesmo se eu o convidasse. Além disso, vai ser bom encontrarmos os meninos. Já faz um tempo que não os vemos.

Verity recostou na cadeira.

– Agora que você tem um "pequeno", fico surpresa por querer ver nossos meios-irmãos.

– Na verdade, eu gostaria de vê-los também – comentou Eliza. – Seria bom para Jimmy ter com quem brincar, ainda mais na praia.

Elas escutaram uma agitação no corredor.

– Os homens chegaram – anunciou Eliza, contente.

Ela estava casada havia menos de um mês e, pelo visto, ainda sentia saudades do marido quando ele estava fora. Embora, quando Verity parou para pensar no assunto, isso também acontecia com Diana, e ela já estava casada havia mais de um ano.

Verity se perguntou, amargamente, se os homens se sentiam da mesma forma. Pelo que estava acostumada, a maioria dos homens era incapaz de sentir saudades da esposa. O pai dela com certeza era assim com as duas esposas.

Naquele momento, Geoffrey e Nathaniel entraram na sala íntima e se sentaram à mesa. Geoffrey se serviu de chocolate do bule ao lado de Verity.

– Já esfriou – avisou Verity.

O grande ogro deu de ombros.

– Está quente lá fora. Não me importo de tomar café frio.

– Não é café, é chocolate.

– Melhor ainda! – Ele deu um gole e lambeu os lábios. Geoffrey amava doces. – Além disso, pedimos ao mordomo para trazer chá, café e bolo – disse ele. – Conseguir informações para repassar para vocês sempre me deixa faminto.

Aquilo certamente chamou a atenção dos outros.

– Você descobriu mais informações sobre o Sr. Wolfford? – perguntou Verity, mal conseguindo esconder sua animação.

– Ele era coronel mesmo? – perguntou Eliza.

– Mais importante ainda – acrescentou Diana –, ele é mesmo herdeiro de um visconde? Quem se importa com a patente dele no Exército ou de qual regimento ele fazia parte?

– Eu já sei tudo isso – contou Verity. – Ele fazia parte da Legião Germânica do Rei. Pelo menos, até servir na Península. – Todos cravaram o olhar nela. – O quê? Conversamos enquanto estávamos juntos no leilão. Descobri muito sobre ele. Infelizmente, nada que possa ajudar a confirmar se ele é quem diz ser.

– Ele é quem diz ser – esclareceu Nathaniel, contente.

Naquele momento, uma criada e um lacaio entraram com grandes bandejas com um bule de café e um de chá, xícaras, açúcar, creme e um prato com bolinhos.

– Ótimo – disse Nathaniel enquanto se levantava para servir uma xícara de chá para si. – Ainda tem bolo de amêndoas. E a cozinheira colocou marzipã para você, Geoffrey.

Quando Geoffrey se levantou para se servir, Verity falou:

– Pelo amor de Deus, vocês dois poderiam parar de pensar com o estômago pelo menos uma vez e nos contar o que descobriram?

Geoffrey se virou para Nathaniel.

– Acho que essa dama está muito interessada em um certo herdeiro do visconde.

Nathaniel colocou dois bolinhos no seu prato.

– Acho que a dama em questão também está interessada em um certo coronel da reserva. Ah, espera, talvez eles sejam a mesma pessoa. – Ele piscou para a esposa. – Já podemos mandar sua irmã para morar em outro lugar?

– Vocês nunca fariam isso, admitam – disse Verity, revirando os olhos. – Precisam que eu esteja por aqui para brincar com Jimmy no dia de folga da babá.

– Ela está certa – concordou Eliza, cheia de si, enquanto Nathaniel trazia uma xícara de café para ela. – Até parece que não tem espaço para ela nesta casa.

Diana bufou impaciente.

– Ah, vamos lá, pelo menos contem para *mim* o que descobriram. Estou morrendo de curiosidade.

– Se você insiste – disse Geoffrey, sentando-se ao lado da esposa e entregando uma xícara de chá para ela. – Ele realmente era coronel, condecorado, inclusive, que serviu na Península e vendeu a comissão quando o tio ficou doente.

Nathaniel continuou a história:

– O tio dele é bem famoso no meio militar, venceu muitas batalhas contra os franceses. Claro, isso foi muito antes de eu entrar para o Exército, mas me parece que o Sr. Wolfford serviu...

– No regimento do tio dele – completou Verity. – Sim, ele me contou isso.

Nathaniel a fitou, pasmo.

– Então, por que vocês nos mandaram investigá-lo?

– Não mandamos – esclareceu Eliza. – Vocês dois que resolveram investigar. Nós só concordamos com a ideia.

– Mas, de toda forma, ele podia estar inventando – argumentou Verity. – Precisávamos saber a verdade.

– Além disso – completou Diana –, estamos mais interessadas no viscondado. Ele é tão elegível quanto parece, considerando o lance altíssimo que deu no leilão?

– Pelo que ficamos sabendo, sim – respondeu Geoffrey. – E antes mesmo de o tio dele se tornar visconde, já que ambos são da proeminente família Wolfford, de Wiltshire. O Sr. Wolfford é filho do irmão mais novo do general que...

– Morreu fora do país. Ele me contou.

– Ele lhe contou bastante coisa, não foi? – questionou Geoffrey. – Ele também lhe contou que a família dele é dona do Castelo Wolfford?

– Espera, esse castelo não é um daqueles que foram construídos para parecer um castelo gótico? – perguntou Diana. – Como Strawberry Hill?

Geoffrey piscou.

– Você *realmente* presta atenção quando divago sobre arquitetura e construções.

– Às vezes. – Diana estendeu o braço para pegar a mão dele. – Quem não acharia um pretenso castelo fascinante? É como... como...

– Um conto de fadas – completou Verity, um tanto maravilhada. – Não, ele certamente não me contou *isso*. Imagine morar em um castelo desses. A pessoa deve se sentir da realeza. E eu adoro Strawberry Hill.

– Só para deixar claro – interrompeu Nathaniel –, vocês não estão preocupadas se nós descobrimos exatamente o que o Sr. Wolfford fez na Península para que chegasse a coronel?

– Não sei exatamente nem o que *você* fez na Península – disse Verity. Quando Nathaniel abriu a boca como se quisesse explicar, ela logo acrescentou: – E não me importo. Então, não, não estou preocupada com isso. Ele serviu ao país. Isso é suficiente para mim.

Embora isso ainda não explicasse a história do Fantasma. Será que Verity estava errada ao pensar que era ele?

– Eles não nos disseram o que ele fez – continuou Nathaniel como se ela não tivesse dito nada. – Porque é segredo de Estado o que está acontecendo por lá, já que para o nosso país a guerra está sendo travada na Península. É uma questão de segurança nacional, foi o que disseram.

– Obrigada pela explicação – disse Verity.

Que eu não pedi.

Homens. Será que eles sequer escutavam as mulheres?

– Bem, com isso definido – concluiu Eliza. – Podemos convidar o Sr. Wolfford. Vai equiparar o número de homens solteiros ao de mulheres solteiras, o que sempre é bom.

– O número já está igual – corrigiu Verity.

– Você está esquecendo de contar a si mesma, querida – salientou Diana. – Até agora, tinha uma dama solteira a mais do que os cavalheiros. Mas não se o Sr. Wolfford for.

Verity não tinha pensado dessa forma.

– Mas você não deve me incluir nessa... quer dizer, essa temporada não era para... – Ela fez uma cara feia para Diana. – Essa temporada é para conseguirmos um marido para Isolde, para a Srta. Chetley e para lady Robina. Espero que vocês não tenham planejado isso com a ideia de conseguir um marido para *mim*.

– Não exatamente – explicou Eliza. – Mas por que você *não* deve encontrar um marido também? Lorde Minton já ficou para trás, graças a certo herdeiro de visconde, e você mesma acabou de comentar que o castelo do Sr. Wolfford parece ter saído de um conto de fadas.

– Eu sei, mas... Bem, eu nem tenho certeza se... – Verity deveria contar que desconfiava que ele era o Fantasma. Mas eles ririam, considerando a história dele e do tio. – Ah, muito bem. Podem convidá-lo. Mas saibam que uma noite de conversa não significa necessariamente que combinamos.

E nem alguns beijos inebriantes. Mas, se ela mencionasse os beijos, suas irmãs ficariam ainda *mais* propensas a bancar o cupido.

– Claro que não – disse Diana, em um tom de voz tão tranquilo que era de se desconfiar. – Ninguém está dizendo isso.

Verity conhecia aquele tom. Significava que Diana estava bancando o cupido, sim. Antes que pudesse protestar, a irmã acrescentou:

– Agora, só temos que ver se ele vai aceitar. – Ela sorriu para Verity. – Você deveria usar suas artimanhas femininas com ele.

– Acho que não tenho nenhuma – confessou Verity, sendo sincera, depois parou. – Mas o que é uma artimanha, afinal?

– Acho que é um truque, ou coisa parecida – explicou Eliza. – Posso procurar no dicionário para conferir.

Verity a fitou de soslaio.

– Foi uma pergunta retórica, Eliza.

– Se você está dizendo.

– Acho que você tem muitas artimanhas femininas, Verity – opinou Geoffrey. – Não tantas quanto Diana, claro, mas você conseguiu que o Sr. Wolfford desse um lance significativo pelo jantar. Ele deve ter tido uma razão para isso.

Isso era estranho mesmo, não era? Ela gostaria de acreditar que o Sr. Wolfford ficara impressionado com o discurso dela sobre o jantar, mas duvidava.

Espera, ele *tinha* dado uma razão para um lance tão alto.

– Ele disse que fez isso para ajudar a nossa obra de caridade, porque também é órfão.

– Mas por que no seu jantar em particular? – questionou Nathaniel. – Por que não em algum dos itens mais valiosos?

Era uma boa pergunta. Ele também dissera que queria protegê-la de lorde Minton, mas ela não sabia se acreditava. Afinal, eles tinham acabado de se conhecer. Por que ele se importaria?

Mas, de novo, a forma como ele a beijara...

– Eu já disse, querida – disse Eliza. – É óbvio que ele está apaixonado por Verity.

Talvez. Mas, se ele estivesse mesmo, ela gostaria de saber por quê.

Bem, só havia uma forma de descobrir. Teriam que convidá-lo para a temporada na casa de praia, e eles passariam mais tempo juntos.

Mas que Deus o protegesse se ela descobrisse que ele tinha algum objetivo obscuro. Citando Shakespeare, ela "comeria o coração dele no meio do mercado".

Era só esperar para ver.

CAPÍTULO SETE

Dois dias depois do leilão, ao ser levado para a sala de estar de Foxstead Place, Rafe ficou surpreso ao encontrar o conde de Foxstead esperando por ele, em vez da esposa dele e Verity.

Foxstead, cuja postura e comportamento militar deixavam claro que ele já tinha sido um capitão do Exército, se levantou para cumprimentá-lo com um aperto de mão firme.

– Que bom encontrá-lo de novo, sir. As damas se juntarão a nós em um momento, estão resolvendo alguma questão relacionada a uma luva perdida. Pediram que eu lhe fizesse companhia.

Provavelmente para interrogá-lo, mas Rafe não se incomodava. Talvez conseguisse descobrir algumas coisas sobre Foxstead na conversa.

Quando o conde gesticulou para que ele se sentasse, Rafe aceitou, e não ficou surpreso quando Foxstead escolheu se sentar mais perto da porta. Certamente a tática de um soldado que se posicionava de forma a conseguir interceptar "as damas" caso não aprovasse as respostas de Rafe.

– Veio fazer uma visita a lady Verity? – perguntou Foxstead.

Era estranho o conde não mencionar o convite que Rafe recebera na véspera.

– Sim. Vim trazer as respostas para as perguntas que ela me enviou no Albany. – Como Foxstead pareceu não entender, Rafe explicou: – Para o jantar que ganhei no leilão.

– Eu tinha me esquecido. Acredito que queira marcar a data e os detalhes. – Foxstead o encarou de cima a baixo até que pareceu registrar algo que Rafe dissera: – Você está hospedado no Albany?

– Por enquanto.

Rafe podia ver as engrenagens girando na cabeça do conde. Sem dúvida,

Foxstead mandaria alguém descobrir mais sobre a estadia de Rafe no famoso alojamento para solteiros. O "espião" de Foxstead não descobriria muito. Rafe só estava hospedado lá com sua verdadeira identidade havia uma semana e meia. Antes disso, usara outro nome para se hospedar em quartos em uma área menos abastada da cidade, para não correr o risco de ser reconhecido.

– Poderia ter mandado entregar as respostas – sugeriu Foxstead.

– Eram muito complicadas para relegar ao papel. Eu mesmo preciso explicar.

Aquilo não estava levando os dois a lugar nenhum. Então, ao invés de esperar que Foxstead o interrogasse, Rafe decidiu tomar a frente.

– Pelo que sei, o senhor também esteve no exército e na Península.

Aquilo deu um ponto de partida para Foxstead.

– Então conhece a minha história? – perguntou ele, com uma leve desconfiança na voz.

– Quem não conhece? O senhor é um herói de guerra. Sir Lucius me contou tudo no leilão.

A expressão de Foxstead ficou mais branda.

– Claro. Ele sabe sobre a minha atuação na guerra.

– Ele com certeza sabe tudo sobre a minha.

– Falando nisso, o que exatamente o senhor fazia na Península?

Rafe não podia revelar muito. Foxstead saberia que um oficial da inteligência trabalhava para Wellington, que o recrutara pessoalmente.

– Eu estava no Corpo de Guias Montados.

Ele usou o nome oficial do grupo de elite propositalmente.

Foxstead franziu a testa.

– Nunca ouvi falar.

– Não me surpreende. Éramos guias em Portugal para os generais britânicos e suas equipes. – Até Wellington assumir o comando e transformar em uma unidade de reconhecimento. – Fui recrutado por causa da minha facilidade com idiomas.

– Quais idiomas você fala?

– Francês, espanhol, português e alemão. E consigo ler em italiano, latim e grego.

Foxstead o encarou.

– Realmente tem facilidade para idiomas. Eu falo francês, claro. E um pouco de português.

Rafe fez uma pergunta em português sobre quanto tempo Foxstead servira na Península.

Com uma cara feia, Foxstead disse:

– Não *tanto* português e certamente não tão fluente assim. – Então, em um português oscilante, Foxstead respondeu à pergunta e acrescentou um comentário em inglês: – Pelo que entendi, o senhor foi um dos poucos soldados britânicos na Legião Germânica do Rei.

– Servi com eles até entrar no Corpo de Guias Montados.

– Vocês ficavam em Talavera?

– Tangencialmente. – Se é que podia dizer isso. – O senhor estava lá. Fiquei sabendo de suas façanhas. Todos ficamos.

Foxstead dispensou o assunto com um gesto.

– Deixei o Exército pouco depois.

– Porque seu pai faleceu.

Rafe abriu um leve sorriso ao perceber que aquilo surpreendeu Foxstead.

O homem parecia impressionado. Rafe sentiu certa satisfação ao perceber o momento em que Foxstead registrou que ele também poderia investigar a vida de alguém do Exército.

– Mais alguma pergunta? – indagou Rafe.

Foxstead avaliou Rafe.

– Vamos colocar as cartas na mesa. O senhor deve ter escutado os boatos sobre Verity e o ex-noivo dela. Mas, independentemente do que as pessoas dizem, ela é uma mulher respeitável que merece ser tratada...

– Posso lhe garantir que não tenho segundas intenções com lady Verity e que jamais daria ouvidos a fofocas sobre ela. Desde o momento em que a conheci, ela me pareceu uma mulher de princípios. Tenho certeza de que um homem como o senhor, um soldado como eu, nunca me diria que ela era respeitável se não fosse verdade.

Foxstead relaxou.

– Exatamente. É só que algumas pessoas... bem, fazem suposições porque ela é uma mulher um pouco... direta.

Rafe não conseguiu evitar um sorrisinho.

– Eu notei.

Foxstead se soltou um pouco.

– Francamente, ela é a mulher mais sincera que conheço, e olha que as duas irmãs não são exatamente flores de candura. Mas Verity tem um coração gigantesco e cultiva muito mais sentimentos do que deixa transparecer. Então, tenha cuidado com ela, se é que me entende.

O aviso o perturbou. A ideia de ser responsável pelo coração de Verity o assustava.

– Obrigado pela informação. Serei tão cavalheiro com ela quanto o senhor, sem dúvida, foi com a sua esposa.

Em vez de tranquilizar Foxstead, aquilo pareceu assustá-lo.

– Sim, claro. – Ele se remexeu na poltrona. – Contanto que a gente se entenda.

– Nós nos entendemos.

Mas isso não impediria Rafe de cortejar Verity. De terminar a missão.

A porta se abriu e as duas damas apareceram, o que fez com que os dois cavalheiros se levantassem. Uma criada entrou logo depois e serviu chá e café na mesa em frente ao sofá.

– Espero que não tenham esperado muito – disse Verity, lançando um olhar indecifrável para Rafe.

A simples entrada dela o pegou desprevenido. Não estava preparado para constatar que vê-la de novo poderia afetá-lo. Que, assim que colocasse os olhos nela, se lembraria de beijar seus lábios macios, acariciar seu rosto sedoso... sentir seu delicioso cheiro. Hoje, com um vestido branco drapeado e o cabelo preso para cima com fitas entrelaçadas, ela parecia uma deusa grega. Afrodite. Helena de Troia. Com certeza, uma mulher cujo rosto seria capaz de causar uma guerra.

Ele provavelmente a estava encarando, pois ela ficou sem graça.

– O quê? Tem alguma coisa no meu dente? – Os lindos olhos dela brilhavam. – Ou meu bandeau soltou de novo?

– Sinto muito – disse ele rapidamente. – Eu não estava preparado para uma visão tão bela logo de manhã. – Como ela pareceu cética com o elogio, ele acrescentou: – Claro, uma visão bela de uma mulher *inteligente*.

Os Foxsteads trocaram olhares confusos, mas Verity se lembrou da conversa deles e soltou uma gargalhada melodiosa.

– Posso ver que seus elogios estão melhorando. Mas acho melhor o senhor se conter e não continuar nesse caminho, sir, ou vou ficar convencida. Elogios levam à vaidade, um pecado que eu não gostaria de cometer.

– A senhorita supõe que meus elogios não são sinceros, mas posso garantir que são – disse ele. – Simplesmente não estou acostumado a ficar cercado por mulheres do seu calibre.

– Calibre? – repetiu Verity. – Agora o senhor está me comparando a uma bala?

Rafe fixou o olhar nela.

– Usei o termo de forma figurativa, como a senhorita bem sabe.

Foxstead murmurou para a esposa.

– Isso, ou ele elogia como um soldado.

– Você não está em posição de falar nada, Nathaniel – disse lady Foxstead. – Ainda não despiu totalmente seu uniforme de soldado. – Ela sorriu para Rafe e acrescentou: – Suponho que o senhor tenha recebido o nosso convite para a temporada na casa de praia dos Grenwoods em Exmouth.

– Recebi, sim – respondeu Rafe, achando a performance do casal fascinante.

Logo se deu conta de que não conhecia nenhum casal além dos oficiais e suas esposas. Com certeza, nenhum como eles.

Foxstead murmurou alguma coisa no ouvido da esposa, e ela respondeu:

– Eu não esperava que você fizesse tudo isso. Mandei ontem mesmo.

Revirando os olhos, Foxstead foi se servir de café. Enquanto isso, sua esposa se aproximou de Rafe.

– Acredito que vá aceitar o nosso convite, certo?

– Como a senhora adivinhou? – indagou Rafe.

– Bem, se não fosse, imagino que não se daria ao trabalho de vir até aqui pessoalmente para recusar.

– Na verdade, eu queria saber o que esperam de mim – disse ele, olhando de soslaio para Verity. – Nunca passei uma temporada em uma casa de praia antes. Como seu marido deve se lembrar bem, não temos esse costume na Península.

Os olhos de lady Foxstead brilharam.

– Acredito que não. Mas, a julgar por suas boas maneiras, desconfio que o senhor sabe muito mais sobre a sociedade do que deixa transparecer.

– Tenho a mesma desconfiança. – Verity fixou o olhar nele. – Nenhuma diversão? A guerra deve ser um tédio mesmo.

Quando Foxstead bufou, Rafe se esforçou para não rir.

– Eu não usaria a palavra "tédio" – disse Rafe. – Claro, alguns períodos podem ser entediantes, assim como outros podem ser enlouquecedores.

Como subir uma montanha, só para chegar no topo e receber a ordem para descer.

– Parece o trabalho de oficiais incompetentes – opinou Foxstead.

– Ou inimigos se comportando de forma inesperada. Como o senhor bem sabe, nunca temos como prever o que acontecerá em uma guerra.

Assim como com Verity. Era preciso se adaptar ao imprevisível.

– Bem, Sr. Wolfford, esperamos que só tenha diversão na nossa temporada na casa de praia – disse Verity. – Boas conversas, atividades prazerosas e comida excelente.

– A senhorita vai ser responsável pela comida? – perguntou Rafe.

– Da maior parte dos menus, sim. Junto com a equipe de cozinha da minha irmã, claro.

Foxstead apoiou a xícara no pires.

– Então, é melhor providenciar pralinês para minha esposa e muita comida de todo o tipo para Geoffrey. Juro que aquele homem come mais que um elefante. E o senhor, Wolfford? Alguma preferência?

– Não tenho nenhuma restrição. Tudo que lady Verity serviu no leilão estava uma delícia. Não consigo imaginar que ela coloque algo no cardápio que não seja apetitoso.

Lady Foxstead riu.

– Um homem de boas maneiras, como eu disse.

– Ou... – disse Verity, se aproximando dele. – Um homem testando minha capacidade de acertar o que oferecer a ele no jantar que ele arrematou no leilão. Aliás, o senhor respondeu às minhas perguntas?

– É por isso que estou aqui – explicou ele, evasivo. – Para discutir minhas respostas pessoalmente. E para pedir conselhos sobre o tipo de traje que devo levar para uma temporada na casa de praia.

Naquele momento, o armário dele era mínimo, e ele precisava expandi-lo antes de viajar, o que lhe dava um pouco mais de uma semana.

– Falando nisso, lorde Foxstead, o senhor tem um alfaiate para recomendar, que possa providenciar roupas rapidamente? – perguntou ele. – Tenho hora marcada com um hoje, mas confesso que não me inspirou confiança.

– Tenho um em quem confio – respondeu Foxstead. – Vou anotar o nome e o endereço para o senhor.

Ele tinha acabado de escrever tudo em uma folha de papel quando um raio em forma de criança passou correndo pela porta até as pernas da lady Foxstead.

– Sra. Pera! Sra. Pera! Socorro, socorro! – gritava ele, com lágrimas escorrendo pelo rosto. – Meu soldado caiu no fogo! Meu soldado queimou!

– Ah, querido – disse lady Foxstead. – Não se preocupe... vamos dar um jeito.

Aquele deveria ser Jimmy March, o menino louro de quem o conde era tutor, que Rafe vira algumas vezes enquanto observava a família. Rafe chegara a pensar naquela situação estranha, especulando que talvez o conde mantivesse o menino para chantagear a Sra. March e o marido para ajudá-lo a passar informações.

Mas, por algum motivo, a situação não parecia ser essa. Ainda mais quando lorde Foxstead pegou o menino nos braços e disse baixinho:

– Lady Foxstead e eu vamos tentar tirá-lo do fogo, e se ele estiver muito queimado, daremos a ele um enterro decente e compraremos um novo para você.

Talvez sir Lucius estivesse certo ao dizer que lorde Foxstead era exatamente o que parecia: um herói de guerra que protegia os seus.

– Logo estaremos de volta, Sr. Wolfford – disse lady Foxstead enquanto saía com o marido, que ainda estava com o menino no colo. – Por que o senhor e Verity não aproveitam para conversar sobre o jantar?

Os três saíram pela porta e desapareceram.

– Por que não? – indagou Verity. – O senhor se importa se conversarmos na horta? Preciso verificar quais ervas temos. Fiquei tão ocupada com o leilão que não tive tempo de fazer isso ainda.

– Os criados não deveriam colher as ervas para a senhorita? – perguntou ele enquanto a seguia por um corredor até chegarem a uma porta que levava a uma horta bem cuidada.

– Eu mesma prefiro fazer isso – respondeu ela, enquanto saía, parando apenas para pegar uma cesta e uma tesoura que, pelo visto, tinha sido deixada para ela perto da entrada da horta. – Isso me inspira a pensar em novas combinações de comida.

Ele pegou a cesta dela, e lady Verity permitiu, caminhando languidamente com a tesoura na mão.

– Devo me preocupar por você estar com uma tesoura em punho? – indagou ele. – Seria uma arma formidável.

75

Ela o fitou de forma comedida.

– Ora, seria mesmo. Portanto, não tente nada que não seja apropriado, sir, ou... – Ela cortou o ar. – Posso cortar a sua... gravata.

– Não estou preocupado com a minha gravata – murmurou ele.

Ignorando-o, lady Verity parou diante de um arbusto que emanava um delicioso aroma, inclinou-se para cortar vários galhos longos, e um cheiro de alecrim tomou conta do ar.

– Já comeu salada com alecrim? – perguntou ela.

– Não.

– É interessante. Ainda mais acrescentando um pouco de alho, limão, azeite, vinagre e lavanda. É um bom molho para salada.

– Deve ser bom mesmo para fazer com que uma salada fique gostosa.

– O senhor não gosta de salada? – indagou ela.

– Mais fácil eu comer grama. – Como ela riu, ele acrescentou: – Uma das perguntas do questionário do jantar do leilão não era sobre as verduras que eu prefiro?

Ela seguiu pelo caminho, parando vez ou outra para cortar hortaliças e colocá-las na cesta.

– Era sim. Posso apostar que consigo preparar uma salada que vai fazer com que mude de ideia. Mas o senhor teria que experimentar alguns ingredientes antes.

– Prefiro pular a lição sobre saladas. Tenho muita certeza de que não gosto. Pensando bem, também não gosto muito de ostra. Nem de cogumelos... têm gosto de lama.

– Não quando são feitos da forma certa. – Ela fez uma pausa e gesticulou com a tesoura na mão. – Achei que não tivesse nenhuma restrição alimentar.

– Não tenho. Além de não gostar de ostra, cogumelo, salada, fígado, molusco, aquela geleia de carne nojenta que os cozinheiros colocam sobre comida que estava perfeitamente boa... – Ele percebeu que lady Verity o estava encarando com uma sobrancelha levantada, então completou: – Tudo bem, talvez eu tenha *algumas poucas* restrições. Mas, se estiver com fome, como o que estiver na minha frente, mesmo que não goste muito.

– Hum, isso não é para mim. Meu objetivo é oferecer um jantar agradável, não apenas comida para matar a fome. Devo dizer que também tenho uma longa lista de alimentos que odeio, pão doce, para começar. Mas eu morreria se não pudesse comer salada.

– *Morreria?* – questionou ele, incrédulo.

– Um leve exagero. Bem leve. – Ela sorriu. – Então, agora que sei os ingredientes que você odeia, tem algum prato em particular de que não goste? – Quando ele abriu a boca para começar a falar, ela acrescentou: – E não diga "qualquer coisa com os ingredientes que eu listei".

Ele não conseguiu segurar o riso. Ela não apenas o imitou muito bem, como ele estava prestes a dizer exatamente isso. Espere, ele era tão previsível assim?

– Estou falando sério. – Ela continuou seguindo pelo caminho. – Tenho certeza de que há pratos específicos de que o senhor não gosta, mas que contêm ingredientes que aprecia. Por exemplo, eu detesto galinha cozida. Costumo adorar galinha, assada ou frita, em um fricassê, ou com um molho delicado, mas galinha cozida me dá arrepios.

– Ah. Entendi o que quer dizer.

Rafe a seguiu, perplexo. Nunca conhecera uma pessoa tão... envolvida com todas essas nuances da comida. De fato, ele nunca havia pensado que comida teria tantas nuances. Mas sabia do que gostava ou não. Ele disse a primeira coisa que veio à sua cabeça:

– Não gosto de qualquer coisa com algum molho cremoso que esconda o ingrediente... principal.

– Isso é até bem comum. Algumas pessoas odeiam não conseguir ver o que tem por baixo. – Ela parou por um instante para fitá-lo. – Você escreveu essas coisas, certo? No questionário?

Ele estremeceu.

– Achei que seria mais fácil se eu explicasse pessoalmente.

– Para você, talvez. Mas não tanto para mim. – De forma abrupta, ela se virou e seguiu na direção da casa. – Agora teremos que voltar para que eu possa anotar. Não trouxe papel nem nada para escrever.

– Você está aborrecida – comentou ele ao caminhar ao lado dela.

– Não estou aborrecida – respondeu ela de uma forma que denunciava que estava, sim. – Embora eu tenha dito no leilão que o senhor precisaria responder a algumas perguntas, e o senhor tenha concordado.

– Eu sei – respondeu ele, irritado –, mas, sendo bem sincero, quando dei o lance, não imaginei que precisaria colocar tanta dedicação quanto dinheiro para esse "jantar especial".

Ela parou para encará-lo.

77

– Posso devolver seu dinheiro, se o senhor preferir.

– Não faça isso. Como expliquei antes, fico satisfeito em apenas doar a quantia para o Hospital Foundling. Você não precisa preparar um jantar elaborado para mim. – Ele baixou o tom de voz. – Na verdade, vim aqui hoje na esperança de ter momentos a sós com você e fazer alguma coisa *além* de falar sobre comida. Quem sabe até continuar a nossa "discussão" da sala de estar da outra noite.

– Que discu... – Ela corou ao entender, então lançou um olhar gelado para ele. – Sinto decepcioná-lo.

Rafe se segurou para não praguejar. Estava lidando mal com a situação.

– Não estou decepcionado, apenas...

– Aí está a senhorita, mademoiselle! – soou uma voz familiar que vinha da porta que levava à horta.

Que inferno. Monsieur Beaufort caminhava na direção deles. Por que diabos ele tinha que aparecer agora?

Rafe lançou um olhar de advertência quando o francês de pele escura o reconheceu.

Felizmente, Beaufort hesitou apenas um momento e conseguiu disfarçar sua surpresa.

– Ah, mademoiselle – disse ele para Verity –, eu não sabia que estava com um convidado, ou não os teria interrompido.

– Não tem problema – respondeu Verity, tranquilamente. – Eu não estava esperando por ele. Se soubesse que ele estava planejando me fazer uma visita, teria falado com o senhor. – Ela se virou para Rafe, com um brilho estranho no olhar e disse: – Sr. Wolfford, permita que eu lhe apresente monsieur Beaufort, *chef de cuisine extraordinaire*.

– É um prazer conhecer um chef tão famoso – afirmou Rafe, estendendo a mão para Beaufort. – Ouvi dizer que seu creme turco é excepcional.

– É o que todos que experimentam dizem – disse o homem, com certa arrogância.

Beaufort reconhecia o próprio valor. Afinal, durante vinte anos, fora o cozinheiro chefe da Society of Eccentrics, um clube londrino para cavalheiros.

Então, ele parou como se estivesse repensando a própria resposta e acrescentou:

– O que faz diferença é a cobertura de creme coalhado de Devonshire. Eu faço *Creme Turco* de Devonshire.

– Ah – murmurou Rafe. – Eu gosto de creme coalhado.

Beaufort já sabia disso.

– Mas gosta de *creme turco*, Sr. Wolfford? – questionou Verity.

– Gosto, sim – respondeu ele.

Ela levantou os olhos para o céu.

– Ainda bem. Estava começando a achar que o senhor não gostava de nada.

– Confesso que tenho uma queda por doces – revelou ele, resistindo à vontade de lançar um olhar intenso para ela.

Pelo visto, nem aquilo o protegeu dos olhos escuros e perspicazes de Beaufort, pois as perguntas estavam claras em sua expressão. Rafe teria que visitar Beaufort mais tarde para explicar a situação.

Verity abriu um sorriso para o chef.

– O Sr. Wolfford arrematou o jantar no leilão da Ocasiões Especiais. Mas ainda não decidiu se vai querer desfrutar do jantar ou não.

Rafe se segurou para não bufar. Era óbvio que a tinha insultado.

– Claro que quero desfrutar do jantar. Só não quero dar trabalho a *você*.

– Engraçado, me pareceu que o senhor achava que *eu* é que estava lhe dando trabalho.

– Eu não deveria ter insinuado isso – disse ele. – Só sou preguiçoso demais para responder às perguntas. Mas também estou genuinamente curioso para ver o que a senhorita fará com as minhas respostas. Então, é claro que vou querer o jantar.

Beaufort olhou para Verity.

– Eu mesmo posso fazer as perguntas para o Sr. Wolfford, se a senhorita preferir, para que ele não lhe dê muito trabalho. Assim, também saberei as preferências dele e poderemos consultar suas respostas.

Rafe queria protestar. Não desejava travar aquela discussão com Beaufort naquele momento, mas parecia que o outro sim. Se Beaufort quisesse, poderia revelar os planos de Rafe para Verity em um piscar de olhos.

Ela pareceu surpresa pela oferta de Beaufort, mas acabou dizendo:

– Muito bem. Preciso buscar meu caderno e meu lápis. Por que não conversam enquanto isso?

Os dois assentiram, então observaram enquanto ela entrava na casa.

– Vamos até a parte de baixo da horta, para que ninguém nos escute – sugeriu Rafe.

– Muito bem – concordou Beaufort –, mas não temos muito tempo. Lady Verity sabe ser rápida quando precisa.

– Eu sei.

– Sabe, é? – Beaufort parou perto do portão. – Por que o senhor está aqui? Quando começou essa investigação, eu disse que as irmãs Harpers não tinham relação alguma com a espionagem para os franceses. Se eu achasse que estavam envolvidas, eu mesmo teria ajudado, mas sei que elas são pessoas boas, gentis...

– Confio no seu julgamento – disse Rafe rapidamente. – De verdade. Mas agora temos razões para acreditar que o espião está entre os amigos ou familiares delas. Então, para descobrir quem é, preciso me aproximar.

Beaufort praguejou baixinho em francês.

– Tem certeza de que o espião é um amigo ou familiar delas?

– Tenho, graças a informações que obtivemos recentemente. Como você deve imaginar, não posso revelar mais do que isso, mas você me conhece. Eu não seguiria uma linha de investigação se não tivesse algo em que me basear.

– Por que não me contou antes? – perguntou Beaufort.

– Isso teria feito com que mudasse de ideia sobre espionar as irmãs Harpers?

– Não sei – respondeu ele, taciturno. – Elas são muito boas para mim. Ninguém quer saber de um velho chef, por melhor que seja sua reputação, mas elas prometeram que terei um emprego com elas enquanto eu quiser continuar cozinhando. E elas me pagam muito bem. – Ele cravou um olhar preocupado em Rafe e declarou: – Mas o senhor deveria ter me contado antes da sua decisão de interferir. Agora desconfia que *eu* seja o espião?

– Para os franceses? Não seja ridículo. Sei muito bem que você teve um bom motivo para fugir da França.

Porque, como um homem negro capturado na revolução, Beaufort não tinha certeza se ficaria a salvo da máfia. E considerando que, recentemente, Napoleão tinha reinstaurado a escravidão, a decisão de Beaufort fora sábia.

O chef relaxou um pouco.

– Tive mesmo. – Ele fitou Rafe com intensidade. – Ainda assim, o senhor parece estar tentando cair nas graças das irmãs Harpers se tornando amigo de lady Verity. – Ele franziu as sobrancelhas. – Espero que isso seja tudo que o senhor deseja com ela.

Droga. Beaufort era muito perspicaz.

– Claro.

Exceto por um beijo ocasional.

– Porque, se tiver a intenção de conseguir algo além disso, devo lhe dizer que um homem já a cortejou e a dispensou. Ela não merece passar por isso outra vez.

– Eu sei tudo sobre Minton, e não tenho a intenção de fazer o mesmo. Além disso, não acho que ela goste tanto de mim neste momento. Portanto, por enquanto, só estou tentando conseguir meu prêmio do leilão e ficar próximo dela e da família. – Ele virou a cabeça. – Por que você está tão interessado em protegê-la?

Beaufort suspirou.

– Para ser sincero, ela é como uma filha para mim. – Ele cravou um olhar de repreensão em Rafe. – E é por isso que não vou fingir que não estou vendo nada enquanto o senhor brinca com os sentimentos da moça. Então, cuidado, sir, ou serei obrigado a agir. Devo muito a ela e à família.

– Farei o meu melhor. – Rafe olhou para a casa e fez uma careta. – Ela está vindo. Só tome cuidado com o que diz. E não deixe que ela perceba que me conhece. Ela acha que sou apenas o herdeiro de um visconde. – De repente, um pensamento lhe ocorreu. – Droga, não discutimos sobre o maldito jantar.

Beaufort dispensou a preocupação com um aceno de mão.

– Não se preocupe. Eu sei do que o senhor gosta. Não cozinhei para o senhor e seu tio durante todos aqueles anos à toa.

Rafe abriu um sorriso preocupado.

– Muito bem. Só não conte isso a ninguém.

– *Merde, mon ami*. Acha que sou tolo? – Ele fixou o olhar em Rafe. – Se eu fosse o senhor, não insultaria o homem que sabe de tudo que não gosta. Lembra do incidente da sopa?

– Sopa de lentilha. – Rafe estremeceu. – Nem me fale.

– Posso servir uma com muito prazer para o senhor se não tomar cuidado. Além disso, garanto que poucas pessoas conhecem a minha vida antes de entrar na Society of Eccentrics. Ela não é uma delas.

Eles só conseguiram falar isso antes que lady Verity os alcançasse.

CAPÍTULO OITO

Ao se aproximar, Verity reparou como os dois cavalheiros pareciam muito à vontade para pessoas que tinham acabado de se conhecer. Era possível que já se conhecessem?

Não. Caso se conhecessem, monsieur Beaufort teria comentado. Confiava a sua vida a ele, e havia poucas pessoas de quem podia dizer isso.

Certamente Rafe não estava entre elas. Não sabia o que pensar sobre ele. Por exemplo, por que eles estavam conversando do outro lado da horta?

Mas monsieur Beaufort tinha uma tendência a querer cuidar dela. Talvez estivesse dando uma lição em Rafe sobre como se comportar com ela. Da mesma forma que parecia que seu cunhado tinha se comportado, segundo o que Eliza acabara de lhe contar.

– A senhorita demorou – observou Rafe, no momento em que ela se aproximava. – Deve ter demorado a encontrar lápis e papel.

Era melhor ser sincera.

– Na verdade, caí em uma emboscada do meu cunhado que queria me contar tudo sobre a sua "facilidade com idiomas", entre outras coisas.

– Por quê? – perguntou Rafe, parecendo genuinamente perplexo.

– Provavelmente porque o único outro idioma que todos falamos é o francês, e monsieur Beaufort pode lhe provar que não é muito bom.

– Mademoiselle! – exclamou monsieur Beaufort. – A senhorita tem o francês mais elegante que já ouvi.

– É tão bom assim? – indagou ela, implicando com ele. – Não tenho tanta certeza de como elegância pode significar "facilidade" em se tratando de um idioma. Além disso, o senhor só está tentando fazer com que eu me sinta melhor, já que não sei falar outros três idiomas nem ler e escrever em mais outros três, como o Sr. Wolfford.

– De forma alguma – replicou monsieur Beaufort, com um brilho nos olhos. – Eu falo os mesmos três idiomas que a senhorita.

– Três? – questionou ela.

– Você está se esquecendo da língua em que o monsieur Wolfford não é fluente, a linguagem da cozinha. Me atrevo a dizer que ele não deve saber diferenciar uma frigideira de uma caçarola e de um caldeirão. Tampouco a utilidade de uma carretilha de massa ou de um descascador.

Rafe riu.

– Admito que não sei o que é nada disso.

– E provavelmente nem tem interesse em saber – retrucou ela. – Considerando a forma como encara o prêmio do leilão.

Quando a expressão dele congelou, Verity quase se arrependeu de provocá-lo. Mas, antes que ele pudesse lançar algum elogio vazio apenas para acalmá-la, ela se virou para monsieur Beaufort.

– Então, conseguiu descobrir de quais comidas e pratos o Sr. Wolfford gosta? – perguntou ela.

– Sim, mademoiselle. – Seu *chef de cuisine* deu um tapinha na própria cabeça. – Está tudo aqui. Posso lhe contar quando monsieur Wolfford for embora, enquanto tomamos um bom chá e conversamos.

Verity sentiu um nó no estômago.

– O senhor está indo embora? Agora?

– Pelo visto, sim. – Ele sorriu. – Preciso ir ao alfaiate para resolver os meus trajes.

Ela se esforçou para esconder a decepção.

– Não se esqueça de pedir um traje de banho para a praia.

Monsieur Beaufort encarou Rafe, com uma expressão carrancuda.

– O senhor vai para Exmouth conosco?

– Vou, sim – respondeu Rafe, enquanto continuava a encará-la. – Aceitar o convite foi a primeira coisa que fiz quando cheguei mais cedo.

Verity aproveitou a deixa para matar pela raiz a postura superprotetora de monsieur Beaufort em relação a ela.

– Isso não será um problema, certo, monsieur Beaufort?

O francês ficou tenso.

– Claro que não, mademoiselle. De forma alguma.

– Se for facilitar as coisas, podemos providenciar para que o jantar especial do Sr. Wolfford seja lá.

– Excelente ideia – disse o francês, embora estivesse claro que não gostava da perspectiva de Rafe passando tanto tempo, provavelmente a sós, com Verity.

Era encantador, mas ela estava cansada de homens excessivamente zelosos à sua volta.

– Por favor, resolvam isso – disse Rafe. – Não quero causar nenhum problema.

– Não é nada. – Monsieur Beaufort fez um gesto tipicamente galês. – Um jantar a mais, uma pessoa a mais.

Droga. Ainda não tinha avisado a ele.

– Na verdade, serão mais cinco pessoas. Sarah e os meninos também vão. Eu ia lhe contar hoje.

– *Sacre bleu!* – exclamou monsieur Beaufort, então começou a reclamar em francês sobre crianças descalças e a presença de lorde Holtbury.

Verity o tranquilizou em francês, insistindo que o pai não iria com eles e que já estava vendo novas pessoas para trabalharem na cozinha.

Rafe a observou.

– Agora entendo o que o monsieur Beaufort quis dizer. Seu francês é mesmo elegante, madame. Deveria usar com mais frequência.

– Claro. Eu e o monsieur costumamos conversar em francês um com o outro. – Ela reduziu o tom de voz como se fosse contar um segredo: – É uma vantagem quando os outros funcionários da cozinha estão em volta, já que eles não entendem francês.

O rosto dele ficou sem expressão.

– Certo. Claro.

– O senhor não tem que ir ao alfaiate, sir? – perguntou o francês, com frieza.

– Primeiro, preciso trocar uma palavra a sós com lady Verity. O senhor se importaria, monsieur?

O tom de voz firme do Sr. Wolfford sugeria que ele não ligava para a opinião de monsieur Beaufort. Que Rafe faria o que bem entendesse.

O coração dela começou a bater forte no peito. O momento estava chegando, e ela não sabia bem como se sentia em relação a um tête-à-tête com ele. Não depois das palavras ríspidas dele sobre o prêmio do leilão.

– Não cabe a mim me importar – respondeu monsieur Beaufort. – Se esse é o desejo de lady Verity, não tenho razão para criar objeções.

Ambos se viraram para ela, que sentiu as mãos suadas, o que não acontecia havia anos.

– Eu... acho que tenho alguns minutos. Por que não entra, monsieur? A cozinheira tem perguntas sobre os temperos que precisam levar para a casa de praia. Tenho certeza que não vamos demorar muito, não é mesmo, Sr. Wolfford?

– Não muito – repetiu Rafe em um tom de voz evasivo.

Monsieur Beaufort assentiu educadamente para os dois. Então, lançou um olhar sério para Rafe antes de se dirigir para a casa.

– Parece que ele não gosta muito do senhor – comentou Verity. – Sobre o que conversaram quando saí?

– Nada que pudesse incomodá-lo. Mas, como sabe, posso ser direto e, às vezes, nem percebo.

Direto como Verity, mas ela tinha as irmãs para repreendê-la. Rafe não tinha ninguém, apenas um tio doente e um subsecretário no Gabinete de Guerra que parecia mais um chefe do que um amigo.

Tentando não permitir que aquilo a deixasse mais sensível em relação a ele, Verity cruzou os braços.

– O que o senhor gostaria de falar comigo a sós?

– Quero me desculpar pelo comentário grosseiro. – Ele suspirou. – Acho que posso tê-la insultado mais cedo ao recusar o jantar especial, e não era a minha intenção.

Ela se esforçou para ignorar o arrepio que descia por sua espinha.

– Não fiquei ofendida.

Aproximando-se dela, ele disse baixinho:

– Mentirosa. Você sabe que ficou.

– Então o senhor se desculpa por me insultar e, logo em seguida, me insulta de novo? Não sou mentirosa, sir. Na verdade, estou acostumada a receber insultos bem piores vindo de homens. Pelo menos, o senhor se desculpou, o que é raro. A maioria nunca se desculpa. Por coisa alguma, para falar a verdade.

Ele se encolheu. Se alguma vez Verity viu um homem arrependido, o Sr. Wolfford era a imagem disso, o que a deixou perturbada. E não parecia fingimento. Rafe certamente não era como lorde Minton.

A não ser que realmente fosse o Fantasma.

Ela procurou não pensar nisso.

– Em todo caso – disse ele –, vou responder às suas perguntas. Trarei a lista completa amanhã para que possamos discutir meu "jantar especial" de forma que a agrade.

– Isso não será possível – disse ela simplesmente.

– Por que não?

– Não estarei aqui. Toda a família viaja amanhã. Vamos para o litoral antes e arrumar a casa para a temporada.

Aquilo pareceu pegá-lo desprevenido. Então fixou o olhar nela.

– Nesse caso...

Ele olhou em volta da horta, puxou-a para trás do grande carvalho que ficava perto do portão e a beijou.

Meu Deus, que beijo. Ele sabia beijar de forma suave e firme ao mesmo tempo, alternando entre comedimento e ânsia, até que ela o desejasse mais e mais. Mas, antes que o desejo dela fosse minimamente satisfeito, ele se afastou.

– Por que fez isso? – perguntou ela, sentindo o rosto queimar.

– Para me sustentar até o dia em que vou poder vê-la novamente – respondeu ele, rouco.

Esse era o tipo de comentário direto de que ela gostava.

– Está precisando desse tipo de sustentação? – perguntou ela, tentando não interpretar demais as palavras dele.

– Sinto um desejo tão urgente que não tenho certeza se um beijo será suficiente para isso.

As promessas que cintilavam nos olhos dele a deixaram sem fôlego. Céus, ela precisava ter cuidado quando estivesse com ele e toda essa ousadia.

– Vai ter que bastar. – Virando-se, ela disse: – Agora, vamos para que...

– Querida – disse ele, puxando-a de forma que as costas dela grudaram nele –, fique mais um pouco.

O carinho a enfraqueceu, e o abraço a fez derreter mais ainda. Podia sentir cada centímetro do corpo esbelto e tenso dele contra suas costas. Nenhum homem jamais a abraçara de forma tão íntima. Tão escandalosa. Será que ele conseguia sentir que as pernas dela estavam bambas? Será que escutava o coração dela batendo?

Não podia permitir que ele percebesse. Precisava se manter firme, esconder sua fraqueza por braços fortes e beijos ardentes.

– E seu horário com o alfaiate? – questionou ela, mais ofegante do que gostaria.

– Não marquei uma hora exata. – Ele se inclinou para sussurrar no ouvido dela. – Mas acho que não vou poder pedir que ele faça um traje de banho para mim.

Ele mordiscou o lóbulo da orelha dela, um gesto estranhamente sensual que fez com que o pulso dela disparasse.

Verity prendeu um suspiro.

– Por que não?

– Homens se banham no mar *au naturel*, é por isso que as áreas de banho são separadas para os sexos. Então, se eu usar um traje de banho, vou ser ridicularizado pelos outros. Você, certamente, não quer que eu passe por isso.

Ela não respondeu na mesma hora, surpreendida com a imagem repentina dele *au naturel*. Nunca vira um homem nesse estado, exceto por uma ou duas estátuas gregas. Será que ele pareceria com elas, firme, esculpido e belo?

Sem dúvida.

Esse simples pensamento lhe deu água na boca. Ela sussurrou:

– O senhor não deveria me contar essas coisas.

– Por que não?

Ele traçou a curva do pescoço dela com o nariz, um gesto sensual que a deixou tonta.

– Porque... Porque...

Por que mesmo? Não conseguia pensar em uma resposta. Em seu rosto, Verity sentia a respiração quente dele, que queimava como o fogo que tomava conta de seu corpo ao pensar nele totalmente nu, a pele bronzeada de sol brilhando como ouro antigo.

Não que ela fosse vê-lo quando eles se banhassem.

Separadamente. Uma pena.

Ela soltou um gemido. E o som ficou mais intenso quando ele acariciou a barriga dela por cima do vestido.

– Ouvi dizer que algumas mulheres também se banham *au naturel* – murmurou ele, como a serpente que tentou Eva.

Mas ele não estava mentindo. Suas irmãs também lhe disseram isso uma vez, e deixaram claro que nenhuma de suas clientes tinham permissão para tal ato. Na época, Verity tivera vontade de perguntar se ela poderia tentar, mas sabia muito bem que elas a repreenderiam simplesmente por considerar fazer isso perto dos convidados.

Ele puxou o fichu dela para beijar seu ombro nu, e seu sangue correu três vezes mais rápido.

– Eu vou usar um traje de banho – ela conseguiu enunciar –, pelo menos para ser um bom exemplo para as damas mais jovens.

Não que ela pretendesse nadar, mas ele não precisava saber disso.

– Se não precisasse ser um exemplo, você se banharia *au naturel*?

– M-mesmo se eu fizesse isso, estaria em uma praia separada – disse ela –, então você não me veria. É melhor... parar de sugerir isso.

– Valeu a tentativa – afirmou ele, com uma ponta de humor no tom de voz enquanto traçava um caminho de beijos pelo pescoço dela, deixando uma sensação de calor em cada centímetro de pele que seus lábios tocavam.

Por que ele era tão bom nisso?

– Está bem claro que você gosta de experimentar... todos os tipos de travessura – disse ela, tentando organizar seus pensamentos.

Travessuras *deliciosas*.

– Que tal você experimentar outros tipos de travessura?

Verity ficou tensa.

– Não acredite nos boatos sobre mim. Nunca fiz metade das coisas das quais os rumores me acusam, com certeza não...

– Não, minha rosa espinhosa, não estou dizendo que você fez. – Ele a virou para que o encarasse, pressionando-a contra o tronco do carvalho antes de soltar uma risada. – De fato, qualquer um que tenha passado cinco minutos com você sabe que suas defesas são tão altas que é quase impossível superá-las. – Apoiando um braço na árvore, o Sr. Wolfford se debruçou sobre ela. – E eu sei por quê. Lembra que conheci o cretino que colocou essas barreiras aí? – Ele pegou o queixo dela, seus olhos pareciam ver através de sua alma. – Mas você deve ter vontade de relaxar essa vigilância de vez em quando e se permitir um pouco de prazer. Só para você.

– Talvez. – Ela o encarou. – Admito que, às vezes, eu não me importaria em experimentar um *pouquinho* de prazer.

Verity levantou a mão para acariciar o maxilar dele, da mesma forma que ele acariciava o dela. A mão dele desceu pelo pescoço dela até a pele entre seus seios, onde, de leve, contornou o decote do corpete, como se buscasse uma forma de entrar ali.

Ela parou de respirar enquanto esperava, imaginando o que ele faria a seguir. E se ela permitiria, se gostaria.

Foi quando ouviram uma porta bater por perto, e ela saiu abruptamente do transe sensual que a envolvia.

– Mas não aqui onde minha família pode ver – sussurrou, escapulindo de onde estava, entre ele e a árvore, aliviada por ele ter deixado.

Pelo menos, era um cavalheiro.

– Preciso entrar – disse ela, embora suas palavras tivessem saído tão ofegantes que achou que o mundo inteiro perceberia sua falta de ar.

– Não antes de você me dizer uma coisa. – Ele segurou a mão dela. – Estou perdoado?

– P-pelo quê?

Por me beijar dessa forma impulsiva? Por falar com tanta malícia? Pelo toque tão delicioso que me faz querer mais?

– Por insultá-la mais cedo – respondeu ele, aturdido. – A senhorita não disse se me perdoava.

– Ah. *Isso.* – Ela permitiu que ele segurasse sua mão, pois se sentia incapaz de soltar a dele. – Que tal assim? O senhor me manda as suas respostas quando quiser, e o mordomo de Eliza providenciará para que eu receba antes de os convidados começarem a chegar a Exmouth. Então, eu o perdoo.

– Combinado. E nos veremos em Exmouth na semana que vem, querida.

Ele levou a mão dela aos lábios e beijou, um toque que ela sentiu através da luva. Quando ele passou do limite da luva e começou a beijar a pele nua do antebraço dela até o cotovelo, Verity achou que fosse derreter ali mesmo.

Aquilo não podia acontecer.

– S-sim – murmurou ela, então puxou a mão. – Vai ser muito... divertido.

Então, ela se afastou, se repreendendo pela resposta tão insípida. Divertido? Seria enlouquecedor. Mesmo temendo que ele não fosse quem dizia ser, ficaria imaginando quando poderiam estar a sós de novo.

Era uma tola. Uma garota boba e apaixonada.

Um flerte. E o pior era que estava gostando muito de flertar com *ele*.

CAPÍTULO NOVE

Com o sangue quente correndo pelas veias e o coração batendo como um trovão, Rafe ficou observando Verity se afastar, impedido de segui-la por conta de sua ereção aparente. Rezava para que ela não a tivesse sentido contra o corpo.

Sentindo-se um tolo, Rafe bateu com a cabeça no carvalho. Ela levantaria suas barreiras de novo, logo agora que passariam alguns dias separados. Não era sensato, estratégico nem nada, mas seu corpo a desejava.

Como podia não ficar excitado? A pele dela parecia seda, e seu aroma cítrico acendia sua paixão. Sem falar da maneira ansiosa com que ela correspondia...

Meu Deus, ele poderia jurar que não era o único ali se sentindo desse jeito. Ainda assim, não deveria ter reagido como um garanhão a uma égua no cio. Ficou lá, apalpando-a na horta, onde qualquer um poderia vê-los de uma janela do andar superior.

Claramente, tinha perdido a cabeça. E se ela convencesse a família a desconvidá-lo para a temporada na casa de praia? Isso dificultaria qualquer tentativa de investigação. Precisava ser mais cuidadoso.

Percebendo que estava parado no mesmo lugar como um idiota, como um criado buscando agradar uma princesa, praguejou e se dirigiu para a casa. Em pouco tempo, estava saindo pela porta principal e entrando em sua charrete.

Enquanto se afastava, se perguntava por que ela inspirava esse desejo imprudente nele. Por que fazia com que ele desejasse escutar seu gemido de prazer embaixo dele? Nunca sentira uma necessidade tão forte tomar conta dele. Só tivera encontros satisfatórios com camponesas, mulheres casadas lascivas ou, muito de vez em quando, mulheres da noite.

Isso ia muito além. Nada o preparara para a força do próprio desejo. Mal conseguiu observá-la caminhar sem a puxar de volta.

Graças a Deus, passaria uma semana sem vê-la. Isso lhe daria a chance de levantar suas defesas, de lembrar a si mesmo que tinha um trabalho a fazer e de que lady Verity não passava de uma distração.

Além disso, poderia aproveitar para ir até sua casa e visitar o tio, avaliar sua condição e tentar, mais uma vez, obter alguma informação inteligível dele. Como Rafe só voltaria duas semanas depois, poderia verificar a segurança do Castelo Wolfford e, talvez, colocar mais uns dois soldados da reserva para vigiar a propriedade. Se alguém conectasse tio Constantine ao homem que fazia perguntas em Minehead sob um pseudônimo, ele e o tio estariam em perigo. Embora não achasse provável depois de tantos meses, ainda era possível.

Mas, antes, precisava resolver um assunto em particular: Minton. Rafe tinha que descobrir quão perigoso o homem poderia ser para a sua missão.

Passou o resto do dia investigando. Descobriu que, sim, Minton era perigoso, mas apenas para Verity. Ele estava cheio de dívidas e necessitava muito dos fundos aos quais teria acesso se conseguisse se casar com ela.

Maldito. Rafe precisaria ficar de olho no cretino quando Verity estivesse por perto. Era o mínimo que podia fazer, certo? Não tinha nada a ver com o impulso visceral de Rafe de protegê-la de todo mal.

Felizmente, Minton *não* fora convidado para a temporada na casa de praia e não tinha condições financeiras de se sustentar em Exmouth enquanto a família estivesse por lá, então ela estaria segura pelo menos nas próximas semanas.

Entre visitas ao alfaiate de Foxstead, uma última reunião com sir Lucius e alguns assuntos de negócios a serem resolvidos, Rafe só conseguiu deixar Londres um dia depois. Quando partiu para o Castelo Wolfford, começou a temer a visita. Tio Constantine parecia pior a cada vez que Rafe o via, e pensar que ele poderia morrer antes de o sobrinho descobrir quem tinha atirado nele...

Aquilo não poderia acontecer.

Era uma viagem de um dia, mas, felizmente, o Castelo Wolfford ficava a apenas 15 quilômetros da estrada de Londres para Exmouth. Quando terminasse seus negócios em casa, teria apenas uma viagem um pouco mais comprida para o litoral. Isso lhe dava alguns dias no Castelo Wolfford para resolver os assuntos da propriedade.

Quando seu coche de viagem atravessou o portão, a Sra. Pennyfeather, governanta da casa, veio ao seu encontro. Ela começara como sua babá, então era como uma mãe para ele. Aos 52 anos, Pen continuava ágil e carinhosa, só um pouco mais grisalha.

– Coronel Wolfford! – exclamou quando ele desceu do coche. – Que bom que o senhor veio. Todos ficarão felizes em vê-lo.

– Até meu tio?

A decepção era clara no rosto dela.

– Se ele estiver em um bom dia.

– Ah – foi o que Rafe conseguiu dizer com o nó que se formou em sua garganta. – Então ele está do mesmo jeito de antes.

– Com exceção de que as reclamações estão ainda mais inflamadas. – Ele a seguiu para dentro da casa e para a cozinha. – Eu estava levando chá para ele, então, que tal se eu servir um pouco mais e conversarmos juntos?

– Acho melhor que eu vá sozinho essa primeira vez, para não confundi-lo. – Como ela pareceu decepcionada, ele acrescentou: – Mas suba daqui a uma hora, Pen, para que possamos colocar a conversa em dia.

Ela se iluminou.

– Perfeito, sir. – Pen entregou a bandeja para ele. – O Dr. Leith virá mais tarde, como o senhor pediu, para lhe informar sobre o progresso do general.

– Obrigado.

Preparando-se, Rafe subiu as escadas e se dirigiu para a suíte principal, onde o tio passava os dias desde que ficara de cama. Quando Rafe entrou, seu tio de cabeça grisalha estava sentado, encostado no travesseiro, observando a tarde que chegava ao fim. Uma cicatriz redonda marcava a sua cabeça, logo acima da orelha, onde a bala entrara, onde não crescia mais cabelo.

Mais magro e frágil do que antes, a figura poderosa que guiara toda a vida de Rafe não existia mais, sobrando apenas uma sombra esperando pela morte. De repente, Rafe sentiu como se não tivesse estrutura. O que faria sem tio Constantine?

Foi quando o tio o viu.

– Chá? Obrigado, bom rapaz. Estou morrendo de sede. – Ele apontou o dedo fino para a mesa de cabeceira. – Pode deixar aqui, por favor.

O tio não reconhecê-lo era como um soco no estômago. Engolindo a dor, ele foi colocar a bandeja na mesinha.

– Tio, sou eu, Rafe.

– Raphael? Que bom que você está aqui! Trouxe abelhas para o chá?

– Trouxe mel, sim.

Uma peculiaridade da condição de seu tio era a inexatidão para pedir as coisas. *Abelhas* em vez de *mel*. *Vaca* em vez de *bife*. Geralmente, conseguiam entender os pedidos, mas nem sempre era possível.

– As nuvens têm estado mais claras ultimamente – comentou o tio.

– É um bom sinal.

Tio Constantine balançou a cabeça.

– Não sei. Deveriam estar escuras. – Ele franziu a testa de repente. – Menino, faça uma coisa para mim.

– O que o senhor quiser.

Rafe serviu o chá e colocou mel.

O tio agarrou seu pulso, quase derrubando a xícara e o pires quando Rafe entregou para ele.

– Solte o menino!

Ah, meu Deus, isso outra vez.

– Tio, que menino? Onde ele está?

– Você sabe. O menino com todas as chaves.

Então, como de costume, a confusão tomou conta do tio e ele passou a só murmurar.

– Chaves. Estão com ele. O menino. – De repente, o homem cravou o olhar cheio de esperança em Rafe. – Você deixou que ele fosse embora?

– Não, mas vou deixar.

Se eu conseguir descobrir quem é esse maldito menino.

Foi quando seu tio relaxou, pegou a xícara e a levou aos lábios, tremendo.

– Isso. Muito bom. – Ele deu um gole generoso. – E-eu não estou bem, sabe. Minha cabeça dói.

Pela centésima vez nos últimos 18 meses, Rafe xingou o espião que atirara em seu tio.

– Quer que eu chame Pen para ver se está na hora do láudano?

Isso o deixou agitado de novo.

– Não quero láudano. Me dá sono. – Ele apoiou a xícara na mesinha. – Solte o menino!

Ele tentou se levantar da cama, mas Rafe sabia que o tio cairia se ficasse de pé, então o segurou, o que, lamentavelmente, foi bem fácil.

– Fique na cama, tio, e tome seu chá. Tem um pão preto com manteiga aqui também, daquele que o senhor gosta.

Quando o tio relaxou, Rafe o soltou e colocou a comida na frente dele.

O general ficou beliscando o pão, como um passarinho escolhendo sementes.

– Você... vai soltar o menino?

Rafe se esforçou para não bufar.

– Se as chaves estão com ele, por que ele não consegue se soltar?

Não adiantava usar a lógica, mas ele tinha que fazer alguma coisa.

– Ele não consegue sair! Você tem que ajudá-lo.

Ele se deixou cair no travesseiro, então um olhar vago tomou seu rosto e ele voltou a olhar pela janela.

Rafe se sentou com sua xícara de chá para, mais uma vez, refletir sobre a frase "solte o menino", que era uma alucinação comum do tio, mas que não fazia o menor sentido. Seu tio nunca se casou nem teve filhos. Rafe era seu parente mais próximo e nunca tinha ficado preso em nenhum lugar.

Será que tio Constantine podia estar pensando no pai de Rafe, Titus? Havia um retrato dele no andar de baixo. Era pouco provável. Além disso, antes do tiro, tio Constantine não gostava de falar do irmão, então por que falaria agora?

– Ela vai ficar furiosa – disse o tio, com um tom de voz como se estivesse cantando.

Isso também fazia parte da alucinação.

– Quando eu soltar o menino?

– Isso. – Ele sorriu. – A velha vai ficar contrariada.

– Quem é a velha mesmo? – perguntou Rafe de novo.

– Você sabe.

– Eu gostaria de saber – murmurou Rafe. – Espero que não esteja se referindo a Pen.

O tio pareceu confuso.

– Quem?

– Ele está falando sobre o menino e a velha de novo? – indagou Pen ao entrar e começar a arrumar as coisas, endireitando uma almofada aqui, esfregando uma colher com a ponta do avental ali.

– Está. – Rafe se serviu de mais chá. – E das chaves.

– Ele nunca fala das chaves para mim, só para você. Provavelmente, porque agora você é o homem da casa.

– Mas todas as chaves ficam com você. Não faz sentido.

Ela se aproximou do tio para tocar na testa dele com as costas da mão.

– Ele está um pouco quente. Acho que vou buscar um pano frio.

– Ainda não. Preciso perguntar uma coisa. Ele disse que a cabeça dele está doendo, mas não vi láudano por aqui.

A mulher suspirou.

– O Dr. Leith diz que o láudano não faz bem para ele. Diz que o deixa mais confuso. Acho que ele está errado, mas...

Rafe engoliu em seco.

– Não quero que ele sofra – disse ele, com a voz embargada.

Pen abriu um sorriso gentil.

– Ele não parece estar sofrendo. Nunca reclama, só quando tem essas alucinações. Eu dou rum para acalmá-lo. O Dr. Leith não vê problema nisso.

– Quem vê? – murmurou Rafe, arrancando uma risada de Pen.

Seu tio estava cochilando, então Rafe e Pen aproveitaram para conversar um pouco. Até que Rafe decidiu perguntar sobre a única coisa da qual nunca tinha conseguido informações. Sua mãe estrangeira.

– Quando eu era pequeno, tio Constantine às vezes conversava em português comigo. Você se lembra?

– Sim, ele e aquela ama de leite que você teve.

Aquilo pegou Rafe de surpresa.

– Você está dizendo que outra pessoa cuidou de mim antes de você?

– Claro. Quando o general o trouxe da América do Sul, depois que seus pais morreram, ele veio junto com uma ama de leite. Disse que ela tinha cuidado de você quando seus pais ainda estavam vivos. Acho que o nome dela era Ana. Pobre moça, não falava uma palavra de inglês. Só português. Ele era o único com quem ela conseguia conversar, e acho que o português dele não era tão bom assim.

Rafe franziu a testa.

– Não me lembro de nada disso.

Ela riu.

– Claro que não se lembra. Você só tinha 3 anos quando ela morreu de tuberculose. Foi quando me tornei sua babá.

– De onde ela era? – perguntou ele.

– Da América do Sul, suponho, como a sua mãe. Seu tio nunca disse nada diferente disso. Sabe como ele é. Gosta de segredos.

– Para dizer o mínimo. – O homem já era incomunicável *antes* de levar um tiro, agora, então, estava praticamente impenetrável. – Ele chegou a contar para você alguma coisa sobre a minha mãe? Quem era a família dela? De que cidade ela era?

– Nada.

– É possível que...

Ele parou. *É possível que minha mãe fosse amante do meu pai, e não a esposa dele? Que eu não seja o herdeiro legítimo do meu tio?*

Esse era seu maior medo. Quando o tio morresse, o Colégio de Armas rastrearia a linhagem de Rafe para garantir que ele era um filho legítimo, e Rafe gostaria de saber antes disso o que eles descobririam. A ausência de documentos no Castelo Wolfford referentes à mãe de Rafe e a relutância do tio Constantine de falar sobre ela o preocupavam. Mas se fizesse essa pergunta e as pessoas começassem a se questionar, não poderia mais voltar atrás.

Ele suspirou. Não estava pronto para aquilo ainda.

– O que é possível? – perguntou Pen.

– Nada.

Os dois conversaram até o tio acordar de novo.

– Solte o menino – foi a primeira coisa que ele disse.

Rafe se levantou para deixar o quaro. Não aguentava mais. Então, seu tio disse, como sempre:

– Ele tem todas as chaves.

– Que chaves? – perguntou Rafe, sabendo que era inútil.

Tio Constantine nunca respondia.

– Você sabe. A pistola.

Rafe olhou para ele boquiaberto, então se virou para Pen.

– Ele já mencionou uma pistola antes?

– Não. Mas o tiro que ele levou foi de pistola.

– Exatamente. Acho que está tentando dizer quem atirou.

Mas, embora Rafe tivesse mencionado a pistola mais de uma vez nos dias seguintes, o homem não disse mais nada sobre isso.

Rafe também fez outra busca pela casa, procurando anotações e relatórios do tio, mas não encontrou nada de importante. Até que chegou a hora de partir. A temporada na casa de praia era sua única esperança de conseguir mais informações, e chegar atrasado não deixaria ninguém feliz. Então, apesar de sofrer com isso, deixou o tio nas mãos capazes do Dr. Leith e de Pen.

Ao partir para Exmouth, sem nenhuma explicação, sua mente se voltou para Verity. Gostaria de poder contar a ela sobre a situação de seu tio. Perguntava-se o que ela faria com a informação, se teria alguma ideia do que as alucinações poderiam significar. Mas não se arriscaria a falar nada, nem naquele momento, nem nunca.

De toda forma, por que ela se interessaria? Estava ocupada demais planejando o "jantar especial". Será que ela recebera as respostas dele para o maldito questionário? Naquele momento, Rafe estava tão cansado de pensar no tio e em sua investigação aparentemente sem fim que não se importava. Ou era o que repetia para si mesmo.

Logo, o ritmo dos cascos dos cavalos e o sol que esquentava a carruagem o embalaram no sono. Um pouco mais tarde, enquanto sonhava com vitela servida por uma Verity seminua, ele acordou em um sobressalto.

Ainda sonolento, olhou para fora e percebeu que a carruagem tinha parado no meio do nada. Então, percebeu por quê. Outra carruagem estava quebrada logo à frente. O cocheiro estava tentando consertar a roda, e a passageira, uma senhora de meia-idade elegantemente vestida, estava brigando com ele.

Foi quando o criado disse alguma coisa e ela olhou para ele. Rafe a reconheceu na hora. Era lady Rumridge, logo ela. Vira a mãe das irmãs Harpers algumas vezes nas suas espionagens, mas nunca havia sido apresentado a ela.

Naquele momento, precisou se esforçar muito para esconder a alegria.

Se agisse com cuidado, a situação poderia lhe proporcionar a oportunidade perfeita para questioná-la em um cenário totalmente controlado. Por isso, quando ela se dirigiu para a carruagem dele, Rafe desceu e foi cumprimentá-la.

– Com licença, sir, poderia fazer a gentileza de ajudar meu cocheiro? – Enquanto ela se abanava com um leque em uma das mãos, e a outra se agitava em seu colo, ela era a imagem perfeita de uma dama em apuros. – Ele está levando um tempo absurdo para consertar a carruagem, e estão me esperando em Exmouth para o jantar.

– Eu não poderia ajudá-lo a consertar a carruagem, madame – mentiu ele –, mas, por acaso, também sou esperado para o jantar em Exmouth, na casa do duque de Grenwood. Talvez eu possa lhe oferecer uma carona.

Ela se animou.

– Que maravilha! O duque é meu genro. É exatamente para onde estou indo, acompanhada da minha criada.

– Permita que eu me apresente. – Ele tirou o chapéu. – Sou o Sr. Raphael Wolfford, dos Wolffords de Wiltshire. Talvez a senhora tenha escutado falar da minha família.

Tomando uma postura contida, ela olhou para ele com um pouco mais de atenção.

– Com certeza, ouvi. Seu tio não é visconde agora?

– E general da reserva. – Ele abriu um sorriso cordial. – Por que não peço para o seu cocheiro para pegar os seus pertences? Assim, podemos seguir viagem. Não vejo motivo para não chegarmos a Exmouth a tempo para o jantar.

– Ah, sir, seria *muita* gentileza sua. – Ela piscou com seus cílios longos e castanhos para ele. – É tão difícil encontrar um cavalheiro gentil hoje em dia. O senhor, claramente, é uma exceção.

– Tento ser.

Exceto quando estou com a sua filha e me transformo em uma criatura que não reconheço.

Sem dúvida, ela *não* aprovaria isso.

Ele foi conversar com o cocheiro dela, que ficou mais do que satisfeito em mandar o lacaio da família Rumridge transferir a bagagem de sua senhoria para a carruagem de Rafe. Depois de prometer enviar alguém da cidade mais próxima para ajudar o cocheiro a consertar a roda, Rafe acompanhou lady Rumridge e sua criada até a carruagem dele e se sentou de frente para elas. Quando partiram, ele a examinou com atenção pela primeira vez. Embora soubesse que ela tinha 45 anos, a mulher parecia 10 anos mais nova, com cabelo castanho-claro, sem um fio branco sequer, e poucas marcas de expressão no belo rosto. Claramente, as filhas tinham puxado a beleza dela. O formato dos olhos amendoados lembrava os de Verity, embora não na cor, e seu corpo era mais volumoso, como o de sua filha mais velha.

A criada parecia do tipo que fingia não notar nada, mantendo a postura mais discreta possível. Mas a patroa era o oposto, avaliando-o da mesma forma que uma mulher solteira faria. Droga. Ouvira falar que a viscondessa gostava de flertar, mas isso ultrapassava os limites, já que ela era casada *e* bem mais velha do que ele.

Rafe pigarreou.

– Pelo que fiquei sabendo, o seu marido é major-general e está servindo na Península – disse, em uma tentativa de fazê-la se lembrar de seu estado civil.

Inabalável, ela fez uma cara feia.

– É, sim. O senhor tem sorte por seu tio ter se aposentado. Não consigo convencer meu amado Tobias a fazer o mesmo.

Aquele era um comentário estranho para uma mulher conquistadora.

– Perdoe-me, madame, mas estamos em guerra, afinal. Meu tio só se aposentou porque foi ferido.

– É uma situação diferente, já que meu Tobias é forte e saudável. Ainda assim, é muito difícil para uma esposa.

– É o que dizem. Como não tenho esposa, não poderia dizer.

Um brilho nos olhos dela fez com que ele hesitasse.

– Suponho que queira mudar sua situação, ou não estaria indo para a temporada na casa de praia que as minhas filhas estão promovendo.

Ah, talvez ele tivesse interpretado mal a situação.

– Sua suposição está correta.

Ela fez uma cena, arrumando a saia.

– O senhor sabia que a minha filha mais nova ainda é solteira, Sr. Wolfford?

Ele precisou de muita força para não rir. Deveria ter entendido. Ela não o estava avaliando para si, mas para a filha que ainda era solteira.

– Sei, sim. Nós nos conhecemos na semana passada.

Lady Rumridge inclinou a cabeça.

– O senhor deve admitir que ela é bonitinha.

– Não posso admitir isso. – Ela o encarou, e ele acrescentou: – Lady Verity não é nada menos do que linda.

Isso fez com que ela o olhasse com mais simpatia.

– Como disse antes, o senhor é um galanteador. Claro que Verity não é tão encorpada quanto minhas outras duas filhas. E ela é um pouco alta demais para uma mulher, mas...

– Para mim, todas as proporções dela são perfeitas – admitiu ele, sentindo-se pouco à vontade ao falar sobre a filha dela como se fosse um cavalo em um leilão. – Além de inteligente.

Lady Rumridge dispensou o comentário com a mão.

– Não que algum homem se importe com isso.

– A senhora ficaria surpresa – murmurou ele, fazendo com que a criada abrisse um sorriso.

A viscondessa alisou a saia.

– Acredito que o senhor saiba que ficarei apenas dois dias na casa de praia.

– Na verdade, não.

Aquele era mais um motivo para que ele a questionasse agora, enquanto tinha a chance.

Ela levantou o queixo cheio de maquiagem.

– Tenho tantos compromissos que não vou conseguir ficar mais do que isso. Mas, para ser sincera, não sei se essa temporada será divertida. A maioria dos outros convidados só vai chegar depois que eu for embora. Por isso, talvez seja tedioso. – Ela abriu um sorriso. – Mas não para o *senhor*. Tenho certeza de que minha filha vai fazer de tudo para que se divirta, independentemente de quantas pessoas estejam presentes.

– Tenho certeza de que todas as suas filhas farão isso. E tem a praia para desfrutar.

– Verdade. Eu gosto de tomar banho de mar.

– Eu também.

Essa conversa fiada não ia levá-lo a lugar nenhum. Precisava compelir a viscondessa a revelar o que sabia a respeito dos movimentos do marido.

– Aposto que seu marido gostaria de poder estar com a senhora. – Uma mudança de assunto no mínimo desajeitada, mas duvidava que lady Rumridge perceberia sua estratégia. – Ele está na Península, não está?

– Ah, sim – respondeu ela, sem dar muita importância. – Ele veio rapidamente para o casamento de Eliza, mas logo precisou ir embora para a Espanha. Alguma montanha chata. Perto de Madri, talvez?

– Milady – sussurrou a criada –, a senhora não deveria comentar. Sua senhoria disse que não é sensato.

– Ah, não tem problema – afirmou lady Rumridge. – Ninguém aqui se importa com o que acontece por lá. Até parece que tem um francês escondido em cada esquina. Além disso, o tio do Sr. Wolfford também era do Exército britânico, então o Sr. Wolfford não é francês. Mesmo se fosse, para quem ele contaria?

De fato, para quem? Rafe se perguntou ironicamente. Começou a sentir pena do major-general.

– Na verdade, madame, eu também era coronel do Exército, e acredito que meus colegas soldados não gostariam nem um pouco se eu fosse francês.

Ela riu, o que era a intenção dele.

– O senhor é muito gentil para ser francês.

– Eu me atrevo a dizer que existem muitos franceses gentis.

– Segundo meu marido, não – disse ela, fungando. – Ele diz que são todos uns cretinos imundos.

Realmente parecia algo que o major-general falaria, considerando sua reputação de se achar um cavalheiro acima dos outros. Exceto, claro, por ter fugido com a esposa de outro homem. E, talvez, estar envolvido com algum espião francês, embora isso parecesse pouco menos provável.

Rafe abriu seu sorriso mais simpático.

– Acredito que, quando seu marido esteve aqui, tenha contado para a senhora sobre as aventuras dele na Península.

– Contou, sim – respondeu ela, quase como se fosse uma confidência. – Ele contou sobre um oficial que se casou com uma espanhola e a levava junto com ele em um burrinho. O senhor consegue imaginar?

Ele se segurou para não praguejar.

– Dá, sim. Esse tipo de coisa acontece muito... menos o burrinho. – Ele se inclinou para a frente. – Ele contou para a senhora sobre o relacionamento dele com o famoso Wellington?

– Claro. Se quer saber a minha opinião, o homem parece um sujeito bastante arrogante. – Ela acrescentou baixinho: – O senhor sabia que a esposa dele é tão chata que ele mal fica em casa? Não consigo imaginar por que ele decidiu se casar com ela.

Rafe também não conseguia imaginar como lorde Rumridge decidira se casar com a mulher à sua frente.

– Foi o seu marido que contou isso para a senhora?

– Sim, ele me contou todos os tipos de boato sobre oficiais e suas esposas. Acredita que tem uma que prefere usar calças quando estão marchando? Calças! Não consigo acreditar nisso. Nem mesmo Verity faria isso, e ela se veste de forma um tanto única.

O comentário chamou a atenção dele. Única? O que aquilo queria dizer? Será que ela vestiria calças? Ele adoraria ver. Ou vê-la com um vestido mais decotado na temporada na casa de praia. Será que ela tomaria banho de mar nua? Podia visualizá-la flutuando no oceano, o cabelo formando uma auréola dourada à sua volta...

Que inferno, precisava parar de imaginar essas coisas antes de criar uma situação constrangedora para si mesmo. Além disso, tinha uma missão a cumprir naquele momento. Tirando a imagem de Verity nua da sua cabeça, ele disse:

– Então, me parece que seu marido sempre conta para a senhora para onde ele e seus homens estão marchando e para quê. Nas cartas, claro.

A criada lhe lançou um olhar desconfiado que ele ignorou.

– Na verdade, não – respondeu lady Rumridge. – Não me importo para qual cidade espanhola imunda ele está indo.

Ela coçou o queixo.

– Ou será que ele está em Portugal agora? Não sei. Não tenho certeza se ele foi para Madri ou para Lisboa quando deixou o país. Uma das duas. – Ela se virou para a criada. – É você quem envia as minhas cartas. Você sabe?

A criada ficou tensa de repente.

– E-eu não lembro, milady.

Pelo menos *aquela mulher* estava levando os avisos do general a sério.

– De qualquer forma, ele nem perde tempo me contando essas *coisas* – disse a viscondessa. – Não me importo nem um pouco. Ele é um cavalheiro, como o senhor. Me escreve dizendo o quanto sente saudades dos meus cachos caindo sobre meus ombros à noite... coisas doces como essa.

– Entendo – disse Rafe.

Ele realmente entendia. Porque uma coisa estava ficando bem clara: ou lady Rumridge era a mais esperta espiã francesa a agir na Inglaterra, ou, o que parecia mais provável, ela não tinha a menor noção de quando deveria fechar a boca. Porque, se o major-general estivesse compartilhando informações com a esposa que deveriam ser repassadas para um espião francês, lady Rumridge não fazia a menor ideia. Rafe teria que procurar o espião em outro lugar.

· · · · ·

CAPÍTULO DEZ

Verity estava com mexilhões até o pescoço, já que o mercado de peixes tinha separado um carrinho de mão cheio para ela e monsieur Beaufort escolherem. Ela queria os melhores para preparar um caldo de cebola com mexilhão que, pelo visto, era o prato preferido de Rafe.

Embora ainda achasse que os dois homens se conheciam mais do que deixaram transparecer no outro dia, monsieur Beaufort riu da ideia, bufando. E ela se perguntava como aquilo seria possível, já que Rafe tinha voltado havia pouco tempo para a Inglaterra, se é que era verdade.

Se Rafe *realmente* fosse o Fantasma, ele teria que estar na Inglaterra há bem mais tempo. E, assim, ele poderia ter conhecido monsieur Beaufort. Mas Rafe também precisaria ter escondido muito bem sua identidade até agora, e ela não conseguia imaginar como o herdeiro de um visconde poderia ter voltado para a Inglaterra sem que ninguém soubesse. Mesmo que ele tivesse conseguido, por que a decisão repentina de não esconder mais a própria identidade? A situação toda era um enigma.

Verity considerou várias vezes apresentar a sua teoria sobre o Fantasma a monsieur Beaufort, mas temia não conseguir uma resposta direta. Porque, se ele soubesse que Rafe era o Fantasma, negaria para proteger o amigo. Se *não* soubesse, negaria porque não sabia. A primeira opção a magoaria, e a segunda apenas levantaria as suspeitas dele em relação a Rafe, algo que ela ainda não estava disposta a fazer. Não ganharia de nenhuma forma.

Além disso, naquele momento, tinha assuntos mais importantes a tratar com monsieur Beaufort.

— Tem certeza de que caldo de cebola com mexilhão é o prato preferido do Sr. Wolfford?

— Foi o que ele disse. Que cresceu comendo isso no sudoeste do país e que queria muito comer enquanto estivesse aqui. – Ele olhou para ela ofendido. – Eu não mentiria sobre isso, mademoiselle.

– *Talvez*... se achasse que seria bom para mim. Poderia me dizer que ele gosta de alguma coisa que, na verdade, não gosta, de forma que servir seria um insulto a ele. Mas não vai dar certo. Se ele detestar o prato, vou contar a ele o que me disse, e ele vai culpar o *senhor*. Então, se está tomando esse caminho complicado para que ele não se aproxime mais de mim...

– Não sei o que significa "complicado".

– Sabe, sim – respondeu ela. – Vem do francês *compliqué*.

O tratante abriu um sorriso irônico.

– Também não conheço em francês. – Quando ela levantou uma sobrancelha, ele riu. – Ah, *mon amie*, é tão divertido implicar com a senhorita.

– O senhor está tentando mudar de assunto. Não gosta do Sr. Wolfford e, principalmente, não gosta de me ver envolvida com ele.

Monsieur Beaufort suspirou.

– A senhorita pode se envolver com quem quiser. Eu não teria a presunção de dizer que não fizesse isso.

– Hum.

Ela não acreditava nele. E não pretendia deixar que o chef agisse como seus cunhados, que vinham testando a paciência dela desde que conheceram o Sr. Wolfford. Verity entendia que às vezes as mulheres precisavam ser protegidas, mas se os homens continuassem a reprimindo, ela iria acabar sufocando!

– Em todo caso, não desgosto do Sr. Wolfford – declarou ele. – Só acho que a senhorita deve tomar cuidado. Ele é o tipo que faz uma *jeune femme* perder a cabeça com seus charmes e encantos.

– Bem, o senhor terá que acreditar em mim quando digo que minha cabeça está bem presa no pescoço. Sou uma mulher adulta, não uma garotinha que fica suspirando por qualquer homem bonito.

Que mentira. Passar uma semana longe dele só aumentara ainda mais sua paixonite. Durante o dia, conseguia ficar horas a fio sem pensar nele. Mas à noite, revivia cada momento que passaram na horta. Os beijos. As carícias. Os dedos dele contornando a borda do seu corpete...

Maldito!

Ao perceber que monsieur Beaufort a fitava com ceticismo, ela acrescentou:

– Sou perfeitamente capaz de fazer as minhas próprias escolhas em relação a homens.

– Claro. Mas acredito que devemos voltar a nossa atenção para os mexilhões. Quer mesmo comprar o bastante para fazer caldo para toda a vila?

Ela olhou para a enorme pilha que tinha juntado e fez uma careta.

– Talvez eu tenha me animado um pouco.

– Não tem problema – disse ele, sendo gentil. – Vou escolher alguns para o caldo e faço torta de mexilhão com o que sobrar. Afinal, deve-se sempre comer frutos do mar quando estamos no litoral.

– *Um pouco* de frutos do mar.

– É melhor a senhorita ir se arrumar. Os convidados logo vão começar a chegar. Deixe que eu cuido dos mexilhões.

– Obrigada. – Ela tirou as pesadas luvas e as enfiou no bolso do avental antes de apertar o braço dele. – Eu nunca conseguiria fazer isso sem o senhor.

Ele abriu um dos seus raros sorrisos encantadores.

– Não conseguiria mesmo. Agora, vá. Tem convidados chegando e mais o que fazer.

Seguindo o conselho dele, Verity saiu do quintal e contornou a mansão para admirar o oceano. Podia não gostar de caranguejos mordiscando seus dedos dos pés, ou de ondas salgadas encharcando sua saia, mas adorava ver o mar dali, com a luz do sol refletindo nas águas escuras e as gaivotas fazendo a sua dança.

Foi quando ouviu o som das rodas de uma carruagem no cascalho. Alguém chegando mais cedo do que o esperado. Um cavalheiro? Mamãe?

Ela deveria correr e mudar de roupa, mas ficou imóvel, assistindo aos cavalos se aproximarem, o coração, de repente, disparado. Seria Rafe?

Droga, por que se importava tanto? Não deveria se deixar levar pela paixonite.

Ainda assim, mesmo sabendo como estava sua aparência, decidiu se aproximar da carruagem. Ela tinha acabado de chegar à frente da casa quando a porta da carruagem se abriu e Rafe desceu, olhando em volta e colocando o chapéu.

Como água turbulenta que busca seu caminho, ele cravou o olhar nela e, em um instante, ela estava de volta à horta, sentindo as mãos dele e o ouvindo dizer: "Que tal experimentar outros tipos de travessura?"

Os dois congelaram, ele sorrindo, e ela o encarando.

Céus, ele estava deslumbrante com aquele traje de viagem de verão: jaqueta azul-celeste, colete acinturado branco, calça cor de areia e botas de montaria bem engraxadas. A postura militar fazia com que ela imaginasse como ele deveria ficar estonteante vestido como oficial da cavalaria.

Mas antes que ela pudesse fazer algo além de sorrir, ele se virou para ajudar alguém a sair da carruagem. Sua mãe? Ela ficou perplexa. Como sua mãe acabara na carruagem de Rafe?

Enquanto ele continuava na porta da carruagem para ajudar a criada a descer, a mãe viu Verity. Droga, Verity deveria ter escapado quando tivera chance.

– Minha menina querida! – exclamou sua mãe.

Enquanto Rafe conversava com o cocheiro dele e os cavalariços de Geoffrey, a mãe foi na direção dela.

– Que bom que finalmente cheguei! – exclamou ela enquanto caminhava. – Foi uma tarde difícil. Soltou uma roda da minha carruagem! Pode acreditar? Se não fosse pelo Sr. Wolfford, juro que eu seria assada viva naquela estrada enquanto John, o cocheiro, tentava consertar. O coronel... você sabia que o Sr. Wolfford era *coronel*? Ele está tomando as providências para que resgatem minha carruagem em alguma cidade e tragam para cá. Ele é um homem e tanto.

Ele era. A dança entre ele e Verity seria muito mais fácil se ele não fosse.

– Que bom que ele a resgatou, mamãe.

A mãe a puxou e beijou suas bochechas antes de se afastar para examiná-la, como de costume.

– Então, é assim que você se arruma para receber sua mãe? Um avental horrível em cima de um vestido feio? Ora, você nem está usando luvas!

– Ainda não estou arrumada para receber as visitas. Passei o dia nos preparativos para a temporada, como os outros. Não esperava que chegassem tão cedo.

Com um olhar sorrateiro para Rafe, a mãe se aproximou dela para sussurrar:

– Você não está dando crédito suficiente ao Sr. Wolfford. Está claro que ele estava ansioso para chegar logo.

Maravilha, agora sua mãe estava bancando o cupido.

– Mamãe...

– Ele me fez todo tipo de pergunta sobre você, querida.

Verity não sabia se ficava lisonjeada ou alarmada, considerando sua experiência com homens.

– Tenho certeza de que isso não quer dizer nada.

– Tenho certeza de que quer dizer alguma coisa, sim. Ele até perguntou sobre meu querido Tobias e o que ele faz na Península. Claramente quer saber tudo sobre a nossa família.

Aquilo despertou seu interesse. O major-general? Por que Rafe estaria interessado em lorde Rumridge? Será que tinha alguma a ver com o Fantasma? Mas o quê?

Alheia à distração de Verity, sua mãe acrescentou:

– Posso dizer que gosto do seu jovem. Forte, bonito, bem-educado. Você poderia encontrar algo muito pior.

Aquilo causou um arrepio nela.

– Ele não é meu jovem, mamãe. E lembre-se de que a senhora também gostava de lorde Minton. Agora, veja o tipo de pretendente que ele se mostrou.

Isso era um lembrete para si mesma também. Não podia confiar demais no julgamento de caráter da mãe, que agora estava reparando no seu penteado.

– Confesso que lorde Minton foi uma grande decepção. Quando fugi do seu pai, não esperava que isso arruinasse as *suas* perspectivas. Você sabe bem disso.

Verity a fitou, perplexa. Meu Deus, às vezes, sua mãe podia ser totalmente alheia ao mundo.

– Eu *não* sabia disso. Eu e minhas irmãs percebemos que seria um enorme escândalo desde o momento em que tudo aconteceu. Como a senhora poderia não saber?

A mãe deu de ombros.

– Eu estava apaixonada. E, na minha cabeça, você e Eliza já estavam arranjadas. Eliza com o marido e você com lorde Minton. Acho que eu também deveria ter esperado Diana encontrar alguém, mas temia que ela nunca fosse atrair um homem com aquele cabelo ruivo horroroso dela. Por isso fiz o que Tobias queria e fugi com ele.

– E o resto é história – completou Verity, friamente. – Mas por que a senhora está tocando nesse assunto logo agora, depois de tantos anos?

A mãe evitou o seu olhar.

– Bem... veja... antes de vir, Diana me escreveu, pedindo que eu não estragasse suas chances com esse novo pretendente. Ela insistiu que eu fosse embora daqui a dois dias para não escandalizar as mães das suas convidadas e para dar chance ao Sr. Wolfford de cortejá-la.

Ah. Isso fazia sentido. Diana era muito boa em usar a culpa para que a mãe se comportasse como deveria com as filhas. E com a Ocasiões Especiais.

Sua mãe fungou.

– Ela disse que era o mínimo que eu poderia fazer depois de arruinar o seu futuro fugindo com Tobias. Mas como eu poderia saber que um homem como lorde Minton seria ridículo a ponto de desistir da filha de um conde para ficar com uma herdeira qualquer como Bertha? Não consigo tolerar isso. – Olhando na direção da carruagem, ela acrescentou baixinho: – Shh, o Sr. Wolfford está vindo. Endireite-se! E seja educada. Você sabe ser muito agradável quando quer.

Antes que Verity pudesse responder, Rafe as alcançou.

– Tenho certeza de que ainda não estava nos esperando. Perdoe-me por chegar tão cedo. – Ele parecia mesmo arrependido.

Verity sorriu.

– Tudo bem. Embora eu saiba que minha aparência está terrível.

– De forma alguma. – O olhar dele sobre ela foi tão gentil que ela sentiu como se fosse um beijo. – Só parece que você estava ocupada.

A mãe dela os observava e se abanava com o leque.

– Desculpe-me, sir, mas a minha filha não mente. Posso garantir que, normalmente, a aparência dela é muito mais atraente.

– Obrigada, mamãe – disse Verity, seca. – Não sei como sobrevivi em Londres sem sua motivação constante.

Parecia que Rafe estava segurando o riso, já sua mãe estava alheia ao seu sarcasmo.

– Também não sei. Suas irmãs a estão negligenciando ainda mais, agora que estão casadas.

– Não estou culpando... – começou Verity.

– Ah, não! – exclamou a mãe, e se apressou até a carruagem. – Você aí! – gritou ela para um dos cavalariços que estava entregando uma valise para um lacaio. – Pare com isso agora! Tem muitos objetos delicados aí, por isso deve ser manuseado com muito cuidado, que nenhum de vocês está tendo!

Verity soltou um longo suspiro.

Rafe se aproximou e sussurrou:

– Suponho que você e sua mãe não sejam muito próximas.

– Eu tento, mas ela pode ser...

– Insuportável?

Ela balançou a cabeça.

– Difícil aguentar por mais de uma hora. – Tentando não deixar o aborrecimento transparecer na voz, ela acrescentou: – Como conseguiu suportá-la por tanto tempo?

– Eu até que me diverti. – Com os olhos brilhando, ele murmurou: – Eu a interroguei sobre a filha dela.

Verity ficou incomodada ao perceber que essas palavras fizeram seu coração acelerar.

– Qual delas? – perguntou ela.

Ele levantou a sobrancelha.

– Você sabe muito bem qual – respondeu ele em um tom de voz doce e intenso. – A única que me interessa.

Ela ia sorrir quando compreendeu o que as palavras dele significavam.

– Ah, Deus, ela não *contou* nada sobre mim, contou? – Ela estremeceu só de pensar nas histórias que a mãe podia revelar.

Ele abriu um sorriso malicioso.

– Algumas coisinhas.

– Maravilha.

Levantando a saia, Verity se dirigiu para a porta lateral, de onde poderia ir para seu quarto se trocar sem precisar encontrar a mãe de novo.

Rafe a seguiu.

– Quer que eu repita o que ela disse?

– Não sei. Foi muito ruim?

– Nem tanto. Ela contou uma história de quando uma água-viva a queimou e como isso fez com que a senhorita passasse a odiar banho de mar.

– Ridículo – disse ela, sem querer que ele visse a sua fraqueza. – O senhor precisa entender que minha mãe fala muitas coisas, mas nem todas são verdade.

– Que bom. Fiquei decepcionado ao saber que você não gostava de banho de mar.

– Por quê? – questionou ela, então se lembrou do que ele dissera naquele dia na horta sobre se banhar nu, e logo acrescentou: – Esquece. Vejo que uma semana não mudou em nada sua natureza atrevida.

Nem seus atrativos.

Ele riu.

– Só sou atrevido com você.

– Até parece – disse ela, embora tenha ficado constrangedoramente feliz com aquelas palavras.

– Você recebeu minhas respostas para o seu questionário?

A mudança abrupta de assunto fez com que ela se lembrasse da conversa com monsieur Beaufort.

– Recebi. Mas confesso que me surpreenderam.

Na mesma hora, ele ficou tenso.

– Por quê?

Ela olhou para ele.

– Porque não havia nem uma menção a caldo de cebola com mexilhão, sendo que fiquei sabendo que este é, aparentemente, seu prato preferido desde a infância.

Ele a encarou.

– Como você... ah, é claro. Monsieur Beaufort. Suponho que ele tenha revelado todos os meus segredos.

– Então é verdade? Que você disse a ele que gostava de caldo de mexilhão com cebola?

Ele fez uma pausa, então sorriu.

– Eu disse, é verdade, quando conversamos naquele dia na sua horta.

– Entendo. Então, por que não incluiu na sua lista de pratos preferidos?

Ele deu de ombros.

– Eu não queria dar trabalho a você. Todo o esforço para tirar os mexilhões das conchas...

– É para isso que tenho funcionários na cozinha. Você não acha que eu ou o monsieur Beaufort fazemos esse tipo de trabalho, acha?

– Não faço ideia. – Ele se aproximou para sussurrar: – Na verdade, estou ansioso para ver que tipo de trabalho você faz. E como faz.

Verity parou do lado de fora da porta e lançou um olhar de repreensão para ele.

– É melhor que isso não seja outra referência velada a alguma travessura.

– "Velada"? Jamais. – O sorriso dele denunciava isso. – Sou sempre bem direto quando falo de travessuras. – Ele fixou o olhar nela. – E me atrevo a dizer que você gosta disso, já que também é direta.

Quando sentiu o calor tomar conta de si, ela percebeu que era melhor entrar logo antes que fizesse papel de boba.

– Verdade. – Ela abriu a porta, mas quando ele estendeu a mão para segurá-la para ela passar, Verity disse: – Não me siga, sir. Vou para os meus aposentos trocar de roupa antes da chegada dos nossos convidados, e você não pode ver. A não ser que queira arruinar a minha reputação.

Ele parou ao ouvir isso, então disse, em um tom sério que a surpreendeu:

– Está certo. Mas tenho permissão para *imaginar* como você fica ao trocar de roupa? Se eu pudesse estar lá, claro.

Ela ficou vermelha, algo muito raro de acontecer.

– Não posso forçá-lo a se comportar como um cavalheiro em seus pensamentos, sir. Mas saiba que vou me comportar como uma dama nos meus.

– Vai mesmo? – indagou ele, a voz não passando de um sussurro rouco. *Que tal experimentar outros tipos de travessura?*

Na cabeça dela, ela respondia: *Sim, eu quero.* Mas tentou pensar em outra coisa.

Tarde demais. Ele sabia. De alguma forma, ele *sabia*. Rafe manteve o olhar fixo no dela por um longo momento, como se pudesse ler sua mente, que não parecia nem um pouco com a de uma dama. Então, sem esperar resposta, ele tocou no chapéu e voltou para a carruagem, deixando-a com as pernas bambas.

Ela entrou apressada, então parou e se encostou contra a porta. Precisava se recompor. Mas era difícil com o coração acelerado e os joelhos bambos. Ele exalava ar fresco e sol brilhando, e a forma como ele a fitara, como se pudesse ver através de suas roupas, fazia com que seu coração batesse mais forte, de forma bem inconveniente.

Suas irmãs já tinham explicado a ela, há bastante tempo, como era fazer amor, então ela entendia a mecânica da coisa. Mas não explicaram a ponto de ela entender como um homem podia fazer uma mulher perder a cabeça de modo a pensar em fazer isso fora dos laços do matrimônio.

Verity nunca chegou a perder a cabeça com lorde Minton. Por outro lado, Rafe a transformava em uma mocinha trêmula cada vez que a provocava.

Que Deus a ajudasse. Como sobreviveria às próximas duas semanas? Porque, com Rafe por perto, flertando, implicando e fazendo com que ela tivesse vontade de se jogar nos braços dele, esse seria um teste monumental para o seu comedimento.

Sua esperança era que entre ajudar as irmãs em suas tarefas e garantir que todas as refeições saíssem perfeitas, não tivesse tempo para flertes. Porque seu comedimento sumia toda vez que Rafe sorria para ela.

CAPÍTULO ONZE

A sala de estar estava lotada naquela noite, por isso Rafe encontrou um canto para observar e avaliar o ambiente. Além do duque de Grenwood, do conde e da condessa de Foxstead e de lady Rumridge, mais nove convidados aceitaram o convite para a temporada na casa de praia, apesar da presença de lady Rumridge.

Não demorou para que ele entendesse por que alguns convidados só chegariam depois que ela fosse embora. E não era nenhuma surpresa que a segunda esposa de lorde Holtbury, Sarah, fizesse parte deste grupo. Mas ela viria, então ele poderia interrogá-la depois. Duvidava que a nova lady Holtbury soubesse de muita coisa, mas assim como a ex-esposa do conde, poderia deixar escapar informações que não considerava importantes.

Quando Verity se juntaria ao grupo? Ela provavelmente estava na cozinha, mas saber disso não o deixava menos impaciente para vê-la.

Não deveria se importar tanto com uma mulher que estava apenas investigando. Ainda assim, naquela tarde, quando ela ficou na defensiva, a única vontade dele era levá-la para um quarto vazio e beijá-la loucamente. Não era um pensamento nada cavalheiresco da parte dele. Nem sábio. Precisava ter cuidado.

Mas não estava sendo cuidadoso, principalmente depois de uma semana tentando tirá-la da cabeça, e depois encontrando-a tão tentadoramente fora do seu alcance assim que chegara. Droga, as coisas que dissera para ela... Era óbvio que ele estava cansado da viagem, distraído ou...

Apaixonado demais para ser cauteloso.

Ele ficou tenso. Isso era absurdo. Ele sempre era cauteloso. A verdade era que nem precisava continuar cortejando-a. O importante era ser convidado para a temporada. Eles não o expulsariam naquele momento. Se ele se afastasse de Verity, ela não criaria expectativas que ele não poderia satisfazer, e não precisaria se preocupar com a possibilidade de partir o coração dela.

Então por que ficava irritado só de pensar em se distanciar? Dizia para si mesmo que ainda precisava de uma razão para estar ali, que a família dela só confiaria nele se achassem que estava cortejando Verity. Mas era mentira.

E ele não se importava. E daí que sentia um desejo primitivo de levá-la para a cama? Estava tudo sob controle, ele não deixaria que isso afetasse nada. Era capaz de manter a relação apenas como um flerte.

Certo.

– Droga – murmurou para si mesmo.

– Sir? – perguntou um lacaio que estava perto.

Maldição, quando tinha começado a falar sozinho? Provavelmente depois de conhecê-la oficialmente.

– Sim? – respondeu ele ao criado.

– Deseja alguma coisa, Sr. Wolfford? – perguntou, parecendo perplexo. – Uma taça de vinho, talvez?

– Hum, sim. Xerez, se tiver.

Xerez era ótimo para bebericar sem enevoar as ideias. Ainda mais quando a cabeça já estava cheia de pensamentos perigosos sobre certa mulher desejável.

Depois de pegar a bebida, Rafe se pôs a trabalhar. De forma metódica, revisou a identidade dos presentes na sala. Mais cedo, tinha sido apresentado a todos e memorizado os nomes e rostos. O que não foi preciso para todos, pois alguns dos convidados ele já conhecia de outros eventos da Ocasiões Especiais, apesar de não ter sido apresentado a eles antes.

– Então você está de tocaia no campo de batalha – murmurou uma voz familiar.

Ah. Finalmente, *ela* estava ali.

Tomando um gole generoso de xerez, ele se virou para onde Verity estava, logo atrás dele, com uma taça de champanhe na mão enluvada. Perdeu o fôlego ao vê-la.

Naquela noite, ela vestia algo além do branco típico: um vestido de seda bronze-esverdeado, de um tom parecido com o de seus olhos, que fazia com que eles cintilassem, e destacava seus cabelos cor de mel. O decote baixo do corpete deixava à mostra o topo dos seios, entre os quais pendia um pingente em uma corrente de ouro: uma concha de vieira dourada com uma bonita pedra de coral no meio.

Sua vontade era se debruçar sobre ela e dar-lhe um beijo bem onde o pingente estava. Que Deus o ajudasse.

– Vejo que a Vênus de Botticelli se juntou a nós – disse ele, com a voz rouca, sem se preocupar em disfarçar que examinava devagar a roupa dela. – Emergindo do mar com toda a sua perfeição.

Ela levantou uma sobrancelha cor de mel.

– Não vou reclamar desse elogio porque foi um tanto poético. – Ela se inclinou para sussurrar: – Mas que fique aqui entre nós, já que todos sabem que a Vênus de Botticelli emerge *nua* do mar.

– Quem sabe eu consiga convencê-la a recriar essa cena? – sussurrou ele. – Eu ficaria muito satisfeito em ser o deus Zéfiro e soprá-la até a margem.

Ela balançou a cabeça.

– O senhor continua com seu comportamento travesso.

– O que eu posso dizer? Você desperta o rapaz travesso que habita em mim. – Infelizmente, isso era verdade. – Espero despertar a menina travessa que habita em você.

– Não vou me dignar a responder – disse ela, apesar do sorriso de satisfação que brincava em seus lábios.

– Porque você sabe que a resposta seria positiva.

O sorriso dela foi substituído por um olhar intenso.

– Você certamente é muito confiante.

Ele correspondeu ao olhar e respondeu ainda mais baixo:

– Eu sei quando desejo uma mulher. E também quando ela me deseja.

Verity engoliu em seco e afastou o olhar, com a ponta das orelhas corando. Ele não se lembrava da última vez que uma mulher o havia deixado inconsequente daquela maneira. Provavelmente, porque isso nunca acontecera antes.

A duquesa de Grenwood entrou, segurando no colo sua filha, e todas as mulheres presentes a cercaram, soltando exclamações e brincando com a bebê. Os homens se dirigiram às garrafas de vinho para completar suas taças. Isso deixou Rafe e Verity praticamente sozinhos em um canto da sala.

– Pelo visto, você não gosta muito de bebês... – comentou ele.

Com ar determinado, ela deu um gole no champanhe.

– Gosto muito da minha sobrinha. Mas passei a tarde inteira com ela ontem, então vou dar a chance para que outros possam admirar as bochechas fofas e a boquinha dela.

– Ela parece com a sua irmã? Ou com seu cunhado?

– Com ambos. Uma verdadeira mistura dos dois. O cabelo ruivo dela e os olhos azuis dele. E claramente vai ser alta, já que é bem comprida para a idade.

Rafe balançou a cabeça.

– Não sei nada sobre bebês. Nunca convivi com um.

– Suzette é a primeira com quem convivo. Quase me faz ter vontade de ter um. – Ela pareceu perceber o que dizia, pois abriu um sorriso forçado. – Mas quando ela começa a chorar com fome, fico mais do que feliz em devolvê-la.

– Não posso culpá-la. – Ele deu um gole no xerez. – Se não precisasse de um herdeiro, eu mesmo não teria um filho.

Ao perceber o que ela poderia deduzir daquilo, ele se repreendeu mentalmente. Que coisa estúpida para se dizer a uma mulher que deveria estar cortejando.

Após um momento tenso, Verity disse:

– Bem, parece que os outros pensam diferente. Olhe lá, lorde Harry está dando uma espiada.

– Bom para ele – murmurou Rafe.

Aquilo não estava indo muito bem.

Naquele momento, Grenwood se aproximou da esposa, que o fitou com adoração tão clara que Rafe sentiu inveja. Nenhuma mulher havia olhado para ele daquela forma. Estava entendendo como um homem podia se acostumar a ser olhado assim por uma mulher bonita.

Teve vontade de praguejar. Droga, estava deixando essas irmãs Harpers amolecerem seu coração, e isso não era nada sábio, não até que tivesse certeza de que elas não tinham nada a ver com as atividades do pai.

Mas precisava admitir que, pelo que tinha visto até o momento, parecia improvável que estivessem envolvidas. Rafe *queria* que fosse improvável. Porque gostava da família e do relacionamento amoroso que tinham entre eles. Podia se ver como parte daquilo.

Parte daquilo? Que pensamento tolo. Nunca poderia fazer parte de nada tão envolvente, tão amoroso, tão abrangente. Com certeza, ele acharia enjoativa toda aquela intimidade. Não era de sua natureza ser feliz assim.

Verity limpou a garganta.

– Acredito que esteja tendo dificuldade de se lembrar quem é quem. Ainda mais agora que estão todos reunidos em volta da minha irmã e da minha sobrinha.

– De forma alguma.

Ele identificou todos na sala, por nome e títulos.

Ela o fitou, surpresa.

– Como você consegue fazer isso? Acabou de conhecê-los e nem teve a chance de conversar com ninguém.

– Não foi preciso. Eu já conhecia alguns: sua família, major Quinn...

– Como você *o* conhecia? – perguntou ela, fixando o olhar nele. – Vocês eram de regimentos diferentes e, sem dúvida, destacamentos diferentes.

– Eu o conheci no leilão, claro.

Aquilo pareceu satisfazer a curiosidade dela.

– Tinha me esquecido que ele estava lá. Mas não deve ter conversado com ele por muito tempo.

– Não precisei. Primeiro, ele estava fardado, assim como hoje. Além disso, ele é um típico oficial da infantaria com certa idade, confiante do controle que tem dos soldados, mas cansado de lidar com civis desordeiros. Ele mostra isso em cada palavra que diz.

– Você captou bem a personalidade dele – disse ela, rindo.

– Para ser sincero, simpatizo com ele. Depois de anos no Exército, eu mesmo tenho a tendência a querer mandar nas pessoas.

– Não tinha percebido – comentou ela, os lábios tremendo em uma tentativa de não sorrir.

Uma vez que Verity não estava tanto na defensiva, ele resolveu tentar extrair alguma informação.

– Mas você não acha estranho que o major Quinn ainda esteja por aqui enquanto o regimento dele está na Península? Por que ele estaria aqui, longe do comando dele?

Ela deu de ombros.

– Ele está de licença.

– O Exército dificilmente concede licença a oficiais sem uma razão, e com certeza não por tanto tempo quanto ele parece ter tido.

– Como ex-oficial, você deve saber – disse ela, fixando o olhar nele. – Tem alguma teoria?

– Não. Só achei que você poderia ter a resposta.

Rafe ainda achava suspeito. E exatamente por isso planejava escrever uma carta para sir Lucius pedindo mais informações sobre a licença de Quinn.

– Bem, não tenho. – Ela apoiou sua taça vazia de champanhe em uma mesinha, evitando o olhar dele por algum motivo. – De qualquer forma, acho que já conhece os Crowders também, eles estavam no leilão.

O comentário despertou a atenção dele. Não se lembrava de os Crowders estarem lá; ficara tão focado em Verity e na família dela que nem os notara.

– Os Crowders estavam no leilão? – indagou ele. – Não me lembro de encontrá-los antes de hoje.

– Ah, verdade, eu me esqueci.

A expressão dela suavizou e seu olhar encontrou o dele mais uma vez.

– Isolde teve febre, por isso ninguém da família foi – explicou ela.

Estava imaginando ou ela parecia aliviada? Será que estava armando para ver se ele se confundiria? Não, aquilo não fazia sentido. Por que ela escolheria os Crowders para testá-lo?

A questão era que ele fora disfarçado à festa exclusiva dos Crowders no Dia de Maio. E se Verity o reconhecia daquele dia...

Sentiu um arrepio que logo afastou. Pelo amor de Deus, estava fantasiado de Jack in the Green. Nem mesmo sir Lucius o reconheceria.

– Então – insistiu ela –, se você não conheceu os Crowders no leilão, como conseguiu guardá-los tão rápido na cabeça? Os outros também.

Perguntou-se se deveria contar para ela. Por que não? Que mal haveria em contar?

– Sempre que conheço uma pessoa, uso uma técnica mnemônica para me lembrar dela depois. – Quando ela olhou para ele em expectativa, ele explicou: – É um método para...

– Eu sei o que é uma técnica mnemônica, Rafe. Embora não precise usar. Nunca me esqueço de um rosto. Se encontrar uma pessoa, sempre vou reconhecê-la depois.

Aquilo o pegou desprevenido.

– Sempre?

– Sempre. Pergunte a Diana e Eliza. Elas são terríveis em reconhecer rostos, por isso recorrem a mim para isso. Sabem que vou ver aquela pessoa no meio de uma multidão e saber de onde a conhecemos.

Ela cravou o olhar no dele, mais uma vez esperando. Será que ela estava querendo dizer que *ela* reconhecia *seu* rosto de antes? Que sabia que ele tinha estado nos outros eventos delas?

Não, como aquilo seria possível? Ninguém nunca o reconheceu. Mas se ela...

De repente, Verity sorriu e fez um gesto de desdém com a mão.

– Claro, se a pessoa estiver fantasiada ou mudar muito o cabelo, não reconheço. E não sou tão boa em ligar nomes a pessoas, então acaba não sendo muito útil reconhecê-las, não é mesmo? Talvez eu *pudesse* fazer uso de suas técnicas mnemônicas. O que acha?

O pulso dele desacelerou. Claro que ela não o tinha reconhecido. Em que estava pensando? Ninguém da família dela tinha, e quando escutou a conversa sobre ele, nenhum deles comentou que ele parecia familiar. *Ela* certamente teria comentado alguma coisa se achasse isso.

– Rafe? A sua técnica mnemônica?

Nossa, toda vez que ele divagava, ela conseguia trazê-lo de volta. Era um tanto perturbador.

– É simples. Eu apenas encontro alguma coisa no físico ou nos traços para conectar com o nome. – Ele sorriu. – Por exemplo, quando eu a conheci, apelidei-a de Verity Vênus.

– Entendo – disse ela, claramente escondendo um sorriso. – E qual apelido você daria para qualquer outra mulher que achasse atraente? Anne Afrodite? Mary Minerva? Isso mal as identificaria.

– Confesso que, nesta sala, você é a única mulher que eu associaria a uma deusa. – Quando ela levantou uma sobrancelha, ele falou: – Retiro o que eu disse. Poderia ter apelidado a Srta. Mudford de Minerva, já que ela usa óculos e tem a aura de deusa da sabedoria. Mas não a apelidei assim. O cabelo castanho com fios grisalhos dela me remete a um tom de lama, e lama é mud em inglês, por isso me concentrei nisso.

– E os Crowders?

O que ele tinha usado para eles? Fazia meses.

– Lady Crowder é "lady Powder Crowder", por causa do pó que ela usa no rosto.

Verity caiu na gargalhada.

– Você é terrível. Mas admito que ela gosta bastante de usar pó no rosto.

– E o cabelo dela lembra pólvora, que é um pó preto.

– Isso é porque ela pinta para cobrir os fios brancos. Mas não conte a ninguém... é segredo.

– Um segredo muito mal guardado, pelo visto.

Ela abriu um sorriso atrevido.

– De qualquer forma, não me convenceu. Amanhã, ela vai falar com você, e você não vai lembrar quem ela é.

– Até amanhã, já vou ter memorizado todos – afirmou ele, casualmente. – Só preciso de uma noite para gravar tudo na minha cabeça.

– Muito bem. – Ela passou o dedo pela borda da taça, que estava em cima da mesa. – E os Harrys?

– Ele é Scary Harry, porque usa aquele penteado assustador.

Ela assentiu.

– E a irmã gêmea? Você usou Harriet? Ou "Alguma Coisa Harry"?

– A segunda opção. Ela é "Mary Harry", porque parece uma "Mary" que beijei muitas vezes.

Ela arregalou os olhos.

– Conte-me mais.

Droga. Não podia acreditar que tinha admitido isso logo para *ela*.

Ele deu de ombros.

– Não tem muito o que contar. Ela era uma atriz de que eu gostava quando tinha uns 6 ou 7 anos.

– Você convivia com atrizes quando era criança? – perguntou ela, chocada. – O seu tio tinha algum envolvimento com...

– De forma alguma. – Ele riu. – Mas a imagem dela aparecia em um livro da biblioteca dele. Ela também era poeta. Aos 7 anos, eu a achava a mulher mais linda do mundo. Beijei o retrato dela umas cem vezes. Eu repetia para mim mesmo que, quando crescesse, ia procurá-la e pedi-la em casamento. Mas não tive a chance. Ela morreu quando eu tinha 10 anos.

– Ah, *Mary*! Você deve estar falando de Mary Robinson, que foi amante de Prinny durante uma época. – Verity suspirou. – Ela realmente era bonita. Quando eu tinha 7 anos, vi um retrato dela fantasiada para interpretar Perdita. Então comecei a dizer que queria ser atriz. Ela tinha uma aparência tão dramática na imagem.

– Me parece bem escandaloso da sua parte.

– Por isso meu desejo acabou logo. Minha mãe deixou claro que eu não poderia ser atriz e respeitável ao mesmo tempo.

– Tenho certeza de que sim – disse ele, tentando imaginar Verity no palco, talvez de Cleópatra ou alguma outra personagem com pouca roupa.

Deus, ele precisava parar de imaginá-la nua.

– Nunca li a poesia de Mary Robinson – contou Verity. – É boa?

– Não sou a melhor pessoa para julgar. Posso lhe emprestar o livro quando voltarmos para Londres, para que você mesma diga. Mas já vou lhe avisando, o retrato dela está gasto de tantos beijos. – Ele colocou a mão no coração. – Ela foi meu único amor verdadeiro. – Então, baixou o tom de voz: – Só não conte para nenhum cavalheiro. Eles vão caçoar de mim.

– Será nosso segredo.

– Que alívio – disse ele, com sarcasmo. – Nós dois sabemos que você não sabe guardar segredos. Acabou de me contar o de lady Crowder.

Verity coçou o queixo.

– Como assim? Sei guardar muito bem segredos importantes.

– Se você diz.

– Mas você está certo sobre uma coisa, lady Harry realmente se parece com Mary Robinson, embora seja superficial demais para ser comparada a ela.

– Ela também não é tão atraente. É apenas uma leve semelhança. – Ele pegou a mão de Verity. – Ela certamente não é tão bonita quanto você.

Esforçando-se para não sorrir, ela puxou a mão, com um olhar furtivo pela sala.

– Ah, mas "lady Mary"... quer dizer lady *Harry*... – Verity fez uma cara feia. – Agora vou querer chamá-la de Mary em vez de Harry. Acho que não posso usar a sua técnica, afinal.

– Sinto muito – disse ele, rindo.

– Não sente nada. – Ela bateu no braço dele com o leque. – Você só deve ter me contado para ver se eu me confundia. – Ela fungou. – Felizmente, já sei o nome de todos. E conheço o rosto.

– Que bom – murmurou ele –, porque três damas estão vindo na nossa direção.

Ela se virou quando lady Harry, a Srta. Crowder e a Srta. Chetley se aproximavam.

– É verdade que vamos tomar banho de mar amanhã? – perguntou lady Harry, com sua vozinha de menina.

– Vamos – confirmou Verity.

Lady Harry cravou o olhar em Rafe.

– Gosta de banho de mar, Sr. Wolfford?

Droga. Ele vivia se esquecendo que a temporada tinha como objetivo ajudar jovens damas a encontrar um marido. E, pelo visto, ele estava no cardápio.

– Gosto, sim.

– O senhor nadou muito em Portugal? – perguntou a Srta. Crowder.

Teria que dar uma resposta vaga.

– Eu... bem, não passei muito tempo no litoral. A maior parte do tempo, estive no interior da Espanha.

– O senhor já esteve na América? – perguntou a tímida Srta. Chetley, o que o surpreendeu.

– Ainda não.

– Mas sabe nadar? – questionou lady Harry.

Nossa, ele não conseguia acompanhar. Essas três eram vorazes.

– Sei, sim. – Querendo tirar de si o foco da conversa, virou-se para a única mulher que poderia ajudá-lo. – E a senhorita, lady Verity? Sabe nadar?

Estava óbvio que ela se esforçava para não rir ao vê-lo em apuros.

– Relativamente bem. Nossa família vem para o litoral há anos. Mas prefiro não entrar na água.

– Porque ela odeia o mar – explicou a Srta. Crowder, amiga dela.

Então, a mãe de Verity tinha dito a verdade. Que interessante.

Lady Harry se virou para Verity.

– Odeia o mar? Como pode? Todo mundo gosta do mar.

– Não desgosto do mar exatamente – respondeu Verity, franzindo a testa para a Srta. Crowder. – Amo olhar o mar, navegar, adoro a brisa que ele traz, caminhar na areia. Só não gosto de mergulhar. Por isso, não tenho razão para nadar.

A Srta. Chetley se arriscou a fazer um comentário:

– Minha mãe quis que eu e meu irmão fizéssemos aulas. Ela diz que nunca se sabe quando se pode cair em um rio, lago ou... qualquer corpo d'água.

Lady Harry fez um gesto de desdém.

– Isso é porque vocês, americanos, vivem em um país selvagem. Posso garantir que nunca precisei me preocupar se cairia em qualquer corpo d'água por acidente. E, mesmo se caísse, não me afogaria, já que tenho lacaios para me pegarem.

Quando a Srta. Chetley corou, visivelmente constrangida, Rafe perguntou de forma bem direta:

– A senhorita tem certeza de que seus lacaios sabem nadar?

Lady Harry o encarou. Era óbvio que nunca tinha considerado aquela possibilidade.

– Claro que sim. Eles precisam me proteger.

– Talvez a senhorita devesse perguntar se eles sabem – sugeriu Rafe. – Só para ter certeza.

– Amanhã vai ser ótimo para quem sabe nadar – disse a Srta. Crowder para lady Harry em um tom frio. – Talvez devesse levar a Srta. Chetley com você quando for entrar na água.

– Isso não será necessário – declarou Verity. – Haverá mulheres que sabem nadar para ajudá-las. Elas vão acompanhá-las das máquinas de banho até a água e ficarão por perto para ajudar, se quiserem.

Lady Harry olhou de forma provocativa para Rafe.

– Eu preferia que os cavalheiros me ajudassem.

Com certeza, Rafe pensou, começando a ter uma boa ideia do tipo de mulher que lady Harry era: daquelas que tinham posição e prestígio suficientes para dizer e fazer o que quisessem, se achassem que lhes renderia um pretendente elegível.

Verity pareceu ficar aborrecida.

– Que pena, lady Harry, mas os cavalheiros estarão em outra praia próxima. Na nossa, só haverá mulheres. Não é permitido misturar os sexos na hora do banho de mar.

– Eu tinha me esquecido – respondeu lady Harry. – Sr. Wolfford, é verdade que os cavalheiros, quando vão se banhar, não usam...

– Lady Harry! – repreendeu Verity. – Posso falar a sós com a senhorita por um momento?

– Não há necessidade – respondeu ela, sorrindo satisfeita. – Estou vendo que o major Quinn está aqui. Vou perguntar a ele.

Quando ela se afastou, Verity praguejou baixinho, algo que, decididamente, parecia vulgar. Rafe teve que se esforçar para não rir.

– Ela está assim desde que chegou – comentou a Srta. Crowder, uma expressão aflita no rosto ao ver o major Quinn cumprimentar lady Harry. – Espero que sossegue no decorrer da semana.

Enquanto isso, lorde Harry estava contando casos que pareciam divertir a Sra. Chetley, o filho dela, lady Foxstead, lady Rumridge e a Srta. Mudford.

Rafe desconfiava que lorde Harry já estivesse embriagado. Ele podia ser elegível, mas, na opinião de Rafe, não era um bom partido. Era bom o sujeito prestar atenção na irmã. Quanto a isso, a Srta. Mudford precisava controlar sua protegida.

Quando a Srta. Crowder e a Srta. Chetley seguiram lady Harry, deixando Rafe e Verity sozinhos novamente, ele murmurou:

– Se lady Harry for sua cliente, espero que a família esteja pagando bastante para que vocês a aguentem.

– Uma pena, mas ela não é nossa cliente. – Verity suspirou. – Porque, se fosse, eu poderia ameaçar encerrar o contrato caso ela não se comportasse. Mas parece que o irmão dela está procurando uma esposa, por isso achamos que não teria problema se trouxesse a irmã com ele. Infelizmente, nem mesmo a severa Srta. Mudford consegue controlá-la, como você deve ter notado.

– Pelo visto, ninguém consegue controlá-lo também.

Verity deu de ombros.

– Ambos são animados e, vez ou outra, indiscretos. Agora que os pais faleceram, estão buscando o lugar deles no mundo. Nesse caso, prefiro errar por excesso de gentileza do que de cuidado.

Ele a fitou, mais uma vez, surpreso.

– Isso é muito generoso da sua parte. A maioria das pessoas lavaria as mãos.

Ela levantou uma sobrancelha.

– Acho que a maioria não passou pelo que eu e minhas irmãs passamos. Isso faz com que sejamos mais tolerantes. – Ela olhou para onde o major Quinn, pelo visto, tinha deixado lady Harry de lado e procurado a Srta. Crowder. – Embora a minha paciência com ela esteja se esgotando hoje.

– Percebi – disse ele.

– Mas você lhe deu uma boa lição quando ela alfinetou a Srta. Chetley.

Rafe fez uma careta.

– Não gosto de pessoas que se acham mais do que realmente são.

Ela o estava encarando de uma forma estranha agora.

– Mas pode ter certeza de que se ela tentar estragar as coisas para as nossas clientes, vamos mandar os dois, ela e o irmão, para Londres rapidinho. Nenhum cavalheiro elegível vale essa dor de cabeça.

Lady Harry olhou em volta, viu que Rafe ainda estava parado no mesmo lugar, e caminhou na direção deles.

– Preciso me esconder rápido – sussurrou ele.

Foi quando o gongo para o jantar soou.

Verity sorriu para ele.

– Salvo pelo gongo, sir. E, graças às regras de precedência, você não precisa acompanhá-la para o jantar.

– Graças a Deus. – Ele se aproximou. – Prefiro acompanhar *você*.

O sorriso dela se apagou.

– Você sabe que isso também não é permitido, infelizmente. Lorde Harry será meu acompanhante esta noite. Além disso, eu seria uma companhia entediante em qualquer refeição. Posso acabar falando sem parar sobre comida, explicando como os pratos são feitos, perguntando sua opinião, pedindo que experimente as coisas e descreva...

– Ficarei feliz em fazer isso sempre que você quiser.

Ela zombou dele.

– Você nem quis responder ao meu questionário sobre suas preferências. Não consigo imaginar que fosse querer fazer isso até cansar durante o jantar.

Ela claramente ainda estava chateada com a relutância dele em jogar o jogo do jantar com ela na semana anterior.

– Vou dizer uma coisa: depois do jantar, vou descrever cada pedacinho de comida para você e dar a minha opinião.

Ela se esticou para sussurrar no ouvido dele.

– Depois do jantar, vou discutir com monsieur Beaufort o cardápio de amanhã. – Ela desviou o olhar e viu lorde Harry se aproximando deles. – Mas sinta-se à vontade para descrever tudo para a Srta. Chetley.

Quando ela riu, Rafe bufou. Tinha esquecido que acompanharia a quieta moça americana para o jantar. Ele preferia continuar flertando com Verity naquela noite.

Mas talvez fosse melhor que não continuasse fazendo isso. Depois do jantar, ele se juntaria aos cavalheiros para tomar um vinho do Porto e precisaria estar alerta para ter uma ideia de quem tinha vindo para essa temporada com algum objetivo escuso, que não conseguir uma esposa ou um marido. Havia muitos contrabandistas em Exmouth, então qualquer um dos convidados podia estar trazendo informações de Londres para passar para algum conspirador ali.

Depois do vinho do Porto, teria que sair de fininho para visitar algumas tavernas para obter informações sobre os contrabandistas locais. Dormiria pouco aquela noite, pois tinha muito o que fazer.

Então, precisava ficar atento e parar de cortejar Verity como um pretendente obcecado. Teria tempo suficiente para fazer isso nos próximos dias.

CAPÍTULO DOZE

Na manhã seguinte, Verity conteve um suspiro enquanto ela e as damas caminhavam em direção à praia.

Sua cabeça estava latejando, e só podia culpar a si mesma pela dor. Era isso que dava beber muito champanhe e passar a noite se revirando na cama por causa de Rafe.

Verity Vênus. Ela bufou. Deveria chamá-lo de Reles Rafe, porque era exatamente isso que ele era, com seus elogios baratos. Estava deixando-a maluca com todas as insinuações impróprias e olhares famintos, como se pudesse devorá-la no café da manhã.

Não era de admirar que tivesse tido problema para dormir. Ele... fez com que ela *sentisse* coisas que nunca sentira em lugares em que nunca sentira nada... e Verity não estava gostando. Nem. Um. Pouco.

Ainda mais depois que ele sumiu com os outros homens após o jantar na noite anterior, deixando-a sozinha para consolar as damas que ficaram irritadas ao notar que os cavalheiros elegíveis as tinham abandonado pelo restante da noite. Teria uma conversa com Geoffrey a respeito disso assim que possível.

Isolde veio caminhar ao seu lado.

– Que bom que resolveu vir nadar.

Como se Verity tivesse escolha. Ela forçou um sorriso alegre.

– Vocês precisavam de uma acompanhante além de lady Chetley e Eliza.

– Ainda mais que Eliza vai estar ocupada com Jimmy.

– Mas Molly também veio para ajudar.

A babá carregava o menino, que estava vestido, mas Verity desconfiava que assim que eles chegassem à água, a roupa desapareceria.

A Srta. Chetley e lady Harry aceleraram o passo para alcançá-las.

– Por que, pelo menos, não podemos caminhar até a praia junto aos cavalheiros?

Verity suspirou.

– Porque vocês ainda estavam se vestindo e os homens já estavam prontos para sair.

– Isso não foi culpa nossa – reclamou lady Harry. – Foi a Srta. Mudford que acordou tarde e tivemos que esperar por ela, que nem queria vir! E foi a mãe de Isolde que reclamou de dor de cabeça, começando toda a discussão de quem viria ou não.

Isolde franziu a testa, contrariada.

– Ainda me sinto mal por Diana não ter vindo. Eu deveria ter ficado com a minha mãe. As dores de cabeça dela às vezes são terríveis.

– Eu sei – comentou Verity, sendo gentil. – Mas sua mãe queria que você se divertisse e não se preocupasse com ela. Para ser sincera, Diana não queria deixar a bebê, então fazer as vezes de anfitriã das três foi a desculpa perfeita para ela ficar em casa.

– A *minha* mãe estava pronta na hora certa – afirmou a Srta. Chetley, um pouco mais atrevida do que na noite anterior.

– A *sua* mãe está querendo nadar desde que chegaram – comentou Verity. – Olhe ela lá na frente, caminhando para o mar como se quisesse nadar por toda a encosta.

– Não duvido nada – disse a Srta. Chetley, cheia de orgulho. – Ela sempre nada no lago perto de casa.

– Meu Deus! – exclamou Verity. – Tomara que ela não tente nadar no fundo por aqui. Pode ser perigoso.

O que significaria que Verity teria que entrar na água para garantir que a americana não se afogasse. Droga.

Lady Harry fez uma cara feia.

– Por que a sua mãe não veio, lady Verity? Ontem à noite, ela disse que adora banho de mar.

– Adora mesmo, mas nunca assim tão cedo. Mamãe espera até o sol estar alto e a água um pouco mais quente. Não se preocupe, daqui a pouco ela vem.

Elas desceram pelo caminho de pedras que levava até a praia destinada às mulheres, onde estavam as três máquinas de banho, cabanas onde poderiam trocar de roupa e mergulhar mantendo o decoro, que a Ocasiões

Especiais alugara. Lady Harry tentou espiar a praia dos homens, mas havia uma colina coberta por pedras, areia e vegetação espinhosa separando as duas praias.

– Vocês acham que os cavalheiros já estão despidos? – perguntou ela.

Verity não queria nem pensar nisso. Toda vez que pensava, também tinha vontade de espiar, principalmente para ver Rafe.

– Provavelmente. Segundo os meus cunhados, a maioria dos homens fica.

– Fico imaginando como é não usar traje de banho – disse Isolde, ansiosa.

– Grudento, arenoso e ainda deve pinicar – falou Verity, dirigindo-se para todo o grupo. – Mesmo se virem uma mulher nadando nua, não sigam o exemplo. Nenhuma mulher respeitável faz isso. Não me obriguem a ir atrás de vocês para cobri-las com um traje de banho. – As três damas riram. – Juro que farei isso.

– Ah, você não faria – duvidou lady Harry, que segurou o braço da Srta. Chetley. – Vamos rápido para conseguirmos usar a mesma máquina de banho da sua mãe.

Quando as duas aceleraram o passo para se juntarem à Sra. Chetley, Verity cutucou Isolde.

– Imagine as fofocas se soubessem que alguma de nós estava se banhando nua. Seria o fim da Ocasiões Especiais.

Isolde desviou o olhar.

– Acho que sim. Mas lady Harry não fará isso. Não gosta nem que caia areia no cabelo dela. Ela disse isso tão alto ontem à noite que o major Quinn até comentou a respeito depois. Ele não aprova a frescura dela.

Na opinião de Verity, major Quinn era um chato.

– Ele provavelmente quer uma esposa durona, que seja capaz de suportar as privações de um acampamento do Exército, supondo que queira levar a esposa com ele. – Verity olhou para a amiga com atenção. – Não pude deixar de notar que você e o major pareciam bem à vontade um com o outro ontem à noite.

Isolde corou.

– Ele é muito atencioso. Mas não deu nenhum sinal para que eu acredite que vai chegar a me pedir em casamento.

Verity suspirou.

– Ele só está sendo cauteloso. – E ficou muito magoado quando Eliza escolheu Foxstead em vez dele. Ou, pelo menos, era o que elas achavam. – Dê tempo para ele a conhecer melhor. Foi por isso que o convidamos, afinal.

Elas passaram por uma elegante máquina de banho, presa a uma árvore retorcida, afastada das outras.

– Por que essa está aqui? – perguntou Isolde.

– Pertence a uma senhora da alta sociedade que toma banhos de mar por razões medicinais. Ela costuma vir bem mais tarde, quando a água está mais quente.

Lady Harry e a Srta. Chetley começaram a rir na frente delas.

– O que aconteceu com aquelas duas? – perguntou Isolde, baixinho. – Ontem à noite, lady Harry constrangeu a Srta. Chetley, e agora estão como unha e carne.

Verity deu de ombros.

– Você sabe como jovens damas podem ser volúveis.

– Mocinhas, talvez, mas elas não são tão jovens. – Isolde franziu a testa. – Estão tramando alguma coisa.

– Vou ficar de olho nelas. E vou avisar Eliza.

Finalmente, chegaram às máquinas de banho, que tinham o formato de uma caixa. Pareciam uma carruagem sobre rodas, mas com degraus que poderiam ser colocados na areia para entrar no transporte. Enquanto as damas se trocavam lá dentro, cavalos arrastavam as máquinas para o oceano. Então, os cavalos eram desatrelados e levados até o outro lado para esperar até que precisassem deles de novo, e os degraus eram tirados da areia, para permitir que as banhistas descessem para o mar. As mergulhadoras, mulheres altas e fortes, ficavam por perto para ajudar caso alguém precisasse.

Depois de se trocarem, as mulheres desceram para a água. Verity queria ter ficado sentada na varandinha, apenas observando, mas as outras não aceitaram. Então, tirando sua touca, soltou o cabelo.

A água gelada não estava tão ruim. Pelo menos, dessa vez, estava usando sandálias de banho para não pisar em nada espinhoso, e o vestido reto de linho e mangas longas parecia eficiente para manter as pequenas criaturas que ela chamava de "insetos marinhos" longe o suficiente para se sentir à vontade. O fato de só ter se molhado até a cintura ajudou.

Além disso, era difícil temer que alguma água-viva aparecesse enquanto observava Jimmy brincar. Nu como Adão no Éden, ele estava se divertindo, brincando na parte mais rasa onde Eliza pedira que o operador da máquina de banho parasse. Eliza e Molly ficaram por perto, prontas para pegá-lo caso ele afundasse.

É claro que, sendo Jimmy, ele protestou contra as tentativas delas de ficarem por perto.

– Jimmy menino grande! – exclamava ele. – Jimmy nadar!

Só que a ideia dele de nadar consistia em pular as ondas que batiam na sua cintura, depois sair correndo da água e voltar, como um Cupido sem asas.

Lady Harry pedira às mergulhadoras que a carregassem para a água e, por um tempo, pareceu satisfeita em ficar apenas apreciando a vista como uma rainha carregada pelos fiéis súditos. Mas logo se cansou e mandou que a levassem mais para o fundo. Pouco depois, uma onda atingiu em cheio seu rosto, e ela começou a gritar. Foi o fim do banho de mar para ela. Lady Harry obrigou as mergulhadoras a carregarem-na de volta para a máquina de banho, onde ela entrou para se trocar.

A Srta. Chetley estava nadando alegremente até aquele momento, mas, como um cachorrinho que vai atrás do dono, foi se juntar a lady Harry. A mãe dela não deu a menor atenção às duas. Simplesmente nadou em grandes círculos, parando de vez em quando para ajeitar o traje de banho.

De repente, Jimmy começou a gritar.

– Dodói, dodói! – berrou ele.

Ele tentou levantar o pé para mostrar para Eliza, o que fez com que perdesse o equilíbrio e caísse de costas na água. Quando Verity conseguiu chegar até eles, Jimmy estava chorando no colo de Eliza enquanto Molly examinava seu pezinho.

– Está ardendo? – perguntou Verity. – Foi uma água-viva?

– Ah, meu amorzinho – disse Molly, tirando um pequeno caranguejo do dedo do pé dele. – Foi muito corajoso, master James.

– *Agora* vocês vão acreditar em mim quando digo que o oceano é perigoso? – indagou Verity.

Antes que ela pudesse pegar o caranguejo, Molly o colocou no próprio braço e mostrou para Jimmy como ele andava. Logo, o menino estava rindo e tentando pegar o bichinho.

– Está vendo, Verity? – disse Eliza, pulando com Jimmy no colo. – Nem tudo é uma água-viva, querida.

– Eu sei disso – respondeu Verity. – Mas quando ele gritou...

Ela observou enquanto Eliza colocava Jimmy no chão, que voltou correndo para água, rindo quando Molly o segurou e colocou o caranguejo para andar no seu bracinho.

Lágrimas brotaram nos olhos de Verity. Raramente admitia para si mesma, mas uma desvantagem em não se casar era que nunca teria filhos. Sim, Jimmy podia dar trabalho, e Verity vira sua pequena sobrinha deixar o pai zeloso em pânico quando chorava porque queria mamar.

Mas em horas como essa...

Afastando as lágrimas, Verity se prendeu à sua decisão. Gostava da independência, da liberdade. Por isso, Jimmy e a pequena Suzette seriam as crianças da sua vida, junto com as outras que as irmãs provavelmente ainda teriam, e ela poderia voltar a ficar sozinha sempre que quisesse. Era isso que desejava.

De verdade.

– Está tudo bem? – indagou Eliza.

– Está, sim.

Exceto pelo inesperado buraco no peito.

Eliza olhou em volta.

– Para onde foram as outras?

Cerrando os dentes, Verity olhou ao redor.

– Não sei o que houve com Isolde, mas lady Harry e a Srta. Chetley provavelmente estão dentro da máquina de banho delas fofocando.

– Talvez seja melhor verificar – sugeriu Eliza. – Já faz um tempo que elas entraram lá para se trocar.

– Claro.

Verity subiu na máquina delas e, para seu horror, não havia ninguém lá dentro, e três trajes de banho molhados estavam jogados em cima do banco. Em um momento de pânico, temeu que as tolas estivessem tentando nadar nuas, mas seus vestidos também não estavam ali.

Será que tinham voltado para casa? Elas não fariam isso sem avisar a ninguém. Correu até Eliza e explicou a situação, aliviada porque a Sra. Chetley ainda estava nadando em círculos e não tinha notado que as garotas tinham desaparecido.

Uma das mergulhadoras escutou o que elas diziam.

– Com licença, milady, mas vi as jovens damas saírem juntas da praia agora há pouco.

– Em qual direção? – perguntou Verity.

A mergulhadora apontou na direção da praia dos homens.

Verity sentiu o estômago dar um nó ao trocar um olhar com a irmã.

– Você não acha que elas...

Eliza suspirou.

– Eu não colocaria a minha mão no fogo por lady Harry. – Ela apontou com a cabeça para a mesma direção. – É melhor você ir atrás delas. Quando encontrá-las, leve-as para casa. Me parece óbvio que vamos ter que repetir as regras antes de voltarmos aqui com elas. Se a Sra. Chetley vier procurar por elas, direi que voltaram para casa. Vou tentar conseguir o máximo de tempo possível para que você consiga chegar com elas em casa antes de nós.

Engolindo a preocupação e a culpa por não ter prestado muita atenção, Verity deu a volta na máquina de banho. Como imaginava, encontrou três conjuntos de pegadas na areia que mostravam que as damas tinham seguido para a colina. Verity logo seguiu o rastro.

Por sorte, encontrou-as poucos minutos depois. Deitadas na areia, elas estavam espiando sobre a colina o local onde os cavalheiros se banhavam na água, alheios às damas que os observavam, assim como as damas em questão estavam alheias à chegada de Verity.

Verity ajoelhou na areia atrás delas e olhou para o mar, absorta ao ver tanta pele masculina desnuda. Os homens estavam sem camisa, mas ela não conseguia ver abaixo da cintura deles. Eles estavam de pé, conversando, embora muito longe para que ela conseguisse entender as palavras.

Seu olhar logo se fixou em Rafe. Sua pele marrom-clara, sem dúvida herdada da mãe brasileira, fazia com que ele se destacasse. As costas pareciam esculpidas em bronze, brilhando sob o sol como se ele tivesse acabado de emergir da água, e ainda havia gotas por todo o corpo dele. Como ela gostaria de vê-lo mais de perto através de binóculos. Ou abaixo da superfície da água.

O rosto dela estava pegando fogo, o que a lembrou do que deveria estar fazendo.

– Moças! – sussurrou ela, enquanto se afundava mais na areia rochosa, determinada a não ser vista da água. – As senhoritas não deveriam estar aqui!

Conseguiu assustá-las, pois elas viraram a cabeça mais rápido do que um globo giratório.

– Nossa intenção não foi... – começou Isolde.

– Nós só...

– Sentimos muito, lady Verity – desculpou-se a Srta. Chetley, que parecia tão em pânico quanto Isolde.

– Não se desculpem. – Lady Harry fungou. – Ela não deve ser muito mais velha do que nós.

– Então a senhorita tem 26 anos? – questionou Verity, sabendo muito bem que lady Harry tinha apenas 19.

Lady Harry franziu a testa.

– Deus do céu, a senhorita é velha.

– E a senhorita está brincando com fogo. – Verity cravou um olhar gelado na moça. – Vou fazer vista grossa para essa transgressão se as três vierem comigo agora. Vamos voltar para casa e não tocaremos mais no assunto...

Elas escutaram vozes se aproximando. Um grupo de rapazes descia a colina, se divertindo e brincando, então pararam e chamaram por alguém que vinha atrás.

Verity bufou. Eles as veriam se elas se movessem um centímetro sequer. Felizmente, parecia que nenhum deles as tinha visto. Ainda.

Colocando um dedo sobre os lábios, ela deitou na areia, rezando para que ninguém olhasse naquela direção. Pelo menos, as máquinas de banho dos homens estavam agrupadas no pé da outra colina, e não na que estavam.

Mas, a não ser que ela e as outras damas quisessem deslizar de barriga pela colina do lado delas, a única coisa que podiam fazer era esperar que os rapazes entrassem nas máquinas abaixo, deixando-as livres para escapar.

CAPÍTULO TREZE

Até então, a temporada na casa de praia de Grenwood estava sendo bem útil para Rafe. Na noite anterior, na cidade, descobrira coisas que poderiam ajudá-lo a progredir com sua investigação. Havia muito tempo, ouvira boatos sobre a gangue de contrabandistas de Holtbury, que levavam prisioneiros franceses em liberdade condicional para a França e traziam conhaque de lá para a Inglaterra, mas Rafe ainda não tinha entendido como.

Em sua investigação no ano anterior nos portos de Somerset e Devonshire no litoral norte, não descobrira nada a respeito do grupo. Mas, na noite anterior, em uma taverna em que ficara bebendo com os moradores locais, ouviu falar de contrabandistas descendo o rio Exe para usar o porto de Exmouth.

Se era assim que os homens de Holtbury estavam viajando, isso explicava como ainda não tinham sido pegos. O litoral sul de Devon tinha muito mais movimento de contrabandistas do que o norte, e com muito mais sucesso. Naquela noite, pretendia voltar à taverna e ver o que mais conseguiria descobrir.

Mas, naquele dia, Rafe precisava se concentrar em Grenwood. Se conseguisse ficar a sós com o duque, poderia fazer algumas perguntas discretas sobre a família Harper. Felizmente, lorde Harry, o Sr. Chetley e o major tinham decidido apostar uma corrida, nadando com alguns jovens que haviam acabado de chegar à praia dos homens.

Grenwood e Foxstead disseram que preferiam assistir, então, achando que essa era sua melhor chance com o duque, Rafe ficou para trás com os dois cavalheiros.

Depois de alguns momentos assistindo à disputa maçante, Grenwood o ajudou a trazer o assunto da família Harper à tona.

– Gostaria de agradecer, Wolfford, por resgatar a mãe de Diana na estrada ontem. Espero que lady Rumridge não tenha enchido seus ouvidos o caminho todo até Exmouth.

– Não foi tão ruim – disse Rafe. – Apenas muitos elogios ao novo marido. Me parece que o primeiro casamento não foi dos mais felizes.

– Definitivamente não – concordou Grenwood. – Você conhece Holtbury?

– Ainda não tive o prazer – respondeu Rafe, tentando não cerrar os dentes.

– Posso garantir que não seria nenhum prazer – comentou Foxstead. – Holtbury é um sujeito asqueroso. Do tipo que acredita que mulheres, incluindo as próprias filhas, só vieram a este mundo para servi-lo.

– Suponho que as esposas também – acrescentou Rafe. – Escutei bem quando ouvi dizer que a atual lady Holtbury está planejando vir para a temporada também?

– Sarah? – perguntou o duque. – Sim. *Depois* que nossa sogra for embora, graças a Deus. Seria muito desagradável ter as duas sob o mesmo teto ao mesmo tempo.

– Posso imaginar – comentou Rafe.

Foxstead bufou.

– Confesso que ainda acho estranho como as irmãs aceitaram a nova madrasta com tanta facilidade. É só um pouco mais velha do que elas.

– Ela tenta mandar nas três? – indagou Rafe.

– Não – respondeu Foxstead, fazendo círculos na água. – Não tenho dúvidas de que Holtbury a escolheu por aceitar tudo sem contestação.

– E os filhos dela. – Grenwood olhou para Rafe. – Sarah tem três filhos do primeiro marido, que morreu na guerra, acho. Todos achamos que Holtbury provavelmente escolheu Sarah porque viu que ela tinha vários meninos e acreditou que ela lhe daria um filho também.

– Ah – exclamou Rafe –, a eterna busca por um herdeiro.

– Não me importo de continuar a minha busca – disse Grenwood com um sorriso. – Acho muito prazeroso. Concorda, Foxstead?

– Nunca me canso – concordou Foxstead, e os dois começaram a rir.

Então, Grenwood olhou para Rafe.

– Suponho que você também precise de um.

– Em algum momento, sim – respondeu ele, com cautela. – Não estou com pressa. Meu tio ainda está vivo, afinal, e estou bem ocupado cuidando dele.

– Mesmo assim, você está procurando uma esposa, certo? – questionou Grenwood, fixando o olhar nele. – Foi por isso que a Ocasiões Especiais o convidou para a temporada.

Inferno. Que mancada.

– Claro – replicou Rafe, enquanto uma pequena onda passava por eles. – Mas quero encontrar a mulher certa para mim.

– A mulher certa é aquela por quem você se apaixonar – explicou Foxstead. – Pode ter certeza, não há razão para se casar por outro motivo.

Rafe fitou o conde com ceticismo.

– Não sabia que era do tipo romântico, Foxstead.

– Nem tente argumentar com ele, Nathaniel – disse Grenwood, afastando os cachos molhados dos olhos. – Até que nosso amigo aqui encontre a mulher certa, vai zombar do amor. Muitos homens solteiros fazem isso.

Rafe se lembrou do conselho do tio de não deixar o coração de ninguém mandar na sua cabeça. Até agora, nunca tinha se perguntado por que o tio tinha uma opinião tão forte sobre coração e cabeça se nunca havia se casado. Será que já se apaixonara? E isso o colocara em perigo?

Ou apenas temia que o fato de ter um coração significava que ele podia ser partido? Rafe compreenderia se ele mesmo tivesse um coração. Mas não tinha. A guerra havia lhe roubado o seu. O mais próximo que possuía de um coração era um desejo saudável por uma linda mulher que não o deixara dormir na noite passada, imaginando-a como uma Vênus emergindo da concha.

Não, *não* pensaria em Verity naquele momento.

– Então, concorda com Foxstead sobre o amor? – perguntou Rafe para Grenwood, querendo incentivá-lo a falar mais sobre a família Harper.

– Claro. Encontrei o amor e tenho um casamento maravilhoso. O primeiro casamento do nosso sogro foi para começar uma dinastia e, como podemos ver, as coisas não deram muito certo.

– E o segundo? – perguntou Rafe, tentando trazer de volta o assunto sobre Sarah.

– Parece que está indo bem até agora, mas porque Sarah deixa que ele a espezinhe – opinou Foxstead. – Mas e se ela nunca der um filho a ele? E se não puder ter mais filhos? Me arrepio só de pensar no que ele vai transformar a vida dela se isso acontecer. Ter um herdeiro não deveria ser o único motivo para se casar. Se as coisas derem errado, você ainda terá que viver com aquela pessoa.

– A não ser que você drible todas as regras e se divorcie da sua esposa, como Holtbury fez – salientou Rafe.

Grenwood se virou de lado para que uma onda não o acertasse em cheio.

– E isso não acabou muito bem também, não é mesmo? As filhas mal falam com ele. Elas gostam mais da nova esposa e dos enteados do que do pai.

Que interessante.

– Até mesmo lady Verity?

Foxstead e Grenwood se olharam, como se estivessem entendendo alguma coisa.

– Para ser sincero, ela não fala muito sobre ele – contou Foxstead. – Suponho que você saiba o que aconteceu entre ela e lorde Minton.

– Ela me contou um pouco, na verdade – admitiu Rafe.

Grenwood o fitou.

– Então, foi *por isso* que você não deixou que ele ganhasse o leilão.

Rafe não conseguiu deixar de abrir um sorriso satisfeito.

– Entre outras razões, sim.

– Muito bem, Wolfford – exclamou o duque. – Eu aprovo o que fez.

– Que bom – disse Rafe, sem saber bem como responder.

Foxstead revirou os olhos.

– De qualquer forma, depois que Minton a fez de boba, nem ela nem Diana quiseram continuar na casa do pai, bancando as governantas, cuidando da casa e fazendo o que ele mandasse. Por isso, foram morar com Eliza e fundaram a Ocasiões Especiais. Ele as deserdou por isso.

Rafe ficou tenso. Sabia que Holtbury era um cretino, mas... deserdar as próprias filhas?

– Como assim? Ele se recusou a vê-las?

Grenwood limpou a garganta.

– Holtbury se negou a dar uma mesada para elas, disse que não daria um centavo, a não ser que voltassem para casa. E isso incluiu os dotes delas.

– Espere, eu não sabia da última parte – disse Foxstead. – Diana não tinha dote quando vocês se casaram?

– Nem um centavo. E não me importei. – Os olhos de Grenwood brilhavam. – E ainda não me importo. – Ele olhou para Foxstead. – Isso não deveria deixá-lo surpreso, Nathaniel. Você sabia que Holtbury tinha se recusado a dar o dote de Eliza ao primeiro marido quando ela resolveu se casar com aquele cafajeste.

– Sabia, mas ele achava que Samuel só estava atrás da fortuna dela, por isso era compreensível o pai não aprovar.

Ambos se viraram para encarar Rafe, que podia imaginar o porquê. Era melhor admitir.

– Acredito que essa tenha sido a forma nada sutil de vocês me informarem que lady Verity não tem dote.

– Você se importa? – questionou Foxstead.

– Por que eu me importaria? Tenho bastante dinheiro. – *E, quando isso tudo acabar, ela nunca se casará comigo. Não quando souber o que estou fazendo.* – Minton sabe que ela não tem dote? Porque agiu como se não soubesse no leilão.

– É verdade. – Geoffrey deu de ombros. – Talvez não saiba. Não sei como ele poderia ter descoberto. Não é algo que todo mundo sabe. Elas detestam comentar sobre o assunto, como pode imaginar.

Mesmo depois de ter investigado tanto a família, era a primeira vez que Rafe ouvia isso.

– Talvez Minton esteja realmente apaixonado por ela e se arrependa da forma como agiu no passado.

– Duvido – disse Foxstead. – Ele não faz esse tipo. Eu ainda estava em Londres quando tudo aconteceu, e ele era conhecido entre os cavalheiros por ser um caçador de fortunas. O comportamento dele era inescrupuloso. As pessoas não mudam tanto assim.

– Nem se ele se ajoelhasse e jurasse amor eterno, Verity o aceitaria. – Grenwood fitou Rafe. – Você tem mais chance de se casar com ela do que Minton.

Rafe forçou um sorriso.

– Duvido que ela aceitaria se casar comigo se eu pedisse. Lady Verity pode escolher quem ela quiser. Não ia querer um velho cavalo de guerra como eu.

Os outros dois caíram na gargalhada.

– Claro, você é velho demais para ela – disse Grenwood, brincando.

Foxstead balançou a cabeça.

– Só estou tentando imaginar Verity escolhendo Chetley ou Harry. Nenhum deles aguentaria as respostas afiadas dela.

– E consegue imaginá-la com Quinn? – perguntou Grenwood. – Ele é alguns anos mais velho do que Wolfford.

~~Ou seja, o major devia ser pelo menos 10 anos mais velho do que Verity.~~ A simples ideia de Quinn estar com ela fazia Rafe cerrar os dentes.

– Por que ele foi convidado? – indagou Rafe.

Foxstead suspirou.

– Parece que para fazer par com Isolde Crowder. Mas acho que ele não está interessado.

Era melhor que não estivesse interessado em Verity. Assim que esse pensamento surgiu em sua cabeça, Rafe estremeceu. Estava agindo como um tolo ciumento. Fez uma careta. Não era ciumento. Não era ciúme o que estava sentindo, apenas estava cuidando do bem-estar dela. Como amigo. Um amigo sem nenhum interesse, que, por acaso, conhecia o suficiente para saber que Quinn não era a pessoa certa para ela em nenhum aspecto. O major tinha ideias muito conservadoras sobre comportamento para uma flor exótica como Verity.

Ela merecia um homem que apreciasse sua rebeldia nata, sua criatividade... sua natureza sedutora. Um homem como Rafe.

Ele bufou.

Pelo visto, Grenwood interpretou aquilo como aflição.

– Não se preocupe, Wolfford – disse ele, olhando para os nadadores que apostavam corrida e se aproximavam rapidamente. – Ela nunca demonstrou interesse pelo major.

– Não sei – opinou Foxstead. – Ela gosta de homens fardados. Deveria usar sua farda enquanto está aqui, Wolfford. Ah, espere, você não pode agora que vendeu a comissão, certo?

Rafe ainda estava se recuperando da ideia de Verity poder escolher algum dos outros convidados da temporada. Não havia pensado nessa possibilidade antes. E a única coisa que poderia fazer era ficar por perto e observar. Porque não tinha o direito de fazer mais do que isso.

Foxstead se virou para observar os nadadores.

– Parece que Chetley está na frente.

– Está – concordou Grenwood. – O que não é surpresa, considerando os braços dele. Ele deve nadar mais do que qualquer um de nós.

Rafe observou Chetley rasgar a água como um barco, o que fez com que o visse com novos olhos. O homem era rápido, forte e bonito demais para o gosto de Rafe. Um americano rico e atraente poderia ser um bom partido para Verity.

E se ela se casasse com alguém como Chetley e fosse embora para os Estados Unidos? Rafe nunca mais a veria.

A ideia o deixou enjoado.

Inferno, não aguentava mais isso. Era melhor sair da água antes que os outros chegassem. Teria dificuldades em ser civilizado naquele momento.

Virou-se para a areia quando algo chamou sua atenção pelo canto do olho... viu de relance o tecido xadrez azul do traje de banho de algumas das damas. Colocando a mão por cima dos olhos para criar uma sombra, esquadrinhou as colinas. Desta vez, viu uma cabeça coberta por cabelo cor de mel balançando.

Seria...?

Claro que não. Nem mesmo Verity seria tão atrevida a ponto de espiar homens seminus, e certamente não usando um traje de banho. Por outro lado, se *era*, e se ela *estivesse* espiando, ele com certeza queria descobrir por quê.

Ou especificamente quem ela estava observando.

Ele se segurou para não praguejar.

– Acho que vi uma pessoa que eu conheço – disse ele para Grenwood. – Já volto.

O duque acenou para ele e continuou conversando com Foxstead sobre a corrida. Rafe pegou seus sapatos na varanda da máquina de banho antes de sair da água, sem se importar em pegar a camisa. Suas roupas íntimas e sapatos bastariam. Se não corresse, não a alcançaria. Supondo que era mesmo ela.

Esperava que fosse. Porque, assim, eles precisariam ter uma conversa franca sobre os homens presentes. Pelo menos, queria descobrir quais casais ela estava tentando formar.

Você só quer vê-la seminua com o cabelo solto.

Ignorou seu pulso acelerado. Não era nada disso. Só queria se certificar de que ela não pretendia que ele formasse casal com ninguém. Estava disposto a jogar até certo ponto, mas não se isso significasse que ela estava tentando empurrá-lo para alguma das outras damas enquanto dançava com algum cretino como Chetley.

Você está definitivamente com ciúmes.

Bom. Talvez estivesse. Pelo menos, descobriria de quem precisava ter ciúmes.

Verity não podia acreditar que tinham conseguido escapar sem serem vistas.

– Precisamos voltar para casa, senhoritas – anunciou ela enquanto subiam a colina que levava à estrada.

– Por que não podemos nos juntar a lady Foxstead e a minha mãe? – perguntou lady Harry, um pouco irritada. – Aposto que ninguém além da senhorita notou nossa ausência.

– Na verdade – informou Verity –, Eliza notou, e uma das mergulhadoras. A esta altura, até a Sra. Chetley já deve ter notado. Mas se estiverem com vontade de explicar para suas mães e acompanhantes por que sumiram, podemos voltar para a praia.

Verity acrescentou que não seria bom para a imagem de nenhuma delas. E, pelo visto, elas sabiam, pois a Srta. Chetley lançou um olhar de pânico para lady Harry.

– Felizmente – continuou Verity –, Eliza vai guardar o segredo de vocês. E, sem dúvida, pagará para as mergulhadoras não contarem para ninguém. Ela disse que, se alguém perguntasse, vocês tinham voltado para casa, e provavelmente vai dizer que fui acompanhá-las. Mas, se quiserem despertar mais perguntas...

– Acho que não – respondeu lady Harry, de mau humor. – Mas não é justo que não possamos voltar com os cavalheiros.

Isolde ficou vermelha.

– Eu não conseguiria olhar para eles agora, depois de vê-los, bem, vocês sabem. – Ela se aproximou de Verity. – O major não estava vestindo *nada*. Eu vi a... parte de baixo dele nua quando ele estava nadando.

– *Todos* estavam nus? – sussurrou Verity.

– Só alguns. Uns estavam de calça e outros com roupas íntimas.

Verity queria perguntar especificamente sobre Rafe, mas não ousou.

Estavam quase na estrada quando Isolde perguntou:

– Você já se deu conta de que ainda está vestindo seu traje de banho? Não se preocupa se alguém na casa perceber?

Verity parou.

– Meu Deus do céu. – Estava tão concentrada em evitar que as damas se metessem em encrenca que se esquecera de trocar de roupa.

– Podemos voltar sozinhas para casa – disse Isolde. – Eu sei o caminho. E vou me certificar de que as duas se comportem.

Verity levantou uma sobrancelha e disse:

– Posso confiar? Porque eu nunca poderia esperar que logo você fosse atrás delas. Você até mudou de roupa na máquina de banho sem que eu percebesse!

– Eu sei. – Isolde suspirou. – Cansei de ser sempre a comportada. – Então, deu um tapinha no braço de Verity. – Mas juro que pode confiar em mim. Direi a Diana que você esqueceu alguma coisa e teve que voltar para a praia. Agora, vá trocar de roupa e busque nossos trajes de banho antes que alguém perceba que os deixamos lá. Não se preocupe. Vai dar tudo certo.

Verity sinceramente esperava que sim. Logo, desceu a colina, mas não chegou muito longe. Quando estava passando pela máquina de banho elegante, encontrou Rafe, usando apenas sapatos e roupas íntimas.

Deus do céu. Nunca vira um homem só com roupas íntimas antes. Ora, não chegavam nem nos joelhos! E ele estava com um sorriso aberto, que se refletia em seus olhos.

Ela ficou com a garganta seca.

– O que está fazendo aqui? Esse não é o caminho para a praia dos homens.

– E você não está vindo da direção de alguém que estava na praia das mulheres – salientou ele.

– Como sabe que não estou chegando agora?

Ele balançou a cabeça.

– Você está usando seu traje de banho e seu cabelo está molhado. – O olhar dele desceu pelo corpo dela com satisfação. – Fico imaginando o que você pretendia fazer.

– Pretendia fazer? Como assim? – Será que ele as vira observando da colina? – Nós dois nem podíamos estar conversando, vestidos dessa forma. É muito inadequado.

– Não é? – indagou ele com seu jeito pretensioso de sempre. – Quase tão inapropriado quanto uma dama espiando cavalheiros seminus.

Que Deus a ajudasse, ele *tinha visto*.

– Eu não... Não é... – Fazendo uma cara feia, ela virou a conversa contra ele. – E eu diria que *você* está seminu.

Ela apontou vagamente para as roupas íntimas que contornavam de forma atraente cada centímetro dos músculos das coxas dele e a protuberância que devia significar...

Quando sentiu o rosto pegando fogo, levantou o olhar.

– Você só está usando... isso.

– E você só está usando um traje de banho. Sem espartilho, sem anáguas. – Ele se aproximou, com os olhos brilhando. – Sem meias.

A expressão dele era faminta, fazendo com que um delicioso arrepio percorresse a espinha de Verity.

Por um momento, ela achou que Rafe a beijaria. Até esperou por isso.

Mas, em vez de beijá-la, ele a fitou com mais atenção.

– Pensando nisso, seu traje de banho está *cheio* de areia. Quase como se estivesse deitada na praia por um tempo, observando coisas que nenhuma dama deveria ver.

– Não tanto tempo. – Ela ergueu o queixo. – Não havia nada para olhar. – Quando ele riu, claramente nem um pouco chateado com o insulto, ela fungou e passou por ele, dirigindo-se para as outras máquinas de banho na praia das mulheres. – Preciso ir. Se formos vistos juntos aqui, nesta condição...

Pegando-a de surpresa, ele a puxou entre a máquina de banho elegante e a árvore.

– Então, não vamos ser vistos. – A voz dele não passava de um sussurro rouco enquanto ele olhava para onde o traje de banho dela, já mais seco, ainda grudava no corpo mais do que seda ou veludo. – Você ainda não me disse por que estava nos espiando, embora eu tenha uma boa ideia – ele continuou. – Pelo visto, a cautelosa lady Verity tem uma fraqueza por observar homens seminus. – Pegando a mão dela sem luvas, ele colocou sobre seu peitoral nu. – Por... admirar o corpo masculino.

Ela deveria tirar a mão, mas não conseguia. O corpo de Rafe era rijo e másculo... e ainda tinha o sol esquentando a sua cabeça. Pelos escuros contornando mamilos enrugados no meio de uma pele bronzeada deixaram a sua boca seca, enquanto olhava para eles.

Quanto mais tempo a mão dela permanecia ali, mais a respiração dele se tornava ofegante e o coração batia mais forte sob os dedos dela. Perceber o efeito que tinha sobre ele a deixou extasiada.

Céus, estava realmente encrencada. Ainda mais agora que seu coração também estava saltando dentro do peito.

Só havia um jeito de sair dessa situação.

– Se eu contar por que, promete que fica entre nós?

Ele fez uma expressão desconfiada.

– Se você me disser para quem em particular estava olhando, eu prometo.

O olhar dela encontrou o dele.

– Vou acreditar em você.

Rapidamente, ela explicou como descobriu que as damas tinham desaparecido, como deduzira para onde e fora atrás delas, até se ver presa por um tempo na colina.

Ele piscou.

– Quer dizer que todas vocês estavam nos observando?

– Não – respondeu ela, com firmeza. – *Elas* estavam observando vocês. *Eu* estava tomando conta *delas* até que pudéssemos sair. – Era quase verdade, não? – Então eu as mandei para casa e estava voltando para trocar de roupa quando você me encontrou.

– Entendi.

Ele passou a mão pelo cabelo e olhou para a colina, como se tentando ver as damas na estrada, embora a árvore tampasse a sua visão.

– Você não vai contar para ninguém, vai? – perguntou ela. – Se contar, vou estar encrencada por não fazer o meu trabalho direito.

– Pelo amor de Deus! – exclamou ele, de repente, parecendo pouco à vontade. – Não vou destruir o futuro de quatro mulheres só porque tiveram a curiosidade natural de uma mulher solteira sobre o corpo masculino.

– *Três* mulheres. Eu não. Q-quer dizer, isso acabaria com meu futuro também, mas não foi ideia minha. Quer dizer, não fui eu que... *eu* não tive a "curiosidade natural de uma mulher solteira".

Ela parou de falar, percebendo que não deveria ter dito nada. Ele fixou o olhar nela, depois no local onde a mão dela ainda repousava sobre o seu peitoral e que, agora, parecia estar *acariciando* a gloriosa pele masculina.

Meu Deus.

Ela tentou tirar a mão, mas ele a segurou, prendendo-a contra ele.

– Então, *você* não estava nem um pouco curiosa – disse ele, a voz se-

145

dutora. – Então, por que a sua mão está acariciando o meu peito nu? Por que não me deu um tapa, me cortou com seus comentários irônicos ou demonstrou de qualquer outra forma que não quer estar aqui comigo?

Ela ergueu o queixo.

– E-eu posso fazer todas essas coisas se você não me deixar passar. – Uma ameaça rasa, se é que era uma ameaça.

Pelo visto, ele percebeu.

– Bem, então, antes de você ir...

E foi quando ele finalmente a beijou.

Não foi com calma. Foi intenso e faminto e vigoroso, e ela se deliciou, correspondendo com todo o desejo reprimido que sentia desde que se separaram mais de uma semana atrás. Conforme sentia a pressão da boca dele sobre a sua, Verity soltou a mão que estava embaixo da dele, com a intenção de empurrá-lo. Em vez disso, voltou a explorar o peitoral dele com os dedos ansiosos.

Quem diria que a pele de um homem podia ser tão agradável de acariciar? Que os pelos dele podiam ser tão sedosos ao toque? Naquele exato momento, ela desejava que ele também a tocasse.

E, de repente, ele a tocava, uma mão segurando a sua cintura, a outra tocando seu seio por cima do traje de banho.

Ela afastou os lábios dos dele.

– V-você... não deveria.

– Concordo. – Os olhos dele escureceram, sua voz ficou gutural. – Mas eu quero. E você também, me diga se estou errado.

Ele sabia que não estava errado, maldito. Os dedos dele moldavam o seio dela através do tecido, e como ela não o impediu, ele passou o polegar pelo seu mamilo até que ele se transformasse em um nó rijo que crescia a cada carícia.

Ah. Meu. Deus.

Não era de admirar que as pessoas pecassem ao encontrar esse tipo de prazer tão delicioso. Verity se sentia como uma mola, se encolhendo cada vez mais. Talvez ainda estivesse dormindo e apenas sonhando com Rafe vestido de forma tão escandalosa e, com tanta conveniência, sozinho com ela, fazendo *aquilo*. Porque as sensações que tomavam conta dela era indescritíveis.

– Você é tão deliciosa – sussurrou ele, encostando a testa na dela. – Como eu quis fazer isso na horta na semana passada.

– Por que não fez?

– Porque você pediu que eu não fizesse nada onde pudéssemos ser vistos. – Ele beijou a têmpora dela. – Pouco antes de você escapar. E me deixar desejando ter enchido minhas mãos com seus seios e os acariciado até que você gemesse, pedindo mais.

Com aquela confissão, Rafe levantou a outra mão e segurou o rosto dela, puxando-o para que pudesse cobrir os lábios dela de novo.

Desta vez, o beijo foi uma deliciosa junção de lábios e línguas, cada um querendo dar cada vez mais e receber cada vez mais. O cheiro dele era de mar, e o gosto de ondas misturado com o café que ele tomara mais cedo. Era como se o que tinha dele nunca fosse suficiente. A boca selvagem e faminta dele. Um paraíso.

Enquanto eles se beijavam, ele apertava o seio dela exatamente como ela imaginava todas as noites. Então, ela abriu as mãos sobre o peitoral dele para explorar cada centímetro daqueles músculos, sentindo suas costelas ao fazer isso.

Como sensações tão mágicas podiam ser erradas, quando parecia tão certo tocá-lo e ser tocada por ele? O corpo dela estava em êxtase por sentir essas... emoções desenfreadas. O prazer vibrava por seus nervos, fazendo com que ela desejasse mais e mais e mais.

Essa foi a única razão para não impedi-lo quando ele desamarrou as fitas que prendiam as laterais do seu traje. E, quando ele puxou um ombro para despir o seio dela... Que Deus tivesse misericórdia dela. Porque queria que Rafe fizesse o que desejasse com ela. Estava pronta para entrar no inferno com ele.

E ele, obviamente, sabia disso.

CAPÍTULO CATORZE

Rafe fitou o lindo seio de Verity, tão atraente quanto ele imaginou que seria, com o mamilo doce e rosado. Certamente tinha perdido o juízo por acariciá-la daquela forma. Pessoas que perdiam o juízo sabiam que tinham perdido? Ou ele só sabia por causa dos anos em que seu tio repetiu para ele não deixar que o desejo por uma mulher confundisse sua mente?

Sem dúvida, sua mente estava confusa. De uma forma um tanto prazerosa.

– Quero sentir o seu gosto – sussurrou ele, rouco, antes que ela pudesse puxar o traje de volta para o lugar a fim de esconder sua beleza.

Ela pareceu não entender.

– Você... já sentiu.

Rindo baixinho, ele passou o nariz pela bochecha dela.

– Não estou falando dos seus lábios, minha querida. Quero sentir o gosto disto.

E, antes que ela tivesse alguma reação, Rafe abaixou a cabeça para tomar o seio dela com a boca.

– Ah! – exclamou ela, enfiando os dedos no cabelo dele para puxá-lo para ainda mais perto.

Aquilo intensificou a excitação dele em dez vezes. Que Deus o ajudasse a sobreviver àquilo. Porque não se atrevia a tomá-la. Se fizesse isso, teria que se casar com ela, e quando ela descobrisse quem ele era e o que estava fazendo...

Ela nunca o perdoaria por tê-la enganado. Quem faria isso?

Mais uma razão para aproveitar a oportunidade de provar o mel dela. Enchendo a outra mão com o seio ainda vestido, ele chupou e lambeu o que estava nu, em êxtase quando os dois mamilos enrijeceram como pérolas dentro da sua boca e da sua mão.

Ah, ela era uma maravilha... uma maravilha impetuosa e pungente que fazia seu sangue ferver. E os gemidos que ela soltava estavam levando-o à loucura. Assim como a pele macia e o cheiro delicioso: de água salgada com um toque de...

– Como você consegue ainda ter cheiro de laranja mesmo depois de entrar no mar? – murmurou ele, com a boca ainda no seio dela.

Ela soltou um riso baixinho.

– Eu mal entrei na água.

Ele levantou para encará-la.

– Me faz pensar onde mais você cheira a laranja. – Ele estava tramando como poderia descobrir quando os dois ouviram um estalo perto deles.

Ambos congelaram. Segurando-se para não praguejar, Rafe se virou e encontrou um cachorro roendo um osso. Foi tomado pelo alívio.

– Não é ninguém.

Verity o fitou, com a expressão, de repente, preocupada.

– Mas, quanto mais tempo ficarmos aqui, maiores são as chances de alguém passar e nos ver.

– A não ser que encontremos um lugar mais apropriado para nos divertirmos.

Ele a levantou por trás para colocá-la nos degraus da máquina de banho.

Meu Deus, as nádegas dela também eram formosas, fato muito mais fácil de perceber quando ela não estava usando anáguas. Sentindo a boca seca, ele subiu logo atrás dela a abriu um pouco a porta, para se certificar de que não estava trancada.

Dando um beijo no cabelo úmido dela, ele repetiu a frase que dissera na horta:

– Que tal experimentar outros tipos de travessura?

Suspirando, ela encostou nele, suas nádegas sendo um tormento para a ereção dele.

– Que tal você parar de ler meus pensamentos?

Ele pegou os seios dela.

– Isso é um sim? – Como ela não respondeu na hora, ele acrescentou: – Juro que não vou tirar a sua inocência, e farei de tudo para não prejudicar a sua reputação. Mas não quero parar agora. Você quer?

– E se eu disser que quero? – sussurrou ela.

Ele parou de acariciá-la.

– Eu vou embora. Se for isso o que você realmente quer.

Verity ficou quieta, deixando óbvio que estava tentando se decidir.

Percebendo que, talvez, ela quisesse a mesma intimidade que ele, Rafe acrescentou:

– Só estou pedindo alguns minutos, só isso. Um pouco de prazer puro e simples.

Algo com que sonhar quando isso acabar e eu estiver sozinho outra vez.

Ele esperou, tenso, temendo ter ido longe demais. Então, ela pegou a maçaneta da porta e abriu, dando a resposta que ele queria.

A sensação de triunfo tomou conta dele com tanta força que ele não conseguiu fazer nada além de ajudá-la a entrar para logo puxá-la em seus braços para um longo e apaixonado beijo que a deixou bamba e gemendo.

E ele, rijo como pedra.

Ela deve ter sentido, e talvez até soubesse o que aquilo significava, pois quando ele se afastou, a expressão dela o alarmou.

– Não podemos ficar mais do que alguns minutos, ou as pessoas vão começar a procurar por mim.

Ele soltou um longo cacho dela, enrolou no dedo e beijou.

– Você confia em mim, querida?

Os lábios dela tremiam.

– E-eu acho que sim.

– Porque juro que quando a nossa brincadeira acabar, você ainda será tão casta quanto quando entrou.

Ela esquadrinhou o rosto dele como se para se certificar de que ele estava falando a verdade. Então, a expressão dela se suavizou e Verity abriu um sorriso recatado.

– Ah, mas e você?

Céus, ela sabia como o provocar.

– Não sou mais casto desde os 16 anos, minha Vênus atrevida – disse ele, rindo.

Ela piscou.

– Tão novo?

Rafe deu de ombros.

– Eu estava partindo para a guerra. Pensei que talvez não tivesse outra chance. – Levantando o queixo dela, ele passou o polegar pelo delicioso lábio inferior de Verity.

– Mas se você fosse da minha idade e estivesse em algum lugar perto do Castelo Wolfford, não sei se eu teria conseguido resistir a você. Mal consigo resistir agora.

Inferno. Não era para ele ter admitido isso.

Ainda assim, pareceu deixá-la encantada. Com um sorriso, ela passou os braços em volta do pescoço dele.

– Se eu tivesse a sua idade e morasse por perto, teria jogado charme para você. Um soldado impetuoso indo para a guerra? Que jovem dama não teria se jogado em seus braços?

– Que jovem cavalheiro teria resistido a toda essa beleza? Ainda mais com o cabelo solto desse jeito. – Ele passou os dedos pelos cachos louro-escuros, que caíam até a cintura dela. – Você sabe há quanto tempo desejo ver seu cabelo solto?

Já desejava quando apenas a observava à distância nos eventos da Ocasiões Especiais.

O sangue dele pulsava enquanto ele acariciava todo o comprimento das mechas.

– Parecem fios de ouro, raros e sedosos. – Chegou bem perto dos lábios dela. – Sonho com eles espalhados embaixo de você enquanto beijo cada centímetro do seu corpo perfeito, e toco cada pedacinho com as mãos.

– O que faz você pensar que ele é perfeito? – perguntou ela, com uma sobrancelha arqueada.

– Eu tenho olhos, não tenho?

Ela riu.

– Seus elogios estão melhorando rapidamente, Sr. Wolfford.

– Só quero agradar, milady. E falando nisso... – Ele deslizou a mão por entre eles para que pudesse levantar o vestido dela pelas pernas até descobrir seu púbis. – Prometi lhe dar prazer. E sempre cumpro minhas promessas.

Então, segurando o tecido com umas das mãos, ele usou a outra em concha para segurar a intimidade dela, que já ouvira ser chamada de "monte de Vênus". Muito apropriado.

Verity arfou, arregalando seus lindos olhos verde-água. Olhando dentro dos olhos dela, Rafe colocou um dedo dentro dela e usou o polegar para encontrar e acariciar seu pequeno botão.

– Você gosta? – indagou ele.

A julgar por quão molhada ela estava, acreditava que sim, mas queria ver se ela admitiria.

Fechando os olhos e corando intensamente, ela assentiu.

– Achei que fosse gostar – sussurrou ele e continuou acariciando-a lá embaixo.

Como gostaria de poder deitá-la e mostrar a ela os muitos caminhos do prazer, mas era impossível. Teria que resistir aos próprios desejos para satisfazer os dela.

Essa seria sua penitência por deixar as coisas chegarem tão longe. Daria a ela algo com que sonhar quando tivessem que se separar, quando ela descobrisse o verdadeiro motivo para ele estar ali.

Assim, começou a deliciosa tarefa de satisfazer a sua Vênus.

Verity mal conseguia pensar, menos ainda respirar. Cada vez que Rafe apertava um ponto sensível específico, mais ela se agarrava a ele, querendo mais... desejando todos os prazeres que os dedos dele podiam oferecer.

– Isso... minha querida – murmurou ele. – Permita-se sentir esse prazer. Eu sonho com isso à noite. Em tocá-la...

– A-assim?

Alguma coisa ali embaixo estava a ponto de entrar em ebulição.

Ele soltou uma risada abafada.

– Assim e muito mais. Nos meus sonhos, eu acaricio cada pedacinho seu. Vejo você se desmanchando nas minhas mãos.

Ela se contorceu ao toque dele e, nossa, era inacreditável. Mas queria que ele também sentisse. Ter prazer sozinha era solitário.

– Nos seus sonhos, eu também toco todo o seu corpo?

Ele encostou a testa na dela.

– Ah, toca.

– Aqui, talvez?

Ela colocou a mão por cima da protuberância nas roupas íntimas dele e o fitou, com medo de estar fazendo alguma coisa errada.

– *Especialmente* aí – respondeu ele. – Mas você não... precisa...

– Eu quero. – Ela o acariciou de leve por cima do tecido. – Mas e-eu não sei o que estou fazendo.

– Você está... indo bem. Só segure... com mais força.

Ela viu um brilho nos olhos de Rafe e, por um momento, achou ter visto um anseio ali, e se perguntou se teria apenas imaginado.

Então, acariciou com mais força, desesperada para dar tanto prazer a ele quanto ele estava dando a ela.

Rafe deslizou outro dedo para dentro dela.

– Você está tão quente e tão molhada, minha Vênus devassa. Se eu tivesse coragem, a deitaria aqui e... Mas não, eu prometi, eu prometi.

Ele repetia as palavras como se fosse um lembrete.

Quando ela começou a mexer contra a mão dele, buscando atingir o ponto de ebulição que sabia que estava logo *ali*, Rafe a beijou com mais vontade. Então, soltou o vestido dela para que pudesse cobrir a mão dela que segurava seu membro rijo por cima do tecido, e começou a guiar os movimentos dela.

Ela nunca colocaria tanta pressão. Devia estar machucando-o com tanta força, mas os gemidos de prazer dele mostravam o contrário.

Enquanto isso, o movimento dos dedos dele dentro dela estavam frenéticos, levando-a ao ápice e a querer mais... Ela agarrou o braço dele com a mão livre para prendê-lo a ela enquanto a mão dele arrancava todas as suas defesas a cada carícia surpreendente.

A sensação lá embaixo aumentava, e Verity sabia que se conseguisse só... se segurar... por alguns minutos... ela iria...ela poderia...

Transbordar.

– *Rafe*, minha nossa! – exclamou ela ao alcançar o mais puro êxtase. – Ah... ah... ah...

Ela nunca poderia ter imaginado...

Que diabos era aquilo? Era ela que estava fazendo aqueles sons com a garganta? Quando o êxtase diminuiu, tornando-se uma vibração um pouco mais fraca, Rafe também gemeu e estremeceu. Segundos depois, um fluido quente molhou as roupas íntimas dele.

Céus, ela tinha realmente feito com que ele chegasse àquele ponto? Não era assim que as coisas funcionavam, ou era?

Mas, então, ele a agarrou e soltou um grito mudo, o rosto com uma expressão tão extasiada que Verity soube que tinha feito alguma coisa certa. Então, o membro dele amoleceu em sua mão, e ele murmurou o nome dela conforme sua respiração desacelerava.

Desta vez, quando ele a beijou, foi com suavidade e carinho, lentidão e doçura. Rafe tirou a mão que estava entre as pernas dela e enxugou na própria roupa íntima. Então, a abraçou por um longo momento.

– Vou chamá-la agora de minha Vênus devassa – sussurrou ele, enquanto acariciava o cabelo dela. – Minha virgem devassa, Verity Vênus.

– Isso é um pouco estranho – murmurou ela, se divertindo com a ideia de uma virgem devassa.

– Eu deveria construir um templo para você. É o que os gregos teriam feito.

Ele a havia chamado de devassa, e isso fez com que ela parasse. Afastou-se para olhar para ele.

– Ainda sou *casta*, não sou?

Ele deu um beijo na testa dela.

– Sim, você ainda é virgem.

Ela soltou um suspiro de alívio. Embora não soubesse bem por quê. Ainda não sabia se desejava ter um marido, e se algum dia tivesse um, não queria que ele desse muita importância para a sua inocência, mesmo que fosse importante para a maioria dos homens.

– O que senti é o que eu deveria sentir mesmo? – perguntou ela. – Quer dizer, entre marido e mulher.

Os olhos dele ficaram alarmados antes que conseguisse esconder.

– Como posso saber? Nunca fui casado, lembra?

– Claro – disse ela, baixinho.

Como se percebendo que sua resposta tinha sido grosseira, ele acrescentou:

– Mas nunca foi assim comigo, nem com a mais devassa das mulheres.

Lá estava aquela palavra de novo. Será que ter feito aquilo fazia dela uma devassa? Será que ela se importava?

Infelizmente, não. Porque se ser uma devassa era assim, precisaria repensar seu plano de ficar solteira. E isso significava casamento. Não queria ser uma mulher que deixasse o próprio filho no Hospital Foundling.

Mas também não tinha certeza se queria se casar com Rafe. Não até que descobrisse se ele tinha alguma conexão com o Fantasma dela.

Com relutância, ela se esquivou dos braços dele, e ele não a impediu. Isso mostrava como ele se sentia em relação a esse pequeno interlúdio e se desejava se casar com ela.

Verity se distraiu endireitando as roupas, para que ninguém percebesse o que eles estavam fazendo... evitando o olhar dele.

– Eu... eu acho melhor sair daqui enquanto *ainda* sou casta.

A mudança nele foi imediata. Ele se endireitou e colocou sobre si o que agora ela percebia ser um disfarce: o Rafe distante, calculista e até frio. Era o homem que ele mostrava para o mundo, que usava uma técnica mnemônica para se lembrar das pessoas e que dava sermão em jovens damas indignas.

Não era aquele que tinha se apaixonado por uma atriz aos 7 anos. Nem aquele que acariciara o cabelo dela com tanto amor.

Ela sentiu um nó na garganta. Este Rafe era sempre difícil de interpretar.

– Concordo – disse ele, tenso. – Isso seria melhor. Você deve sair primeiro, e eu fico aqui para garantir que ninguém nos veja.

Ela assentiu enquanto lágrimas se formavam em seus olhos. Era melhor sair antes que elas escorressem e a constrangessem.

Rafe não disse mais nada enquanto ela descia os degraus. Parando um momento para verificar quem ainda estava por perto da máquina de banho onde ficou seu vestido, procurou entre várias até encontrar a sua e conseguiu entrar sem ser vista.

Mas quando entrou, ao colocar seu vestido e prender o cabelo para trás sob a touca, deixou as lágrimas finalmente caírem.

Não sabia exatamente por quê. Talvez fosse porque, independentemente do que Rafe dissera, ele tirara a sua inocência mesmo que não tivesse tirado sua castidade. Ele lhe mostrara outro mundo, de prazeres sensuais e delícias inebriantes, nas quais poderia baixar suas defesas com homens e desfrutar da atenção dele, mesmo que por pouco tempo.

Mas agora estava sozinha. Seu destino era ficar sozinha para sempre?

Verity recuperou sua compostura. Que pensamento piegas e tolo. Desde o começo, sabia que aquilo nunca passaria de um flerte. De alguma forma, ela tinha a sensação de que, sendo o Fantasma ou não, ele não fora para a casa de praia à procura de uma esposa. Seria tolice pensar o contrário.

Além disso, se ele *estivesse* procurando por uma esposa, nunca permitiria que ela continuasse trabalhando na Ocasiões Especiais, e ela e as irmãs tinham trabalhado muito para simplesmente deixar que acabasse. Verity tinha orgulho do tanto que haviam alcançado. Não estava pronta para abrir mão de tudo.

Por isso, não importava como Rafe se sentia em relação a ela e a um casamento. Ela sabia o que deveria fazer. Precisava garantir que ninguém descobrisse sobre o encontro deles, e se afastar. Era a única solução para essa situação.

Enxugando os olhos, começou a pensar em como encobrir o que tinha feito. A maioria das pessoas atribuiria os olhos e o nariz vermelhos à água do mar. Mas ainda precisava inventar uma desculpa para Eliza. Tinha que explicar para a irmã o tempo extra que demorara para voltar.

Teve uma ideia quando viu no canto uma pilha de conchas que outra pessoa do grupo tinha separado. Encheu os bolsos do avental com elas, então foi até a varanda da máquina falar com Eliza. Como era de se esperar, a irmã não estava nem um pouco feliz.

– Onde você se meteu? – perguntou ela ao se aproximar da máquina. – A Sra. Chetley não percebeu nada, mas Jimmy está ficando cansado e logo teremos que ir embora.

– Encontrei as meninas e nós estávamos certas, elas tinham ido espiar os homens na praia.

Verity explicou o que havia acontecido, exagerando em quanto tempo precisaram esperar os cavalheiros se afastarem para que pudessem sair de onde estavam.

– Como ainda preciso trocar de roupa, precisei voltar. No caminho, vi tantas conchas lindas, que resolvi pegar.

Verity bateu nos bolsos do avental onde as conchas chacoalharam, fazendo barulho.

– Não queria preocupá-la. Mas você sabe que não resisto a uma concha bonita. São pequenas obras de arte. Pensei em usá-las no arranjo de alguma das refeições.

Estava tagarelando e Eliza, com certeza, notaria.

Fixando o olhar nela, Eliza cruzou os braços.

– Pequenas obras de arte, hum? Eu não a vi voltando nem catando conchinhas.

Verity forçou um sorriso.

– Como acha que cheguei aqui? Nadando? Você estava prestando atenção em Jimmy. Duvido que soubesse onde cada uma de nós estava.

Por sorte, embora ainda parecesse preocupada, a irmã não insistiu.

– Bem, é melhor nós irmos. Espero que as damas tenham chegado em segurança.

– Tenho certeza de que chegaram bem. Se você pedir para as mergulhadoras levarem as máquinas de banho para a areia, posso ajudar você e Molly a trocarem de roupa.

Assentindo, Eliza se virou para sair. Então, parou e olhou para trás.

– Você me contaria se tivesse acontecido qualquer coisa inconveniente com você, não contaria?

Verity precisou se controlar para não gritar. Em vez disso, soltou uma gargalhada que não soou muito convincente, nem mesmo para ela.

– Inconveniente! Não seja boba. A não ser que leve em consideração a minha frustração por ter que lidar com aquelas três meninas bobas. Garanto que nada "inconveniente" aconteceu.

Eliza suspirou.

– Muito bem.

Então ela se afastou.

Verity entrou na máquina de banho e se jogou no banco. Detestava mentir para a irmã. Mas que escolha tinha? Eliza teria um ataque do coração se soubesse o que ela e Rafe estavam fazendo mais cedo.

Pelo menos, Rafe cumprira sua promessa e não a seduzira quando teve a chance. Só esperava que ele guardasse segredos melhor do que lorde Minton, e não a jogasse aos lobos, destruindo a sua reputação. Se ele fizesse isso...

Ela deixaria para se preocupar se realmente precisasse.

CAPÍTULO QUINZE

Assim que Verity saiu da máquina de banho, Rafe foi até a frente para observá-la pela janela e se certificar de que ela entraria na sua sem ser notada.

Quando entrou, ele começou a andar de um lado para o outro no pequeno espaço e se permitiu refletir sobre o que tinha feito.

Tinha ido longe demais, *isso* era certo. Não tivera a intenção. Só queria questioná-la sobre qual homem estava observando. Quando percebeu, estava se oferecendo para dar a ela o gostinho dos prazeres da cama, permitindo-se se entregar tanto às "brincadeiras" que até pediu que ela satisfizesse sua ereção. Como se Verity fosse uma prostituta. O encontro acabou não sendo o grande sacrifício que previra.

Pelo amor de Deus, ele até se permitiu seduzi-la. Não poderia ter feito isso. Agora que se deliciara com os encantos dela, iria querer de novo da próxima vez que se beijassem, e mais e mais até que a seduzisse.

Inferno. Não podiam mais se beijar nem trocar carícias. Agora, ele teria que recuar. Porque não conseguia tirar as palavras dela da sua cabeça. *O que senti é o que deveria sentir mesmo? Quer dizer, entre marido e mulher.*

Se ele fosse adiante, ela iria querer casar, e Rafe não poderia culpá-la. Ela merecia se casar. Mas quando ela descobrisse como ele a enganara e a família dela... Verity podia se ressentir do pai, mas isso não significava que gostaria de vê-lo preso e, talvez, até enforcado. Era melhor que Rafe não arriscasse ter o ódio dela.

Olhou para fora na hora em que os cavalos da máquina de banho dela e outras duas estavam sendo guiados para puxar os vestiários sobre rodas pela água até a areia.

Como todas deviam estar dentro das máquinas, era hora de ele escapar. Desceu e, usando a proteção da sombra e da árvore, chegou à estrada que o levaria à praia dos homens. Só então conseguiu relaxar, sabendo que não seria surpreendido por damas escandalizadas por se encontrarem com um homem usando roupas íntimas invadindo o precioso território delas.

Ele ficara tanto tempo longe que os outros cavalheiros do grupo já tinham partido. Os lacaios da máquina de banho deles estavam apenas esperando que ele voltasse. Rapidamente, vestiu-se, já que as roupas de baixo já estavam secas, e se dirigiu para a casa pelo caminho que passava por uma rua com diversas lojas.

Estava se aproximando da loja de um apotecário quando escutou uma discussão vindo lá de dentro. Na mesma hora, reconheceu uma das vozes. Era difícil deixar passar o tom estridente da voz do sujeito que tentou, repetidamente, ganhar o jantar de Verity no leilão.

Por isso, quando Rafe olhou para dentro do estabelecimento, não ficou surpreso ao encontrar lorde Minton discutindo com o vendedor. Rafe, cada vez mais irritado, assistiu sem ser notado enquanto a discussão se tornava mais acalorada. A presença de Minton em Exmouth não podia ser coincidência.

– Como eu falei ontem, sir – disse o vendedor –, não tenho permissão para aprovar crédito para ninguém. Só o apotecário pode, e ele está em Brighton.

Minton apontou para uma linha em uma folha de papel.

– Você sabe quem é esse?

– Sei. Mas poderia ser o próprio rei, que eu não poderia fazer nada. – O vendedor colocou uns frascos no canto. – Até que o apotecário volte, a única coisa que posso fazer é guardar para o senhor. Não posso aprovar o pedido de crédito, nem o do seu amigo.

– Muito sensato da sua parte, sir – disse Rafe ao entrar. – Não sei quanto ao amigo dele, mas posso garantir que a situação de lorde Minton é tão boa quanto um barco a remo em alto-mar. Ele deve dinheiro para metade dos comerciantes de Londres.

Minton se virou, o rosto ficando vermelho ao ver quem o estava acusando.

– Que mentira, Wolfford. Tenho perspectivas que você desconhece.

– Isso eu entendi. – E Rafe não descansaria até descobrir quem era o louco que daria dinheiro para aquele cafajeste. Rafe entrelaçou as mãos nas costas para não dar um soco em Minton. Não gostava do sujeito e, definitivamente, desconfiava por ele estar tão perto de Verity. – Por que o senhor está em Exmouth?

Minton deu de ombros.

– Não é da sua conta, mas é uma boa área de praia para um cavalheiro que gosta de se divertir no verão.

Rafe cravou o olhar no canalha.

– Tem praias em todo o litoral da Inglaterra, e mesmo assim, você escolheu exatamente o lugar em que lady Verity e sua família, por acaso, estão.

– Eu não sabia que lady Verity estava em Exmouth – declarou Minton, com frieza.

– O senhor é tão ruim como mentiroso quanto é como pretendente. – Rafe chegou mais perto, gostando quando Minton deu um passo atrás, por precaução. – Mas não importa. Porque se eu o vir perto dela durante a sua estadia, juro que não será só de crédito que você vai precisar com o apotecário.

Minton zombou dele.

– Está com medo que eu a roube de você?

– Ela se lembra muito bem que você lhe deu as costas quando teve a chance de ficar. Vou garantir que nunca mais tenha essa chance. – Ele se aproximou do balcão, na esperança de ver o nome do benfeitor de Minton. – Siga meu conselho: encontre outra praia para se "divertir no verão".

– Talvez *você* devesse escolher outra dama para atormentar com a sua atenção. – Minton pegou o papel no balcão antes que Rafe pudesse espiar. Então, lançou um olhar maligno para o vendedor e enfiou o papel no bolso. – E eu vou procurar outro apotecário com quem fazer negócio.

– Como o senhor quiser – disse o vendedor.

Quando Minton deixou a loja, Rafe ficou dividido entre segui-lo para ver onde estava hospedado e continuar ali para interrogar o vendedor. Escolheu a segunda opção, porque seria difícil seguir Minton em uma cidade tão pequena quanto Exmouth sem que o sujeito o notasse e tentasse despistá-lo. Além disso, havia outras maneiras de conseguir a informação.

O vendedor limpou a garganta.

– Posso ajudá-lo com alguma coisa, sir?

– Quero um frasco de tudo que lorde Minton tentou comprar. – Quando o vendedor pareceu relutante, ele enfiou a mão no bolso e a tirou, cheia de moedas. – Eu vim com dinheiro. Meu nome é Raphael Wolfford. Não preciso de crédito.

O homem se animou.

– E mesmo se precisasse, me atrevo a dizer que meu patrão lhe daria crédito. O nome Wolfford é bem conhecido por aqui.

Aquilo pegou Rafe de surpresa.

– Minha casa fica bem longe daqui.

– Eu sei. Mas o general vem de vez em quando tomar elixires para a perna dele e sempre fica um pouco para colocar a conversa em dia com o meu patrão.

Rafe se perguntou se tio Constantine também tinha vindo para essas bandas para investigar Holtbury. Esse era o problema de não ter acesso às anotações do tio. Rafe não sabia que ele já tinha estado em Exmouth. Tio Constantine certamente não contou para sir Lucius. Mas isso significava que Rafe devia estar no caminho certo com sua teoria sobre os contrabandistas de Holtbury usarem o rio Exe.

– O senhor é parente do general?

A pergunta do vendedor tirou Rafe dos seus devaneios.

– Ele é meu tio.

– Ah. O senhor se parece um pouco com ele. Mas veja só, estou falando em vez de separar a sua compra. – O homem começou a embalar os frascos que havia reservado para Minton. – Então, o sujeito que estava aqui. Ele está de olho em lady Verity Harper?

– Está.

– E o senhor também.

Rafe forçou um sorriso.

– Sem dúvida, sou um dos muitos que estão.

O homem hesitou um momento, então se debruçou no balcão.

– Vou lhe dar um conselho, já que o senhor é um amigo. Tome cuidado ao enfrentar lorde Minton como pretendente. Ele tem o aval do pai dela.

Rafe sentiu um arrepio na espinha. Devia ser ele quem estava bancando a estadia de Minton em Exmouth. Mas, para ter certeza, perguntou:

– Foi lorde Holtbury que deu aquela carta de crédito para o barão, não foi?

– Eu não deveria contar, mas foi.

Inferno, Holtbury e Minton estavam mancomunados. Será que a presença de Minton ali e o fato de Holtbury estar disposto a ajudá-lo tinha alguma coisa relacionada com o espião dos franceses? Será que *Minton* podia ser o espião?

Aquilo não fazia o menor sentido. Minton não tinha ligação com os franceses, e se ele estivesse servindo como intermediário de Holtbury, Rafe certamente já teria visto alguma evidência. Além disso, Minton era tolo e esquentado, não era sorrateiro nem inteligente o suficiente para escapar das autoridades. Por isso, conseguir se casar com Verity devia ser a única razão para ele estar na cidade.

Rafe não podia guardar a informação para si. Precisava informar o duque. E, claro, Verity.

O vendedor parecia preocupado, como se percebendo o quanto revelara para um desconhecido.

– Diga-me, Sr. Wolfford, por que está em Exmouth?

– Fui convidado para uma temporada na casa de Grenwood.

– E o que o senhor achou da casa?

Aquilo claramente era um teste.

– Me pareceu ótima para passar férias. Ele só precisa aumentar a casa de carruagens. Tive que deixar a minha fora.

O vendedor se animou.

– Entendi, então falta espaço para as carruagens. – Ele olhou para fora. – Suponho que lorde Minton não tenha sido convidado.

Rafe não conseguiu evitar uma careta.

– Definitivamente não. Lady Verity não quer nada com ele, posso lhe garantir.

O vendedor virou a cabeça.

– Isso diz muito sobre o sujeito. Ela costuma ser simpática com todo mundo, as irmãs também. E o duque é sempre muito prestativo quando vem à cidade.

– Eles compram muito com o senhor?

– As damas sim. Perfumes e poções, e outras coisas que damas apreciam.

Rafe olhou para a grande coleção de frascos decorados.

– Hum... Tem algum perfume em particular de que lady Verity goste?

– Tem, sim. – O vendedor piscou para ele. – Gostaria de um frasco?

Um presente seria bom para voltar a cair nas graças dela. Não que devesse se importar. Mas não conseguia evitar. Ainda mais agora que Minton tinha voltado à cena.

– Quero, sim.

O rapaz sorriu.

– Um frasco de água de colônia de mel e laranja para o Sr. Wolfford. Posso até lhe fornecer a mesma fórmula que ela usa.

– Obrigado.

Se as coisas acabarem mal, quando ele sair da vida dela, sempre poderá sentir seu cheiro para se lembrar.

Rafe bufou. Como se pudesse substituir a Verity real.

O vendedor voltou com o frasco e o acrescentou à pilha. Rafe pagou o valor cobrado e acrescentou algumas moedas.

– Estas são para você, sir, um pagamento por todas as informações úteis que me deu. Mas tenho mais uma pergunta para fazer. Por acaso, lorde Minton disse onde está hospedado em Exmouth?

O dono do lugar poderia dizer a Rafe se Minton fazia viagens regulares a Exmouth, para que Rafe pudesse, ao menos, eliminá-lo de uma vez por todas como espião.

O vendedor fitou as moedas. Sem falar nada, as pegou e anotou um endereço, entregando para Rafe.

– Obrigado, sir. – Rafe tocou no chapéu. – Foi um prazer fazer negócios com você.

Então saiu, sorrindo para si mesmo. Como Rafe desconfiava, não havia razão para seguir Minton.

Estava quase na hora do jantar, mas em vez de fazer companhia aos convidados na sala de estar, Verity estava trancada com Geoffrey no escritório dele. Ele estava sentado atrás de sua escrivaninha, desenhando seus projetos de engenharia em uma folha de papel almaço, enquanto ela andava de um lado para o outro, sem conseguir conter sua agitação.

– O Sr. Wolfford não disse por que queria se encontrar conosco? – perguntou ela.

– Nem uma palavra. Disse que era importante e que precisava ser em particular. Só eu, você e ele.

Só rezava para que o homem não quisesse contar para Geoffrey o que tinha acontecido entre eles na praia mais cedo. Se fizesse isso, ela arrancaria as orelhas dele.

Verity prendeu um suspiro. Não acreditava que ele faria isso. Supondo que julgara direito o caráter dele.

Fitando-a com atenção, Geoffrey se recostou e entrelaçou os dedos sobre a barriga.

– Tem alguma coisa que você não me contou? Ele fez um pedido?

– Um pedido de quê? – perguntou ela, distraída.

O cunhado franziu a testa.

– De casamento, claro. Como sou um dos seus dois parentes homens, tirando seu pai, a quem ele podia pedir permissão, pensei que pudesse ser isso.

– Se o Sr. Wolfford me pediu em casamento, não fiquei sabendo – disse ela, mal-humorada. – Não acho que ele faça o tipo casamenteiro.

– Eu nunca poderia imaginar que Foxstead iria se casar, mas aqui está ele, casado e feliz com a sua irmã. Alguns homens podem nos surpreender.

– Isso realmente é verdade – concordou ela.

Rafe a surpreendia todas as vezes que eles se encontravam. Só não sabia se isso era bom ou ruim.

A porta abriu e ele entrou, tão bem-vestido para o jantar quanto na véspera. O alfaiate de Nathaniel certamente fizera um trabalho rápido e de qualidade.

– Obrigado por aceitarem se encontrar comigo – disse ele, sem encontrar o olhar dela. – Quis manter isso entre o menor número de pessoas possível, até que vocês dois decidam quem mais na família precisaria saber.

– Saber o quê? – perguntou Verity.

– Não existe uma forma fácil de dizer. – Ele lançou um olhar sério para ela. – Lorde Minton está em Exmouth.

Geoffrey ficou de pé na mesma hora.

– Aquele diabo!

Sentindo um nó se formando no estômago, Verity foi até a janela, em uma tentativa de organizar seus pensamentos. Por que lorde Minton a tinha seguido até aqui? O maldito *sabia* que ela não queria mais nada com ele.

– Tem certeza? – perguntou ela, sem se virar.

– Encontrei com ele na loja do apotecário quando estava voltando da praia. Nós... trocamos algumas palavras, mas ficou claro que ele só está na cidade para vê-la, se conseguir.

– Só por cima do meu cadáver – murmurou ela.

– Acredito que ele não queira matá-la – comentou Rafe. Quando ela girou para replicar, ele colocou um frasco em cima da escrivaninha de Geoffrey. – Mas este é um dos itens que ele estava tentando comprar na loja do apotecário.

Geoffrey pegou o frasco, leu o rótulo e praguejou.

– O que é? – perguntou ela, sentindo o coração na garganta.

– Láudano – respondeu Geoffrey. – Em alta concentração.

Rafe encontrou o olhar assustado dela.

– O tipo de concentração necessária para colocar alguém... digamos, para dormir por um tempo.

– Como você sabe disso? – questionou ela.

– Meu tio precisa dessa concentração. Ele tem muitas dores.

Ah. Certo. Tinha se esquecido que o tio dele estava doente. A forma como Rafe enunciou as palavras, como se não suportasse ver o sofrimento do tio, fez com que ela sentisse pena dele.

– Meu pai também, no fim da vida – comentou Geoffrey. Dando a volta e encostando na escrivaninha, ele encarou Rafe. – Então, o que você está dizendo? Acha que ele pretende sequestrar Verity?

– Para ser sincero, não sei. O que sei é que ele não tem como bancar uma estadia aqui, e foi por isso que não conseguiu comprar o láudano. O vendedor não aprovou o crédito para ele. E, pelo visto, ele não tinha dinheiro.

– Por que acha isso? – perguntou Verity.

Ele suspirou.

– Antes de deixar Londres, procurei saber sobre ele. – Percebendo que ela ficou eriçada, logo acrescentou: – Fiquei preocupado que ele pudesse vir atrás da senhorita. Mas descobri que ele devia tanto dinheiro que achei que não teria como pagar por uma hospedagem em Exmouth, muito menos arcar com as despesas da viagem e alimentação.

Ela respirou fundo, tentando ficar calma.

– Talvez ele esteja na casa de algum amigo. Talvez seja apenas uma coincidência ele estar aqui.

Rafe a fitou com pena.

– Ele está em um quarto no Beacon Terrace.

Geoffrey franziu a testa.

– É um lugar caro.

– Exatamente. Mas também descobri que não é ele quem está pagando.

Verity piscou.

– Então, quem está?

Ele hesitou antes de dizer.

– O seu pai.

Ela ficou congelada, boquiaberta, como se ele a tivesse apunhalado no coração.

– Meu pai não seria tão... ele não pode gostar tão pouco de mim a ponto de... – Ela balançou a cabeça. – Não posso acreditar.

Porque acreditar significaria admitir que não era nada para o próprio pai. E, mesmo depois de tudo, ela ainda nutria uma esperança tola de que, em algum lugar do coração egoísta dele, ele a amava pelo menos um pouco.

– Você tem provas? – indagou ela. – Lorde Minton lhe disse isso?

– Não. Segundo o vendedor da loja do apotecário, Minton tinha uma carta de crédito do seu pai. E confirmei com o dono do Beacon Place que seu pai está pagando pelo quarto de Minton.

Jogando-se na cadeira mais próxima, ela ficou fitando o nada enquanto lutava contra a náusea que se formava dentro dela.

– Sinto muito, lady Verity – disse Rafe. – Achei que a senhorita deveria saber.

Ela ficou tensa.

– Devo admitir que isso parece algo que meu pai faria. O fato de eu não ter me casado o deixa muito incomodado. Talvez ele pense que pode forçar o assunto ao empurrar lorde Minton para cima de mim. Mas não consigo imaginar por que ele escolheria patrocinar o cafajeste depois de tudo o que ele fez comigo.

– Longe de mim defender meu sogro – disse Geoffrey –, mas talvez ele acredite que você ainda goste de Minton.

Verity soltou uma gargalhada abafada.

– Ele sabe que não. E, mesmo se achasse, como poderia pensar que eu aceitaria de volta o homem que me envergonhou perante toda a sociedade? Se meu pai acredita nisso, ele ficou louco.

Geoffrey balançou a cabeça.

– Por mais estranho que pareça, eu disse uma coisa parecida para... Nathaniel hoje.

Rafe franziu a testa, olhando para ele.

– De toda forma, dadas as circunstâncias, acho que devemos cancelar o passeio para A La Ronde amanhã, que está marcado para depois da partida de lady Rumridge pela manhã.

Verity ficou de pé em um pulo.

– Por quê?

– É muito arriscado – respondeu Rafe. – A sua família pode controlar quem entra nesta casa, mas não quem entra na casa de um desconhecido. Pelo que entendi, além da casa, o passeio inclui uma capela, quatro asilos, estábulos e até uma sala de aula. Minton pode se esconder em qualquer lugar da propriedade, sem que a senhorita saiba. Considerando o que descobri, eu não aconselharia a ir.

– Eu não vou cancelar – declarou ela.

– Certo – disse Rafe. – Então não vá com os outros.

– Pelo amor de Deus, como o senhor pode saber que ele não tentaria me pegar aqui?

Rafe ficou tenso.

– Porque vou ficar aqui, junto com todos os seus criados e os meus. Beaufort estará aqui. Se precisarmos de uma acompanhante, tenho certeza de que alguma dama vai preferir ficar também. A Sra. Crowder talvez.

– O quê? Estou planejando isso há semanas! Não vou deixar que aquele cafajeste me assuste a ponto de ficar trancada em casa.

– Além disso, Wolfford – acrescentou Geoffrey –, todos estaremos com ela em A La Ronde. Só precisamos garantir que alguém fique ao lado dela o tempo todo. – Ele encarou Verity. – E seria bom fazer o mesmo quando for a qualquer lugar na cidade, querida. Sempre peça a mim ou a Nathaniel que a acompanhe quando sair de casa.

– Ou a mim – ofereceu Rafe.

– Certo. – Ela bufou. – Não acham que ter sempre um homem grudado em mim vai levantar suspeitas nos nossos convidados? Pretende me seguir para todo lugar, Geoffrey? Para a casinha? Para a máquina de banho?

– Deus do céu, não!

O coração dela martelava no peito.

– Quando estou finalmente conseguindo reconquistar minha reputação, vêm vocês querendo deixar que lorde Minton acabe com ela de novo.

– Eu não acho... – Rafe começou.

– O senhor disse que lorde Minton não conseguiu comprar o láudano, então ele não tem nada para usar contra mim. – Estremecendo só de pensar nele usando láudano nela, Verity puxou o xale sobre os ombros. – E, por tudo que sabemos, ele pode precisar para dor de cabeça ou uma crise de bursite. Não vou ficar prisioneira nesta casa só porque o senhor desconfia que lorde Minton está à espreita esperando por mim.

– Ele estava à espreita esperando pela senhorita na varanda no dia do leilão – disse Rafe.

– O quê? – questionou Geoffrey, então se aproximou dela. – É verdade?

Verity lançou um olhar furioso para Rafe antes de se virar para Geoffrey.

– Ele queria falar comigo, só isso. Rafe... o Sr. Wolfford... o colocou no seu devido lugar, e pronto. Ele não me incomodou mais desde então.

– A senhorita ficou aqui a maior parte do tempo desde então. E ele a seguiu até aqui.

A voz cada vez mais grossa de Rafe mostrava sua preocupação.

Era comovente, mas exagerado.

– Sim, mas me sequestrar? É um absurdo. E por mais odioso que meu pai possa ser às vezes, mesmo que ele esteja por trás da presença de lorde Minton aqui, duvido que aprovaria qualquer comportamento que pudesse me causar mal. Francamente, também duvido que o barão tenha a coragem para tentar. Ele não é um homem corajoso, isso posso garantir, nem em nenhuma missão para conseguir a minha mão, nem em qualquer outra coisa que queira.

– Tenho certeza que ele quer dinheiro – afirmou Geoffrey. – Seu pai provavelmente prometeu o seu dote.

Aquilo a pegou desprevenida. Não tinha nem considerado que o pai pudesse fazer algo tão asqueroso. A ideia de ele pagar para lorde Minton era dolorosa demais para sequer ser considerada. Sem mencionar o insulto.

– Obrigada, Geoffrey – disse ela, com a voz rouca –, por me lembrar que o único motivo para um homem se interessar por mim é um dote gordo.

– E-eu não quis... – começou Geoffrey.

– Ou, talvez, a senhorita esteja certa, lady Verity – interrompeu Rafe, com um olhar irritado para Geoffrey. – Seu pai só quer vê-la casada e financiou a viagem de Minton para cá para que ele possa cortejá-la.

O fato de Rafe tentar afagar o seu orgulho era adorável, mas...

– Talvez seu pai não faça ideia do que Minton está planejando – sugeriu Rafe. – Mas isso não quer dizer que ele não esteja. – Ele olhou nos olhos dela. – Alguns homens podem fazer loucuras para conquistar a mulher que querem.

Ela o encarou. Ele estava se incluindo nesse grupo? Era uma tentativa de se desculpar pela forma abrupta como a deixara mais cedo? De dizer que o encontro tinha significado mais para ele do que a levara a acreditar?

– Sou testemunha disso. – Geoffrey abriu um sorrisinho. – Sua irmã também.

– Independentemente disso – declarou ela –, eu vou para A La Ronde. A Srta. Parminter foi muito gentil em permitir o passeio, mesmo que o lugar não esteja aberto ao público geral. E eu queria presenteá-la com uma lembrancinha para agradecer a doação dos itens da prima dela para o leilão e contar o quanto arrecadamos para o Hospital Foundling. Não posso fazer nada disso presa em casa.

– Verity – disse Rafe, com calma. – Só quero que fique segura.

– Eu sei. Mesmo. – Ela pensou por um momento. – E se eu prometer que terei cuidado sempre que sair?

– E se prometer que nunca vai sair sozinha? – propôs ele.

– Rafe...

– Não precisa ser um homem – acrescentou ele. – A senhorita já esclareceu que isso seria intolerável. Mas pode ser uma das suas irmãs. Qualquer uma das duas poderia enfrentar um cavalheiro que quisesse lhe fazer mal. Consigo até imaginar lady Foxstead batendo na cabeça de Minton com seu alaúde.

– Ela faria isso mesmo – concordou Geoffrey.

– Contanto que esteja acompanhada por *alguém* – disse Rafe –, acredito que ele não vá tentar fazer nada. Pode me prometer isso?

Ela olhou para os dois homens, que, afinal, só estavam procurando protegê-la, então suspirou.

– Claro. – Ela tentou usar um tom de voz tranquilo. – Não vou a lugar nenhum sem um grupo de bajuladores para ficarem sentados aos meus pés.

– É exatamente disso que precisamos – murmurou Geoffrey. – Bajuladores. Como se já não tivéssemos convidados o suficiente.

Rafe parecia estar tentando não rir.

– Não precisam ser bajuladores. Só alguém em quem confie. Vou deixar que decidam quem deve ser e quantas pessoas da família devem ser avisadas sobre a presença de Minton. Se estiverem preocupados com fofocas, posso manter a informação restrita.

– Boa ideia – concordou Geoffrey.

– Também é melhor que eu saia antes que as outras pessoas fiquem especulando sobre o que está acontecendo aqui – afirmou Rafe, com um sorriso amarelo.

Quando ele se dirigiu para a porta, Verity disse:

– Obrigada, Rafe. Por ficar de olho em Minton.

– Fico feliz em ajudar. – Fazendo uma mesura, ele saiu do escritório.

– Bem, então – disse Geoffrey, lançando um olhar pensativo na direção para onde Rafe tinha ido. – Eliza pode ser a sua sombra?

Verity suspirou.

– Provavelmente. Diana ainda está de resguardo, e não confiaria em nenhuma das outras damas para ficar ao meu lado sem fazer fofoca.

– Que seja Eliza e seu alaúde – concluiu Geoffrey.

Naquele momento, Verity percebeu uma coisa. Como Rafe poderia saber que Eliza tocava alaúde? Era um instrumento desconhecido, e sua irmã não tocava desde muito antes de Rafe ir ao leilão. Ele não poderia saber, a não ser que tivesse ido a algum dos eventos delas antes.

Um arrepio tomou conta dela. A única forma de ele ter feito isso era como o Fantasma.

CAPÍTULO DEZESSEIS

Naquela noite, depois do jantar, enquanto todos brincavam de charadas, Verity ficou observando Rafe, procurando por algum sinal de que, afinal, estava certa sobre ele ser o Fantasma. Deveria deixá-lo em paz ou confrontá-lo? Conversar com ele outra vez para levá-lo a admitir quem ele realmente era? Também podia tentar entrar sorrateiramente no quarto dele e vasculhar suas coisas.

Soltou um suspiro. Estava sendo ridícula. Não sobre ele ser o Fantasma, Verity tinha cada vez mais certeza disso.

Ainda assim, isso não significava que deveria agir como ele. Ou como Minton. Ou como os dois, se esgueirando, descobrindo informações privadas e seguindo pessoas.

As informações daquela tarde arranhavam seu cérebro como um gato pedindo atenção. Ela ignorou. No momento, era menos doloroso pensar na possibilidade de Rafe ser o Fantasma do que no que Minton estava prestes a fazer.

Naquela noite, iria se recolher mais cedo para que pudesse olhar seu caderno sobre o Fantasma, que já não lia havia alguns dias. Mas, primeiro, precisava esclarecer uma coisa. Então, quando viu Eliza se levantando e seguindo em direção à escada, foi atrás.

– Espere, lady Verity! – chamou lady Harry. – É a sua vez de fazer uma charada.

Ela se segurou para não dar uma resposta atravessada. Felizmente, Eliza parou para observá-la, então tentou se lembrar de uma que escutara ou lera antes. Ah, sim, aquela charada seria bem apropriada. Ela recitou:

Minha primeira palavra tem um sem-número de usos;

Mas a segunda não passa de um nome.
Inteiro tenho tão pouca fama
que nem nome tenho.

Quando ela terminou, olhou para Rafe e ergueu uma sobrancelha. Ela fixou o olhar nele enquanto os outros tentavam adivinhar a resposta. Será que ele tinha entendido? Ou não sabia do que ela estava falando?

– Ah, espere, eu sei a resposta! – exclamou Isolde. – Eu li em um dos seus livros de charadas.

– Isso mesmo – comentou Verity. – Foi de onde eu peguei.

– Isso não é justo! – reclamou lady Harry. – Isolde já sabia.

A Srta. Mudford disse:

– Fique quieta, menina. Já acertou várias charadas e ainda vai ficar reclamando? Deixe a Srta. Crowder ganhar desta vez.

Isolde olhou em volta enquanto Verity batia o pé no chão.

– Posso falar?

– Vá em frente – estimulou Eliza, que, pelo visto, estava percebendo a impaciência de Verity.

Então, Isolde levantou:

– A primeira palavra é "sem", como em "um sem-número". A segunda, claro, é "nome", já que não passa de um nome. E juntas formam...

– "Sem nome"! – gritou a Srta. Chetley, triunfante. Quando todos a olharam, ela afundou no sofá.

– Isso, como não tem nome – explicou Isolde –, é "sem nome".

Quando todos aplaudiram, Verity ousou se virar para Rafe, que a encarava, sério, como se estivesse tentando entendê-la. Ele não tinha como saber que ela dera um "nome" para ele todas as vezes em que não sabia quem ele era. Mas ele definitivamente era "sem nome" para ela. Talvez ainda fosse, até onde sabia. Talvez Raphael Wolfford nem fosse o nome dele de verdade. O verdadeiro Raphael Wolfford podia ainda estar lutando na Península.

Que pensamento perturbador. Verity deixara que ele fizesse coisas com ela...

– De quem é a vez agora? – perguntou Diana.

Aquela era a deixa para Verity seguir Eliza até as escadas. Para sua surpresa, Eliza estava esperando por ela no primeiro degrau.

– Você quer conversar sobre amanhã? – indagou Eliza. – Geoffrey disse que você precisava conversar comigo sobre o passeio para A La Ronde.

Claro, Geoffrey deixara para Verity explicar. Sabia que a raiva que Eliza tinha pelo que havia acontecido com a irmã poderia respingar nele.

Verity contou em detalhes tudo que Rafe descobrira e explicou por que eles achavam que Eliza seria a acompanhante ideal. De propósito, repetiu a frase de Rafe sobre o alaúde, e esperou para ver a reação de Eliza.

– Eu deveria ficar lisonjeada pelo Sr. Wolfford achar que posso vencer lorde Minton – comentou Eliza –, mas não é bem um elogio. Lorde Minton é um bajulador covarde, que poderia até ter medo de Jimmy.

– Verdade.

Eliza parou.

– Mas que estranho o Sr. Wolfford ter mencionado meu alaúde. Você contou para ele que eu tocava?

– Não.

Verity ficou observando quando Eliza perceberia o que aquilo podia significar.

– Mamãe ou Diana devem ter comentado, ou até mesmo Nathaniel. – Ela deu de ombros. – Em todo caso, vou adorar ser sua acompanhante, querida, embora eu ache que os homens estão sendo um pouco dramáticos sobre essa situação toda.

Verity também achava, mas esse não era o ponto. Com um comentário, Eliza fez com que sua desconfiança sobre Rafe parecesse absurda. Porque ele poderia ter ficado sabendo disso pela sua mãe nas horas em que ficaram juntos na carruagem. Ou enquanto conversava com os homens na praia. Ou em qualquer outro momento.

Verity suspirou. Estava quase convencida a contar para Eliza sobre suas suspeitas, mas alguma coisa a impediu. E se Rafe tivesse um bom motivo para espioná-los? Não deveria, pelo menos, dar a ele a chance de se explicar antes de alardear as mentiras dele para a família?

Mas, de algum jeito, precisava descobrir. Isso significava que precisava ficar com ele a sós para conversar. Mas como fazer isso se ele estava na defensiva com ela agora?

Mais tarde na mesma noite, muito tempo depois de todos terem se recolhido, ela tinha acabado de sair da cozinha após fazer algumas anotações de última hora, quando escutou o lacaio falando com alguém. Espreitou pelo canto e viu Rafe entrando pela porta da frente e dando o chapéu e o paletó para o criado. Estava vestido sem o menor cuidado, o que era uma surpresa, tratando-se dele.

Depois que ele subiu, ela se aproximou do lacaio.

– Aquele era o Sr. Wolfford?

– Era sim, milady.

– O que ele estava fazendo na rua tão tarde?

– Foi à Taverna Lobster.

Uma taverna? Estando em uma casa cheia de gente, de bebida e vinho à disposição? Que estranho. Ela achou que aquilo era algo que o Fantasma faria. A não ser que Rafe tivesse um problema, com jogo ou... prostitutas. Nem queria pensar nisso.

– Ele estava bêbado?

– Não que eu tenha notado. Não senti cheiro de bebida nele, milady.

Ela engoliu em seco.

– Ele cheirava a... perfume?

O criado a encarou sem entender.

– Também não.

Franzindo a testa, ela se virou para as escadas.

– Ele também foi à Taverna Lobster ontem à noite, milady – acrescentou o lacaio.

Isso fez com que ela parasse.

– Ele disse por quê?

– Não. Devo perguntar se ele sair outra vez?

Verity negou com a cabeça.

– E não diga a ele que eu perguntei, certo?

– Sim, milady.

Ela subiu as escadas apressada, ansiosa para chegar ao seu quarto, onde poderia olhar a sua lista de fatos sobre o Fantasma. No dia seguinte, teria que se esforçar para conseguir ficar sozinha com ele. Isso estava indo longe demais.

O dia do passeio para A La Ronde amanheceu claro e ensolarado, mas Rafe não estava conseguindo aproveitar o bom tempo. Passara a noite se revirando na cama, desejando o corpo delicioso de Verity, preocupado com a segurança dela e tentando descobrir se ela sabia a verdade sobre ele. Porque ficara claro que aquela charada tinha sido destinada a *ele*.

Sem nome. Ele *tinha* sido um sujeito sem nome nos últimos dezoito meses. Quando se fantasiou de Jack in the Green, nem se preocupou em escolher um pseudônimo. Ninguém nunca prestava atenção ao nome dos artistas. E sempre que ele bancava um aristocrata, evitava revelar seu nome, o que era fácil, já que ninguém o conhecia, então não o apresentavam a ninguém. Quando bancava o lacaio, era "John", um nome tão comum para criadagem que praticamente toda casa tinha um.

"Sem nome" era um apelido perfeito. Se ela soubesse, há quanto tempo sabia? Ou ele estava vendo duplos sentidos demais na rima dela?

Esperava que sim. Além disso, Verity não usaria de artimanhas para dizer que desconfiava dele. Ela o acusaria abertamente. Devia ter imaginado aquele olhar dela para ele. E a adequação da charada. Quem iria desmascarar alguém usando um jogo?

Parado em frente à mansão de Grenwood, fumando um charuto raro, Rafe se perguntava se conseguiria ir em uma carruagem sozinho com Verity para a casa das conchas, como ele chamava.

Seria muito difícil. Jovens damas não andavam sozinhas com homens solteiros em carruagens. O que era uma pena, já que poderia tentar beijá-la, se tivesse a oportunidade. Mas não depois de fumar um charuto.

Resolveu descartá-lo. Tinha cumprido o seu papel de lhe dar uma razão para se afastar do grupo que estava na sala de estar esperando os outros convidados acabarem de se vestir. A parte mais difícil de sua missão era estar cercado de tanta gente nos eventos sociais. Depois de um tempo, o barulho e o contato pessoal passaram a ser demais para ele. Esse era o problema de ter crescido sozinho.

Lady Rumridge tinha ido embora havia pouco tempo, com uma chorosa despedida das filhas, que não pareciam nem um pouco comovidas pelos muitos comentários de como sentiria falta delas. Possivelmente, porque parecia que ela chorava quando queria, e elas deviam estar acostumadas.

E quando ele tinha começado a sentir pena das três mulheres?

Talvez quando percebeu que elas, e seus maridos, eram pessoas genuinamente boas. Estavam sendo tão bem-sucedidas em seduzi-lo para o campo delas quanto Verity em seduzi-lo para a vida dela.

Ele bufou. Que espião parcial ele era. Estava amolecendo, e não sabia nem como nem quando isso tinha acontecido.

Uma carruagem entrou na propriedade, e ele percebeu que não pertencia a nenhum dos outros convidados ou moradores. Mas antes que pudesse se perguntar de quem era, Verity e Eliza se apressaram para recebê-la.

– Aí estão eles! – exclamou Eliza. – Os três meninos mais lindos de Devonshire!

A porta do coche se abriu e três garotinhos entre 5 e 8 anos saíram e correram para ganhar beijos e abraços das duas mulheres, que logo eram três, pois a outra irmã também chegou.

Para seu horror, sentiu um nó na garganta ao ver aquela cena, ainda mais quando lady Holtbury desceu, parecendo genuinamente feliz ao encontrar suas enteadas e, cheia de amor, ao deixar seus filhos a puxarem para cá e para lá.

Lembrou-se de quando tinha 10 anos, estava na cidade e viu uma família desembarcar de um coche e foi envolvido pela felicidade deles. A inveja que sentiu naquele momento o afogou, como o afogaria agora se deixasse.

Passara toda a infância sonhando em ter uma tia, um primo ou um parente da sua mãe que aparecesse para alegrar seu tio orgulhoso e indiferente, e fazer dos três uma verdadeira família.

Isso foi antes de descobrir que nada se conquista sonhando. Que teria que ter nascido em uma família assim e que perdera sua oportunidade depois da morte de seus pais.

Pen dera o seu melhor, mas ela mesma não tinha família, então eles eram duas pessoas solitárias consolando um ao outro quando tio Constantine não estava por lá, o que era comum. Ele, Pen e o tio eram mais como um conjunto de exilados do que uma família.

Rafe quisera uma família.

Ficou tenso. Porque não tinha uma, e era isso. Estava deixando os pensamentos autopiedosos o afastarem de seu objetivo, que era descobrir o que lady Holtbury sabia sobre as atividades do marido. Era hora de trabalhar. Era a primeira vez que a via de perto, e não ficou surpreso ao perceber que ela era tão bonita pessoalmente quanto o que dizia sua reputação. Uma loura com seus 30 e poucos anos, e sempre sorridente. Por conta de sua timidez, ficava afastada enquanto as enteadas acolhiam os meninos.

Eliza percebeu que ele estava observando.

– Sarah, deixe-me apresentá-la a um dos nossos convidados, Sr. Raphael Wolfford. Sr. Wolfford, esta é nossa madrasta, lady Holtbury.

A mulher baixinha estendeu a mão a ele.

– Por favor, me chame de Sarah. – Ela tinha uma voz suave e hesitante. – É como todo mundo me chama.

Ele assentiu, pegou a mão dela e apertou.

– A senhora é corajosa por se juntar ao grupo bem na hora em que estamos partindo para o passeio pela casa das conchas.

– Casa das conchas? – perguntou Sarah, parecendo surpresa.

Verity o fitou irritada.

– Pare de chamar assim. E não fale isso enquanto estivermos lá. A Srta. Parminter pode considerar um insulto. – Ela se virou para Sarah. – Estamos saindo para um passeio para A La Ronde, uma famosa casa de 16 lados, decorada com conchas e artesanato. Você não precisa ir se estiver muito cansada, mas se quiser nos acompanhar, a babá de Diana e Molly ficarão felizes em tomar conta dos meninos.

– Estou bem – respondeu Sarah. – Os meninos passaram bem na viagem, mas ficaram um pouco agitados por causa do tédio. Então eu adoraria um passeio calmo. Tenho tempo para colocar uma roupa mais adequada?

– Claro – respondeu Diana. – Venha que vou lhe mostrar o seu quarto.

Os outros começaram a se reunir na frente da casa, conversando sobre quem ia na carruagem com quem. Rafe pensou em convidar Sarah para ir com ele, mas a conversa deles precisava ser particular.

Lady Harry se juntou a ele, piscando com seus cílios longos, como se fosse uma sereia o seduzindo para encontrar seu fadado destino.

– O senhor vai na sua carruagem para A La Ronde?

– Pretendo ir.

– Então vou acompanhá-lo.

E com isso, ela pegou o braço dele.

Ele segurou um suspiro. A mulher nunca desistia. Estava à caça de um marido e, desde a véspera, colocara os olhos nele. Que Deus ajudasse o homem que ficasse acorrentado a essa pirralha mimada. Nunca teria paz.

Ao olhar um pouco mais adiante e ver a Srta. Mudford ali, ofereceu:

– A senhorita é bem-vinda para vir conosco, madame.

O controle que a acompanhante tinha da sua pupila não o havia impressionado nem um pouco até então, mas qualquer ajuda seria válida.

Acabou com quatro passageiros extras, incluindo Isolde Crowder, cuja mãe preferiu não ir, e lorde Harry, que quis ir sentado junto com o cocheiro, na frente. Os Chetleys pegaram a própria carruagem, e Grenwood levou Foxstead e Quinn. Foxstead já havia sido informado sobre Minton, então, como ele e Grenwood já tinham feito o passeio antes, combinaram de se alternar na frente de A La Ronde, para o caso de Minton aparecer.

Rafe notou que Sarah e as três irmãs Harpers foram juntas na carruagem de Foxstead, o que fazia sentido, embora Rafe quisesse separar Sarah do grupo assim que chegassem à casa.

Pensando nisso, assim que chegaram, Rafe se posicionou de forma a poder se aproximar de Sarah quando entrassem. No entanto, estava dividido. Preferia ficar ao lado de Verity o tempo todo. Ainda não gostava do fato de ela ter ido a um lugar em que Minton poderia se aproximar, mas com tanta gente em volta, poderiam interceptá-lo. Provavelmente Minton não sabia o cronograma deles e nem que estariam fazendo aquele passeio. Além disso, alguém haveria de notar se um desconhecido entrasse depois deles.

Mas Rafe talvez não tivesse outra chance de interrogar Sarah. Como Eliza tinha assumido a tarefa de acompanhar Verity, com muita relutância, ele ofereceu o braço para Sarah quando entraram. E, por sorte, a mulher aceitou.

Nem sabia se conseguiria conversar a sós com ela. Ao entrarem, foram recebidos pela Srta. Parminter no centro octogonal, em volta do qual ficavam todos os cômodos em forma de cunha do primeiro andar.

Foi quando Verity aproveitou a oportunidade para exaltar a generosidade da anfitriã com o leilão. Entre muitos aplausos, Verity revelou para todos quanto as doações da Srta. Parminter tinham arrecadado e ofereceu, como presente de agradecimento, uma peça de artesanato feita com conchas.

Quando Verity se afastou, indo para o lado de Eliza, a Srta. Parminter explicou a história da casa, quem a projetou e qual tinha sido a inspiração: a Basílica de São Vital, que é octogonal e fica em Ravena, na Itália. Será que a intenção dessa senhora era levar o grupo a cada um dos cômodos explicando todas essas coisas? Deus, Rafe esperava que não.

Como se lendo a mente dele, ela acrescentou:

– Vou fazer uma breve descrição do que tem em cada cômodo e, depois, ficarão livres para explorarem a casa e olharem os itens.

Isso se adequava muito mais aos seus objetivos.

A Srta. Parminter fez as descrições e terminou explicando a organização pouco comum dos cômodos.

– O meu desejo e das minhas primas era poder seguir o sol conforme nos movêssemos pela casa, para que recebêssemos a melhor luz em cada cômodo durante o dia.

Eliza, que estava perto de Rafe, pigarreou alto para chamar a atenção da Srta. Parminter.

– Então as senhoras realmente vão mudando de um cômodo a outro durante o dia?

Ela assentiu.

– No primeiro andar, sim. Fazemos muito artesanato, como poderão perceber ao caminhar pela casa, e boa luz é imprescindível. Além disso, as janelas foram projetadas de forma a distribuir o máximo de luz do sol possível por todo o cômodo.

Alguém fez outra pergunta e ela começou a responder.

Eliza falou baixinho para Verity:

– Acho que uma pessoa também poderia se mover no sentido contrário, buscando o cômodo mais escuro a cada hora do dia.

– Por que alguém iria querer isso? – indagou Verity em um sussurro.

Um sorriso misterioso surgiu nos lábios de Eliza.

– Posso pensar em algumas razões.

– Eu também – murmurou Rafe, com o olhar fixo em Verity.

Verity fitou-os, sem compreender. Ele percebeu o momento em que ela entendeu, pois seu rosto corou.

– Se algum de vocês fizer menção a tal imoralidade na frente da Srta. Parminter, juro que sirvo mingau para vocês no jantar.

Rafe teve que apertar os lábios para não rir.

Foi quando o grupo começou a se dividir, mostrando o fim da apresentação.

Respirando fundo, ele se virou para Sarah.

– A senhora gostaria de me acompanhar até a biblioteca?

Finalmente, começaria a trabalhar.

CAPÍTULO DEZESSETE

*S*arah? Verity fez uma cara feia. Rafe realmente queria passar o seu tempo com a madrasta *casada* dela?

Talvez ele estivesse tentando enfatizar para Verity que os momentos de intimidade da véspera tinham sido apenas um prazer momentâneo para ele. Talvez, quisesse mostrar que ela não deveria dar muito crédito às atenções dele nem pensar que aquilo poderia dar em casamento.

Se fosse isso, ele que se danasse! Que ficasse com Sarah, se quisesse apenas outra mulher para... para brincar. Verity não dava a mínima. Não estava com nem um pouquinho de ciúme. Não mesmo. Ora, nunca tivera ciúme das conquistas de um homem, nem mesmo de lorde Minton!

Mas Rafe precisava escolher logo a sua madrasta, de quem sempre sentira ciúme? Sarah era uma linda boneca de porcelana, com proporções perfeitas. Já Verity era alta e magra demais.

Lembrava-se da mãe repetindo na época em que debutou: *Encolha-se um pouco, querida. Você não quer parecer mais alta do que os homens. Eles não gostam disso.*

Sabia muito bem disso.

Sarah se vestia tão bem quanto Diana. Verity não, a não ser que fosse para os eventos da Ocasiões Especiais. Suas preferências pessoais não estavam na moda: veludos fora de época e vestidos de cores vibrantes. Enquanto Sarah estava sempre na última moda.

Além de tudo, Sarah era o tipo de mulher mansa, sempre querendo agradar, e Verity nunca seria daquele jeito. Verdade fosse dita, não *queria* ser. Ainda assim, os homens pareciam preferir mulheres como Sarah.

Mas Rafe não era esse tipo de homem, certo? Pelo menos, não parecia ser. Então por que, de repente, ele estava tão determinado a passar um tempo com Sarah, que acabara de conhecer? Será que estava apenas sendo educado? Ou havia mais alguma coisa por trás?

Sua vontade era segui-los para ver o que ele pretendia com Sarah. Não porque estivesse com ciúme. Era apenas curiosidade, nada além disso.

– Para onde você está indo? – perguntou Eliza, ao acompanhá-la.

– Para a... biblioteca. Você sabe como amo livros.

Eliza levantou uma sobrancelha.

– Livros de culinária, talvez. E cadernos de desenho.

– Gosto de todo tipo de livro – afirmou Verity, na defensiva.

– Se você diz – concordou Eliza, seguindo-a ao se aproximarem da porta da biblioteca.

Quando Verity parou pouco antes da porta para tentar escutar o que Rafe e Sarah estavam falando, Eliza apontou para uma caixa de vidro do lado do cômodo.

– Vou ali examinar melhor aquela curiosa escultura de um homem sentado à escrivaninha. Achei que era esculpido, mas agora acho que talvez seja de conchas.

– É, sim – disse Verity, esforçando-se para escutar.

– Obrigada por estragar a surpresa – comentou Eliza, friamente.

– Shhh – sussurrou Verity.

Revirando os olhos, Eliza se dirigiu para o outro lado do cômodo.

Enquanto isso, Rafe e Sarah se aproximavam da porta para examinar algo em uma estante. Verity se encolheu um pouco, na esperança de escutar o que conversavam.

– A senhora já esteve em Exmouth? – perguntou ele a Sarah.

Bem, *isso* soava apenas como uma conversa fiada chata e educada. Acalmou um pouco os temores de Verity. Só um pouco.

– Eu venho de vez em quando. Meu marido gosta do litoral. Pelo que fiquei sabendo, ele costumava vir com a primeira esposa e as meninas quando eram mais jovens.

– Foi o que lady Verity me contou – disse ele. – Então acredito que a senhora já conheça a casa.

– Muito pelo contrário – respondeu Sarah. – Eu nem sabia que existia. Quando eu e meu marido estamos em Exmouth, costumamos ir para a praia com os meninos ou fazer compras. Não tem muitas lojas em Simonsbath.

A conversa trivial fez com que Verity se sentisse estranha, e tola, por estar escutando escondida. Já ia se afastar quando ele falou de novo.

– A senhora disse que sua viagem de Simonsbath foi tediosa. Por qual estrada veio? Ou, por acaso, vieram pelo rio Exe?

Que pergunta estranha. Definitivamente, não era um flerte.

Por que ele se importava com o caminho pelo qual Sarah tinha vindo?

– Pelo rio Exe? Ah, não. Meus filhos iam cair do barco e se afogar! Eles não estão acostumados a viajar pela água. Além disso, ninguém pegaria um barco de Simonsbath para Exmouth. Seria uma viagem muito longa.

Verity se segurou para não rir. Como se Sarah soubesse. Ela podia ser reservada e gostar de agradar as pessoas, mas nem morta viajaria de barco. Que vestido usaria?

– Que decepção! – exclamou Rafe. – Uns rapazes na taverna ontem à noite me disseram que o rio era navegável. – E era. – Disseram que é uma viagem agradável – comentou Rafe. – Eu estava até pensando em fazer um passeio de carruagem pela floresta Exmoor enquanto estou aqui, e voltar de barco pelo rio.

Que estranho ele nunca ter mencionado nada sobre isso.

– O senhor deve fazer como preferir – disse Sarah, educadamente –, mas eu nunca faria uma viagem dessas. Os homens da taverna deviam estar zombando do senhor por não ser daqui.

Ele riu.

– Isso não me surpreenderia. E nem seria a primeira vez.

– Fazem o mesmo comigo em Simonsbath desde que me casei.

Verity não sabia daquele detalhe, mas já não morava mais lá, então não tinha como saber.

– Por que o senhor foi a uma taverna? – Sarah baixou o tom de voz. – Os pratos pouco comuns de Verity não lhe agradaram? Foi comer uma boa torta de carne e rim?

Quando Verity se eriçou, Rafe respondeu:

– Não. Eu gosto dos pratos de lady Verity. Ela me apresenta a coisas que nunca pensei em comer. Eu até comi salada na primeira noite aqui, e nunca tinha comido.

Ele comera *salada*? Hum. Verity nem tinha notado.

– Então o senhor foi tomar um drinque em uma taverna – sugeriu Sarah, de forma a deixar claro que não aprovava.

– Na verdade, fui em busca de uma boa garrafa de conhaque francês. Para presentear Grenwood por ter me convidado.

Aquilo surpreendeu Verity. A única forma de conseguir conhaque francês legítimo atualmente era por meio de contrabando. Rafe não parecia o tipo de homem que comprava conhaque contrabandeado, muito menos francês, considerando que era um coronel lutando contra os franceses.

– É... ilegal comprar produtos franceses, não? – indagou Sarah, em um sussurro.

– Bem, existe o ilegal, e o tipo de ilegal para o qual as autoridades fazem vista grossa. Se é que me entende.

– E-eu não entendo, na verdade.

Nem Verity.

– Mas eu nunca compraria nada francês – afirmou Sarah. – Ora, estamos em guerra contra eles.

– Sei disso – concordou ele –, mas me parece...

Eles estavam se afastando da porta agora, e Verity não conseguiu mais escutar a conversa, algo que, definitivamente, queria.

Escondida, olhou pelo cantinho da porta e viu quando eles se dirigiram para as escadas que levavam ao segundo andar. Olhando para Eliza, ficou irritada ao ver que a Sra. Chetley e a Srta. Mudford tinham se juntado a ela para ver o homem de conchas e discutir como tinha sido feito.

Droga. Verity não queria perder um segundo que fosse da conversa de Rafe e Sarah, e afastar Eliza das damas levaria mais do que alguns segundos, então passou rapidamente pela biblioteca e se dirigiu para a escada.

Sim, ela prometera a Rafe que não iria a nenhum lugar sozinha, mas a casa estava cheia de gente, e lorde Minton não conseguiria sequestrá-la no segundo andar, não é? Além disso, estava seguindo *Rafe*. Então não estava realmente sozinha. Ao se aproximar das escadas, ficou aliviada ao perceber que eles não conseguiam vê-la, pois já tinham chegado ao patamar do segundo andar. Felizmente, as vozes deles ecoavam na escadaria.

Sarah estava falando.

– Não quero ver os quartos, é muito pessoal, na minha opinião, mas a Srta. Parminter disse que a gruta de conchas no último andar é belíssima.

– Então, vamos subir até lá.

Verity conseguia escutar os passos deles enquanto subiam.

– Sabe – disse Sarah –, a floresta Exmoor é muito bonita, se o senhor resolver visitá-la. E o convido a conhecer a nossa propriedade, Exmoor Court. Mas teria que esperar meu marido, Osgood, voltar de Londres. Ele está lá a negócios.

– Ah, é? Que negócios?

– Como eu poderia saber? – O tom de voz desdenhoso dela ficou claro até mesmo um andar abaixo. – Ele nunca me diz. O senhor pretende ficar em Devonshire por um tempo?

– Ainda não decidi. Tenho responsabilidades em casa, mas elas podem esperar.

Que estranho. O tio dele não estava doente? Talvez fosse aquele tipo de doença prolongada que não exigia atenção imediata da parte dele. Ainda assim...

Verity chegara ao patamar do segundo andar, mas parou. Não teria como escutar escondida na gruta, e quando eles descessem a encontrariam. Talvez devesse esperar em um dos quartos que eles passassem.

Ou, talvez, devesse apenas deixá-los em paz. Afinal, tinha descoberto pouca coisa, apenas o bastante para aliviar seu temor de que Rafe estava flertando com Sarah, mas aumentar suas suspeitas de que ele os estava espionando. Só Deus sabia por quê. E isso a levava a acreditar mais ainda na sua suspeita de que ele era o Fantasma. Era melhor ela descer para o primeiro andar antes que Eliza ficasse frenética por não encontrá-la.

Suspirou. Era a coisa certa a fazer.

Virando-se para as escadas, já ia descer quando uma mão tapou a sua boca. Então, um braço a agarrou pela cintura e a arrastou para um quarto.

Em pânico, ela lutou, tentando se soltar, mas uma voz familiar sussurrou em seu ouvido:

– Calma, Verity, só quero conversar.

Meu Deus, era Minton. Pisou forte no pé dele com a bota, mas ele também estava usando bota, e só conseguiu arrancar um grunhido dele.

Virando-a para encará-lo, ele a empurrou contra a parede. Então, enquanto Verity perdia o fôlego, ele segurou sua mandíbula para que ela ficasse imóvel e cobriu sua boca com a dele.

Ela lutou contra ele com vontade, puxando seu cabelo e empurrando seu peito. Ele era mais forte do que ela lembrava. Então, mordeu o lábio inferior dele.

Ele jogou a cabeça para trás e, por um segundo, ela viu a raiva estampada nos olhos dele. Mas, então, ele suavizou a expressão.

– Verity, meu amor – disse ele em um tom de voz que fingia ser tranquilizador. – Por que você está tão chateada? Quero me casar com você, pelo amor de Deus. Não é o que você sempre quis?

– Você sabe que não! – sussurrou ela, lutando contra o canalha, que agora segurava seu braço contra a parede.

Poderia gritar, mas se alguém chegasse ali, poderia interpretar errado o que estava acontecendo, e ela estaria arruinada. Minton certamente mentiria sobre o que tinha ocorrido. E ela sabia bem o que acontecia com mulheres que se viam em situações como aquela. A sociedade sempre escutava os homens.

De alguma forma, ela conseguiu sorrir.

– Seja razoável, sir. O senhor realmente quer me tomar à força? Não podemos conversar como duas pessoas sensatas? Se, pelo menos, pudesse me soltar...

Ele cravou o olhar nela.

– Eu gostaria de poder acreditar que vai se comportar, mas não acredito. Se você aceitar me escutar, posso provar que somos perfeitos juntos. Sempre pensamos parecido.

– Nas suas lembranças, talvez – disse ela. – Não nas minhas. E, com certeza, não depois do que fez comigo.

Ele estremeceu.

– Admito que cometi alguns erros ao ir atrás de Bertha, mas retomei o juízo agora e vejo o que sempre vi: que você é meu único amor. Podemos voltar a ser assim de novo.

Sem chance. Ela se forçou a ficar calma.

– Se o senhor me soltar, podemos discutir...

Ele a interrompeu com um beijo forte, que tinha gosto de sangue, dele e dela.

Verity decidiu deixar de lado a calma. Ele a machucaria se ela não escapasse. Mas a forma como ele a prendia era bem eficiente. Deixou o corpo mole embaixo dele, esperando que isso fizesse com que ele achasse que ela tinha concordado.

À sua esquerda, havia um vaso em cima de uma mesa. Se conseguisse encostar na mesa com o quadril...

Para seu alívio, conseguiu encostar com força suficiente para o vaso cair, fazendo um barulho alto ao rolar. Mas Minton não parou o que estava fazendo.

Então percebeu que alguém tinha entrado ali e que, talvez, até a tivesse visto encostar na mesa. Lady Harry. Ah, *graças a Deus*.

Só que, quando Verity lançou um olhar de súplica para ela, a moça ficou congelada, com os olhos arregalados de horror. Felizmente, a Srta. Mudford vinha logo atrás e soltou uma exclamação chocada antes de se aproximar dele e começar a bater em lorde Minton com a sua bolsinha.

– Pare com isso, seu demônio. Quem quer que o senhor seja. Lady Verity, mande-o parar! É muito inapropriado!

Lorde Minton finalmente reagiu, afastando-se de Verity, mas com um sorriso no rosto.

– Perdoe-me, madame – disse ele para a Srta. Mudford. – Acho que eu e minha noiva devemos fazer isso em algum lugar mais reservado.

Verity deu um tapa na cara dele.

– Eu não sou sua noiva, e o senhor sabe!

Que audácia desse homem dar a entender que ela desejava que ele colocasse as mãos nela!

No momento em que parecia que lorde Minton ia perder a cabeça, Rafe apareceu, e ela relaxou contra a parede.

Tinha acabado.

CAPÍTULO DEZOITO

Rafe deu uma olhada em Verity, parada, com uma expressão destruída, e então para Minton, presunçoso, e disse a primeira coisa que lhe veio à cabeça.

– O senhor não pode ser noivo dela. Porque eu sou.

Minton piscou para ele.

– Isso é mentira.

– Não é – disse lady Foxstead ao entrar no quarto com Sarah ao seu lado e lançar um olhar arrependido para a irmã. – O Sr. Wolfford e Verity estavam planejando contar para a família hoje.

Ainda bem que lady Foxstead teve o bom senso de entrar no jogo.

A Srta. Mudford bufou.

– Então por que lady Verity estava permitindo as atenções deste cafajeste?

– Eu não estava permitindo nada! – exclamou Verity.

– Pelo amor de Deus, Srta. Mudford – disse Rafe, contrariado –, não está vendo as marcas dos dedos dele no rosto dela?

Rafe via. E seu sangue estava fervendo por causa delas.

Minton fora violento com ela. Rafe precisou de muito autocontrole para não pular em cima do sujeito e bater nele até tirar sangue. Ou pior, pegar a faca que ficava no bolso da sua calça e cortar o pescoço dele.

Por mais que tivesse vontade, não podia. Naquele momento, precisava manter a cabeça fria.

– A senhorita acha que ela mesma fez essas marcas? – indagou, esforçando-se para manter a compostura.

– Ele está certo – disse lady Harry, surpreendendo-o. – Eu vi acontecendo. Foi lady Verity que chutou a mesa para que o vaso caísse. – Ela lançou um olhar arrependido para Verity. – E-eu sinto muito. Não sabia o que fazer.

Passando os braços pela própria cintura, Verity assentiu.

Foi quando Foxstead e Grenwood entraram no quarto. Um pouco antes, lady Foxstead os havia chamado para procurarem por Verity.

– Tirem esse homem daqui – ordenou Rafe, assumindo o papel de coronel. – Levem-no lá para baixo até que eu possa cuidar dele.

Eles não questionaram a autoridade de Rafe. Muito pelo contrário, agarraram Minton e o levaram à força para fora do quarto e escadas abaixo, mesmo sob os protestos do patife.

– Bem, isso tudo é muito estranho – comentou a Srta. Mudford, fungando.

Por que ela tinha escolhido logo aquele momento para se comportar como uma acompanhante adequada? Quando Rafe a fitou com raiva, ela acrescentou:

– Mas se eu tiver cometido um erro de julgamento, peço perdão, lady Verity.

– E a senhora não vai comentar nada, não é, Srta. Mudford? – indagou lady Foxstead, com o tom de voz frio.

– C-claro... que não. Muitas felicidades pelo noivado, lady Verity – murmurou a Srta. Mudford. – Vamos, Harriet. Devemos deixar a família tratar desse assunto.

Verity assentiu de novo, ainda tensa. Assim que elas saíram, porém, ela se virou para a irmã e para a madrasta.

– Eu gostaria de falar com meu... noivo a sós, se não se importarem.

Lady Foxstead lançou um olhar de preocupação para Rafe.

– Tem certeza de que quer...

– Tenho – afirmou Verity, com um sorriso fraco. – Já encontro com vocês. Talvez você e Sarah possam ir na frente para avisar a Diana sobre o que aconteceu.

– Com certeza – concordou lady Foxstead, embora tivesse lançado um olhar para Rafe que era impossível de interpretar.

Inferno. Ele estava começando a perceber o que havia feito. Mas não podia recuar agora. Não iria recuar.

Assim que todos saíram, ela se aproximou da porta.

– Talvez seja melhor termos esta conversa lá fora, e não dentro do quarto, para não colocar mais lenha na fogueira dessa fofoca.

O fato de ela não estar olhando diretamente para ele o preocupou.

– Concordo.

Ele a conduziu pelas escadas e por uma porta nos fundos que vira mais cedo, que dava em um campo que se estendia ao lado da casa.

Depois de olhar em volta para se certificar de que não havia ninguém por perto, Verity parou para encará-lo.

– Você não precisa se sacrificar e se casar comigo. Já sobrevivi a outros escândalos. Eu sei... lidar com fofocas.

Aquele nó que percebeu que estava na garganta dela fez algo mudar dentro dele. A ideia de não fazer nada e assistir enquanto pessoas fofoqueiras e arrogantes arrastavam o nome de Verity na lama *de novo* era mais do que ele podia suportar.

Ele escolheu as palavras com cuidado.

– Não posso dizer que já não tinha pensado em me casar com você antes disso, principalmente depois de ontem na praia. Eu deveria ter lhe pedido em casamento ali. – *Eu deveria ter ficado com as mãos longe de você*. Mas não se arrependia de não ter ficado. – Eu só... precisava de...

– Você não está pronto. – Ela fixou o olhar no dele. – Tudo bem.

Não estava nada bem. E era tarde demais para se preocupar se ela o odiaria quando descobrisse que ele estava espionando a família dela. Ou como reagiria se Rafe descobrisse que era filho ilegítimo. Teria, simplesmente, que lidar com tudo quando acontecesse, e rezar para que ela não o deixasse.

Ela continuou com um tom de voz embargado:

– Posso dizer para todo mundo que não aceitei o seu gentil pedido por conta do que aconteceu, assim você não vai sofrer represálias.

– Sofrer... – Ele ficou frustrado. – Pelo amor de Deus, que tipo de homem você acha que sou? Para deixar uma mulher de que eu gosto passar por... – Ele passou a mão pelo cabelo, sem saber como lidar com aquela situação. – Você sabe que, apesar do nosso noivado apressado e do que as pessoas digam sobre Minton, se não nos casarmos, todos vão achar que aconteceu alguma coisa. Além disso, Minton vai continuar atrás de você, Da próxima vez, talvez ele até use láudano.

Quando ela ficou pálida, ele indagou:

– Você não quer se casar com ele, quer?

– Claro que não! – disse ela, com fervor. – E não vou. – Ela passou os braços pela própria cintura. – Mas mereci o que aconteceu aqui por subestimá-lo. Você me avisou para cancelar o passeio e eu não escutei. Então, agora, não posso fazer com que você sofra as consequências pelo meu erro.

– Seu erro! – Ele se aproximou e puxou o corpo rígido dela para seus braços. – Foi erro de Minton, meu anjo, e de mais ninguém. Foi mais erro *meu* do que seu, pois eu sabia que ele era um homem perigoso. Eu deveria ter ficado grudado em você como um carrapato em vez de tê-la deixado com a sua irmã.

Verity balançou a cabeça, perdida, e se afastou dele, olhando para as janelas da casa.

– Não vou abandoná-la para passar por isso sozinha – murmurou ele. – E é isso.

– Não quero ser a sua esposa por pena! – desabafou ela.

Agora Rafe podia ver as lágrimas cintilando nos olhos dela, e isso acabou com ele. Ela estava muito mais perturbada do que ele imaginava.

– Prefiro enfrentar as fofocas – sussurrou ela. – Pelo menos, eu sei o que esperar.

Pelo visto, ela não sabia o que esperar de um casamento com *ele*, não que pudesse culpá-la.

– Tenho certeza que você conseguiria suportar os boatos, mas e a Ocasiões Especiais? E as obras de caridade que você apoia, as mulheres que ajuda? Isso acabaria com tudo. Assim que a Srta. Mudford começar a comentar sobre o que aconteceu hoje, porque, se não nos casarmos, ela vai falar, vai ser o fim da Ocasiões Especiais.

Ela o encarou com os olhos arregalados.

– Não tem mais Ocasiões Especiais, de qualquer forma. Você sabe muito bem que a esposa de um herdeiro de visconde não pode ter um negócio.

Ele pensou a respeito e percebeu que o papel deles na sociedade ficaria limitado por causa do título dele, supondo que ele ainda viesse a tê-lo. E depois que eles tivessem filhos...

– Verdade, mas suas irmãs ainda fazem isso.

– Não tanto. Diana ainda ajuda, mas Rosy está rapidamente assumindo esse papel. Eliza está me treinando para assumir a parte burocrática, e contanto que ninguém veja como as coisas funcionam internamente, fica parecendo uma operação amadora. Mas no minuto em que eu me casar e, presumivelmente, não precisar mais do dinheiro, todos vão esperar que o negócio acabe. Até mesmo você.

– Não precisa acabar. E não precisa ser por dinheiro. Você e suas irmãs podem assumir um papel mais consultivo. E poderiam ajudar quem escolhessem. É claro que as despesas ainda teriam que ser pagas, mas os seus clientes já pagam diretamente para os fornecedores, não é?

Ela parou para pensar.

– Pagam. Mas essa não é a minha única preocupação.

Ele sentiu uma amargura tão grande crescer no peito que não conseguiu tirá-la da sua voz. Era exatamente como tinha pensado: só se tem família quando se nasce em uma.

– Você não *quer* se casar comigo. É isso, não é?

Pelo visto, a amargura chamou a atenção dela, pois seu olhar ficou mais suave.

– Sinceramente, não me oporia a me casar com você em nenhuma outra circunstância.

O alívio que sentiu ao escutar aquela resposta o deixou desconcertado. Não gostava de sentir que seu futuro dependia de alguém. Ou sua felicidade.

Sim, sua felicidade. Ele a desejava tanto... o que a tornava ainda mais perigosa para ele. Ela ainda poderia estragar todos os seus planos, se quisesse.

Não que pudesse fazer alguma coisa a esse respeito agora.

– Olha, se pudéssemos escolher, não nos casaríamos sob essas circunstâncias. Mas é a situação que temos, e não adianta fazermos conjecturas ou culparmos alguém. Nada vai mudar isso. Então devemos pegar a situação e fazer o melhor dela.

– Que romântico – disse ela, cheia de ironia, um sinal de que sua natureza ácida estava voltando.

Graças a Deus. Ele sorriu.

– Para ser sincero, você nunca me pareceu do tipo romântica.

– Não sou – respondeu ela, levantando o queixo. – Mas prefiro não ter um casamento formal e desastroso como o dos meus pais. Ou como o primeiro casamento de Eliza.

– Não seria dessa forma. Podemos fazer como quisermos. Você precisa admitir que nos sentimos atraídos um pelo outro. E já somos um pouco amigos, não somos?

Ela respirou fundo, como se pesando uma decisão.

– Como posso considerar que somos amigos se não sei realmente quem você é?

Ele congelou.

– Como assim?

Verity o encarou, séria.

— Achei que conhecia o Sr. Wolfford que vem sendo um cavalheiro e um soldado quando está perto de mim. Mas você não é esse homem. E não conheço o homem que está espionando a minha família há mais de um ano. O seu nome é mesmo Raphael?

Rafe a fitou, perplexo. Mais de um ano? Ah, Deus. Será que ela tinha descoberto a verdade? Claro que não. Ela devia estar supondo. Ou, talvez, Minton tivesse descoberto alguma coisa e contado para ela. Mas como? Pelo pai dela?

Sem chance. Se o pai dela desconfiasse de quem Rafe era e o que estava fazendo, já teria ido atrás de tio Constantine no Castelo Wolfford.

— Primeiro de tudo, é claro que meu nome é Raphael. — Ele deu uma gargalhada vazia. — E já lhe disse que estou na Inglaterra há pouco menos de um mês.

— E eu já *lhe* disse que nunca esqueço um rosto. — Ela passou a mão no cabelo dele. — Suponho que tenha usado uma peruca loura no baile na casa de lady Sinclair no ano passado.

Ela o reconhecera no segundo evento a que fora disfarçado? Que inferno.

Como ele não respondeu, ela completou:

— Acredito que seja por isso que Eliza não o reconheceu, mesmo o tendo visto cara a cara naquela noite.

E Eliza também sabia sobre ele? Droga.

A preocupação dele deve ter ficado estampada em seu rosto, pois ela acrescentou:

— Ah, não se preocupe. Não contei para ela que é você. Na verdade, não contei a ninguém, para o caso de eu estar errada. Eles já riram demais de mim por causa dessa história do Fantasma.

— *Fantasma?* — repetiu ele, sentindo-se enjoado.

Que Deus o ajudasse, todas as vezes que ela dissera coisas que ele atribuía à desconfiança dela sobre sua missão e depois ignorava... Deveria ter levado mais a sério.

Mas talvez não fosse tão ruim quanto temia.

— Então, você concluiu que sou esse tal Fantasma.

A raiva brilhou nos olhos dela.

— Pelo amor de Deus, nem tente negar. E eu inventei um nome. Do que poderia chamá-lo? Você parecia ir e vir sem ninguém perceber, além de mim. Cheguei a perguntar a um criado quem era você, mas quando ele se virou para ver, você já tinha desaparecido. Mostrei você para Geoffrey no baile de Rosy, e ele o viu, mas, de novo, você desapareceu. Aconteceu tantas vezes que passei a chamá-lo de Fantasma.

– Ainda assim, ninguém da sua família me reconheceu, só você.

A expressão dela ficou amargurada.

– Infelizmente. Na vez seguinte que você apareceu, eles ignoraram o assunto dizendo que eu estava imaginando que dois homens parecidos fossem a mesma pessoa. Que eu estava vendo coisas que não existiam. Ou que era apenas uma série de coincidências de homens diferentes nos nossos eventos.

Rafe a fitou, sem saber direito o que falar de modo a não contribuir para o tanto que ela parecia saber sobre as atividades dele. Não sabia por quanto tempo conseguiria manter a expressão neutra.

Ela ergueu o queixo.

– O Jack in the Green foi um bom toque. Infelizmente para você, eu mesma tinha contratado um outro sujeito, e tinha certeza de que não eram dois. Além disso, as fantasias de vocês tinham formatos diferentes, o que confirmei quando eu e Geoffrey encontramos a sua escondida atrás do muro do jardim.

Maravilha. Agora, Grenwood também sabia das suspeitas dela.

Sua vontade era soltar uma gargalhada histérica. Verity realmente vira sua fantasia de Jack in the Green. E ele tinha se denunciado ao vestir uma fantasia com formato errado? Deus do céu, que desgraça. Sir Lucius ia se escangalhar de rir.

Ficou sério. Sir Lucius iria mandá-lo embora.

Sua missão tinha falhado, havia sido descoberto por uma mulher esperta.

– Já prometi que vou me casar com você, Verity – disse ele, em um último esforço de despistá-la. – Você não precisa inventar uma história sobre eu ser um espião em alguma tentativa tola de... chantagear esse tal de Fantasma?

– Chantagear? – Ela balançou a cabeça. – Como se eu pudesse. É exatamente por isso que *não vou* me casar com você. Está claro que não confia em mim o suficiente. Mesmo agora, se recusa a me contar a verdade sobre quem você é e o que está fazendo.

– Não estou fazendo...

– Embora eu já saiba que tem alguma coisa a ver com a minha família, porque você sempre vai a eventos da Ocasiões Especiais. E depois do seu interesse repentino por Sarah e as perguntas estranhas que fez a ela...

– Você estava escutando? – Ele sentiu um nó no estômago. – Ah, então era por isso que você estava no andar de cima, certo? Por isso saiu de perto de Eliza. – Ele bufou. – Sou ainda mais culpado pelo que aconteceu com Minton do que imaginava.

– Não seja bobo. Eu é que não deveria ter ficado andando sozinha pela casa. – Ela se virou. – Infelizmente, não tenho seu talento óbvio de passar incógnita.

Ela não ia esquecer isso, ia? Poderia contar para a família, arruinar sua missão, e tudo porque ele se recusava a confiar nela. Pela primeira vez em sua carreira, estava dividido entre cumprir seu dever e fazer o que queria. Que era confiar a Verity parte do seu segredo. E se casar com ela, por mais absurdo que parecesse.

Ele pousou a mão no ombro dela.

– Escute o que eu vou falar, minha querida.

– Não me chame assim quando não estiver sendo sincero! – Ela se virou para encará-lo, com o rosto pálido. – Meu Deus, é isso que você vem fazendo...? Me elogiando, tentando me seduzir e mentindo para mim? Por causa de algum esquema?

– Não!

O olhar de expectativa dela era como uma estaca cravada no seu peito. Ele respirou fundo.

– Bem... sim. – Quando as palavras a atingiram e ela começou a se afastar, ele logo acrescentou: – No começo, sim. Quer dizer, eu nunca desconfiei que você tivesse feito alguma coisa errada, mas...

– Feito alguma coisa errada com o quê? Sobre o quê?

Ele fez uma pausa, pensando em como seguir. Seus planos precisavam continuar intactos, mas isso não seria possível sem que ela concordasse em guardar seus segredos. Não estava acostumado a confiar nos outros. Espiões agiam sozinhos, e ele, em especial, sempre tinha sido sozinho. Mas agora precisava navegar em águas desconhecidas junto com ela, porque se não fizesse isso...

– A verdade é que... – Ele suspirou. – Não posso te contar a verdade. Ainda não. – Quando ele ousaria dizer? – Só posso revelar que, secretamente, continuo no Exército.

– E que você é o homem que eu chamava de Fantasma.

Ele cerrou os dentes.

– Sim. Você tinha razão o tempo todo ao dizer que eu estava espionando a sua família. – Quando ela sorriu, ele acrescentou: – Mas o que estou fazendo é pela Inglaterra. É mais importante do que você pode imaginar.

Ela piscou.

– Ou do que você pode me contar, suponho.

– Você supõe certo. É exatamente porque é tão importante que, se eu contar para alguém, posso estar colocando essa pessoa em perigo só por saber. Você não pode contar isso para sua família nem para ninguém. – Ele a segurou pelos braços. – E só depois que você se casar comigo terei coragem para te contar mais. Porque, então, a sua segurança vai depender de mim, e a minha, de você. A sua vida será minha, e a minha, sua.

– Se tivermos um casamento de verdade – disse ela, com a voz embargada.

– Não sei quanto a você, mas quero um casamento de verdade – afirmou ele.

Surpresa, ela buscou respostas no rosto dele.

– Enquanto você continua a guardar segredos?

Ele respirou fundo.

– Não por muito tempo. Esta é minha última missão, e como agora ela envolve você, contarei o máximo que puder assim que nos casarmos. Se eu conseguir cumprir a missão, você acabará sabendo de tudo. Até que esse dia chegue, você terá simplesmente que acreditar que eu não farei mal a você.

– Mas em qual versão sua devo confiar? No Fantasma ou em Rafe Wolfford?

Olhando dentro dos olhos dela, que às vezes pareciam enxergar tudo, ele pegou a mão dela.

– Juro que o homem que você chama de Fantasma, com seus muitos disfarces, é apenas um papel que eu, coronel Rafe Wolfford, tenho interpretado há um ano e meio. Mas fui Rafe a vida toda e, definitivamente, desde que nos conhecemos. – Ele colocou a mão dela sobre o próprio coração. – A esta altura, você, com certeza, já conhece Rafe o suficiente para confiar um pouco em mim. A questão é se isso é o bastante para você.

CAPÍTULO DEZENOVE

Verity o encarou, perguntando-se se deveria contar a verdade. A essa altura, parecia o melhor a se fazer.

– Não é em você que não confio. É em mim. Porque tenho um gosto deplorável para homens. Haja vista Minton.

Rafe apertou a mão dela com força.

– Essa é só outra forma de dizer que você não confia em mim. – Ela franziu a testa e ele acrescentou: – Mas não posso culpá-la. Sempre esperei que você nunca descobrisse.

– Você quer dizer que pretendia partir meu coração no final.

Ele ficou tenso.

– Nunca achei que seu coração estivesse envolvido nisso.

Nossa, não tinha a intenção de demonstrar tantos sentimentos agora.

– Não estava – mentiu ela, fingindo indiferença. – Mas você não poderia ter certeza.

Ele desviou o olhar.

– É verdade.

– E não sabia o que ia acontecer.

Aquilo era o que mais doía: o fato de que a corte dele não tinha passado de uma estratégia. Verity temia que fosse, mas parte dela esperava que estivesse errada.

Quero um casamento de verdade.

Ele estava falando a verdade quando disse isso?

– O que você quis dizer quando comentou que teríamos um "casamento de verdade"?

Julgando pela forma como ele franziu a testa, a pergunta o deixou perplexo.

– Exatamente o que eu disse. A não ser que você prefira que seja diferente, viveríamos como marido e mulher, teríamos filhos e, em todos os aspectos, nos comportaríamos como um casal.

– Exceto pelo fato de que não estaríamos apaixonados um pelo outro.

Ele hesitou.

– Exceto isso.

Bem, pelo menos ele estava sendo verdadeiro agora. Mas ela já estava um pouco apaixonada por ele. Como entraria em um casamento sabendo que ele não a amava? Que talvez nunca a amasse?

Então, novamente, lembrou-se de quando estava apaixonada por lorde Minton, e considerou como aquilo acabou. Talvez estivesse na hora de deixar seus sonhos infantis sobre amor de lado. Não a levaram a coisa alguma, exceto um coração partido.

– O que você quis dizer com "a não ser que você prefira que seja diferente"?

Rafe soltou uma gargalhada rouca.

– Você está realmente tentando definir todos os termos, não é mesmo?

– Melhor fazer isso antes, não acha?

Ele suspirou.

– Claro. Eu quis dizer que, se você quiser um casamento contratual, em que vivemos vidas separadas e só nos juntamos para... procriar, podemos fazer assim também.

– Você faria isso por mim? – indagou ela, incrédula. – Viver um casamento formal e frio quando poderia se casar com qualquer outra mulher e ter um casamento de verdade?

Um músculo se contraiu na mandíbula dele.

– Se for o que você desejar.

Lorde Minton *jamais* concordaria com uma proposta dessas.

Nenhum homem concordaria. Então, o fato de Rafe concordar dizia muito. E era um pouco perturbador.

– *Você* quer um casamento de verdade? – perguntou ela.

Ele estava cada vez mais tenso.

– Eu prefiro. – Como ela continuou em silêncio, ele completou, rouco: – E *quero* me casar com você, querida.

– Você vai se arrepender depois.

Como papai se arrependeu de ter se casado com mamãe.

– Não vou.

– Você vai se sentir preso.

Como mamãe se sentira.

– Não vou, não.

Ela suspirou.

– Mesmo se casando com uma mulher que não escolheu?

– Embora eu admita que, inicialmente, não tenha planejado me casar com você, isso não muda o fato de que quero me casar com você agora. – Rafe baixou o olhar para fitá-la e disse com um tom de voz arrogante: – Além disso, como qualquer homem com um título, preciso de um herdeiro.

Verity ergueu uma sobrancelha.

– Você ainda não tem título.

– Mas vou ter, e provavelmente será logo. – Ele desviou o olhar para os campos, engolindo em seco. – Meu tio está morrendo.

Se ela não tivesse visto essa reação, talvez continuasse se negando a casar com ele. Mas com uma prova tão clara de que um homem capaz de enganar qualquer pessoa com inúmeros disfarces podia sentir uma emoção verdadeira, podia amar *alguém* verdadeiramente...

Ajudou muito a convencê-la de que tudo podia dar certo no final.

Foi quando se lembrou do Rafe órfão que beijou o retrato de Mary Robinson até quase sumir, e ela soube que havia um coração ali. Machucado, mas um coração.

– Sinto muito sobre seu tio – sussurrou ela. – Sei que ele é como um pai para você, e que você deve estar sofrendo por vê-lo perecer.

O olhar dele voltou a encontrá-la, cheio de emoção.

– Para uma mulher irônica que finge ser invulnerável e cínica, você às vezes pode ser bem gentil.

Assim como ele, que ficara do lado dela contra lorde Minton sem nem considerar que ela podia ter aceitado os avanços do cafajeste. Ele a pedira em casamento mesmo que, aparentemente, fosse contra todos os seus planos. E não contou para ninguém sobre o que fizeram na máquina de banho.

Era uma base melhor para um casamento do que qualquer coisa que já tivera com lorde Minton.

Verity respirou fundo para se acalmar.

– Você jura contar para mim tudo que puder sobre a sua "missão" assim que nos casarmos?

Percebendo que ela estava cedendo, Rafe abriu um sorriso torto.

– Só se você jurar me contar como descobriu que era eu por trás de todos os disfarces. – Quando ela abriu a boca para falar, ele acrescentou: – E não adianta dizer que nunca esquece um rosto.

– Mas é a única resposta que tenho.

– Não acredito, mas tudo bem. Vou aceitar. Por enquanto. – Ele pegou a outra mão dela. – Precisa que eu faça mais alguma promessa?

Ela pensou se deveria mencionar mais uma coisa e achou que era importante demais para deixar de fora.

– Você jura que nunca mais vai mentir para mim?

– Você vai aceitar se por vezes eu disser "não posso contar"?

Ela fixou o olhar nele.

– Depende. Se você começar um romance com uma atriz tão bonita quanto Mary Robinson, não vou aceitar "não posso contar" como resposta. E talvez eu puxe as suas orelhas.

Ele sorriu, antes de assumir uma expressão solene.

– Eu juro que nunca vou mentir para você nem cometer adultério. Nunca vou beijar criadas pelas suas costas nem ter relações com atrizes, nem irei a bordéis ou quebrar meus votos de nenhuma forma. Posso jurar tudo isso para você.

Ela suspirou longamente.

– Então posso jurar exatamente a mesma coisa a você.

– Que bom. Porque eu poderia perder a cabeça imaginando você tendo relações com uma atriz tão bonita quanto Mary Robinson.

Quando ele soltou uma gargalhada depois de dizer isso, Verity revirou os olhos.

– Muito engraçado. Se eu estivesse com a minha bolsinha, bateria em você do mesmo jeito que a Srta. Mudford bateu em lorde Minton.

Os dois ficaram sérios.

Ela engoliu.

– O que você vai fazer a respeito de lorde Minton?

– Não precisa se preocupar – declarou ele com um tom de voz gélido. – Mas pode ter certeza de que ele nunca mais vai perturbá-la de novo. – Ele fez uma pausa. – Tem uma coisa que preciso que você me prometa. Uma vez, você me disse que consegue guardar segredos importantes. Bem, o segredo sobre a minha outra vida é extremamente importante. Você precisa jurar que não revelará para ninguém até que eu diga que pode. Nem para suas irmãs, nem para seus cunhados, nem para seus pais. O Fantasma precisa desaparecer de novo até que isso acabe.

Colocando a mão dele sobre o próprio coração, ela assentiu.

– Eu juro. Não vou contar para ninguém até que isso tudo acabe. – Mesmo que a matasse não poder se gabar para sua família dizendo "eu avisei".

Ele entrelaçou os dedos nos dela.

– Isso significa que você aceitou se casar comigo?

– Parece que sim.

Quando Rafe abriu o mais brilhante dos sorrisos, ela percebeu que ele falara sério ao dizer que queria se casar com ela. Além do mais, ela queria se casar com ele. Fantasma ou não.

Sinceramente, porém, esperava que nenhum dos dois acabasse se arrependendo.

Enquanto Verity foi contar para as irmãs o que tinham decidido, Rafe foi procurar Grenwood e Foxstead. Quando os encontrou nos fundos do primeiro andar, Grenwood levantou uma sobrancelha questionadora.

– Pelo visto, em breve serei um homem casado – contou Rafe e abriu um sorriso.

Não conseguiu se segurar. Embora pudesse se arrepender depois, por enquanto, estava ridiculamente feliz por se casar com Verity.

– Graças a Deus. – Foxstead apontou para o térreo. – Nós o trancamos na caixa-forte. Foi uma sugestão da Srta. Parminter. Foi necessário... ele estava gritando e lutando conosco. Sinceramente, Minton nunca ia deixar esse disparate de lado se ela não se casasse com você.

– Foi um dos argumentos que usei para convencê-la a aceitar o pedido.

– Muito sábio da sua parte usar a lógica – comentou Grenwood. – Nossa Verity não é boba.

Grenwood não fazia ideia de quão pouco boba ela era.

Fantasma. Rafe não podia acreditar. Só Verity para lhe dar um apelido tão criativo. Mas, pensando bem, não era muito diferente de Camaleão.

Com um pouco de sorte, logo não precisaria mais ser nenhum dos dois. Quando se casasse com Verity, planejava usar o status de membro da família para descobrir tudo sobre a operação de contrabando de Holtbury. Não conseguira descobrir quase nada com Sarah na breve conversa que tiveram. Pelo visto, ela não sabia de nada substancial.

– O que você pretende fazer com o cafajeste? – perguntou Foxstead.

– Eu gostaria de cortá-lo em pedacinhos – respondeu Rafe, mal-humorado. – Mas a lei proíbe matar homens que tentam forçar mulheres a se casar.

– E você não teria como provar em uma corte que ele fez isso, embora todos nós saibamos a verdade – comentou Grenwood. – Pelo que Eliza disse, foi um pouco difícil convencer a Srta. Mudford a respeito disso, e parece que não podemos confiar nela como uma testemunha imparcial.

– Eliza está certa. Mas embora eu não possa fazer muito em relação à Srta. Mudford, tenho alguns truques na manga para Minton. Garanto que ele não vai incomodar a *minha* noiva de novo.

Noiva. Rafe gostava de como soava, algo que o preocupava. Assim como o comentário dela sobre amor. Ele nunca experimentara o tipo de amor que as irmãs dela tinham pelos maridos, nem o amor que tinham umas pelas outras. E se ela não conseguisse amá-lo daquela forma? Principalmente se ele precisasse prender um familiar dela?

Não podia se deixar seduzir a ter sentimentos tão profundos por ela. Porque se estivesse em um casamento em que amasse sua esposa e ela não o amasse, isso poderia destruí-lo.

Tentou pensar em outra coisa. Poderia lidar com qualquer missão, contanto que cumprisse seu objetivo. E ele cumpriria.

Mas, no momento, protegê-la era sua maior prioridade. Depois que Grenwood lhe deu a chave para a caixa-forte, ele desceu até lá e, quando abriu, encontrou um Minton furioso, andando de um lado para o outro, batendo o pé.

– Você vai ser enforcado por isso – ameaçou Minton. – Vou sair daqui direto para o magistrado local e garantir que...

– Você não vai fazer nada disso. – Rafe empurrou uma cadeira para Minton. – Sente-se e eu vou dizer como vão ser as coisas.

Tirando a faca de dentro do bolso, Rafe calmamente começou a passar a ponta dos dedos pela lâmina, e Minton entendeu o recado. Com os olhos arregalados presos na faca, o cretino se sentou na cadeira.

– Verity vai se casar comigo – afirmou Rafe –, e logo, se eu puder escolher. Seria sensato da sua parte aceitar o fato. Porque tenho mais amigos no alto escalão do que você e Holtbury juntos.

Quando Minton arregalou os olhos, Rafe acrescentou:

– Sim, sei que ele está por trás do seu novo interesse por ela. Não sei exatamente o que ele prometeu a você se conseguisse se casar com ela, mas se tentar fazer isso à força de novo, vou desafiá-lo para um duelo.

Ele se aproximou da cadeira e enfiou a faca no móvel, bem no meio das pernas abertas de Minton, que se assustou.

– E então você vai morrer. Porque, como deve imaginar considerando o meu passado, sou muito melhor do que você em todas as armas que existem. Vou te matar em um duelo de honra, resolver a situação com meus amigos do alto escalão, e pronto.

– Mas Holtbury…

– Deixa que eu me preocupo com Holtbury. Além disso, pretendo me casar logo com Verity. E ela não vai sair de perto de mim até que isso aconteça. Então, você não tem futuro com ela. – Ele arrancou a faca da cadeira. – Estamos entendidos?

Minton assentiu.

– Ótimo. – Com a cabeça, ele apontou para a porta da caixa-forte. – Agora vá, antes que eu mude de ideia e o desafie para um duelo agora mesmo.

O homem saiu correndo como um rato fugindo de um gato. Quando Rafe saiu, encontrou Verity esperando por ele. Pelo visto, Minton fugiu tão rápido que nem percebeu a presença dela. Rafe se perguntou há quanto tempo ela estava ali. Ficou um pouco incomodado de Verity ter visto aquele lado dele.

– Essa foi uma impressionante demonstração de força, coronel Wolfford. – Ela inclinou a cabeça, com a expressão inescrutável de sempre enquanto ele guardava a faca na bainha. – Mas você realmente o desafiaria para um duelo?

– Em um piscar de olhos. E o mataria também.

– Sem dúvida.

Ele não conseguia identificar o que ela estava sentindo.

– Isso a assusta?

Porque ele não queria isso.

– Depende. Se desafiar homens para um duelo se tornar rotina...

– *Ameaçar* desafiar um homem para um duelo – ele corrigiu.

Ela analisou o rosto dele.

– De quantos duelos você participou na vida?

– Nenhum até agora.

– Ah. – Um sorriso brincou nos lábios dela. – Então, não estou com medo. – Ela ficou séria. – Mas eu detestaria se você morresse defendendo a minha honra ou coisa assim.

Rafe a puxou para perto.

– Vou me esforçar para não precisar duelar com ninguém. Sinceramente, acho duelos uma coisa absurda que não leva a nada. Já vi homens o suficiente morrerem no campo de batalha. Ainda assim, desafiaria Minton para um duelo para garantir a sua segurança.

Ela passou os braços pela cintura dele.

– Eu adoraria ter visto a expressão dele quando você o ameaçou.

– Tarde demais. Se eu soubesse que você estava ali, teria garantido que tivesse uma boa visão. Da próxima vez, anuncie sua presença. – Ele a fitou, sério. – Mas prefiro que não exista uma próxima vez.

– Eu também. – Verity deu um beijo na boca dele. – Obrigada por exorcizar meus... – ela parou para pensar – fantasmas não é uma boa palavra. Insetos, vermes, talvez...

Rafe a beijou, precisando ter certeza de que ela realmente queria se casar com ele. Quando Verity abriu os lábios para que ele intensificasse o beijo e o abraçou mais forte, ele esperava que sim.

Mas antes que pudesse sentir o gosto dela, Grenwood chamou:

– Minton já não está mais na propriedade e seus amigos estão esperando. Então, a não ser que vocês dois queiram fomentar mais alguma fofoca, sugiro que subam.

Rafe se afastou dela com um suspiro.

– Mal posso esperar para ficar a sós com você.

Ele mal podia esperar para levá-la para a cama.

Ela riu, depois o soltou.

– Eu me sinto da mesma forma. Mas agora precisamos responder às perguntas de todo mundo e convencê-los de que já estamos noivos há alguns dias. E eu não sei mentir tão bem quanto você.

A palavra "mentir" o machucou, embora fosse verdade. Ele a fitou com atenção.

– Devo salientar que *você* passou as duas últimas semanas fingindo que tinha acabado de me conhecer, que não tinha ideia de que eu não era quem dizia ser. Você me enganou, e olha que não sou fácil de enganar. Então, nós dois fomos… infiéis até agora. Nós dois estávamos representando papéis. Se ajudar, pense como se essa fosse a sua estreia.

– Hum. Vou tentar. Só espero que o papel de noiva secreta seja meu primeiro e último antes de começar a vida de casada em que não teremos mais segredos um com o outro.

Pelo bem dela, ele também esperava.

CAPÍTULO VINTE

Depois do anúncio deles, que precipitou a volta do grupo para a casa de praia de Grenwood, as coisas aconteceram tão rapidamente que Verity ficou até tonta. Naquele momento, ela, as irmãs, os maridos delas e seu noivo – humm, *noivo* – estavam reunidos no escritório de Geoffrey, depois de deixarem os convidados jogando cartas antes do jantar.

Ela e Rafe estavam sentados em cadeiras uma ao lado da outra, o que era bom, já que ela ainda não estava muito certa sobre isso. Verity nunca precisara lidar com a parte burocrática de um casamento na Ocasiões Especiais nem no casamento das irmãs, então as complicadas regras a surpreenderam. Felizmente, como Rafe dissera para Minton, ele tinha amigos nos altos escalões. Então, acreditava que conseguiria uma licença especial.

– Vou precisar de dois dias de viagem para ir e dois para voltar – disse ele para Verity, segurando sua mão –, mas, pelo menos, quando voltar, poderemos nos casar logo, em vez de esperar os sete dias de uma licença regular. E, enquanto me espera, você pode ir arrumando as suas coisas para irmos para o Castelo Wolfford. Eu gostaria de apresentá-la para meu tio assim que nos casarmos.

– Ou... – sugeriu Verity, segurando sua mão em busca de força –, nós dois poderíamos ir para Londres juntos. – Ela queria resolver tudo logo para poder começar a sua vida de casada. Para descobrir mais sobre a vida secreta de Rafe e como isso afetaria a sua. – Quando nos casarmos, podemos ir direto para a sua casa. Dessa forma, ganhamos dois dias.

– Mas se fizermos dessa forma – contrapôs ele –, sua família não poderá comparecer ao casamento. O duque e a duquesa não podem deixar os convidados aqui e viajar para Londres.

– Não, mas *eu* posso – disse Eliza. – De toda forma, vocês não teriam como viajar sem uma acompanhante mesmo.

– Eu também posso. – Nathaniel pegou a mão de Eliza. – Você não vai sem mim, meu amor. Além disso, são necessárias duas testemunhas.

– Teríamos que deixar Jimmy e Molly com Diana, já que não podemos levá-los numa viagem tão corrida como essa. – Eliza olhou para a irmã. – Você se importa?

Diana suspirou.

– Bem, não tem como todos irmos, e Sarah pode me ajudar também. Além disso, não vai ser bem uma festa de casamento com toda a correria. Mesmo se Verity esperasse por Rafe aqui, mal teríamos tempo para organizar um café da manhã para comemorar.

A família dela tinha começado a chamá-lo de Rafe no minuto em que Verity anunciara o noivado. Ele parecia gostar disso.

Diana se alegrou.

– Tenho uma ideia! Quando a temporada aqui acabar e todos estivermos para voltar para nossas casas, podemos fazer um jantar comemorativo, em vez de um café da manhã. – Olhando para Verity, ela acrescentou: – Vocês dois podem vir direto do Castelo Wolfford para passar uns dias por aqui. A comemoração não será no dia, mas posso garantir que teremos tempo para planejar.

– Ah, e se eu for para Londres – disse Eliza –, posso trazer o que for necessário para preparar o jantar.

Verity se animou.

– E eu posso pedir ao Sr. Norris que arrume as minhas coisas em Londres para levar para a nova casa. Assim, só vou precisar levar poucas coisas daqui e o coche não vai ficar tão pesado, atrasando a viagem. Além disso, tenho um vestido perfeito para o casamento na casa de Eliza. Nem usei ainda.

– Você deveria deixá-lo para o jantar – sugeriu Diana. – Quase ninguém vai no casamento.

– Rafe vai – protestou Verity, apertando a mão dele. – E acho que ele é a pessoa mais importante.

– Eu também vou ver – disse Eliza, fingindo estar ofendida. – Além disso, Verity pode usar nos dois eventos, já que "quase ninguém vai ver".

– Depois de uma ou duas semanas, não vou me lembrar mesmo – comentou Nathaniel. – Se não for Eliza usando, para mim é como se nem existisse.

Os homens riram. As mulheres balançaram a cabeça.

Diana virou-se para Verity.

– Monsieur Beaufort vai ficar aqui até o fim da temporada, não vai?

Verity olhou para Diana assustada.

– Ah, não! Ainda não contei a monsieur Beaufort que estou noiva. Preciso contar agora mesmo. Ele ficará triste se souber por outra pessoa. – Ela ficou de pé. – Já volto.

Rafe se levantou.

– Vou com você. Podemos contar juntos.

– Desculpe, Rafe, mas não. Isso é entre mim e ele. Não vou demorar.

Uma estranha preocupação cruzou o rosto de Rafe, mas Verity ignorou. Monsieur Beaufort ia querer discutir, e ela não gostaria que Rafe escutasse. Além disso, ainda achava que seu amigo já conhecia Rafe antes. Agora era a hora de descobrir como, já que não sabia bem o que o noivo diria.

– Antes que você vá, me responda uma coisa – disse Rafe. – Devo pedir a sua mão para seu pai?

– De forma alguma. Farei exatamente como as minhas irmãs e o deixarei fora disso.

– Mas você precisa de um acordo nupcial – declarou ele, sério. – É importante, e vai protegê-la no futuro.

– Ele está certo – concordou Eliza. – Eu mesma organizei o meu, com alguns conselhos de Geoffrey.

– Eu nem saberia por onde começar – confessou Verity.

– Posso negociar para você – ofereceu Geoffrey. – Se você quiser.

– Muito bem. – Verity se inclinou e deu um beijo no rosto de Rafe. – Fique aqui e converse com Geoffrey sobre meu acordo nupcial. Logo me junto a vocês.

Então, ela saiu.

Verity encontrou monsieur Beaufort na cozinha, brigando com os ajudantes, praguejando, jogando panelas e, de forma geral, mostrando que estava muito mal-humorado.

– Monsieur Beaufort, posso trocar uma palavrinha com o senhor no jardim?

Ele fez uma careta.

– Claro, mademoiselle – respondeu ele, saindo e deixando que ela o seguisse.

Verity suspirou. Pelo visto, ele já sabia de seu casamento iminente. Ele confirmou suas suspeitas ao indagar:

– Então a senhorita vai se casar com Wolfford? Não faz ideia de onde está se metendo.

– Então me diga – pediu ela.

Ele não esperava por aquilo. Parecia estar lutando com a própria consciência, mas finalmente disse:

– Ele é um *espião, merde tout*!

Ela piscou.

– Para os franceses?

– O quê? Claro que não. Para os seus compatriotas.

– Ah. – Uma onda de alívio tomou conta dela. – Como o senhor sabe disso?

Ele respirou fundo.

– Porque trabalhei para ele uma ou duas vezes.

Ela o fitou, perplexa.

– O senhor nos espionou? Isso seria uma traição.

– Não! Eu nunca faria isso.

– Então espionou quem?

Monsieur Beaufort evitou o olhar dela.

– A senhorita terá que perguntar para ele. Prometi não contar.

– O senhor prometeu para um desconhecido guardar os segredos dele. – Ela inclinou a cabeça. – Admita, o senhor não conheceu Rafe na semana passada. Já se conheciam.

Evitando o olhar dela, ele suspirou.

– *Oui*. O primeiro lugar em que trabalhei quando fugi da França para a Inglaterra foi no Castelo Wolfford.

Aquilo a deixou boquiaberta.

– O quê? Por que o senhor não me contou isso? Por quanto tempo trabalhou lá?

– Quatro anos. – Ele deu de ombros. – Rafe me pediu para não comentar.

Verity passou os braços pela própria cintura. Durante todo aquele tempo,

Rafe e monsieur Beaufort se conheciam e nenhum dos dois deixou transparecer para ela a extensão da amizade deles. Ou o que quer que aquilo fosse.

– E o senhor concordou em ficar quieto?

Um olhar de resignação cruzou o rosto dele.

– Eu o conheço desde que ele tinha 9 anos e comia mexilhões e cebola na minha cozinha. – Ele balançou a cabeça. – Eu sentia muita pena do menino. Não tinha com quem brincar, e o tio estava sempre longe lutando as suas batalhas. Quando estava em casa, o general Wolfford treinava Rafe como um estandarte em miniatura. E Rafe aprendia o que era ensinado com muito entusiasmo. Porque admirava o tio e não tinha nada para fazer além de ler e se exercitar.

Exercitar? Com 9 anos? Pobre Rafe.

– Pelo que sei, o general Wolfford é um herói.

Monsieur Beaufort abriu um sorriso amarelo.

– Sim, mas às vezes os heróis são pais ruins, *non*?

– Talvez. Mas os vilões também, posso atestar isso.

Ele deu um tapinha nas costas dela.

– Eu sei, *mon amie*, eu sei. Então, o que Rafe é atualmente? Herói? Vilão?

– Para mim? Um herói. Ele me salvou de ter que me casar com lorde Minton.

Aquilo o surpreendeu.

– Minton? O que aquele *bâtard* tem a ver com essa história?

Rapidamente, Verity explicou o que havia acontecido naquela tarde.

Monsieur Beaufort soltou vários xingamentos em francês.

– É por isso que vai se casar com Rafe?

Ela deu de ombros.

– Eu precisava escolher entre Rafe, lorde Minton e outro escândalo. Das três opções, Rafe é, de longe, a melhor escolha. E eu gosto mais dele do que de Minton, sem sombra de dúvida.

Seu amigo fez uma careta.

– Então, a senhorita *quer* se casar com Rafe.

– Quero, sim.

A julgar pelo alívio que tomou conta do rosto dele, aquilo mudou a opinião do francês sobre o assunto.

– Rafe deveria ter desafiado Minton para um duelo – murmurou ele.

– Isso arruinaria a minha reputação tanto quanto se descobrissem sobre o comportamento de lorde Minton. Rafe fez a única coisa que veio na cabeça dele na hora, e me pediu em casamento. Acho que ele pensou que não tinha escolha.

Monsieur Beaufort bufou.

– Raphael Wolfford sempre tem escolhas. Se ele escolheu se casar com a senhorita, é porque quer. Nunca vi um homem mais seguro de suas decisões do que ele. E mais determinado a conseguir.

– Nem eu, mas o senhor deve admitir que eu também sou um pouco assim – disse ela, rindo.

– Os dois juntos... *Mon Dieu*. Que bom que não estarei no Castelo Wolfford para ver os dois batendo cabeça. – Ele a fitou preocupado. – Tenha cuidado. Quando ele está em uma missão é *très* determinado.

– Já percebi. – Ela sorriu. – Adoraria escutar mais observações suas sobre a personalidade do meu noivo, mas não posso. Preciso arrumar as minhas coisas. Partimos para Londres amanhã cedo. Pediremos uma licença especial para nos casarmos.

– Eu a verei depois do casamento?

Um nó se formou na garganta dela.

– Por um tempo, não. De Londres, vamos direto para a casa dele. Mas Diana quer oferecer um jantar de casamento, então voltaremos para cá.

– Entendi. – Ele pegou a mão dela e beijou. – *Bonne chance* para os dois. Se alguma coisa der errado, mande me avisar. Lembre-se que sempre serei seu amigo.

– Dele também?

– Dele também. – Ele segurou a mão dela entre as suas. – Mas se ele partir seu coração, vou ensinar uma lição a ele.

– Se ele partir meu coração, vou aplaudir enquanto o senhor faz isso. – Ela respirou fundo. – Espero que não aconteça. Eu realmente gosto dele.

– Consigo ver isso nos seus olhos. – Balançando a cabeça, ele soltou a mão dela. – O amor fica claro no rosto dos jovens. Só mais tarde aprendem a esconder.

– O que sinto não é amor – declarou ela, cheia de coragem, esperando estar falando a verdade.

– Bom. O amor tem o mesmo poder de uma estaca no coração. Melhor esconder e ficar segura.

Forçando um sorriso, Verity saiu.

Mas as palavras ressoavam em seu ouvido enquanto procurava Rafe. Até agora, o amor nunca tinha funcionado a favor dela. Monsieur Beaufort estava certo: melhor ficar segura e não deixar tal emoção instável tomar conta dela. Se conseguisse.

Encontrou Rafe sentado sozinho no escritório de Geoffrey escrevendo cartas.

– Achei que você e Geoffrey estivessem discutindo o meu acordo – disse ela, dando a volta na mesa para olhar sobre o ombro dele.

– Na verdade, decidimos que Eliza e Foxstead podem fazer isso na carruagem durante a viagem, assim você também estará presente e Eliza poderá lhe explicar tudo o que você não sabe.

– Hum – murmurou ela. – Casamento por comitê. Perfeito.

Hesitando, ele pegou a mão dela.

– Se você quiser esperar para ter um casamento apropriado...

– Não, me desculpe. Só estou um pouco ansiosa. Tudo aconteceu muito rápido e, sinceramente, nunca achei que fosse casar.

– Não sei por quê. – Tirando a luva dela, ele beijou sua mão. – Com ou sem escândalo do divórcio, você é uma mulher linda e inteligente. Qualquer um ficaria feliz em se casar com você.

– Exceto você – murmurou ela, perguntando-se se o que monsieur Beaufort dissera sobre o casamento ter sido escolha de Rafe era verdade.

– Incluindo eu – afirmou Rafe. – Ao contrário de você, *sempre* achei que fosse casar, mas depois que tudo isso acabasse. Se você me aceitasse, eu a cortejaria com tanto vigor quanto Minton.

Essa era a coisa mais tranquilizadora que ele já havia dito para ela.

Ela sorriu.

– Sem láudano, espero.

Rafe riu.

– Sim, sem láudano, que Minton não chegou a usar, ainda bem.

Verity espiou a carta dele.

– Para quem você está escrevendo?

Ele bateu na folha de cima.

– Esta aqui é para a governanta do Castelo Wolfford, avisando que chegaremos dentro de três ou quatro dias. A segunda é para meu advogado, já que vamos precisar preparar um acordo legal assim que chegarmos a Londres. Assim, ele já estará esperando.

– Bem pensado.

– Na verdade, foi ideia de Eliza. – Ele arrumou as folhas em três pilhas. – A última é para sir Lucius, informando a ele a respeito de nosso noivado e pedindo que use sua influência para conseguir nossa licença especial. As três cartas chegarão a Londres antes de nós, vou enviar pelo correio. Com sorte, conseguiremos terminar o acordo, pegar a licença e nos casar um ou dois dias depois que chegarmos.

– Quanta eficiência! Eu deveria ter desconfiado que seu amigo do alto escalão fosse sir Lucius. Acredito que ele consiga qualquer coisa que quiser.

Ele dobrou as cartas e colocou os endereços.

– Vamos esperar que sim.

CAPÍTULO VINTE E UM

Verity arrumou a maior parte das coisas que precisava levar e desceu para o jantar, que correu muito bem, com apenas um percalço: lady Robina não conseguira convencer o irmão e a esposa dele a irem com ela, mesmo depois de a mãe delas ter ido embora. Lady Robina mandara um bilhete lamentando, que chegou durante o jantar. Os cavalheiros ficaram decepcionados, já que alguns – particularmente lorde Harry – planejavam cortejá-la. Já as damas não lamentaram tanto, achando bom terem menos concorrentes presentes.

Lady Harry estava deprimida, o que foi uma surpresa para todos, exceto aqueles que testemunharam a tentativa de Minton de forçar um casamento com Verity, que suspeitava que, pela primeira vez, lady Harry tinha percebido como o futuro de uma mulher podia ser facilmente arruinado por um homem. Era uma boa lição para uma jovem irresponsável.

Depois do jantar, os cavalheiros concordaram em ficar com as damas em vez de tomarem vinho do Porto no outro cômodo, já que quatro deles partiriam bem cedo na manhã seguinte. Rafe pediu licença dizendo que precisava acabar de arrumar a mala. Após uma hora, Verity e Eliza subiram: Eliza para explicar para Jimmy que voltariam em poucos dias, e Verity para colocar mais alguns itens na sua mala, o que não tomou muito tempo.

Então se lembrou que Rafe estava escrevendo para a governanta e se perguntou se deveria levar presentes para os criados dele, e quantos seriam. Será que Verity teria uma criada pessoal? Ou deveria levar a sua de Londres? Deveria ter perguntando mais cedo, mas se ele estava apenas arrumando a mala, ela poderia bater na porta e perguntar.

Mas ninguém respondeu. Ela abriu a porta e encontrou o quarto vazio.

Será que Rafe havia descido para ficar com os outros? A mala dele parecia quase pronta. Deus do céu, será que ele tinha voltado para a taverna?

Se ele estivesse mesmo procurando um conhaque para presentear Geoffrey, aquela seria a hora de comprar. Mas o pensamento fez surgirem outros um tanto perturbadores sobre por que fazer algo ilegal se ainda estava no Exército, ou se faria o que Sarah dissera, indo atrás de vinho, mulheres e música. Afinal, aquela era uma das últimas noites dele como homem livre.

Fazendo uma careta, Verity fechou a porta e desceu por um caminho em que não encontraria com nenhum convidado. Felizmente, o mesmo lacaio da outra noite estava de plantão. Quando ele a viu chegando, pareceu ficar muito nervoso, o que só aumentou a desconfiança dela.

– O Sr. Wolfford foi para a taverna de novo?

O lacaio mexeu no colarinho.

– E-ele não me disse para onde ia, mas saiu meia hora atrás. Disse que voltaria tarde.

Hum. Esperava que essas visitas à taverna não continuassem depois que se casassem.

– Obrigada por me informar. E quando ele voltar, por favor, não conte que eu perguntei.

Estava guardando aquele prazer para si mesma.

– Permita-me dizer, milady, que todos os criados estão muito felizes com seu noivado e desejam felicidades para seu casamento.

– Que gentil – comentou ela, com um sorriso amarelo.

Virando-se, subiu. Primeiro, foi para o quarto, mas não conseguiu dormir, mesmo depois de vestir a camisola e o penhoar. Em vez disso, ficou andando de um lado para o outro, cada vez mais agitada. E se ele foi para lá e fugiu, ou algo assim?

Por mais que dissesse para si mesma que estava sendo boba e irracional, e por mais que lembrasse que a mala dele ainda estava no quarto, Verity sabia que não conseguiria dormir até que soubesse o que ele tinha ido fazer.

Um pouco depois, desistiu e saiu para o corredor, pegando um caminho tortuoso para o quarto dele. Bateu de leve na porta, mas ninguém respondeu. Rafe ainda não tinha voltado, o maldito. Já era quase meia-noite!

Depois de olhar para os dois lados do corredor, abriu a porta e entrou. O fogo estava aceso, mas já fraco, por isso, colocou mais lenha.

Então, se sentou em uma poltrona para esperar.

Rafe correu de volta para casa, preocupado com a hora. Pelo menos, finalmente tinha descoberto o que precisava e poderia incluir no relatório que entregaria para sir Lucius quando chegassem a Londres.

O lacaio agiu de forma um pouco estranha quando Rafe entrou na casa, evitando seu olhar, mas provavelmente isso tinha alguma coisa a ver com o noivado, já que todos os criados estavam comentando sobre o assunto.

Os lábios de Rafe se abriram em um sorriso satisfeito. Em duas noites, finalmente teria Verity na sua cama. Naquele momento, aquele evento futuro parecia mais do que suficiente para compensar qualquer inconveniente que ela pudesse causar na sua vida de espião.

O pensamento acabara de cruzar sua mente quando abriu a porta do seu quarto e encontrou a atraente dama irritada esperando por ele em uma poltrona ao lado da lareira.

Certo, talvez não qualquer inconveniência.

– Por favor, me diga que veio antecipar a nossa noite de núpcias – disse Rafe quando ela se levantou, e ele percebeu que ela estava usando apenas camisola e penhoar.

Deus do céu. Era ainda mais tentador do que o traje de banho. O fogo brilhava e a refletia, revelando uma silhueta muito sensual. Já podia sentir a ereção começando.

Ela pareceu não perceber.

– Originalmente – disse ela, de forma bem cerimoniosa –, vim lhe perguntar sobre o que eu precisaria levar para o Castelo Wolfford. Mas isso foi antes de eu descobrir que você tinha ido para a taverna Lobster pela terceira noite seguida.

Aquilo o pegou desprevenido. Outra vez.

– Como você sabe que eu estava na taverna Lobster? – Ele pensou por um momento. – Sei que você escutou a minha conversa com Sarah, mas não mencionei o nome do lugar.

– Eu vi que você chegou tarde ontem à noite. Então perguntei para o lacaio, que me disse aonde você tinha ido.

– Ah! – exclamou ele. – Nada de privacidade para travessuras na temporada. – Ele tirou a gravata e a jogou em cima de uma cadeira, então se sentou para tirar as botas. – E eu estava planejando dar mais uma moeda para o lacaio quando fosse embora.

– Mais uma? Não é de espantar que ele estivesse disposto a fazer vista grossa enquanto você ia se encontrar com contrabandistas. – Ela puxou o penhoar para mais perto do corpo. – Você se importaria em me contar por que estava lá? Claramente não era para comprar conhaque francês ilegal para Geoffrey, já que está de mãos vazias.

– Suponho que tenha me escutado falar para Sarah sobre o conhaque – murmurou ele, tentando ganhar tempo enquanto pensava no que poderia dizer. Ele se levantou para tirar o paletó.

Verity fez uma cara feia.

– Você vai me contar por que foi para taverna?

– Você vai ser sempre tão intrometida quando nos casarmos?

– Você vai continuar cheio de segredos? – Ela cruzou os braços. – Posso jogar a noite inteira, se você quiser.

Ele se aproximou dela.

– Conheço jogos melhores para passar a noite.

E, pegando as mãos dela, Rafe a beijou. De forma possessiva. Apreciando a suavidade da sua boca e a respiração ficando ofegante.

Verity se afastou um pouco para fitá-lo com o olhar brilhante.

– Você não vai conseguir responder às minhas perguntas com beijos.

– Ah, eu acho que consigo, se você me der uma chance – respondeu ele ao apertá-la mais em seus braços.

Ela colocou um dedo sobre os lábios dele.

– Não vim aqui para fazer isso.

– Entendo. – Ele se afastou, apenas o suficiente para fitá-la de cima a baixo com o traje. – Você sempre usa camisola para interrogar um suspeito?

– O quê? – Ela se afastou dele. – Não! Eu não... não estava tentando... eu não consegui dormir. Não depois de descobrir que você tinha voltado para a taverna.

Suspirando, ele continuou se despindo.

– Pare com isso – disse ela em um sussurro alto.

– Acabei de passar três horas em um ambiente cheio de fumaça com um monte de pescadores malcheirosos que provavelmente costumam transgredir a lei com a mesma facilidade com que quebram a cara de outros homens, só para tentar descobrir se o rio Exe é navegável.

Verity bufou.

– É claro que é. Eu mesma poderia ter respondido se você tivesse me perguntado.

Ele fixou o olhar nela.

– E como você sabe?

Ela deu de ombros.

– Porque meu pai usava para transportar pranchas de madeira da nossa serraria em Exmoor Court até Exeter.

– Tem uma serraria em Exmoor Court? – Rafe não sabia disso. – Como ele levava as pranchas de Exmoor Court até o rio Exe?

– Pelo rio Barle, que corta a nossa propriedade e deságua no Exe mais abaixo.

– Bem, isso é uma surpresa para mim. – Ele nem tinha considerado a possibilidade de que os contrabandistas poderiam descer o rio direto de Exmoor Court sem serem vistos nas estradas. Ninguém nunca mencionou o rio Barle nas conversas, e os mapas não o mostravam. – Então, por que Sarah disse que o Exe não era navegável?

– A serraria faliu muito antes de Sarah sequer conhecer o meu pai. Não me leve a mal, eu adoro Sarah, ela é uma mãe dedicada que faz de tudo pelos filhos. Além disso, ela sempre é gentil conosco. Mas ela não sabe nada sobre barcos e rios. É uma moça da cidade.

Abrindo um sorriso, ele a puxou de novo para seus braços.

– Você, minha lady, é claramente meu amuleto da sorte.

Verity o fitou como se ele fosse maluco.

– Por quê?

– Esqueça isso. Vou explicar depois. Juro que vou explicar tudo melhor depois. Mas, agora... – Ele a beijou com paixão, de forma ainda mais íntima.

Por um momento, ele achou que ela estava cedendo. Até que Verity afastou a boca para sussurrar:

– Nós não podemos...

– Antecipar a noite de núpcias? – Ele segurou o seio dela, tocando o mamilo com o polegar com delicadeza. – Não vejo por que não.

– Se alguém nos pegar...

– Vão nos forçar a nos casar? – Ele riu. – Acho que já passamos desse ponto, meu anjo.

Ela o encarou.

217

– Ah. Excelente observação.

– Foi o que pensei.

Desta vez, quando ele voltou a beijá-la, ela não apenas correspondeu com entusiasmo como desabotoou o colete dele e o jogou longe.

Logo, ele tirou o penhoar dela. Mas a camisola estava amarrada com nós.

– Tire isso – murmurou ele, rouco, contra a boca de Verity. – Não estou conseguindo.

Rindo, Verity simplesmente tirou o tecido fino por cima da cabeça.

– Você é muito mandão.

Ele mal a escutou. Tinha dado um passo para trás e estava ocupado demais sorvendo cada centímetro do corpo nu dela, desejando poder vê-la sob a luz do dia.

– Você é a imagem de Vênus, meu anjo.

Ele deu a volta nela, percebendo cada detalhe. A ondulação da barriga. Os braços esguios.

O cabelo dela descia entre as omoplatas como um rio dourado até formar cachos logo acima das nádegas, que eram levemente cheias. Encheu a mão com uma nádega firme dela. *Dele*. Ou logo seria.

– Você é uma obra de arte. – Ele se inclinou para sussurrar. – Uma obra de arte muito inteligente.

Com um sorriso atrevido, ela o encarou. Antes que ela pudesse falar, a luz do fogo iluminou as feridas em volta da boca de Verity. Obra de Minton.

Rafe sentiu a raiva se formar dentro dele.

– Eu não deveria ter deixado aquele canalha ir embora. – Ele passou a mão pelas marcas escuras na mandíbula dela com um forte sentimento de impotência que nunca tinha experimentado. – Eu deveria tê-lo desafiado só por ter feito isso. – Não havia conseguido protegê-la. Isso jamais poderia acontecer novamente. – Está doendo?

Ela engoliu.

– Não muito. Meu orgulho dói mais. Mas, se lady Harry e a Srta. Mudford não tivessem entrado naquela hora ...

– Graças a Deus elas entraram – concordou ele, rouco. – Como eu gostaria que tivesse sido eu.

– Eu não. Você iria querer matá-lo, então não poderia ficar aqui para se casar comigo.

– É verdade. – Ele beijou com delicadeza cada hematoma, desejando que beijinhos pudessem apagá-los da sua pele... e da memória. – Ainda assim, nenhum homem que faça isso com uma mulher merece viver.

– Podemos não falar sobre lorde Minton? Nem sobre o que aconteceu? – O tom dela foi ficando mais animado. – Que tal falarmos do excesso de roupas que *você* está usando?

Rafe deixou que ela mudasse de assunto, sabendo que provavelmente abominava ser vista como vítima. Mas, em seu íntimo, ele prometeu castigar Minton de alguma forma pelo que tinha feito a ela.

Ela desabotoou a camisa dele e puxou a barra da camisa de dentro da calça.

– Tire isso – mandou ela com um olhar atrevido. – Não estou conseguindo.

– Pagando na mesma moeda, é? – questionou ele ao fazer o que ela mandou. – Gostei desse jogo. Agora é minha vez. Deite na cama.

Inferno. Não é assim que se seduz uma mulher, muito menos uma que acabou de passar por um ato de violência.

Mas ela simplesmente o ignorou, fitando-o com um olhar divertido.

– Você gosta de dar ordens, não é, coronel?

– Perdoe-me. É só o que sei fazer. – Ele beijou a ponta do lindo nariz dela. – Mas desconfio que é só o que você sabe também. Mais de uma vez, eu a escutei dando ordens na cozinha.

Verity arregalou os olhos.

– Na festa do Dia de Maio na casa dos Crowders. Você *realmente* estava na cozinha naquela noite! Eliza tinha certeza de ter te visto, mas não consegui ver.

Ele fez uma careta.

– Concordei em não falarmos sobre Minton, então você pode concordar em não falar sobre o Fantasma. – Ele a encaminhou para a cama. – Só tem uma pessoa sobre quem quero falar neste momento.

– Ah, é? E quem seria essa pessoa, coronel?

– Você. – Ele a empurrou com delicadeza pelos ombros. – Sente-se, Verity. Porque eu quero mostrar para você como um homem deve tratar uma mulher.

Mesmo que precisasse de toda a sua força de vontade para se segurar.

De um jeito ou de outro, iria garantir que Verity não se arrependesse de aceitar se casar com ele.

CAPÍTULO VINTE E DOIS

Verity cruzou os braços sobre os seios. Uma coisa era ficar nua quando Rafe a estava acariciando e beijando, outra era ficar nua enquanto ele a observava.

– Estou te deixando nervosa, minha Vênus? – perguntou ele.

– Eu me sinto... um pouco estranha, mas me sentiria menos se você se despisse.

– Seu pedido é uma ordem.

Em instantes, Rafe tirou as calças, as roupas íntimas e as meias, ficando totalmente nu. A "coisa" dele estava em pé, sem a menor vergonha, o que a pegou de surpresa. Não parecia natural, nada parecido com aqueles que vira em retratos de estátuas.

Ela apontou vagamente na direção.

– Está inchado ou alguma coisa parecida? Você se machucou?

Ele riu.

– Não, querida. Sempre fica assim quando estou excitado.

– Todo homem tem...

– Pênis? Peru? Membro? Pode escolher. Existem centenas de palavras para ele, mas a maioria é bem absurda.

Nenhuma que ela conhecesse.

– Como você chama o seu?

– Membro.

– O... hum... *membro*... de todos os homens fica assim quando está excitado? E tem pelos em volta?

– Varia.

Ela o fitou, cética.

– Nas estátuas gregas, não me parece assim.

– As estátuas gregas mostram homens que não estão excitados. – Ele se aproximou. – Acho que é difícil esculpir um homem excitado. Nenhum homem conseguiria sustentar por tanto tempo para servir de referência. E não faço ideia por que os artistas nunca colocam pelo em volta das partes íntimas. Nem nas mulheres. Já notou?

– É verdade. – Ela fitou o membro rijo dele, fascinada pela cor e pela forma como balançava. – Por que o seu... não estava assim na praia?

– Estava preso pelas minhas roupas íntimas.

Ele levantou para demonstrar, e suas bolas ficaram penduradas embaixo, também cobertas de pelos.

– Ah! É flexível. Pode mexer.

Ele prendeu o riso.

– Um pouco, sim. Já acabou com o interrogatório sobre as minhas partes íntimas? Porque eu quero muito entrar em você, mas tem outra coisa que desejo fazer antes.

– O quê? – perguntou ela.

Ele se ajoelhou na sua frente.

– Lembra como eu coloquei meus dedos em você?

– Lembro.

– Você gostou?

– Como se você precisasse perguntar. – Ela tinha adorado, sua vontade era que nunca acabasse até que acabou, e quando acabou ela queria que ele fizesse de novo. – Claro que gostei.

– Bem... eu posso fazer com a língua também.

Enquanto ele abria as pernas dela com cuidado, ela o fitava, espantada. Rafe ia colocar a língua...

Que estranho.

– Sabe o meu "jantar especial" de que você vive falando? – indagou ele. – *Este* é o único que eu quero.

Então, ele colocou a boca nela.

Nossa, era muito melhor do que com os dedos. A língua dele, primeiro, entrava e saía dela, depois acariciava. Excitando-a como fizera antes. Fechando os olhos, Verity se entregou às sensações que a língua, os lábios e os dentes dele provocaram para seduzi-la. Era muito melhor do que com os dedos. Era maravilhoso. Como se a música de uma orquestra vibrasse por todo o seu corpo.

221

– Rafe... *Rafe...*

Ele riu.

– Gostou?

– É... incrível.

Eliza, certamente, nunca contara sobre *isso*.

Verity agarrou os lençóis enquanto abria mais as pernas.

– Meu anjo – murmurou ele, passando as mãos pelas pernas dela. – Você é tão deliciosa que eu poderia ficar aqui para sempre. E tão molhada que eu poderia bebê-la inteira.

A cada palavra, a cada carícia, ele a deixava ainda mais molhada. O coração dela pulsava em seus ouvidos enquanto se entregava. Ele sugou um ponto específico e ela quase saiu da cama.

– Ah... ah... *isso*. Assim!

Foi quando ele começou a dar prazer de verdade a ela, como se esperasse para ver como ela gostava. E ela *gostava*. O ritmo da língua dele, o calor da boca, a intensidade das carícias... Ah, tudo junto! Ela segurou a cabeça dele para que ficasse ali, se deleitando nas mechas sedosas do cabelo escuro dele. *Dela*. Logo, ele seria todo dela. Esta noite seria a primeira de muitas.

Então ela parou de pensar, levada pelo batimento do seu coração, como um tambor que a conduzia em seu ritmo, tocando cada vez mais alto e mais rápido, até que ela se juntasse à música em seu crescendo e aterrissasse bem no... no...

Ah! No paraíso!

Enquanto o corpo dela estremecia, ela gemia ao entrar no paraíso, para onde ele a levara. Seu coração se encheu e seu sangue cantava...

Meu Deus!

– Rafe! – exclamou ela ao cair de volta na cama, sentindo o alívio reverberando pelo corpo. – Ah, *Rafe*, isso...

Mesmo enquanto ela estremecia, ele continuava beijando suas coxas.

– Nada como um jantar de Verity Vênus para deixar um homem excitado – sussurrou ele enquanto secava a boca no lençol.

Então, ele se levantou para pegá-la em seus braços e deitar ao seu lado.

Rafe sabia que deveria dar um tempo para ela se recuperar, se deliciar no próprio clímax. Mas sentir o gosto dela e vê-la experimentando o êxtase o havia deixado em um nível de excitação que não conseguiria esperar.

— Meu anjo — disse ele, rouco ao se apoiar em um braço —, você me permite entrar em você?

O olhar vidrado dela encontrou o dele.

— Se permito você... — Ela abriu um lindo sorriso. — Certo. Vou pagar na mesma moeda.

— Só se você estiver pronta — sussurrou ele.

Ela nunca ficara mais parecida com Vênus do que quando segurou a mão dele e colocou em seu seio, com ar de uma sedutora nata satisfeita.

— Estou definitivamente pronta para o seu... membro, sir.

Ouvir aquela palavra suja nos lábios de dama de Verity deixou seu membro ainda mais duro.

— Você, minha querida, é uma devassa — disse ele ao subir nela, usando o joelho para abri-la para a sua entrada.

— Só com você — sussurrou ela ao encontrar o olhar dele. — Espero que... acredite nisso.

Lembrando-se dos boatos sobre ela, Rafe beijou seus lábios.

— Claro que acredito. E lhe garanto que todo homem deseja uma mulher devassa na cama. Contanto que ela seja só dele.

Abrindo um sorriso, ela passou os braços em volta do pescoço dele.

— Muito apropriado, já que toda mulher quer um cafajeste na cama. Contanto que seja só dela.

Ele tateou em busca do mel dela, então parou.

— Você... sabe como funciona, certo?

Ela assentiu com a cabeça.

— Sei que para algumas dói, e para outras não.

— Serei o mais gentil que eu puder.

Ele guiou o próprio membro devagar, fitando-a em busca de qualquer sinal de desconforto.

— Está tudo... bem — assegurou ela, mas sua expressão tensa a entregava. — Só um pouco apertado.

Só Deus sabia como a sentia apertada, como uma luva de veludo envolvendo seu membro.

— Eu já esperava, vai melhorar. — *Espero.* Ele não tinha certeza. Nunca tirara a virgindade de uma mulher. — Vou me esforçar para melhorar.

A garganta dela mexia rapidamente.

– Eu sei que vai. – O sorriso doce dela atingiu com força seu coração. – Eu confio em você.

Ele queria ser digno daquela confiança, mesmo se aquilo o matasse. O que poderia muito bem acontecer, já que ela era o paraíso, e tudo que ele queria era tomá-la rápido e com força.

– Ah, minha querida, você é fascinante – disse ele.

Então, Rafe se esforçou para fazer de tudo para que fosse melhor: excitando-a com um dedo, então levantando seus joelhos até uma posição mais confortável. Deve ter funcionado, porque ela soltou um suspiro prazeroso e se mexeu embaixo dele, de forma que ele pudesse mergulhar ainda mais fundo.

Sem nem perceber, os movimentos dele ficaram mais rápidos. Era tão bom estar dentro dela, ver a surpresa e, então, o prazer tomando conta de seu rosto.

– Que... Deus... me... ajude – murmurou ele. – Você... vai ser... o meu fim... minha Vênus.

Apertando o seio dela com uma das mãos, ele entrou com mais força nela, buscando o próprio clímax, tentando levá-la ao dela de novo. Ela fechou os olhos e começou a gemer.

– Melhor? – perguntou ele, rouco.

– Muito – respondeu ela. – Ahhh... meu bem... Isso é... ah... isso... Eu sou sua... sua...

As palavras dela o levaram ao ápice. E a sensação dos músculos dela se contraindo em volta dele enquanto ela atingia aquele ponto também fez com que ele chegasse ao clímax mais potente que já tivera. Ela era *dele*. Para sempre. Ela o chamara de *meu bem*.

Rafe lutaria por ela... e ganharia. Porque queria ficar com ela, de qualquer maneira.

Enquanto derramava sua semente dentro dela, rezou para conceber um filho. E esse forte desejo o surpreendeu.

Depois de cair em cima dela, sussurrou:

– Eu também sou seu. Nunca se esqueça.

Uma expressão de puro contentamento iluminou o rosto dela e aquilo aqueceu a alma dele.

Rafe demorou um pouco para recuperar suas forças, para colocar seus pensamentos no lugar e conseguir sair de cima dela, e, quando fez isso, a viu deitada exatamente como imaginara: com os longos cachos em volta de seu rosto como uma auréola dourada.

– Isso foi... surpreendente.

– Você achou que eu não seria bom nessa parte do casamento?

– Não é isso! – Ela ficou de lado e o fitou com carinho. – Mas nunca imaginei que seria *tão* bom assim, não como a minha irmã descreveu... bem... a mecânica do negócio. Você teve aulas ou algo assim?

– Eu me recuso a responder isso, pois tenho direito a não produzir provas contra mim mesmo.

No minuto em que as palavras saíram de sua boca, ele se arrependeu.

Por sorte, Verity riu.

– Bem, quem quer que tenha te dado essas aulas, tinha muito talento.

Ele estremeceu.

– Esqueça o que eu disse. Às vezes não tenho ideia de como responder às suas perguntas. Você me faz as perguntas mais interessantes e inesperadas.

E ela ter descoberto todos os disfarces dele fez com que Rafe a visse por um prisma totalmente diferente. O fato de ela conseguir enxergar o que está por trás...

Ela se aninhou a ele.

– É por isso que você vai se casar comigo.

– Vou me casar com você para que fique segura – afirmou ele.

Verity piscou, e seu rosto se apagou. Então, se levantou da cama.

– Claro, eu tinha me esquecido disso. Obrigada por me lembrar. – Ela encontrou a camisola e a vestiu, usando alguma magia que só as mulheres pareciam ter. – E, agora que perdi a minha inocência, você vai se casar comigo por causa disso também.

– Não, eu vou...

Inferno, ele nunca sabia o que falar para ela. Talvez sir Lucius estivesse certo: ele não era muito bom com mulheres. Rafe se virou na cama e vestiu suas roupas íntimas, então se aproximou enquanto ela vestia o penhoar por cima da camisola. Pegando a sua mão, ele a beijou enquanto ela o encarava com seus lindos olhos solenes e inseguros.

– Vou me casar com você porque gosto de você, me sinto à vontade com você.

Você me faz feliz.

Deus, não podia dizer isso. Não era verdade. Ou era?

Um sorrisinho apareceu nos lábios dela.

— Eu também gosto de você. E me sinto à vontade. — Ela levantou uma sobrancelha. — Embora quando você entrava e saía dos nossos eventos, eu temia que pudesse ser um criminoso.

— Você sabe que não — disse ele, irritado.

Ela levantou o queixo em uma postura desafiadora.

— Monsieur Beaufort disse que você é um espião para a Inglaterra.

Rafe xingou o amigo.

— O que mais ele disse?

— Que cozinhou para você e seu tio por quatro anos. É verdade?

Ele suspirou.

— É sim.

— Então, você é mesmo espião.

Rafe hesitou, mas já havia contado para ela que estava trabalhando para o governo, e isso não era muito distante de espionar.

— Espião. Soldado. Qual a diferença?

Ela amarrou a fita do penhoar.

— O primeiro significa que você é pago para enganar os outros. O segundo significa que é pago para lutar. Qual deles é você?

— Os dois. Mas eu não a estou enganando agora. Só não estou... lhe contando tudo até que estejamos casados. E isso é tudo que posso revelar por enquanto.

Soltando o ar, ela se virou para a porta.

— Preciso ir. O dia amanhece cedo nessa época do ano.

— Durma bem — disse ele ao segui-la. — Nos vemos de manhã.

— Espero que sim — murmurou ela.

Ele se apressou para segurá-la antes que saísse.

— O que você quer dizer com isso?

— Nada.

Ele segurou o rosto dela.

— Não pode ser nada.

Verity não olhou nos olhos dele.

— Se tudo que você queria era tirar a minha inocência, então já conseguiu o que queria, não é?

— Eu consegui o que queria de você? — repetiu ele, sem acreditar. — Você não faz ideia do que eu quero de você, do quanto a desejo e o que faria para conseguir.

– Até se casar comigo?

– Principalmente me casar com você. – Ele a puxou para um beijo longo e apaixonado. – Se as coisas pudessem ser como eu quero, nós sairíamos juntos deste quarto de manhã e entraríamos na minha carruagem rumo a Londres. Mas como eu sei que isso poderia gerar fofocas, vou tentar me contentar até o nosso casamento. Então, sim, você me verá de manhã. Pode ter certeza.

Aquilo deve tê-la tranquilizado, pois ela sorriu.

– Boa noite, noivo.

– Você ainda tem alguns dias de liberdade, lady Verity Harper. É melhor aproveitar, pois depois disso nunca mais vai se ver livre de mim.

Ela ficou na ponta dos pés para dar um beijo no rosto dele. Então foi embora, deixando-o com uma sensação de abandono.

Aquilo *realmente* o estava preocupando. Porque se ela já provocava esse efeito sobre ele antes de se casarem, como ele se sentiria depois, sabendo que o casamento deles estava construído sobre a suposição de que ele não deveria fazer mal à família dela? Sabendo que podia ser filho ilegítimo e que, se isso viesse à tona, ela seria jogada para mais um escândalo?

Não importava. Ele iria tomá-la para si, abraçá-la e esperar que ela não se arrependesse depois. No momento, não queria mais nada.

CAPÍTULO VINTE E TRÊS

Rafe acordou às quatro da manhã para se certificar de que sua carruagem estaria pronta para a viagem e que eles conseguiriam sair na hora combinada. Graças a Deus fez isso, porque não estava acostumado ao tumulto da família. Começando pela despedida chorosa de Diana, a correria das crianças e os pedidos de lady Holtbury para que tomassem cuidado na estrada, a cena era de puro caos.

E de puro amor, também. Como a cena da qual ele fora testemunha quando menino, mas ao contrário: uma despedida afetuosa. Agora, ele era parte da família, mas não para valer. Porque quando soubessem da verdade...

Não pensaria nisso. Não deveria.

O caos acabou chegando ao fim, provavelmente porque dois soldados como ele e Foxstead estavam acostumados a colocar tropas para marchar. Ainda assim, não relaxou até que a carruagem partisse, enquanto o sol aparecia atrás das montanhas.

– Por favor, me lembre disso tudo da próxima vez que eu quiser fazer uma viagem com meu marido que precise sair cedo – murmurou Eliza para a irmã.

Foxstead cutucou Rafe.

– Minha esposa não gosta de acordar cedo.

– Para dizer o mínimo – concordou Verity. – Antes dos 5 anos de idade, percebi que minha irmã nunca ficaria feliz em sair para uma aventura às seis da manhã.

– Você acorda cedo? – perguntou Rafe. – Francamente, para mim isso é surpresa.

– Por quê? – indagou ela. – Porque não desci as escadas correndo quando certo homem mandou minha criada me acordar às quatro e meia da manhã? O que você esperava? Fiquei até tarde arrumando a mala. Você poderia ter imaginado que eu não acordaria tão fácil esta manhã.

Não depois da noite que tivemos. Ele quase podia ler o pensamento dela.

– Não me surpreende, considerando o tamanho da mala. Achei que você tinha falado que levaria pouca coisa.

Eliza bufou.

– Isso é levar poucas coisas para Verity. Ela não consegue ir a lugar nenhum com menos do que isso.

– Não é verdade – protestou Verity. – Uma vez fui ficar com papai e só levei uma valise.

– Porque você tinha um armário cheio de roupas na casa dele. – Eliza fitou Rafe longamente. – Sir, se prepare, Verity carrega conchas, pedras, fitas... qualquer coisa que ache que pode usar para decorar um evento. Para o seu bem, espero que o Castelo Wolfford seja enorme.

Rafe riu.

– Grande o suficiente para caber todos os caprichos da sua irmã, isso eu garanto. – Ele se virou para Foxstead. – Falando na minha propriedade, acho que podemos discutir o acordo de Verity agora.

– Que bom que tomei três xícaras de café – disse Eliza ao pegar sua escrivaninha portátil. – Ou isso não iria dar certo.

Assim, começou a longa discussão sobre herança, dote e usufruto, entre outras coisas. Foxstead conhecia o assunto, e ainda bem, porque Rafe definitivamente não dominava. Mas logo ficou claro que não era muito diferente do testamento que seu tio insistira em fazer para ele ou os acordos que fizera com seus arrendatários. Por isso, ficou aliviado quando, depois que Eliza fez anotações copiosas e explicou várias coisas para a irmã, Foxstead comentou que deveriam esperar para terminar quando o advogado de Rafe estivesse presente.

Depois, a viagem foi mais agradável. Como o tempo estava bom, conseguiram chegar a uma hospedaria no meio do caminho para Londres no primeiro dia. Rafe tivera esperança de que conseguiria entrar sorrateiramente no quarto de Verity para mais uma noite de amor, mas a insistência de Eliza para que a irmã dormisse no quarto adjacente acabou com suas esperanças. Então, Rafe precisaria se contentar com uma boa noite de sono.

Saíram cedo na manhã seguinte e, como resultado de um café da manhã farto na hospedaria, conseguiram chegar à casa de Foxstead em Londres a tempo do jantar. Já haviam decidido que ficariam na casa de Foxstead, a base de operações para o curto período que ficariam na cidade. Como todos estavam exaustos, decidiram dormir logo para começarem cedo no dia seguinte.

Primeiro, no entanto, Rafe precisava mandar mensagens para seu advogado e para sir Lucius, pedindo que fossem encontrá-lo na manhã seguinte. Rafe ainda estava escrevendo os bilhetes quando um visitante inesperado chegou à casa de Foxstead.

Era Holtbury em pessoa, exigindo encontrar Verity. Felizmente, os criados sabiam que não deveriam acordá-la ao bel-prazer do pai, por isso o levaram até o escritório de Foxstead, onde Rafe estava terminando de escrever um bilhete para sir Lucius.

Quando Rafe se levantou, Holtbury o encarou com raiva.

– Minha esposa me enviou uma mensagem expressa de Exmouth, informando que você pretende se casar com a minha filha. Como ousa tentar isso sem consultar a família dela?

– Eu consultei a família dela. Suas outras duas filhas e seus respectivos maridos ficaram mais do que satisfeitos em aprovar a união. Já fizemos um acordo, e só estou esperando a chegada do meu advogado amanhã para sacramentá-lo.

– Como você ousa? – indagou Holtbury em um tom de voz baixo mas ameaçador. – Vou mandar...

– O que está acontecendo? – perguntou Verity da porta. Então, viu seu pai. – Pai! O que o senhor está fazendo aqui?

Holtbury mal olhou para ela.

– Vim falar com o Sr. Wolfford. Não é da sua conta, menina.

Rafe sabia que aquela não era uma boa forma de tratar Verity.

Se Holtbury *tivesse* se dado ao trabalho de olhar para filha, teria visto a fúria brilhado nos olhos dela.

– Não sou mais uma menina há anos, pai.

Então Verity foi até Rafe.

– Meu bem, Nathaniel me pediu para perguntar se podemos marcar para o advogado dele nos encontrar aqui às onze horas.

– Perfeito. Só vou corrigir meu bilhete para meu advogado com o novo horário.

– Podemos nos reunir aqui? – perguntou ela, como se seu pai fosse invisível. – Ou prefere na sala de estar? Posso pedir à cozinheira que prepare uns bolos, se você quiser.

Rafe gostou de vê-la bancando a dona da casa, já que nunca a vira nesse papel, e combinava com ela surpreendentemente bem. Além disso, deixou Holtbury andando de um lado para o outro como um velho tigre banguela, fervendo de raiva.

– Acho melhor na sala de estar, já que é mais espaçosa. E comida é sempre bem-vinda, ainda mais a sua, que é tão saborosa.

E você, seu velho, nunca mais vai comer da comida dela, se eu bem conheço Verity.

– Tenho mais um assunto para tratar – disse ela. – Eu e Eliza queremos conversar com você sobre criados, para saber se preciso levar alguém comigo para o Castelo Wolfford.

– Claro. Posso conversar com as duas agora mesmo. – Ele se virou para Holtbury. – Com licença, sir, mas, como pode ver, mesmo a esta hora, estamos muito ocupados. Vou pedir que alguém o acompanhe até a porta para ir embora.

– Ninguém vai me acompanhar até a porta, maldito. O meu advogado é quem deveria fazer esse acordo. Mereço dar a minha opinião sobre esse casamento!

– Não vejo por quê – declarou Verity. – O senhor tirou o meu dote. Então, sou livre para fazer o acordo que eu quiser com o homem que eu escolher para me casar. E quero fazer um acordo com o Sr. Wolfford para me *casar* com o Sr. Wolfford.

Rafe conseguia ouvir a mágoa escondida por trás do tom desafiador dela. Estava claro que o pai não fazia ideia do quanto a magoara ao apoiar Minton.

– Já escolhi um marido para você – anunciou Holtbury.

Ela soltou uma gargalhada fria.

– O senhor está falando de lorde Minton.

Holtbury cruzou os braços.

– De fato, sim. Ele se arrepende de ter demorado tanto para enxergar as vantagens dessa união e já me pediu permissão para cortejá-la.

Aquilo deixou Rafe furioso. Ele se aproximou de Holtbury, com as mãos fechadas em punhos.

– O senhor também deu permissão a ele para tentar *sequestrar* a minha noiva? Para tentar forçá-la a se casar com ela violentando-a?

Holtbury ficou pálido.

– Do que você está falando?

– Lorde Minton tentou me levar contra minha vontade, pai – contou Verity, vindo por trás de Rafe e segurando a sua mão. – E foi o *senhor* que pagou para ele ir a Exmouth para fazer isso.

– Eu não paguei para ele fazer *isso*! – replicou o pai dela. – Paguei para que ele... ele... – gaguejou e parou ao perceber o que havia revelado. – Ele disse que queria cortejá-la. De forma honrada. Mas não tinha dinheiro. Por isso, paguei as despesas dele.

– Por que o senhor faria isso, sabendo que ele me humilhou publicamente? – indagou Verity. – Como pode achar que eu o aceitaria como pretendente outra vez?

Quando Holtbury ficou tenso e em silêncio, Rafe percebeu a verdade na hora.

– O senhor fez um acordo com Minton porque sabia que ele era uma marionete que poderia controlar. E supôs que também conseguiria controlar *Verity*.

– Mas você quer que ela seja a *sua* marionete – disse o conde, com desdém.

Rafe levantou as mãos entrelaçadas deles.

– Quero andar de mãos dadas com ela. Ninguém controlando ninguém. É o que *eu* quero.

Holtbury o encarou, boquiaberto. Pelo visto, Rafe tinha deixado o cretino sem palavras, já que ele não podia imaginar um mundo em que suas filhas viviam a própria vida como bem entendessem, com os homens que escolheram.

– Tem algo que o senhor parece não saber sobre sua filha – disse Rafe. – Ela sabe o que quer e nunca vai aceitar menos do que isso. Então, o seu esquema não funcionou. Nem o senhor nem Minton conseguem *controlá-la*. Seria mais fácil ela matar Minton do que se casar com ele.

Verity encarou o pai com um olhar furioso.

– Viu só, papai? É por isso que vou me casar com *ele*. Porque ele me conhece muito bem.

– E agora, sir, está na hora de ir embora – disse Rafe. – Temos outros assuntos para tratar.

Soltando a mão de Verity, ele foi até Holtbury, pegou seu braço e o levou até a porta.

– Vocês vão se arrepender! – gritou Holtbury.

– Duvido muito.

– Vou arruinar você na sociedade! – ameaçou Holtbury.

Isso fez Rafe rir.

– Duvido ainda mais disso.

Quando abriram a porta do escritório, encontraram do lado de fora Eliza e Nathaniel, que, pelo visto, tinham ficado sabendo que Holtbury estava ali. Eliza estava esperando pacientemente, mas Nathaniel andava de um lado para o outro, tenso.

– Ah, Nathaniel – pediu Rafe –, você se importaria de acompanhar lorde Holtbury até a carruagem? Tenho assuntos para discutir com sua esposa e minha noiva.

Nathaniel sorriu para Rafe.

– Vou adorar ter a oportunidade de jogar meu maldito sogro para fora da minha casa, obrigado.

– Eu conheço o caminho – respondeu Holtbury, soltando o braço de Rafe na mesma hora em que Nathaniel prendeu as mãos dele como se fosse uma algema. – Vocês não podem me tratar dessa forma!

– O senhor é que pensa. – Nathaniel rosnou e o puxou pelo corredor.

Com um sorriso presunçoso, Rafe apontou para a porta do escritório.

– Podemos, Eliza?

Ela balançou a cabeça de um lado para o outro.

– Você e meu marido estão gostando muito disso, não é?

– Eu também – confessou Verity ao entrarem.

– Sinto muito pelo seu pai, meu anjo. Agora entendo por que sua mãe fugiu com outro homem. Quem poderia aguentar os esquemas dele por uma vida inteira?

– Nenhuma de nós, com certeza – respondeu Eliza. – Fundar a Ocasiões Especiais foi a melhor coisa que já fizemos. Em um movimento só, nos livramos do papai e encontramos uma forma de usar nosso vasto conhecimento fazendo o que amamos, ajudando pessoas a serem bem-sucedidas na sociedade e fora dela.

Verity acrescentou:

– Mas fico triste por ele não ter oferecido o meu dote. Você merece receber.

– Tenho certeza de que eu, ou melhor, nós, teríamos que pagar um preço muito alto por isso.

Mas Rafe se certificaria de que Holtbury pagasse pelos próprios pecados, não apenas por espionar para os franceses, se ele realmente estivesse fazendo isso. Não, Rafe o faria sofrer por magoar a filha e quase fazer com que ela sofresse um abuso por um homem violento. O patife claramente merecia o que Rafe estava guardando para ele.

⁂

Na manhã seguinte, Rafe já estava pronto para tratar de todos os outros assuntos relacionados ao casamento quando as mulheres se juntaram a eles com os advogados. Ele sabia que elas pretendiam passar o resto do dia desfazendo a mala de Verity, arrumando uma nova com o que sua noiva precisaria no Castelo Wolfford e escolhendo as roupas do casamento e outras frivolidades femininas.

Para aquele dia, tinha solicitado uma mesa na sala de estar não apenas para a reunião, mas para que também pudesse examinar outros assuntos relacionados ao casamento.

Foi quando um lacaio entrou para anunciar a chegada de sir Lucius.

Rafe se levantou para cumprimentar seu superior.

– Entre, sir. Teremos privacidade aqui.

Assim que Rafe fechou a porta, sir Lucius se virou para ele.

– Fiquei sabendo que Holtbury esteve aqui ontem.

– Esteve. Ele veio para exigir que eu não me case com Verity. Eu o mandei dar o fora. E farei o mesmo se o senhor tentar me impedir.

Sir Lucius fixou o olhar nele.

– Antes de isso tudo começar, você prometeu *não* se casar com ela.

– Não prometi. – Rafe bufou. – Por favor, me diga que conseguiu a licença especial mesmo assim. Que o senhor atestou a meu favor nas alegações. Que eu posso me casar legalmente com Verity, conforme planejado.

– Você pode. Fiz o que me pediu, já que não podia me arriscar a negligenciar algo necessário para os seus planos. Mas...

– Isso não tem nada a ver com espionagem – explicou Rafe. – Não tive tempo de escrever tudo na carta. Tudo teve que ser providenciado muito rápido depois que lorde Minton a comprometeu.

Era raro Rafe conseguir chocar seu superior, mas, a julgar pela palidez repentina de sir Lucius, conseguira daquela vez.

– Minton comprometeu lady Verity? Isso teve a ver com o seu trabalho?

– Acho que não. – Rapidamente, ele resumiu o que tinha acontecido, então foi até a mesa e tirou um maço de papéis da sua pasta. – Coloquei tudo no meu relatório. Não preciso dizer que depois do que aconteceu com tio Constantine, quis me certificar de que o senhor estaria bem informado.

Quando sir Lucius o fitou, pensativo, ele acrescentou:

– Eu não poderia deixar que ela fosse arruinada nem arrastada para mais um escândalo. – Ele endireitou os ombros. – Pior ainda, ser forçada a se casar com Minton, que é uma marionete de Holtbury. Não tive escolha.

– Que surpreendentemente cavalheiresco da sua parte – comentou sir Lucius, enquanto pegava os papéis. – Eu aprovo. Só rezo para que *ela* aprove quando tudo isso terminar e ela descobrir o que você estava fazendo e por quê.

Rafe passou os dedos pelo cabelo.

– Eu também rezo por isso.

– Você contou a ela alguma coisa a respeito das suas atividades atuais e seu objetivo?

– Não precisei, graças a Deus. Ela aceitou se casar comigo diante das circunstâncias. – Era verdade. O que Verity sabia, tinha descoberto sozinha, e Rafe não estava disposto a admitir esse fato vergonhoso para sir Lucius, a não ser que não tivesse outra escolha. – O senhor teve algum problema para conseguir a licença?

– Claro que não. Falei com o arcebispo que era questão de segurança nacional. Ele nem hesitou. – Sir Lucius analisou o rosto dele. – Você pretende ficar casado com ela? Porque não vou ajudá-la a conseguir um divórcio. Mesmo sendo possível.

– É claro que vou continuar casado com ela. – *Principalmente porque já consumamos nosso casamento*. Não, Rafe nunca a constrangeria revelando isso para ninguém. – Quero que nosso casamento seja de verdade.

Sir Lucius sorriu pela primeira vez desde que entrara.

– Isso vai ser interessante.

– Acredite, eu sei muito bem.

– Você quer que eu compareça à cerimônia? – perguntou o chefe.

– Se o senhor desejar. Agora que temos a licença, vou sugerir que nosso casamento seja amanhã bem cedo para que possamos seguir para o Castelo Wolfford logo em seguida. É o lugar mais seguro para ela ficar enquanto eu estiver viajando. Acho que já descobri o suficiente para levar isso a cabo, mas devo precisar de um tempo para seguir os vários caminhos. Prometo que vou pegá-lo.

– Bom. Alguém precisa. – Sir Lucius se dirigiu para a porta. – Mande um mensageiro levar um bilhete para mim com a hora da cerimônia, e eu estarei lá.

Tinha sido melhor do que ele esperava, ainda bem. Rafe só podia rezar para conseguir cumprir suas promessas. Para sir Lucius. *E* para Verity.

CAPÍTULO VINTE E QUATRO

Eliza e Verity acordaram quando Rafe já estava resolvendo assuntos relacionados ao casamento.

Depois da reunião sobre o acordo, estariam livres para desarrumar a mala que Verity trouxera e preparar outra com o que precisaria, escolher o vestido e organizar outros planos para o casamento.

Enquanto Verity e a família esperavam por Rafe na sala de estar, ela tentava não ficar muito nervosa. Nunca pensara que o dia do seu casamento chegaria e, dadas as circunstâncias, não sabia se deveria estar feliz ou não.

Ainda mais agora que Rafe estava desde cedo em seu quarto no Albany, fazendo só Deus sabia o quê. Será que tinha desistido? Será que, naquele momento, ele estava montado em um cavalo, fugindo para não precisar se casar com ela?

Deixa de ser tão ansiosa, sua boba. Ele não faria isso.

Meu Deus, ela esperava que não.

Alisou seu vestido de cetim verde-água, que cintilava com a luz da manhã. Verity se apaixonara por esse vestido no momento em que vira o desenho e mandara fazer, sem nunca poder imaginar que logo serviria como seu vestido de noiva.

Rezava para não parecer tão cansada quanto estava se sentindo. Três noites dormindo pouco cobravam seu preço, e por mais que apertasse as bochechas, elas não ganhavam cor. Esperava que Rafe não olhasse para o semblante pálido e saísse correndo.

Mas, pelo menos, Eliza fizera um lindo penteado em seu cabelo, trançando flores de laranjeira em um lindo bandô, sobre o véu, feito de camadas de renda. Nervosa, ela dava tapinhas nele para que não saísse do lugar.

Como se pudesse perceber a agitação de Verity, Eliza se inclinou da cadeira para apertar a mão da irmã.

– Você está linda. E logo ele vai chegar. Acredite.

– Eu acredito.

Quase. Embora não fosse ficar completamente satisfeita até que ouvisse a explicação sobre por que ele estava espionando a sua família.

Pelo menos, sir Lucius tinha chegado e estava conversando com Nathaniel. Isso a tranquilizava. Tinha quase certeza de que ele era o chefe de Rafe. Duas vezes, Rafe largara tudo para ir conversar com sir Lucius, e o homem era do Gabinete de Guerra. Considerando que Rafe era espião do governo...

A porta da sala de estar se abriu e Rafe entrou apressado.

– Desculpem o atraso. – Quando Verity se levantou, ele foi até ela e lhe ofereceu uma caixinha. – Eu estava procurando por isso. – Ele abriu a caixinha, onde havia um anel de ouro com uma pedra vermelha no centro. – Segundo meu tio, era da minha mãe. Ele me entregou anos atrás, e eu não me lembrava onde tinha guardado depois que me mudei para o Albany, então precisei fazer uma verdadeira busca.

O anel da mãe dele? Engolindo o nó em sua garganta, Verity abriu um sorriso.

– É lindo.

Com um olhar satisfeito, ele a fitou da cabeça, coberta pelo bandô, aos pés, calçados com sapatos de baile.

– *Você* está linda.

O bispo que ia casá-los pigarreou. Com um último sorriso para ela, Rafe assentiu para que o clérigo começasse.

A cerimônia se estendeu bastante. Verity tentou não estremecer quando o bispo começou a parte dos votos com:

– Estás decidida a amá-lo, confortá-lo, honrá-lo...

Verity não escutou o resto das palavras conforme compreendia a seriedade da situação. Sempre pensara que, se algum dia se casasse, seria por amor, e estava claro que não era o caso. Para evitar um escândalo, ela abria mão da liberdade.

E se ela se arrependesse? E se ela se visse em um daqueles casamentos terríveis em que o homem era fiel, mas cruel, exigindo obediência e subserviência? E se...

De repente, percebeu que o bispo e Rafe a estavam encarando, na expectativa da sua resposta. Naquele momento, quando olhou para o rosto de Rafe, viu uma faísca em seus olhos que já vira antes: algo que desconfiava ser desejo.

Era suficiente.

– Sim, estou – respondeu ela.

Repetiu o resto dos votos mecanicamente até que o bispo começasse a parte da aliança, então Rafe disse com sua linda voz de barítono:

– Dou-te esta aliança como sinal do nosso casamento, de corpo – ele fez uma pausa rápida para olhar para ela – e alma te honro...

Ela deveria ter ficado corada como uma noiva ficaria. Mas, em vez disso, teve que prender o riso. Afinal, havia *aquela* parte no casamento. Ele era muito bom em honrar o corpo dela... e em fazê-la rir. Naquela noite, ele provavelmente faria ambos. Mal podia esperar.

O restante da longa celebração passou como um borrão, até que, finalmente, eles comungaram e acabou. Ou melhor, quase. Ainda tinham que ir à igreja paroquial assinar o registro.

Mas Rafe dissera que queria partir para o Castelo Wolfford assim que possível. Então, depois de se despedirem com carinho de Eliza e Nathaniel, de receberem um beijo no rosto de sir Lucius, um aperto de mão caloroso do bispo, e de brindarem com champanhe, eles deixaram a casa de Foxstead e seguiram para a igreja. Assinar o registro foi rápido, mas ela notou que Rafe assinou seu nome completo, e zombou quando estavam saindo.

– O quê? – questionou ele.

– Raphael *Gabriel* Wolfford? Não posso acreditar que você não tem apenas um, mas dois nomes de arcanjos. E, ainda assim, consegue ser tão travesso.

– Só de vez em quando. – Ele sorriu. – E praticamente só com você.

– Praticamente? – indagou ela.

Ele apenas riu.

Assim que pegaram a estrada, Verity percebeu que era a primeira vez que ficavam sozinhos sem que fosse considerado impróprio. Difícil de acreditar que ele era legalmente seu marido agora.

– Então, acredito que queira ser chamada de lady Verity Wolfford até que eu herde o título? – perguntou Rafe. – Considerando que, até lá, sou apenas senhor.

– Como posso escolher, prefiro ser Sra. Wolfford. Em homenagem ao homem que me salvou de lorde Minton.

O sorriso satisfeito que brotou no rosto dele fez com que ela ficasse feliz com aquela decisão.

– Então, o que a minha senhora gostaria de fazer agora que estamos a sós?

Ele tirou as próprias luvas e se inclinou para tirar as dela também.

Embora ela tivesse deixado, olhou para ele desconfiada.

– Não o que você está pensando, acho.

Ele a encarou, sério, como se tentando decifrá-la. Então, suspirou.

– Você quer que eu comece a contar tudo que prometi revelar.

– Como você é inteligente. – Ela abriu seu melhor sorriso insolente. – E como sou inteligente por ter me casado com um homem tão perspicaz.

Levantando a sobrancelha, ele se recostou e cruzou os braços.

– Como uma pessoa que eu conheço disse uma vez: "A bajulação gera vaidade, um vício que prefiro não adquirir." – Ele a fitou com um olhar cheio de desejo. – Tem certeza de que não prefere consumar o casamento? Estou mais do que pronto para "honrá-la" de corpo e alma.

– E você vai. Mas, primeiro…

– Certo. Mas você precisa me prometer não perder a cabeça até que eu conte tudo.

– Perder a cabeça? – Ela se sentou ereta, como se estivesse se sentindo insultada. – Eu nunca perco a cabeça.

– Como já contei antes, já *vi* você na cozinha quando as coisas não estavam indo do seu jeito.

Rafe tinha razão. Ela podia ser bem exigente na cozinha.

– Falando nisso, a quantos eventos nossos exatamente você compareceu? E quais?

– É *isso* o que você quer saber primeiro?

– Por que não? Desde que você admitiu a verdade sobre nos espionar, tenho tentado descobrir. – Ela pegou seu caderno embaixo do banco, onde o tinha guardado, e começou a folheá-lo. – Pelas minhas contas, você esteve em… quinze, talvez? Fiz uma lista de todos que consegui lembrar.

– Deixe-me ver isso – disse ele, sério, e tirou o caderno da mão dela antes que ela conseguisse evitar.

Ele passou pelas páginas, parecendo cada vez mais incrédulo.

– O que é isso? – perguntou Rafe.

– Uma lista dos eventos aos quais eu acho que você compareceu, quais elementos você usou em cada disfarce, onde eu o encontrei, e qualquer outra observação acerca do seu comportamento. Ah, se você for até o final, vai encontrar as minhas teorias sobre o porquê de você estar espionando.

– Meu Deus. – Ele sacudiu o caderno. – Você tem que prometer não mostrar isso para o sir Lucius. Eu não conseguiria viver com a vergonha.

– Vergonha de quê? – questionou ela. – Eu fui a única pessoa que notou, e, às vezes, até eu duvidava de mim mesma. Por que acha que comecei a anotar tudo? Para evitar que eu achasse que estava ficando louca.

Ele se endireitou, claramente furioso.

– Você não está entendendo. Sabe como os meus companheiros soldados me chamavam na Península? Camaleão, porque conseguia interpretar qualquer personagem sem ser desmascarado.

– Camaleão? Ah, muito melhor do que Fantasma! Rafe, me dê meu caderno, preciso anotar isso.

– Você não pode fazer isso... Que inferno, Verity, estamos falando da minha vida e da minha carreira! Você precisa me prometer que não vai escrever nada do que eu relatar agora, ou não vou lhe contar nada!

– Ah, tudo bem – murmurou ela.

– Na verdade, assim que chegarmos na minha propriedade, vou colocar fogo nesse caderno.

– Precisa mesmo? – reclamou ela. – Quero guardar como uma lembrança de como nos conhecemos. E se eu prometer trancar em algum lugar seguro até que a guerra acabe?

Aquilo pareceu surpreendê-lo, pois cravou o olhar nela.

– O que faz com que você pense que tudo isso é sobre a guerra?

Ela deu de ombros.

– Bem, deve ser. Você disse que ainda é coronel e trabalha para o governo. Coronéis não costumam cuidar de problemas domésticos, a não ser que seu regimento esteja fazendo isso.

Claramente frustrado, ele passou as mãos pelo rosto.

– Sir Lucius deveria ter contratado *você* para essa missão. Você teria encontrado os criminosos em muito menos tempo.

Enquanto ele estava distraído, ela pegou o caderno de volta para ler as próprias anotações.

– Pelos meus cálculos, deve ter começado quase dezoito meses atrás, certo?

Ele suspirou.

– Mais ou menos.

– Agora, me responda, quantos eventos? Cheguei perto do número?

– Você promete levar isso a sério e não comentar nada com ninguém? Porque se as pessoas descobrirem que eu sou o Camaleão, ou mesmo o Fantasma...

– Prometo. Eu levo esse assunto muito a sério. Na verdade, no começo, fiquei furiosa por algum sujeito estar conseguindo entrar nas festas. Mas depois dos últimos dias, acho que cansei de levar tudo tão a sério.

Era como se rir das situações lhe trouxesse a sensação de que tinha algum poder sobre elas... como o fato de seu pai ter conspirado com Minton para forçá-la a se casar.

Ficou claro na expressão dele que Rafe a compreendia.

– Esses últimos dias foram *bem difíceis* para você, não foram? – Verity assentiu. – Mas não foi tão difícil assim no meu quarto duas noites atrás, foi?

Ela não conseguiu deixar de implicar com ele.

– Digamos que foi tolerável.

– Tolerável! – protestou ele.

Rindo, ela disse:

– Estou brincando, meu marido. Não que eu queira deixá-lo ainda mais convencido, mas, na verdade, foi... como poderia dizer...

– Verity...

– Maravilhoso – disse ela, baixinho. – Parecia que eu estava no paraíso.

– Graças a Deus. – Ele respirou fundo. – Certo, então. Sobre o Fantasma, os seus cálculos estão bem próximos. Compareci a dezesseis eventos. – Ele estendeu a mão. – Deixe-me ver o caderno e eu digo quais você acertou. Tem um lápis?

– Sempre. – Ela procurou na sua bolsinha. – Aqui.

Ele foi passando pelos tópicos, resmungando e fazendo anotações na margem.

– Você vai poder ler tudo antes de eu queimar.

Ela tentou tirar o caderno da mão dele, mas ele o colocou atrás das costas. Ela suspirou.

– Você disse que a sua missão era importante. Então, me diga, quão importante? E qual é a sua missão exatamente? Tem alguma coisa a ver com contrabando?

Uma expressão preocupada cruzou o rosto dele.

– Por que está perguntando sobre contrabando?

– Porque você disse para Sarah que estava na taverna tentando comprar conhaque francês, e a única forma de fazer isso é negociando com contrabandistas.

– Deus me ajude. – Ele levantou uma sobrancelha. – Prometa que não vai contar nada disso para sir Lucius, ou ele vai tentar recrutá-la. E esta é a última coisa de que preciso.

– Não tenho a menor vontade de espionar.

– Não, só de registrar o espião espionando *você* – disse ele, irritado.

– Que culpa eu tenho?

– Nenhuma. – Colocando as mãos nos joelhos, ele continuou: – E tem até a ver com contrabando sim. Mas estou me precipitando. – Ele se recostou, obviamente se preparando para contar uma longa história. – Dois anos atrás, sir Lucius notou que os franceses pareciam sempre antever os movimentos das nossas tropas. Eu ainda estava na Península, e a minha... unidade tinha conseguido confiscar e decifrar relatórios codificados dos inimigos para seus oficiais.

– Mensagens codificadas e tudo o mais – comentou ela. – Que misterioso.

Rafe fez uma cara feia para ela.

– Não demorou muito para os franceses perceberem que nós conseguíamos ler as mensagens deles, então mudaram para uma cifra mais complexa, mas não antes de percebermos que havia um espião aqui na Inglaterra, ou no alto escalão do governo, ou ligado a alguém do nosso governo, que estava repassando informações.

– Meu Deus.

– Tem espiões por toda a Inglaterra, mas geralmente conseguimos pegá-los quando tentam mandar informações para o continente por meio de cartas. Essas informações pareciam não estar indo por cartas. – Quando ela abriu a boca, ele acrescentou: – E não me pergunte como eu sei. Não posso revelar.

Verity fechou a boca. Estava aprendendo que ser casada com um espião podia ser muito frustrante.

– Bem, sir Lucius deu a tarefa ao meu tio, que já estava aposentado, de descobrir como essas informações estavam chegando na França. Tio Constantine foi uma boa escolha, porque ninguém suspeitaria que um senhor com a perna ruim servia o governo.

– Verdade.

– Usando um codinome, em seis meses, ele descobriu... algumas informações fundamentais, incluindo o fato de que tinha uma conexão com a sua família. – Ele percebeu que ela ficou tensa e logo acrescentou: – Ele fazia registros e relatórios, mas provavelmente não com a frequência que deveria, já que estava sendo cauteloso. – Rafe parou para olhar pela janela. – Só sabemos que ele conseguiu diminuir a lista de suspeitos e encontrou alguém que acreditou que seria uma fonte útil que trabalhava na casa Holtbury.

Verity prendeu a respiração. Meu Deus, achava que sabia aonde isso ia dar.

– Ele pretendia se encontrar com a pessoa. Mas, se ele escreveu quem era, não sabemos onde está essa informação. Antes que pudéssemos saber o resultado desse encontro, meu tio foi... – Rafe inspirou. – Ele levou um tiro em frente a uma taverna em Minehead.

Verity ficou boquiaberta.

– Seu tio está *morto*? E você acha que foi alguém da minha família que matou? Inferno.

Ele nem piscou ao ouvir a palavra feia que ela usou.

– Deixe-me terminar. Meu tio não faleceu. Ele sobreviveu ao tiro de pistola, mas apenas porque alguém o encontrou inconsciente do lado de fora da taverna e o levou ao médico. Sua identidade secreta ficou intacta, mas, infelizmente, isso quer dizer que ninguém sabia quem era a família dele.

– Meu Deus.

– Por sorte, nosso cocheiro, que levara tio Constantine para Minehead para o encontro, começou a procurá-lo, já que, na manhã seguinte, ele ainda não tinha voltado. Ele ouviu falar de um desconhecido ferido, descobriu onde estava e conseguiu levar tio Constantine para o Castelo Wolfford. Ele também escreveu para sir Lucius, pedindo que me avisasse na Península sobre o acontecido. Foi quando voltei para casa.

Ele a olhou nos olhos.

– Mas meu tio não é mais o mesmo homem de antes. Achamos que o atirador não tinha experiência com pistolas, por isso a bala não teve força para perfurar o crânio. Mas ele ficou... incapaz de nos contar o que aconteceu e o responsável por isso. – A garganta de Rafe mexia convulsivamente. – Ele só consegue falar coisas sem sentido. Na verdade, talvez alguma coisa faça sentido, mas não conseguimos entender.

Verity estava dividida entre raiva por Rafe ter suspeitado da família dela nessa tragédia terrível, e compaixão pelo que ele devia ter passado ao quase perder o homem que era a figura mais próxima que ele tinha de um pai. O último prevaleceu.

– Ah, Rafe, eu sinto tanto. Deve ter sido horrível para você.

Parecendo constrangido pela compaixão dela, ele limpou a garganta.

– Bem, meu tio se encontra nesse estado há dezoito meses. Refiz os passos dele e segui as pistas que ele deixou, esperando descobrir quem era o culpado. Mas ele escondeu todos os registros em algum lugar. E ir aos seus eventos disfarçado, seguir pessoas e escutar conversas não me levou muito longe.

Ela sentiu um nó se formar no estômago.

– Então você achou que me cortejando conseguiria chegar mais longe?

– Exatamente. – Ele abriu um sorriso amarelo. – Mas as coisas não saíram como o planejado.

– Porque você foi obrigado a se casar comigo?

Ela cruzou os braços.

– Porque acabei gostando muito de todos vocês. – Ele se inclinou para pegar a mão de Verity, que, com relutância, permitiu. Ele ficou acariciando enquanto continuava. – Nos meses em que observei a sua família de longe, consegui me manter imparcial. Eliminei os criados, amigos e parentes distantes da lista de suspeitos. – O olhar dele encontrou o dela. – Mas precisava determinar se o restante estava envolvido.

Quando ela tentou soltar as mãos das dele, ele as segurou com mais força.

– Então, a que conclusão você chegou? – indagou ela com um tom desafiador. – Quando *me* eliminou como suspeita?

– Antes de começar a cortejá-la.

Aquilo não era muito tranquilizador.

– Você está dizendo que fui apenas um meio para você chegar a determinado fim, uma forma de se aproximar da minha família?

– Sim – admitiu ele. – Aí você se tornou minha amiga, e não tenho muitos amigos. Depois, minha amante. E, depois, minha esposa. – Ele beijou as mãos dela. – Não me arrependo do que fiz, na época parecia a melhor tática. Mas me arrependo de ter virado a sua vida de pernas para o ar. Você não merecia.

– Realmente, não merecia. – Ela olhou para as mãos dos dois entrelaçadas, escolhendo bem suas palavras: – Você desconfia das minhas irmãs ou dos meus cunhados? Caso sim, é um absurdo e...

– Eu acho que é o seu pai.

Aquilo a surpreendeu. Fazia sentido, embora fosse assustador. Mas também revoltante.

– Olha, eu sei que ele pode ser uma péssima pessoa, mas nunca venderia segredos para nossos inimigos.

– Não acredito que ele esteja fazendo exatamente isso. Acredito que ele esteja permitindo que o espião mande informações por meio da rede de contrabando dele.

– Você acha que meu pai tem uma rede de contrabando? – repetiu ela, incrédula.

Ele analisou o rosto dela.

– Você não sabia? Achei que nenhum de vocês soubesse, mas não tive certeza até que você me contou sobre o rio Exe. Você não teria me dito aquilo se quisesse esconder as atividades dele. Agora só preciso provar a minha teoria. O que você me disse ajudou bastante. Agora sei como os contrabandistas chegam ao litoral de Devon saindo de Exmoor Court, sem que ninguém os veja nas estradas. Você esclareceu isso.

– Mas você não tem certeza absoluta que meu pai está metido nisso.

– Na verdade, tenho. Pouco antes do leilão, interceptamos uma comunicação de um dos contrabandistas para ele que esclareceu que ele era o chefe da operação. Mas ainda não sabíamos se era ele quem estava passando informações sobre as tropas nem de onde as informações estavam vindo. A única coisa que conseguimos provar foi que ele tem negócios com os contrabandistas.

Rafe ficou tenso.

– E a comunidade está muito cautelosa com desconhecidos. Principalmente depois que meu tio fez perguntas, acabou levando um tiro e sumiu misteriosamente, tanto que levei meses para conseguir descobrir só *isso*. Por isso, se prendermos os contrabandistas, o espião só vai precisar encontrar outra pessoa por quem mandar as mensagens. Precisamos desmascarar o espião. Ou espiã. Embora não me pareça o trabalho de uma mulher.

Ela soltou as mãos das dele.

– Porque uma mulher nunca seria esperta o suficiente para ser uma espiã – disse ela, de forma ácida.

Ele riu.

– Porque uma mulher não teria acesso a esse tipo de informações sobre os movimentos das tropas. Embora eu tenha chegado a desconfiar da sua mãe, passando informações que conseguia com o novo marido.

– Você é idiota? Minha mãe nunca poderia ser espiã. Primeiro, ela teria que se interessar por política, guerra e afins. Ela não se importa com nada disso.

– Depois de falar com ela, cheguei à mesma conclusão.

Ela apoiou as mãos no colo.

– Ah. Isso foi bem perspicaz da sua parte. Embora ela possa ser bem manipuladora quando quer, ainda mais quando se trata de cavalheiros atraentes. – Ela parou para pensar por um momento, depois negou com a cabeça. – Mas não consigo ver isso funcionando. Não a minha mãe.

– Nem eu. Também desconfiei do major Quinn, que está sempre tirando licenças suspeitas. Sir Lucius está investigando. Mas, independentemente de quem seja o suspeito, os contrabandistas do seu pai estão levando as informações para a França.

Verity olhou pela janela, a mente girando enquanto tentava absorver todas essas informações.

– E monsieur Beaufort? Você não desconfia *dele*, certo?

– Não. Eu confiaria a minha vida a ele. – Ele sorriu. – E ele faz o melhor creme turco que já provei.

– Sem falar na sopa de cebola com mexilhão. – Inspirando, Verity sorriu. – Eu também confiaria a minha vida a ele.

– Além disso, ele não tem acesso a informações sobre os movimentos das tropas. Embora até pudesse ter ligações com alguém que tenha. Mas sei que ele odeia Napoleão. Caso contrário, meu tio nunca o teria ajudado a fugir da França.

– Seu tio o ajudou... Minha nossa, não é de admirar que vocês dois sejam tão próximos.

– Por muitos, muitos anos.

Um silêncio pesado recaiu sobre eles. Após um momento, Verity perguntou:

– E agora? Você tem planos para pegar meu pai?

– Não posso contar isso para você – disse ele, com uma expressão preocupada. – Não posso arriscar que você saiba demais e colocá-la em perigo. É por isso que estamos indo para o Castelo Wolfford. Ficarei tempo o bastante para você se acomodar e se sentir à vontade com os criados, mas preciso investigar os novos caminhos que você me forneceu, e isso significa deixá-la.

Verity prendeu a respiração.

– Por quanto tempo?

– Não tenho certeza. Mas não deve ser mais do que duas semanas. Tomei providências para que ninguém, além de dois criados de confiança, soubesse que meu tio foi baleado. Os outros acham que ele levou um tombo e ficou doente. Até agora, o codinome do meu tio foi eficiente e ele está seguro, então você também ficará segura aqui na propriedade.

– E você? – perguntou ela. – O que vai proteger você?

– Até agora, ninguém desconfia que estou fazendo uma investigação. Você não contou para ninguém que suspeitava que eu fosse o seu Fantasma, contou?

– Não. Mas... e se adivinharem? Eu adivinhei.

– Você não adivinhou, você fez uma série de boas deduções. Além disso, você é uma exceção à regra, querida. Ninguém mais vai chegar a essa conclusão.

– Espero que esteja certo. Posso não gostar da forma como nos enganou, mas não quero que você... que você...

Morra.

Ela não precisou verbalizar a palavra, ele sabia muito bem o que ela queria dizer. Com um sorriso fraco, Rafe pegou a mão dela e apertou.

– Venha aqui, minha Vênus.

Ela obedeceu, e ele a envolveu nos braços dele.

Rafe deu um beijo na cabeça dela, cuja parte de cima ainda estava coberta de renda.

– Você não está com raiva de mim, está? Eu não poderia culpá-la se estivesse.

– Não sei bem o que estou sentindo. Não sei como separar o que é real entre nós do que não é.

– Tentei falar a verdade sempre que possível. Para que você não pense que foi por alguma razão nobre, confesso que a maior parte das vezes foi por conta do treinamento que meu tio me deu. Ele me ensinou que quanto mais verdade se coloca em uma mentira, mas fácil é de se lembrar. As pessoas sempre se lembram da verdade. Ou, pelo menos, a verdade que elas veem. A memória é falha.

– Então... que partes são verdadeiras? Os elogios e galanteios que você sempre...

– Verdadeiros – afirmou ele. – Jamais menti sobre os seus encantos. Já tinha percebido mesmo antes de sermos apresentados oficialmente.

Um pensamento terrível ocorreu a Verity, que olhou para ele de novo.

– Você não me espionou enquanto eu dormia, tomava banho ou fazia alguma dessas atividades privadas, certo?

Ele riu.

– Não. Eu não conseguiria chegar *tão* perto sem ser notado. Graças a Deus, se não seu olho de águia teria me visto na mesma hora. Além disso, não faria nada tão desonroso assim. Sendo que, agora, estou feliz por poder fazer.

Ela levantou uma sobrancelha.

– Mas lembre-se, eu tenho o mesmo direito.

– Claro. Pode me espionar o quanto quiser enquanto eu durmo, vai perceber que sou bem chato dormindo. – Ele deu um beijo na testa dela. – Mas se for me espionar tomando banho, é melhor estar preparada para entrar na banheira comigo.

– Devidamente anotado. – Ela desviou o olhar, ainda não estava preparada para consumar a união deles. Tinha mais perguntas. – Você mencionou o treinamento do seu tio. Então tudo que você falou sobre seus regimentos, seus pais, sua infância... é verdadeiro?

Ele hesitou.

– É, sim. Posso ter deixado alguns detalhes de fora, como o fato de eu e Beaufort nos conhecermos há anos. Não podia arriscar que você o atormentasse com perguntas sobre a minha profissão.

– Faz sentido.

Verity queria perguntar sobre o dia na máquina de banho, se tinha alguma estratégia de espionagem por trás do prazer que proporcionou a ela. Mas não sabia se estava pronta para a resposta. Já era bastante doloroso saber que ele só a cortejara para se aproximar de sua família.

– Você realmente passou toda a sua infância lendo e andando pela propriedade sozinho? – perguntou ela, aninhando-se nele.

– Passei. E aprendendo idiomas, e treinando para servir como soldado.

– E espião. Suponho que o seu tio o tenha treinado *para isso*. Ele também era espião?

– Sinceramente, não tenho certeza. Ele passava a maior parte do tempo em outros países, em diversos destacamentos. Mas, quando ele estava em casa, me ensinava coisas úteis que não são habilidades que uma pessoa normal teria, como preparar tinta invisível, por exemplo.

– Você precisa me ensinar isso!

Ele riu.

– Você realmente nasceu curiosa, não é? Como eu.

– Talvez seja por isso que a gente se dê tão bem.

– Prefiro pensar que é por conta da minha habilidade comprovada como amante, mas...

– Ah, já vi que deixou os elogios lhe subirem à cabeça.

– As duas – disse ele. Quando ela o olhou sem entender, ele riu. – De qualquer forma, durante a minha infância, eu não sabia que meu tio estava me treinando para o Exército, só anos mais tarde, quando me tornei ajudante de campo dele aos 16 anos.

– Que tipo de coisas ele mandava você fazer quando era criança?

Ele começou a contar em detalhes as várias atividades militares e, pouco depois, Verity estava cochilando, embalada em um sono sem sonhos pela voz forte e pelo corpo quente de Rafe grudado ao seu.

CAPÍTULO VINTE E CINCO

Quando Verity já estava respirando tranquilamente por consideráveis minutos, Rafe percebeu que ela estava dormindo. Provavelmente assim era melhor.

Ele percebera pela expressão no rosto dela o quanto estava exausta e, considerando o que poderia estar esperando por eles em casa, ela precisava do máximo de descanso possível.

Esperou até que ela estivesse em um sono profundo para pegar o caderno dela atrás das suas costas. Estava abalado por ela tê-lo reconhecido tão no início de sua investigação. Ficaria mais preocupado se mais alguém tivesse, mas, pelo que ela dissera, ninguém notara nada, a não ser quando ela comentava sobre o assunto.

"Curiosa" não era a única palavra para descrever Verity. Intuitiva. Perspicaz. Observadora. Essas palavras a descreviam perfeitamente.

Certificando-se de que ela estava mesmo em sono profundo, ele abriu o caderno e examinou o que ela tinha escrito, esperando encontrar alguma informação que pudesse ajudar na investigação dele. Mas não encontrou nada. Que inferno. Ela se concentrara totalmente em descobrir quem era ele e não escrevera nada relacionado a ele estar vigiando sua família.

Talvez, o método de Verity de registrar todas as ideias sobre o Fantasma pudesse ajudá-lo a entender o que o tio dizia. A tagarelice sobre pessoas que pareciam personagens de uma ópera devia ser importante, caso contrário ele não ficaria repetindo. Rafe deveria tentar fazer o mesmo que ela. Afinal, ao ignorar a falta de lógica no que observava, ela chegara mais perto de desmascarar o personagem de Rafe do que qualquer outra pessoa jamais tinha chegado. Por isso, precisava ignorar a falta de lógica nas palavras do tio se quisesse encontrar significado nelas. Porque não tinha semanas para descobrir o culpado. Precisava de um atalho para encontrar a verdade.

Com cuidado para não acordá-la, ele recolheu o braço que envolvia os ombros dela. Pegou o lápis caído no chão e procurou páginas vazias no caderno. Então, escreveu todos os absurdos que conseguiu se lembrar de ter ouvido o tio dizer.

Levou uma hora se esforçando até se lembrar de todos, depois mais duas horas analisando. Fez acrósticos com eles, inverteu a ordem, tentou montar charadas, mas nada deu qualquer dica do que se passava dentro da cabeça do tio.

Tinham acabado de fazer uma parada para trocar os cavalos de novo quando Verity perguntou:

– O que você está fazendo?

Ele deu um pulo, estava tão concentrado em seu trabalho que nem percebera que ela tinha acordado. Ela estava adoravelmente confusa e deliciosa. Mas ele não era um marido tão precipitado a ponto de pular em cima dela quando ela tinha acabado de acordar.

– Estou tentando usar a sua tática com as palavras do meu tio. – Enquanto ela esfregava os olhos para afastar o sono, ele entregou o caderno para ela. – Desculpe, fiz uma bagunça nas suas observações tão organizadas. Fiquei sem espaço e precisei escrever nas margens.

O rosto corado de Verity brilhou com interesse.

– Te ajudou a descobrir alguma coisa?

– Que sou péssimo em charadas? Que meu tio está ficando louco? – Rafe afundou a cabeça nas mãos. – Ou, talvez, *eu* esteja louco por achar que ele quer dizer alguma coisa com o que fala.

– Você se importa se eu tentar? – perguntou ela. – Costumo ser boa com charadas.

– Sim, eu sei – comentou ele. – A charada do "sem nome" foi muito boa.

Verity riu.

– Me desculpe por aquilo. Eu nem inventei, só roubei. Então não mereço o crédito. – Ela olhou para as anotações dele, então levantou os olhos e perguntou: – Detesto ter que trazer o assunto, mas vi a cozinheira colocar uma cesta na carruagem antes de sairmos. Sempre penso melhor depois de comer.

– Claro. – Ele pegou a cesta. – Pelo visto, não sou muito bom em alimentar a minha esposa.

– Nada disso. Você só estava concentrado na sua missão. Tenho certeza de que não esperava ter que levar uma esposa a reboque enquanto desvendava esse mistério.

– Uma esposa que acho muito divertida, devo acrescentar. Fico muito feliz em levá-la para qualquer lugar, meu anjo. – Ele olhou para dentro da cesta. – Parece que temos alguns sanduíches de cheddar aqui, picles, ovos cozidos, peras, bolinhos de aveia com melaço... E vinho.

– Quero um sanduíche e um bolinho. Adoro melaço.

– E quem não gosta? Vou querer o mesmo, e um ovo cozido. E vinho.

Enquanto Verity mastigava, leu devagar e de forma metódica as frases.

– "Abelhas é mel"? Seu tio disse isso mesmo ou é só uma anotação sua?

– Uma anotação. Ele fala em uma espécie de código. Usa palavras que significam outras. "Abelhas" é o que ele fala quando quer que coloque mel no chá dele. Não que tudo que ele diz queira dizer outra coisa, só as palavras relacionadas às vontades e às necessidades dele. As pessoas que ele menciona parecem personagens de uma ópera italiana. A velha, o menino que está trancado. E ele fala muito sobre chaves.

– Chaves para o quarto onde o garoto está trancado?

– Ou prisão? Ou castelo? Quem sabe? Nunca consigo fazer com que ele diga o quê, quando, onde, quem ou como.

Rafe comeu o bolinho primeiro, se deliciando com a mistura de melaço com aveia. Depois, partiu para o sanduíche.

– Esses personagens não me parecem de ópera. A velha poderia ser uma bruxa, não acha? Os conceitos são parecidos nas histórias.

– É verdade. Velha, bruxa – repetiu Rafe, com o sanduíche na mão. – Uma mulher velha e enrugada. Qual a diferença?

– Não, eu acho que ele pode estar falando de uma bruxa mesmo, como nas histórias infantis, com fadas, gigantes e ogros. Ele fica tão feliz em contrariar "a velha" que ela parece gigante. Principalmente para o menino.

Rafe franziu a testa quando uma luz se acendeu na sua memória.

– Uma bruxa que tranca um menino. Uma bruxa *mágica*. Ela tem a chave para... ah, Deus, uma gaiola. Sou um completo idiota.

– O quê? Por quê?

Ele pegou o caderno da mão dela, folheando até encontrar o que estava procurando.

– Meu tio disse que as nuvens "deviam ser pretas". Quando elas são claras, meu tio não gosta. – Ele olhou para Verity. – Eu sei do que ele está falando. Agora eu *sei*! – Segurando o rosto dela, ele lhe deu um beijo. – Você conseguiu!

~~– Eu não sei o que consegui – disse ela, confusa.~~

– Você estava certa, ele não estava se referindo a uma ópera, mas a um conto de fadas. Não me lembro do título, mas fala sobre um irmão e uma irmã.

– Vários contos de fadas têm irmãos e irmãs.

– Sim, mas este tinha ilustrações feitas à mão. Quando eu era pequeno, meu tio comprou uma coleção de contos de fadas escritos à mão em Hesse e me presenteou. Foi assim que aprendi alemão.

Verity arregalou os olhos.

– Você aprendeu alemão só para ler...

– Esse não é o ponto. Se me lembro bem, tinha um desenho de um menino sendo preso em uma gaiola por uma bruxa que segurava as chaves. Eles estão do lado de fora e escutam as nuvens de uma tempestade. Pretas, não claras. Quando as nuvens são claras, não combinam com o livro, e meu tio não gosta.

Rafe pensou por um momento.

– A única coisa que não se encaixa são as chaves. Tio Constantine sempre diz que o *menino* tem as chaves, não a "velha". – Ele sentiu o coração acelerar. – É um código. O menino tem as chaves do relatório do meu tio. Tio Constantine deve ter colocado um código na ilustração antes de sair naquela noite para Minehead. Provavelmente não queria se arriscar a escrever pois tinha medo de ser seguido quando fosse para casa, e escolheu um livro em que achou que eu seria o único a pensar no caso de ele não retornar. Temos que pegar esse livro.

Verity assentiu.

– Onde está o livro?

– No Castelo Wolfford. – Fazendo uma careta, ele se recostou e deu uma mordida no seu sanduíche. – Não posso acreditar que procurei em todos os livros da biblioteca do meu tio, pensando que ele podia ter escondido seus relatórios ou um código para encontrá-los por ali. Mas nunca me ocorreu que ele estivesse falando de um conto de fadas. *Esse* livro fica guardado na ala infantil, não na biblioteca.

– Então, assim que chegarmos, podemos procurar o livro e você vai ter a resposta! – Ela parecia tão animada quanto ele.

Sorrindo, Rafe esfregou os braços dela carinhosamente.

– Como disse no outro dia, você é meu amuleto da sorte.

– Prefiro ser sua esposa, por mais banal que possa parecer. Menos mágico, mais prático.

– Isso significa que terei uma esposa prática que também tem poderes mágicos, *capisci*?

Ela olhou para ele, desconfiada.

– Não conheço essa palavra.

– É uma gíria italiana para "entende?".

– Entendo que você está se exibindo – disse ela, claramente tentando não dar uma risada.

– Preciso me exibir – disse ele, piscando. – Não posso deixar que minha esposa me envergonhe, fazendo todo o meu trabalho de espionagem. É constrangedor, sabe? Principalmente depois que ela descobriu o que ninguém mais conseguiu: minha verdadeira identidade.

– Devo admitir que, apesar de todas as minhas suspeitas, até a véspera do nosso passeio a A La Ronde, eu ainda tinha minhas dúvidas se estava mesmo certa.

– O que aconteceu em A La Ronde para mudar isso?

– Não foi lá. Foi no escritório de Geoffrey na véspera. Você se entregou quando disse que Eliza tocava alaúde.

– Mas ela toca. – Ele ficou encarando-a até que, de repente, percebeu a mancada que dera. – Inferno. Ela não tocou em público desde que eu, supostamente, apareci na sociedade. Certo. – Como ele podia ter cometido um erro enorme desses? – Para ser justo, eu estava mais preocupado com a sua segurança naquele momento do que com a minha missão.

– Eu sei. – Verity deu um beijo no rosto dele. – E fico feliz que tenha escolhido a minha segurança em detrimento da missão. Mesmo que isso o tenha denunciado.

– Só para você? Ou para toda a família?

– Só para mim. Até mencionei a Eliza, mas ela disse que você devia ter escutado qualquer um de nós comentando sobre isso. Não pude argumentar. Mas eu sabia que não. Eu sabia pela forma como você falou.

– Então, eu meio que mantive minha identidade secreta quase até o final.

– Exatamente! – Ela bateu na mão dele. – Está se sentindo melhor? Ninguém sabe que você é o Camaleão e o Fantasma.

– Só você.

– Eu nunca revelaria os seus segredos – disse ela, solene.

– Eu sei. Ainda mais agora que estamos casados.

Ela franziu a testa.

– Não é por isso. Não contei tudo para a minha família logo exatamente porque eu queria entender o seu jogo antes. Eu não queria estragar as coisas caso o que você estivesse fazendo fosse importante. Não vou contar para eles sobre o Fantasma. Não porque você se casou comigo, mas porque gosto de você. Porque acredito que o que você está fazendo é o certo. – Ela segurou as mãos dele. – Porque... porque eu amo você, Rafe.

Ele ficou com um nó na garganta e, por um momento, sentiu alegria pura. Essa mulher, que era mais incrível do que qualquer outra que ele tivesse conhecido, o amava. Ninguém, nem mesmo seu tio, nunca dissera essas palavras para ele.

Estava encantado. E assustado. Porque e se ele fosse ilegítimo e não fosse herdeiro? Ela deixaria de amá-lo por isso? Para uma mulher que parecia morrer de medo de um escândalo...

– Você mal me conhece – disse ele. – Como pode me amar?

– Eu *conheço* você. – Ela deu um beijo na bochecha dele. – Eu vi seu caráter na noite do leilão quando gastou tanto pela nossa obra de caridade. Depois, quando conversamos, e depois, ainda, quando nos beijamos. Até quando dormimos juntos. – Ela beijou a outra bochecha dele. – E agora, quando você me mostrou o quanto se importa com seu tio e seus problemas. – Abrindo um sorriso hesitante, ela olhou nos olhos dele. – Como eu poderia não amar o homem que arriscou tanta coisa para garantir que eu não acabasse nas mãos de lorde Minton? O homem que...

Ele segurou seu rosto e a beijou com intensidade. Não podia escutar mais nada sobre isso, ou teria que revelar os seus medos e ela saberia a verdade sobre ele e iria odiá-lo por não ter contado antes de se casarem. Com certeza, aconteceria isso.

Então, mostrou para ela com seus beijos o quanto essas palavras significavam para ele, mesmo que não pudesse acreditar. Ele a puxou para seus braços e tentou transmitir o quanto gostava dela. Então, sentiu uma alegria enorme quando Verity passou os braços pela cintura dele e se entregou inteiramente aos seus beijos.

Eles se beijaram por muito tempo, de amante para amante, de marido para esposa, de esposa para marido. Esperava que isso já fosse previsível, mas estava longe disso.

Rafe afastou de leve os lábios para dizer:

– Eu quero você, meu anjo. Preciso de você mais do que você pode imaginar, e nunca precisei de ninguém na minha vida antes. Não dessa forma. – Ele estendeu a mão para desabotoar o vestido dela. – Acho que está mais do que na hora de consumarmos nosso casamento, não acha?

Ela olhou para a janela.

– Você não fica preocupado que alguém na estrada nos veja? Ou que o cocheiro escute?

Ele prendeu o riso.

– Em primeiro lugar, ele não vai escutar nada que não sejam os cascos dos cavalos. E acabamos de trocar os cavalos pouco antes de você acordar, então temos pelo menos mais uma hora pela frente até a próxima parada. Por sorte as carruagens vêm com essas coisas que chamam de "cortinas". – Ele fechou todas. – Muito útil para nos dar privacidade.

– Você vai ser esse tipo de marido? – indagou ela, levantando o queixo. – Um pouco convencido e bastante irônico?

– Não se esqueça de que também sou bom em lhe dar prazer. – Quando ela amoleceu um pouco, ele pediu: – Faça amor comigo, Verity Vênus.

– Não seria o contrário? – perguntou ela, implicando com ele.

– Não precisa ser. – Ele abriu as calças e as roupas íntimas, então se levantou só o suficiente para abaixá-las. – Vem aqui. Vou te mostrar.

CAPÍTULO VINTE E SEIS

Verity não sabia o que pensar quando seu marido levantou sua saia até a cintura e a puxou para montar nele. Tinha acabado de abrir seu coração, admitindo que o amava, e Rafe só disse que a desejava.

Mas seu marido orgulhoso e arrogante já havia se aberto o bastante ao dizer que *precisava* dela. Era um avanço, certo?

Ela se mexeu sobre as coxas dele, tentando descobrir o que fazer.

– Isso é... estranho.

– Estamos fazendo a mesma coisa que antes, mas na posição contrária.

– Se você está dizendo.

Ficar montada com suas partes íntimas nuas sobre as coxas dele a estava deixando muito excitada. E ele também. Considerando como o... membro dele estava rijo.

Ele puxou o vestido dela para baixo e tirou dos braços, de forma a poder olhar as roupas de baixo dela, então puxou as fitas do espartilho.

– É muito difícil tirar isso?

– Em uma carruagem, sim. Mais importante, é difícil vestir outra vez. Eu me recuso a chegar em casa parecendo uma garota desajeitada. – Quando ele pareceu decepcionado, ela acrescentou: – Felizmente para você, basta puxar os bojos para baixo, assim.

E com um movimento rápido, ela revelou seus seios, cobertos apenas por uma camisa.

Os olhos dele brilhavam.

– Assim é bem melhor.

Ele se inclinou para tomar um seio com a boca, sugando com força suficiente pelo tecido para enviar ondas de prazer para suas partes baixas.

Como se percebesse, ele abriu mais as pernas, e Verity perguntou:

– Rafe, o que você quer fazer?

– Me atrevo a dizer que quero fazer isso – respondeu ele ao colocar a mão entre as coxas dela. – Cada vez mais.

– Estou percebendo – disse ela, sem conseguir afastar o olhar do membro dele que estava cada vez maior. Ela arfou quando ele introduziu um dedo nela. – Você é muito travesso, sir.

– Eu tento. – Ele segurou o seio dela com a outra mão. – Amo seus seios. São tão lindos e macios.

– E um pouco pequenos. E-eu sei que homens preferem...

– Homens preferem coisas diferentes, meu anjo. Eu gosto dos seus seios como são. Alguns homens gostam de seios fartos; outros, de seios pequenos. E alguns gostam de seios de qualquer tamanho. Eu vou gostar do que você tiver, porque são seus. – Ele beliscou o mamilo dela por cima do tecido, e ela arfou. – Agora, são meus também.

Ela nunca imaginara que gostaria de ter um homem possessivo, mas estava pegando fogo com as declarações dele. Segurou o membro dele.

– E *você* é meu? Isto é meu?

Ele também arfou.

– Sim, sempre. – Ele moveu as mãos até as coxas dela. – Por favor, querida. Fique de joelhos e sente no meu membro. Ou vou perder a cabeça de tanto desejo.

– Sentar no seu... – Ela olhou para ele. – Ah! Interessante. Fazer amor ao contrário.

Colocando um joelho de cada lado dele, ela se ergueu o suficiente para encobrir todo o membro ereto dele.

– É isso, meu anjo. – Ele começou a suar. – Agora, me ajude a entrar.

– Certo – respondeu ela, preocupada. – Não quero machucar você.

Ele soltou uma risada gutural.

– Você não vai me machucar. Só segure em mim, e tudo vai dar certo. – Ele projetou o corpo na direção dela. – Se você me colocar dentro de você, eu vou... fazer valer a pena. Eu imploro, Verity... não me deixe esperando por você.

Ela gostou de vê-lo implorando e ansiando. Fez com que se sentisse uma deusa com todos os poderes sobre um mero mortal. Enquanto sentava nele, se deleitou com o "ahh" de satisfação que ele soltou.

Fechando os olhos, ele brincou com os mamilos dela e acariciou seus seios.

– Agora, você precisa se mexer... da mesma forma que eu me mexi dentro de você.

– Certo.

Ah, naquela posição, ela podia controlar o que acontecia. Tinha total controle sobre o prazer dele, e o dela, algo de que ela gostava *muito*. Era uma boa lição para ele por tê-la cortejado como meio de espionagem.

– Que tal assim? – perguntou ela, enquanto subia e descia devagar.

– Muito... devagar...

– Você disse que quer mais devagar?

Ela conseguiu rebolar ainda mais devagar.

Ele gemeu.

– Você vai me torturar infinitamente, não vai?

– Infinitamente – respondeu ela, e sorriu.

Rafe abriu os olhos, revelando um homem desesperado.

– Posso pagar na mesma moeda, sua sedutora. – Ele roçou o dedo bem onde eles se encostavam.

– Meu Deus – sussurrou ela, enquanto se contorcia.

– Mais rápido, minha doce tentação... e lhe darei... o que você quiser.

– Se você insiste... – disse ela, suspirando.

Em poucos instantes, eles encontraram um ritmo, que aumentou o fogo dele, acendendo ainda mais o dela.

– Maldição, mulher – murmurou ele. – Você realmente é uma deusa. Eu sou seu, Vênus. Faça de mim o que quiser. Cavalgue em mim até... o fim.

– Com todo o prazer – disse ela, arfando e cavalgando nele com vontade, sentindo-se uma rainha, uma sereia e, sim, uma deusa.

Desta vez, ela estava no controle, e gostava disso. Podia se acostumar com aquilo. A fazer isso com ele. Seu marido.

– Ah, isso... assim, isso... – O rosto dele estava iluminado de prazer. – Prometa uma coisa para mim, meu anjo.

– Qualquer coisa – respondeu ela, ofegante.

– Nunca... me deixe. Não importa... o que acontecer.

Verity estava envolvida demais para questionar aquele pedido, com seu próprio corpo em busca do alívio, seu coração preenchido de desejo por ele.

– Eu nunca...

– Prometa – ordenou ele, sem fôlego. – Por favor. Me prometa.

– Por que eu...

Ele a interrompeu com um beijo que parecia selar um voto. Então, ela correspondeu com cem vezes mais vontade, mostrando seu amor pela forma como o tomava e o segurava em seus braços.

Ela sentiu quando ele chegou ao êxtase, o que a levou ao dela, e os dois estremeceram juntos, entrelaçados em suas promessas e votos, precisando de uma segurança que encontraram um no outro.

O marido dela. Ele ficaria no seu coração para sempre. Talvez, um dia, Verity também estivesse no dele. Até lá, daria tudo que tinha para o casamento deles. Mesmo se no final ele partisse seu coração.

Depois, ela ficou deitada em cima dele, deleitando-se com a intimidade de fazer amor sem se preocupar em ser pega. Como era bom ser esposa dele. Tê-lo como seu marido.

Rafe passou o nariz pela bochecha dela.

– Você nasceu para seduzir, sabia?

– Meu marido me ensinou tudo o que sei sobre esse assunto – disse ela, com um sorriso de pura satisfação. – Estou sempre disposta a aprender.

– Ah, as coisas que vou lhe ensinar... – murmurou ele e a beijou.

De repente, Verity percebeu por que ele havia pedido que ela não o deixasse.

– Você tem medo de que eu seja como a minha mãe? Que eu o deixe se...

– Não. Não é isso. Eu só... Esqueça o que eu disse.

Como ela poderia? Mas achava que aquela não era a hora de pressioná-lo.

– Agora, é melhor eu sair do seu colo.

Ele riu.

– Verdade. – Ele puxou as cortinas para olhar para fora. – Com certeza. Estamos a uns vinte minutos do Castelo Wolfford.

– Rafe! – exclamou ela, puxando o espartilho. – Você deveria ter me avisado antes. Ah, meu Deus, nunca vou conseguir ficar apresentável a tempo. Todos vão saber o que estávamos fazendo!

– Espero que sim. Acabamos de nos casar. – Quando ela fez uma cara feia como resposta, ele logo acrescentou: – Posso ajudar com as suas roupas.

– Ah, não vai mesmo. – Ela o afastou. – Você já fez muito.

– Ainda não foi o suficiente – disse ele, implicando.

Ela o cutucou no peito.

– Se a sua criadagem me olhar de nariz em pé porque pareço uma meretriz quando chegarmos, jamais vou perdoá-lo.

Ele pegou a mão dela e beijou.

– Eles vão gostar de você tanto quanto eu, e até mais. Pen sempre quis que eu me casasse, e você é exatamente o tipo de mulher que ela escolheria para mim.

– Quem é Pen? – perguntou ela, desconfiada.

– Sra. Pennyfeather, minha governanta e antiga babá. Quem tive de mais perto de uma mãe quando criança.

Aquilo fez com que ela gemesse e se apressasse.

– Graças a Deus não deixei que você me convencesse a tirar o espartilho.

– Graças a Deus mesmo – concordou ele. – Porque agora vou poder tirar hoje à noite e me deleitar ainda mais com a experiência.

– Então você vai dormir comigo esta noite? – perguntou ela.

Pelo visto, aquilo fez com que ele se lembrasse do que estavam fazendo *antes* de fazer amor, pois ficou sério.

– Vou. Meu cocheiro precisa descansar, e eu também. Vou partir pela manhã, supondo que consiga decifrar o código do meu tio e encontrar os registros dele.

– Acho, então, que você não vai tirar o meu espartilho hoje à noite – disse ela, suspirando. – Vai estar ocupado demais.

– Provavelmente.

Para não pensar naquilo, ela endireitou o vestido.

– Estou, pelo menos, apresentável?

– Você está linda. Mas o seu *cheiro* é de quem estava tendo relações íntimas com seu marido.

– Rafe! É verdade? – indagou ela, horrorizada.

– Felizmente, comprei esse presente para você. – Com cuidado, ele puxou uma caixa que estava embaixo do banco. – Não vire de cabeça para baixo. Está selado, mas...

Verity espiou dentro da caixa e encontrou o que parecia um frasco que estava sendo mantido em pé por papel amassado. Quando tirou, reconheceu a forma, pois já tivera uns parecidos. Abrindo, ela cheirou e seu coração se inflou dentro do peito.

– Como você sabia?

Ele pareceu um pouco envergonhado, como se tivesse sido pego em flagrante.

– Depois que confrontei Minton na loja do apotecário e ele foi embora, perguntei ao vendedor se a sua família costumava comprar lá, e se você tinha um perfume favorito. Ele me vendeu esse.

– Ah, Rafe. – Ela passou um pouco nos pulsos e no pescoço. – Você não sabe o quanto isso significa para mim.

As pontas das orelhas dele ficaram vermelhas.

– Significa que conheço os gostos da minha esposa – disse ele, com a voz rouca. – Sou um investigador.

– Eu sei.

Mas, para *Verity*, significava que ele já tinha pensamentos românticos em relação a ela antes de ficarem comprometidos. Que o encontro deles na máquina de banho não serviu apenas para satisfazer os desejos dele. Nem o casamento. Ele abriu as cortinas.

– Olhe, estamos chegando no Castelo Wolfford.

Ela olhou para fora e ficou sem fôlego. Se um castelo de conto de fadas existia, era aquele à sua frente.

Como os castelos de pasta de açúcar que monsieur Beaufort criava com excelência para os eventos, este era branco e reluzia, com torres, cúpulas e parapeitos ameados, no mais puro estilo gótico. Os arcos pontiagudos das janelas com treliças tornavam o efeito ainda mais forte.

– Esta é a casa mais linda que eu já vi – sussurrou ela. – Ah, Rafe, você deve adorar morar aqui.

– Adoro – disse ele, com orgulho na voz. – Mas precisa de muitas obras para que fique confortável para uma família. Tio Constantine passou muitos anos longe, por isso está demorando para que eu restaure a beleza original da década de 1750.

– Quando você descobrir quem está espionando para os franceses, vai ter mais tempo para se dedicar. E posso ajudar. – Ela se endireitou. – O jantar do casamento deve ser aqui!

– É melhor você esperar para ver o estado da cozinha antes de tomar essa decisão – disse ele, com uma risada preocupada. – Faz décadas que não damos um jantar para tanta gente.

– Ainda assim... Monsieur Beaufort cozinhava aqui, então, ele saberá me dizer se é possível.

– Suponho que sim.

Eles atravessaram a portaria – uma portaria! – e entraram em um grande pátio pavimentado com pedras. Verity estava absorvendo tudo, encantada pela qualidade pitoresca da casa. Então, ela viu uma mulher de meia-idade alta e magra esperando por eles.

– Aquela é a Pen. – Então, ele franziu a testa. – Por que o restante da criadagem não está aqui fora para receber a nova dona da casa?

– Talvez eles não estejam tão felizes quanto você pensou por saber que você se casou.

– Não é isso. Tem alguma coisa errada.

Quase antes de a carruagem parar, Rafe abriu a porta e pulou para fora, parando apenas para ajudá-la a sair. Após uma rápida apresentação, ele perguntou à Sra. Pennyfeather:

– O que houve?

– Ah, sir, sinto lhe dizer que é o seu tio. A saúde dele está pior. O Dr. Leith disse que está com pneumonia e não acredita que ele sobreviva.

Verity segurou a mão de Rafe, e ele apertou com tanta força que partiu o coração dela.

– Por que você não me enviou uma carta? – questionou ele, com a voz rouca. – Eu poderia ter vindo antes.

– Eu mandei. Mas a sua carta sobre a viagem para Londres chegou primeiro, então soube que não tinha esperança de o senhor receber a minha a tempo.

Rafe assentiu.

– Por favor, nos leve até ele. Ele ainda está na suíte principal?

– Não, nós o trouxemos para o andar de baixo para que possamos escutá-lo melhor e mantê-lo mais aquecido. – Ela fez uma mesura para Verity. – Sinto muito, milady, por ter chegado no meio disso.

– Não diga isso, Sra. Pennyfeather. Eu…

– Pode me chamar de Pen. É como todos me chamam.

Verity estendeu o braço para apertar a mão da criada.

– Não tem outro lugar onde eu gostaria de estar, a não ser aqui com o meu marido. – Ainda mais porque ele estava parecendo arrasado, ela não sabia como ele suportaria isso sozinho.

Pen os levou até uma sala de estar onde os criados haviam colocado uma cama encostada em uma parede. O homem deitado parecia mais velho e mais fraco do que Verity esperava. Mesmo dormindo, o peito dele fazia um chiado tão terrível que ela teve vontade de pegá-lo nos braços. Só conseguia imaginar como Rafe se sentia.

Com cuidado para não acordá-lo, Rafe puxou as cobertas para cobrir o tio, que tinha se descoberto.

– Ele chamou por mim? – indagou Rafe.

A governanta estremeceu.

– Sinto muito, coronel, mas não. Quando ele acorda, só fala do menino e da velha. É um esforço tão grande para ele falar que nem isso ele fala muito.

Quando Rafe ficou tenso, Verity disse baixinho:

– Vá. Encontre o livro. Não tem nada que você possa fazer aqui, eu fico com ele.

– Com licença, milady – disse Pen –, mas acredito que queira se refrescar e trocar de roupa, então, primeiro deixe que seu marido a leve até a suíte principal, onde vão dormir. Está tudo organizado para a sua chegada. Posso ficar aqui com o general até que voltem.

– Como ainda estou com meu vestido de noiva – disse Verity –, devo admitir que seria ótimo, obrigada.

Enquanto subia as escadas, Verity absorveu tudo que podia da sua nova casa: o vitral na escadaria, o balaústre esculpido e os móveis em estilo gótico da sala do segundo andar.

– Nunca dormi na suíte principal – contou Rafe. – Me parece errado. Mas como ele está no andar de baixo, acho que é mesmo mais confortável...

– Foi muita gentileza de Pen pensar nisso.

Quando entraram, a bagagem dos dois já havia sido colocada lá.

– Se você não se importar – disse Rafe, dando um beijo na testa de Verity –, eu gostaria de ir...

– Claro. Se eu precisar, peço a Pen para me levar até a ala infantil.

– Pode confiar nela. Explique sobre o livro.

Então, ele desapareceu pela porta antes que ela pudesse perguntar até que ponto podia comentar.

Por sorte, Verity conseguiu trocar de vestido sozinha, e estava pronta para descer meia hora depois.

Assim que entrou na sala de estar, Pen perguntou:

– Qual livro seu marido está procurando?

– Um que tem um menino e uma velha. Na viagem para cá, descobrimos o que o general Wolfford estava tentando dizer.

O rosto da governanta se iluminou.

– Que maravilha! O coronel estava desesperado para entender. Espero que finalmente compreenda.

Enquanto esperavam Rafe, Verity e Pen conversaram, com Verity tentando explicar como ela e Rafe acabaram juntos sem revelar nada sobre a espionagem. Rafe podia confiar na governanta, mas sem ter certeza do quanto ela sabia, Verity achou melhor não dizer muito.

Preferiu perguntar a Pen como Rafe era quando menino. As histórias que a mulher lhe contou reforçaram as poucas coisas que Rafe e monsieur Beaufort disseram sobre a infância dele. Algumas coisas fizeram Verity desejar ter sido a garota que imaginou que se derreteria pelo Rafe de 16 anos. Porque parecia que ele era muito sozinho.

Em determinado momento, ela escutou uma comoção no corredor, mas quando se virou, só viu as costas de Rafe subindo as escadas.

Horas se passaram e o estômago de Verity roncou. Então, Pen insistiu em preparar um jantar, e Verity aceitou. Porém, estava ficando impaciente. Será que Rafe encontrara os registros? Eram o que ele imaginara? Se seu pai tivesse atirado no tio de Rafe, ela não conseguiria suportar.

Não pensaria nisso naquele momento.

Pouco depois, Rafe entrou na sala com um ar triunfante.

– Encontrou as informações? – indagou ela.

– Encontrei. Meu tio escreveu com tinta invisível na gaiola do menino as instruções para encontrar seus relatórios. As instruções estavam codificadas, então precisei decifrar. Depois, precisei encontrar o local onde meu tio tinha escondido os relatórios, dentro de um balaústre nas escadas da ala infantil. Então, passei os olhos pelos relatórios.

– Ele disse de quem suspeitava?

– Disse, sim. E acho que ele está certo.

– Quem é?

Franzindo a testa, Rafe pegou as mãos dela.

– Você sabe que não posso contar, querida.

– Porque você não confia em mim – disse ela, ofendida.

– Isso não é verdade. Só acredito que, quanto menos você souber, mais segura estará. Ninguém vai poder forçá-la a revelar algo que você não sabe.

Verity não acreditava naquilo.

– Você está preocupado que eu avise quem quer que seja. Porque é alguém da minha família.

– Na verdade, não é ninguém da sua família. – Ele deu um beijo leve nela. – Pode ficar despreocupada em relação a isso.

Então, não era seu pai, nem sua mãe, nem Sarah, graças a Deus. Já sabia que não era nenhuma de suas irmãs nem os maridos. Mas quem sobrava? Talvez lorde Minton? Não seria uma surpresa. Rafe, porém, podia estar mentindo. Verity suspirou. Aquele idiota teimoso se recusava a confiar um pouquinho que fosse nela.

Foi quando notou que ele também tinha trocado de roupa. Estava todo vestido de preto, nem mesmo a gravata era branca, como se não quisesse ser visto em um lugar escuro.

– Você está indo atrás dessa pessoa agora mesmo, não está? – perguntou ela, sentindo uma dor no peito.

– Vou demorar a chegar, mas sim, partirei agora mesmo. No momento em que encontrei os relatórios do meu tio e percebi que logo saberia quem era, mandei uma mensagem expressa para sir Lucius me encontrar, levando homens, para que possamos prender o suspeito. Mas vai demorar até ele receber o expresso e chegar até nosso ponto de encontro. Enquanto isso, não quero que nossa presa descubra qualquer coisa e fuja, por isso preciso chegar lá o quanto antes para ficar de olho caso tente alguma coisa.

Verity assentiu, não podendo confiar em si mesma para falar.

Rafe beijou o topo da cabeça dela.

– Não se preocupe comigo. Fui ao inferno e voltei na Península e saí de lá sem qualquer ferimento grave.

– Sempre tem uma primeira vez para tudo – disse ela. – Já é quase noite, perigoso para viajar. Se alguma coisa acontecer com você...

– Nada vai acontecer. – Ele levantou o queixo dela. – Tenha um pouco de fé, meu anjo. Fiz isso quase a vida toda. Eu sei o que estou fazendo.

– Então, me leve com você – sussurrou. – Eu poderia ajudar... Poderia ser uma vigia... ou qualquer outra coisa.

– Por mais interessante que possa parecer, se eu tiver que me preocupar com você, não vou conseguir fazer o meu trabalho. – Ele apontou para o tio. – Além disso, preciso de você aqui, para cuidar dele. – Ele respirou fundo. – Faça o que puder para mantê-lo vivo até eu voltar. Você pode fazer isso por mim? Não quero que ele morra sem saber que cumpri a missão.

– Farei isso. Prometo.

– Obrigado. Sinto muito, mas preciso ir. Até que eu retorne, não deixe ninguém entrar, exceto o médico. Dei as mesmas instruções para os homens que ficam no portão. Mandarei uma mensagem quando tudo estiver resolvido, para que não se preocupe.

Verity o segurou pelos braços.

– Antes que você vá embora, me escute, Raphael Gabriel Wolfford. É melhor você voltar para mim vivo. Porque juro que vou atrás de você até o inferno, se for preciso.

Ele sorriu.

– Não me surpreende ouvir minha esposa deusa me ameaçar com uma estratégia digna de Perséfone – disse ele, e a puxou para um longo e íntimo beijo.

Momentos depois, Rafe partiu.

Logo, Pen voltou carregando uma bandeja com um jantar que Verity temia que seu estômago fosse pequeno demais para dar conta, mas o cheiro era delicioso.

– Cadê o coronel? – perguntou a governanta.

– Ele foi... foi... não sei para onde. – Ela lutava contra as lágrimas. – Ele não quis me dizer, mas sei que vai demorar alguns dias para voltar.

– Ele saiu sem jantar? – indagou Pen, incrédula.

Verity assentiu. E sem dizer que a amava. Mas não esperava que ele fizesse isso. Nem tinha certeza se ele sabia o que era amor.

– Pen, por que você não dorme um pouco enquanto fico aqui com o tio de Rafe? Você deve estar exausta por fazer isso há dias sozinha.

– Ah, milady, eu não poderia deixar...

– Prometi ao meu marido que ficaria ao lado do tio dele. – Ela conseguiu sorrir. – Por favor, deixe que eu cumpra minha promessa.

Com relutância, Pen assentiu.

– Se precisar de alguma coisa, toque o sino. Meu quarto não é tão longe. Vou escutar. Ah, e tente fazer com que ele beba um pouco do caldo. Ele precisa de sustento.

– Pode deixar. E obrigada, não apenas por me receber com tanto carinho, mas por cuidar de Rafe e do tio dele por todos esses anos. Rafe disse que você é o mais perto que ele tem de uma mãe.

Pen se desfez em lágrimas, que logo enxugou.

– Obrigada por dizer isso, milady. Aquele menino é o que tenho de mais próximo a um filho.

– Vá dormir um pouco – recomendou Verity. – Nós nos vemos pela manhã.

Assentindo, Pen saiu da sala, deixando Verity com um inválido, uma refeição e uma pilha de preocupações das quais não se livraria tão cedo.

CAPÍTULO VINTE E SETE

Enquanto lia um dos muitos livros de Rafe, Verity cochilou na poltrona confortável em frente ao general. Um pouco depois, foi despertada por um barulho que a assustou. Não era o mesmo som de sempre: o chiado rítmico e lento que mostrava que ele ainda estava dormindo. Talvez Pen tivesse levantado e estivesse passando pelo corredor?

Ao olhar para o relógio de parede, percebeu que marcava onze da noite, então era improvável. Pen tinha se recolhido poucas horas antes. Além disso, ela teria entrado na sala de estar antes de ir para qualquer outro lugar.

Verity se dirigiu para o corredor e sussurrou:

– Pen?

– Ah, Verity, graças a Deus você está aqui! – chamou uma voz totalmente inesperada, fazendo Verity dar um pulo.

Era da sua madrasta. Mas como Sarah podia estar em Wiltshire?

Na mesma hora, Verity ficou desconfiada.

– O que você está fazendo aqui? Por que está entrando sorrateiramente no Castelo Wolfford a essa hora?

Sarah pareceu constrangida.

– Eu não queria acordar ninguém. Quando contei para os porteiros que eu era sua madrasta, um deles permitiu que eu passasse pela portaria para chegar até a casa.

Aquilo não parecia certo, considerando o que Rafe tinha dito.

Sarah olhou furtivamente em volta.

– Minha carruagem está esperando por nós duas lá fora.

– Por nós duas? – indagou Verity, buscando possibilidades na sua mente.

Rafe dissera que o espião não era da sua família. Mas talvez ele não considerasse Sarah parte da família, já que se casara com o pai dela muito tempo depois de Verity sair de casa.

– Por que, pelo amor de Deus? – perguntou ela.

– Detesto ter que ser eu a contar, mas seu pai teve uma apoplexia. – Sarah deu tapinhas nos olhos com um lenço. – O médico disse que ele vai morrer, então precisamos ir agora se você quiser vê-lo antes disso. Eu vim buscá-la.

Um arrepio correu pela espinha de Verity.

– Eu vi o papai em Londres anteontem e ele estava saudável até demais.

Certamente, bem o suficiente para ameaçar Verity e Rafe.

– Pode até ser verdade, mas ele voltou para casa em Exmoor Court ontem bem tarde, furioso por causa do seu casamento, sobre o qual eu havia avisado a ele através de uma carta. O médico acha que descobrir sobre o casamento e viajar a noite toda para chegar em casa foram as causas da apoplexia.

– Então por que você veio *me* pegar? Por que o deixou sozinho?

– Ele fica chamando por você. Eu espero que... que a sua presença o convença a lutar pela vida.

Era plausível. Seu pai estava mesmo furioso, mas ele realmente chamaria por *ela* se estivesse morrendo? E Rafe dissera para que não deixasse *ninguém* entrar. Inclusive, dera essa instrução para os porteiros.

Verity tentou interpretar a expressão de Sarah para ver se ela estava mentindo, mas a ansiedade na voz e no rosto dela era exatamente o que Verity esperaria ver em uma mulher preocupada com o estado de saúde do marido. Afinal, Sarah já ficara viúva uma vez. E se seu pai estivesse mesmo morrendo por causa da apoplexia?

– O Sr. Wolfford está por aqui? – Sarah espreitou o cômodo atrás de Verity. – Talvez ele também queira vir.

Aquilo fez com que Verity pensasse melhor. Sarah não teria perguntado por Rafe se quisesse fazer mal a ele. Rafe era muito mais forte do que ela.

Ainda assim, Verity decidiu agir com cautela.

– Ele foi buscar o médico.

– Para o tio doente, suponho. Suas irmãs me contaram sobre o homem. – Antes que Verity pudesse reagir, ela entrou na sala de estar, arregalou os olhos e disse baixinho: – Ah, esse é o general Wolfford? Ele realmente parece doente.

– Ele está com pneumonia.

– Coitado. – Sarah estava sendo ela mesma, mas algo parecia errado. – Detesto ter que afastá-la dele e de seu marido, mas seu pai precisa de você.

– Logo Rafe estará de volta – disse Verity. – Posso lhe oferecer um chá enquanto esperamos...

– Não podemos esperar. Precisamos ir agora mesmo. Cada minuto pode ser o último do seu pai.

– Certo, só preciso acordar a governanta para...

– Não, não – insistiu Sarah. – Não a acorde. Não podemos perder nem mais um minuto. Deixe um bilhete. É o suficiente.

A insistência de Sarah para que Verity fosse embora sem avisar ninguém acendeu o alerta vermelho em Verity. Sarah era a espiã. Tinha quase certeza.

Se era verdade, Sarah podia ser quem atirou no general Wolfford. O que significava que poderia querer terminar o que havia começado. Não tinha como Verity saber se ela estava armada por baixo da capa volumosa que vestia. E se Verity chamasse por Pen, e Sarah atirasse em Verity? Ou em Pen quando ela entrasse? Ou pior, no general?

Faça o que puder para mantê-lo vivo até eu voltar. Você pode fazer isso por mim? Não quero que ele morra sem saber que cumpri a missão.

– Tudo bem – concordou ela. – Deixar um bilhete é uma boa ideia.

Independentemente do que tinha acontecido, precisava tirar Sarah daquele quarto e levá-la para longe do general e dos outros. Melhor que ela não fizesse nada por impulso.

Infelizmente, Sarah observou enquanto ela escrevia o bilhete, então precisava repetir a mentira da madrasta. Depois de deixar o bilhete em cima da bandeja, precisou fingir que não viu quando Sarah veio por trás dela ao sair e simplesmente o roubou.

– Precisamos nos apressar – disse Sarah, praticamente a empurrando pela porta. – Seu pai está esperando por você.

Até que descobrisse o que realmente estava acontecendo, Verity precisava fingir que ser arrancada da sua nova casa no meio da noite era perfeitamente normal. Precisava entender qual era a verdadeira intenção de Sarah e como ela planejava usar Verity para fazer o que queria. Só então poderia impedir o que estava acontecendo, pelo menos até que Rafe a encontrasse.

Acabou que Verity não precisou fingir por muito tempo. Quando chegou à carruagem, havia um sujeito robusto com olhos frios esperando para ajudá-la a entrar. Era alarmante.

– Esqueci uma coisa – disse Verity, virando-se para a casa.

Mas o homem não deixou que ela fizesse nada além de girar antes de segurá-la, colocar um lenço sobre a sua boca e arrastá-la para a carruagem, onde a jogou sem o menor cuidado. Então, entrou para segurá-la e cobrir sua boca de novo, enquanto Sarah subia e eles partiam.

Verity lutou, mas era como chutar e acotovelar um saco cheio de ferro. Os atos de lorde Minton não eram nada comparados com os maltratos do sujeito. Aliás, quem era o brutamontes? Por que nunca o vira entre os criados do seu pai?

Quando passaram pela portaria, ela espiou e viu os dois porteiros amarrados e amordaçados no chão. Pelo menos aquilo explicava como Sarah tinha conseguido passar por eles. Verity rezava para que alguém os encontrasse logo.

Percorreram mais de um quilômetro com aquele touro segurando Verity. Então Sarah mandou que ele a soltasse.

– Se ela gritar, ninguém vai escutar. Esta estrada parece bem deserta. – Fixando o olhar em Verity, Sarah tirou as luvas. – Na próxima parada para troca de cavalos, precisaremos amarrá-la e amordaçá-la, querida, mas tirando isso, você ficará bem confortável. Depois, só ficará amarrada, e só vamos amordaçá-la antes de pararmos.

O touro a soltou, e Verity foi se sentar em frente a eles na carruagem. Ela tentou se acalmar, respirar tranquilamente, sem entrar em pânico. Foi quando olhou pela janela. Mas Sarah estava certa, ninguém escutaria seus gritos naquele lugar.

– O que está acontecendo, Sarah? Meu pai está bem ou não? – perguntou ela, fingindo-se de burra.

– Sinto dizer, querida, mas até onde sei, ele continua bem e cruel, como sempre.

– Então... para onde estamos indo? E por quê?

– Só preciso de uma coisa do seu marido, e assim que conseguir, deixo vocês dois em paz. Não precisamos brigar. E você não precisa fazer perguntas.

– Se você precisa de alguma coisa de *Rafe* – enfatizou Verity com malícia –, deveria ter esperado até que ele voltasse com o médico.

Sarah fixou o olhar nela.

– Se seu marido disse que ia buscar o médico, ele mentiu para você. Estou vigiando a casa desde antes de vocês chegarem, por isso eu sei que ele saiu horas atrás. Felizmente, quando eu o vi saindo de forma tão suspeita, vestido todo de preto, mandei meu outro homem atrás dele. Suponho que ele esteja a caminho de Simonsbath ou de Exmouth. Onde quer que seja o destino do seu marido, meu homem vai entregar minha mensagem a ele, de forma anônima, como mandei, depois se encontrar comigo no local combinado.

Verity se esforçou para não demonstrar preocupação. Se um bandido como aquele que estava na sua frente estivesse seguindo Rafe...

– Não estou entendendo – murmurou Verity, determinada a manter Sarah falando. – Que mensagem? Por que você vigiaria a nossa casa ou me sequestraria à força? Por que mandar que sigam meu marido?

– Seu marido está se intrometendo em assuntos que não deveria.

Verity cruzou os braços e continuou se fazendo de boba.

– Que tipo de assunto?

– Você é sempre tão bisbilhoteira?

Ao se lembrar de Rafe perguntando a mesma coisa para ela, quase sorriu. Mas a ideia de que ele estava sendo seguido por um bandido a impediu de fazê-lo.

– Você com certeza sabe a resposta. Sou famosa por ser bisbilhoteira.

– Na verdade, eu também, só não sou assim quando estou com a sua família. – Sarah a olhou de cima a baixo. – Agora, me diga uma coisa. O seu marido é tão abastado quanto dizem?

A conversa estava começando a irritá-la.

– Por quê? Pretende roubá-lo? É por isso que mandou seu guarda-costas segui-lo?

Sarah estreitou os olhos.

– Só responda à pergunta.

– Não vou falar nada para você até que me explique por que me pegou à força. Está claro que você não pretende fazer nada de bom, embora eu não esperasse isso de você.

– Eu sei. Todo mundo acha que seu pai me controla. De certa forma, sim. Felizmente, porém, encontrei um jeito de sair do controle dele.

Contando segredos para os franceses.

– Então, me conte – pediu Verity, em um tom ácido.

Sarah suspirou.

– Até posso contar, já que você logo vai descobrir. Seu marido vai me dar uma fortuna para recuperar você, então poderei fugir da Inglaterra com os meus meninos.

Essa não era a resposta que Verity esperava.

– Você vai pedir para Rafe pagar um resgate por mim para que possa fugir do meu pai?

Sarah soltou uma gargalhada amarga.

– E... dos outros. Se alguém merece ser forçado a me dar dinheiro, esse alguém é o seu marido.

– Por quê? O que ele te fez?

– Nada, ainda. Mas é só uma questão de tempo até que ele destrua a minha vida.

– Você está falando em enigmas – disse Verity, na esperança de Sarah elaborar mais.

Verity queria saber o quanto sua madrasta sabia da investigação de Rafe. Caso ela tivesse descoberto o que Rafe sabia sobre *ela*.

Havia muitas perguntas que Verity não ousava fazer, com medo de Sarah decidir matá-la e mandar seu homem matar Rafe. Como Sarah descobrira que o general era o mesmo homem que fora atingido por uma bala em Minehead? O que fez com que ela fosse até o Castelo Wolfford? Por que estava espionando para os franceses? Afinal, ela era inglesa! Será que não se importava com seu país? Não se preocupava com o que aconteceria com os filhos caso fosse pega?

Como Sarah continuou em silêncio, Verity acrescentou:

– Você vai ser enforcada por me sequestrar quando a pegarem.

– *Se* me pegarem. – Sarah deu ombros. – Primeiro, vão ter que descobrir que fui eu. O que não vai acontecer. Vamos mantê-la presa em um local tão escondido no Exmoor Park que, quando seguirem as minhas instruções e a encontrarem, já estarei longe com meus meninos e o dinheiro.

Bem, pelo menos aquilo revelava duas coisas para Verity. Sarah não sabia que Rafe adivinharia na hora quem levou sua esposa. E Sarah pretendia deixá-la viva, o que era um alívio.

– Para onde você vai?

– Para bem longe – respondeu Sarah. – Você deveria dormir enquanto pode. Ainda faltam horas para chegarmos a Simonsbath, ou qualquer lugar para onde seu marido esteja indo.

– Boa ideia.

Verity deveria, pelo menos, descansar, para que estivesse preparada para o que viesse pela frente: uma chance de escapar, uma ameaça à sua vida, mais explicações de Sarah. Mas duvidava que conseguisse dormir de verdade.

Encostou a cabeça na almofada e fechou os olhos. Foi quando pensou em algo terrível. *Instruções para encontrá-la* podia significar *instruções para encontrar seu corpo*. Verity engoliu em seco. Tinha que rezar para que Rafe fosse atrás dela antes de pagar o resgate para Sarah.

༄

Rafe estava sendo seguido. Tinha quase certeza. Faltando horas para chegar a Simonsbath, verificou de novo, sob a luz cinza antes do amanhecer, e viu o mesmo homem que tinha visto nas sombras das árvores nas últimas três hospedarias em que passara para trocar os cavalos. E quando a carruagem de Rafe se afastou da última, ele viu que o homem também montou em seu cavalo.

É claro que as estradas estavam tão secas ultimamente que não tinha como ver atrás deles quando a carruagem estava em movimento, levantando poeira. Além disso, como estavam passando por vários bosques, o homem certamente estava se mantendo perto das árvores.

Mas Rafe tinha um plano para saber se o sujeito não estava apenas viajando na mesma estrada que ele. Afinal, era possível... essa era a rota mais direta de Londres para Simonsbath. Felizmente, Rafe conhecia cada pedacinho da estrada, já que viajara por ela mais vezes do que podia contar. A rota tinha uma combinação particular de elementos em um determinado lugar logo depois da próxima parada que seria perfeita para os planos de Rafe.

Quando pararam para trocar os cavalos, Rafe conversou com seu cocheiro, explicando o que queria. Então, eles partiram de novo. Logo à frente, havia uma curva bem acentuada e, em seguida, uma estrada secundária que divergia da principal e entrava pelo bosque.

Assim que passaram a curva, o cocheiro diminuiu a velocidade para que Rafe pudesse sair e entrou na estrada menor, seguindo a uma distância segura para não ser visto da estrada principal. Agora, só precisavam esperar. Rafe se escondeu atrás de uma árvore, observando a presa fazer a curva e parar.

Ficou claro que o homem não sabia se deveria seguir para a estrada secundária ou continuar pela principal. Ele desmontou para esquadrinhar a estrada secundária, então se ajoelhou para examinar os sulcos, como se esperasse que aquilo lhe mostrasse se a carruagem tinha passado por ali.

Assim, o homem foi pego totalmente de surpresa quando Rafe o atacou, derrubando-o no chão e colocando uma faca em sua garganta.

Rafe procurou nos bolsos do sujeito e encontrou um punhal, que jogou longe.

– Agora, senhor, por que não me diz por que está me seguindo?

O homem arregalou os olhos.

– E-eu não sei do que o senhor está falando.

Nessa hora, os criados de Rafe já tinham voltado a pé para cercá-los. Um deles pegou o punhal. Por sorte, Rafe e seu tio sempre tinham treinado os criados como soldados. Todos sabiam usar, pelo menos, um punhal, e alguns até uma pistola.

– Olhem as bolsas dele – mandou Rafe. – Vejam o que conseguem encontrar.

O cocheiro dele fez a busca.

– Ele está bem armado. Duas pistolas, outra faca. Um cantil. Ah, tem algum tipo de carta aqui, a julgar pelo lacre de cera. Não tem endereço ou selo, e o lacre está em branco.

– Abra e veja o que diz – ordenou Rafe.

– Você não pode fazer isso! – protestou o sujeito, inutilmente.

O cocheiro leu a carta rapidamente então praguejou.

– Inferno. Isso parece uma carta com um pedido de resgate para o senhor.

– O quê? – questionou Rafe, sentindo o medo crescer em seu peito. – Por quem?

– Lady Verity.

Rafe começou a ver tudo vermelho. Pressionou sua faca mais fundo na garganta do homem, o suficiente para sair um pouco de sangue, então rosnou:

– Diga quem escreveu a carta e o que você deveria fazer com ela! É melhor me dizer quando e como estavam planejando pegar a minha esposa, ou eu juro que corto a sua língua!

– E-eu não vou dizer nem uma palavra. Vai ter que me matar.

Certo. O cretino devia supor que um cavalheiro como Rafe não faria isso. Ele estava muito enganado.

– Se eu fosse você, não me testaria – avisou ele, em tom de ameaça. – Templeford fica a poucos quilômetros daqui e o policial é meu amigo. Ou seja, você vai para a cadeia de um jeito ou de outro.

O homem ergueu o queixo de forma desafiadora.

– O senhor não vai descobrir nada por mim.

Abruptamente, Rafe ficou de pé.

– Amarrem-no, vamos arrastá-lo até a cadeia de Templeford – disse ele para seus homens. – Temos a carta que ele estava carregando, que prova que está alinhado com os sequestradores, provavelmente só esperando por uma chance para deixar no meu coche enquanto raptaram a minha esposa. – Ele se virou para o cocheiro. – Qual é mesmo a pena para sequestro?

– Acho que enforcamento, sir – respondeu o cocheiro.

– Acredito que você esteja certo.

Rafe começou a se afastar enquanto seus homens levantavam o homem.

– Espere! Não podem me acusar de sequestro. Eu só estava cumprindo ordens, que foram seguir o senhor e, assim que parasse em algum lugar, deixar a carta sem ser visto e encontrar os outros.

– Quem lhe passou as ordens? – indagou Rafe, embora só pudesse ser uma pessoa.

Sarah Harper, a condessa de Holtbury. Segundo a mensagem codificada do tio, era com ela que ele se encontraria em Minehead. E Rafe tinha certeza de que fora ela que havia atirado no tio Constantine.

O homem parecia desesperado.

– Se eu contar, ela vai mandar me matar.

– Se você não me contar, vai ser enforcado. – Ele deu um passo à frente e pressionou a ponta da faca na garganta do homem. – Isso supondo que eu não corte a sua garganta aqui mesmo.

Naquele momento o sujeito acreditou nele, pois tremeu.

– Foi a esposa de lorde Holtbury.

Os criados ficaram chocados, pois o patrão não tinha contado sobre suas suspeitas, mas Rafe só ficou surpreso por ela ter um lacaio tão baixo quanto esse a quem dar ordens.

– Você é criado dela?

– Faço alguns trabalhos para o marido dela de vez em quando.

– Você é um contrabandista.

O homem arregalou os olhos, assustado.

– Eu não disse isso, sir.

– Nem precisava. – Rafe pensou no que o homem acabara de dizer e algo lhe ocorreu. – Por que ela queria que você "esperasse eu parar" para me dar a carta? E por que enviar você antes do sequestro? – Foi quando ele percebeu, e seu coração afundou. – Ela já está com Verity. Sarah está atrás de nós na estrada e não queria que eu soubesse. – Quando a fúria tomou conta de Rafe, ele encarou o lacaio de Sarah. – Estou certo, não estou? – Quando o sujeito ficou pálido, Rafe repetiu: – *Não estou?*

– Sim, senhor. Eu deveria segui-lo enquanto ela e outro sujeito ficavam esperando até que fosse seguro sequestrar a sua esposa.

Verity tinha caído nas mãos da mulher que atirara no seu tio a sangue-frio, e Rafe não estava lá para protegê-la. Ah, céus! Pior ainda, era tudo culpa dele. Poderia ter evitado aquilo se tivesse contado a ela o que sabia. Ou a tivesse trazido junto com ele.

Rafe tentou se tranquilizar repetindo para si mesmo que os porteiros conseguiriam impedir os bandidos, mas, e se Sarah chegara no meio da noite e os convencera a deixá-la entrar, com um criminoso à sua disposição? Ela podia ter vencido com facilidade o embate, ainda mais se entrara furtivamente. Só de pensar em Verity à mercê de uma mulher tão cruel ele ficava com vontade de gritar! Precisou de toda a sua força de vontade para não cortar a garganta do lacaio de Sarah.

Mas não podia. Não deveria. Precisava se manter calmo, ou então não conseguiria ajudá-la. Resgatá-la viva.

Precisava resgatá-la viva. Como viveria sem Verity?

– Preciso de um momento – disse, e começou a andar de um lado para o outro. – Tenho que pensar.

De alguma forma, Sarah devia ter descoberto que o tio de Rafe era o estranho em quem ela tinha atirado. Mas por que isso fez com que sequestrasse Verity? O que ganharia com isso, além de dinheiro temporário? Ela tinha que saber que Rafe não pararia de caçá-la, nem mesmo depois de resgatar sua esposa. E se Sarah fosse tola o suficiente para matar Verity, ele moveria céus e terras para encontrá-la. Então por quê...

Um sorriso sombrio apareceu nos lábios dele. Sarah não tinha percebido que Rafe já sabia quem ela era. E ele tinha quase certeza de que Verity teria a presença de espírito de não contar.

Claro, se ela conseguira entrar no Castelo Wolfford...

Ah, Deus, seu tio já devia estar morto agora. Sarah não o deixaria vivo. Rafe só precisava rezar para que ela deixasse Verity viva. Isso não era, de forma alguma, certo. Sarah precisava fugir com o dinheiro, e isso significava que precisava garantir que ele nunca descobriria que ela sequestrara Verity. Se o lacaio tivesse conseguido entrar sem ser visto, podia ter pego sua esposa sem que ela soubesse quem eram os sequestradores.

Ou, talvez, estivessem planejando matá-la assim que conseguissem o dinheiro. Maldita. Já se ressentia demais pela perda do tio, mas se perdesse Verity...

Rafe não sobreviveria a isso. Ela era tão essencial na sua vida quanto o ar, o sol e a água. Precisava salvá-la, a qualquer custo.

Ele se virou para o cocheiro.

– Leia toda a carta com o pedido de resgate.

O homem assentiu.

– Diz assim: "Leve duzentos guinéus para a velha serraria do rio Barle. Deixe com o homem que estiver lá, e ele lhe dará instruções de onde encontrar sua esposa em Exmoor."

Exmoor? Deus do céu, a floresta abrangia uma área de quase nove mil hectares. Era como Sarah pretendia ganhar tempo para fugir. Faria com que ele atravessasse Exmoor em busca de Verity enquanto pegava um barco pelos rios Barle e Exe até a costa e, de lá, para a França em um dos barcos de contrabando que usava para as cartas.

Mas por que Sarah escolheria Exmoor Court, onde morava, como o lugar para ele pagar o resgate?

Porque ela, provavelmente, devia estar armando para o marido. Ela fugiria e Rafe correria atrás de Holtbury pelo sequestro.

Mas isso significava que ela descobrira que o tio de Rafe era o homem em quem tinha atirado e, por isso, Rafe estava atrás do culpado. Só não sabia como, ninguém sabia a verdadeira natureza da doença do seu tio, além de Rafe, Pen, o cocheiro e o médico, que havia jurado segredo, mas não importava agora. Porque ela e Verity estavam, no máximo, poucas horas atrás deles. Precisava preparar uma armadilha. *Naquele exato momento.*

Ele fez uma cara feia para seu prisioneiro.

– Por mais que eu preferisse vê-lo enforcado, você tem a minha palavra de que se for franco e sincero comigo agora, e minha esposa estiver sã e salva, você será, no máximo, exilado para uma colônia penal, talvez até tenha uma pena mais leve, dependendo da decisão do governo. Você concorda com esses termos?

– Não tenho alternativa, não é? – resmungou o homem.

– Nenhuma – respondeu Rafe. – Você vai me ajudar?

– Acho que sim.

– Bom. Onde você deveria encontrar seus amigos?

O sujeito engoliu em seco.

– Em um lugar que conhecemos em Simonsbath.

– Sarah vai pegar essa estrada até Simonsbath?

– Vai.

Cada vez melhor. Não apenas todos eles estavam viajando pela mesma estrada, como sir Lucius devia estar recebendo a carta expressa de Rafe, que o mandava para Simonsbath, naquele instante. Dependendo da velocidade em que o seu chefe viajaria e a distância que Sarah estava dele, ele e seus homens talvez conseguissem chegar a Templeford a tempo de Rafe prendê-la. Ou pouco depois.

Então, Rafe só precisava preparar uma armadilha com a ajuda de seu amigo policial e de seus homens, e esperar que Sarah caísse.

Falou com seus homens:

– Algum de vocês reconheceria o cocheiro de Sarah se o visse? Eu me lembro da carruagem em que ela chegou para a temporada de verão, mas caso esteja em uma diferente, é melhor ficarmos de olhos no cocheiro e nos lacaios dela.

– Eu me lembro bem do cocheiro – respondeu um dos lacaios.

– Bem o suficiente para apontá-lo em um pátio de carruagens?

– Com certeza, senhor. Conversamos bastante sobre a guerra. Ele perguntou sobre o general, e eu contei como seu tio foi ferido na guerra. Como era difícil para ele andar a cavalo com a perna ferida, mas que ele ainda conseguia.

Rafe bufou.

– Suponho que tenha dito que meu tio andava com uma bengala.

– Sim. Conversamos muito tempo sobre o general e como todos tínhamos orgulho do passado dele no Exército.

Com isso, Rafe sabia como Sarah deduzira que o tio dele era o homem em quem ela havia atirado. Seu próprio lacaio dera a resposta. Juntando com as perguntas de Rafe sobre Exe, foi o que ela precisou para perceber o que Rafe pretendia. Talvez, se ele também tivesse confiado em seus criados, eles não teriam levado, sem querer, Sarah até o Castelo Wolfford.

Até Verity. Deus, só esperava que Verity aguentasse firme até que ele conseguisse resgatá-la.

Até que pudesse dizer o que sentia por ela. Tinha sido um tolo por não ter dito antes. Ele a amava. Agora, via isso claramente, diante da possibilidade de perdê-la. A preocupação constante e incansável dela tinha começado a nutri-lo e sustentá-lo. Todo o restante – seus medos de que ela o deixasse, suas preocupações de como ela ficaria se ele fosse ilegítimo – eram apenas empecilhos para separá-los. Estava cansado de mantê-la a uma distância segura para proteger seu coração.

Verity *era* seu coração. E Rafe não podia viver sem seu coração. Sem ela.

CAPÍTULO VINTE E OITO

Quando Verity acordou, o dia já estava claro. Por que seus pulsos e tornozelos estavam amarrados e por que estava em uma carruagem com a...

Ah.

Lembrou-se de tudo e bufou. A esta hora no dia anterior, estava se casando. Agora, podia estar prestes a morrer.

– Estou vendo que acordou – comentou Sarah, com a expressão plácida de sempre.

Desde que Verity conheceu Sarah, acreditava que a expressão da madrasta significava calma e tranquilidade. Agora, sabia que era reflexo de um vazio interior. Sarah simplesmente não tinha alma.

– Por quanto tempo eu dormi? – perguntou Verity.

– Horas – respondeu Sarah. – Parece que estava cansada.

Verity devia mesmo estar para conseguir dormir no meio de tudo aquilo. Mas só conseguiu pegar no sono depois de mais de uma parada.

– Quando pego no sono, durmo pesado – disse Verity. – Onde estamos?

– Estamos chegando a Templeford. Você conhece?

– Não. Presumo que estamos a caminho de Simonsbath?

– Meus filhos estão lá. E não vou a lugar nenhum sem eles.

Essa era a única qualidade de Sarah: o amor pelos filhos. Se Verity precisasse implorar por sua vida, teria que apelar para o lado maternal, onde ficavam os resquícios da sua alma.

– Quando chegarmos a Templeford, posso usar a casinha? – pediu Verity.

– Você deve achar que sou burra. É claro que não. – Ela tirou algo que estava embaixo do banco. – Aqui está o penico da carruagem. Use isso. Ou espere até que não estejamos na cidade e você possa se aliviar na beira da estrada.

– Certo – murmurou Verity. – E comida? Tem alguma coisa que eu possa comer?

– É só me dizer o que quer e mando meu homem buscar. Não quero que você desmaie de fome antes de eu conseguir meu resgate. Além disso, também estou com fome. – Sarah endireitou seu fichu. – Está vendo, querida? Não sou uma mulher cruel. Só preciso tomar medidas para me proteger, e quero que seu marido me ajude a fazer isso.

– Roubando todo o dinheiro dele – presumiu Verity. – Para que eu morra de fome.

– Não seja ridícula. Wolfford é rico. E ele nunca a deixaria morrer de fome. Ele é louco por você. Se não consegue perceber isso, é menos observadora do que acreditei que fosse.

Ele era louco por ela? Ah, Verity esperava que sim. Ou, pelo menos, o suficiente para dar a ela filhos e uma casa para sempre receber todo o amor que ela queria oferecer a ele.

Lágrimas brotaram em seus olhos. Era melhor que ele a encontrasse. Nunca o perdoaria se não o fizesse!

– Estamos chegando – avisou Sarah. – Minha querida, me desculpe, mas vamos ter que amordaçá-la de novo. Não dificulte as coisas. Está ficando cansativo.

Ela não dificultou. Qual seria o objetivo disso? O touro a segurou enquanto Sarah puxou a mordaça para cima. As cortinas da carruagem continuavam fechadas, e ninguém conseguiria escutar os resmungos abafados dela por causa do barulho costumeiro em uma hospedaria com pátio para troca de cavalos.

Embora a hospedaria dessa cidade parecesse calma. Quase estranho. Sarah pareceu não notar, concentrada em dizer para o touro qual comida queria que ele trouxesse para elas. Mas Verity percebeu. Sentiu a esperança crescer em seu peito.

O touro saiu da carruagem. Pelo visto, Sarah finalmente notou a calmaria, pois puxou a cortina para espiar o lado de fora. Verity apenas reagiu, tentando mexer na cortina com a sua cabeça no caso de alguém estar por ali.

Viu o touro lutando com Rafe e dois homens tão fortes quanto ele, quando Sarah gritou:

– Pare com isso! – e tentou puxá-la para longe da cortina.

Verity resolveu lutar, determinada a distrair Sarah para que não visse o que acontecia do lado de fora, chutando a madrasta com as pernas amarradas, contorcendo-se para dificultar as coisas para a mulher.

Mas as coisas não saíram como o planejado quando Sarah puxou uma pequena pistola e apontou para ela.

– Fique quieta! – mandou ela, apesar da mão trêmula.

Naquele momento, a porta abriu e Rafe apareceu. Ele só precisou de um instante para avaliar a situação. Apesar de ficar pálido, falou com calma:

– Lady Holtbury, me entregue a pistola. O pátio está cheio de homens armados só esperando as minhas ordens. Se a senhora atirar na minha esposa, será enforcada. Tenho certeza de que não é isso que a senhora quer.

Como Verity estava amordaçada, só conseguiu lançar um olhar de súplica para a madrasta.

Sarah olhou para trás de Rafe, para os homens pelo pátio. Então, com a mão trêmula, assentiu e permitiu que Rafe tirasse a arma dela. Ele entregou a pistola para alguém que Verity não conseguiu ver, então agarrou Sarah e a puxou para fora da carruagem. Entregando-a para dois sujeitos fortes, Rafe entrou e pegou Verity em seus braços.

Em poucos instantes, ele tirou a mordaça e a desamarrou, examinando-a com um olhar angustiado.

– Você está bem? Está machucada?

– Não – foi tudo que Verity conseguiu dizer enquanto enterrava a cabeça no ombro dele, tão feliz de vê-lo que parecia que seu coração ia explodir.

– Meu Deus, eu estava aterrorizado só de pensar que ela já tinha...

– Eu sabia que você viria – sussurrou Verity. – Eu sabia que você conseguiria me encontrar.

– Eu te amo – declarou ele, surpreendendo-a. – Eu teria ido até o fim do mundo para encontrá-la. – Verity o fitou, perplexa. – Eu sei que deveria ter revelado antes o que sinto por você. Eu deveria ter feito muitas coisas de forma diferente, como ter dito que Sarah era a culpada assim que descobri e não tê-la deixado assim que soube a verdade. Cometi muitos erros, e só posso esperar que você me perdoe. Porque, sem você, minha vida seria apenas um dia triste após o outro, tentando dar sentido às coisas. *Você* dá sentido a tudo. Quero que saiba...

Verity o beijou, porque *ele* dava sentido a tudo na vida dela, e ela era melhor demonstrando do que dizendo.

Ainda estavam se beijando quando alguém, do lado de fora da carruagem, pigarreou.

Rafe se afastou.

– Desculpe, meu amor, mas preciso trabalhar agora.

– Posso te acompanhar? – perguntou ela.

Ele abriu um sorriso.

– Se você quiser, não tem nada de que eu gostaria mais.

Juntos, eles saíram da carruagem.

O homem que pigarreou era o amigo policial de Rafe.

– Colocamos a senhora e o capataz em celas separadas na cadeia – explicou ele. – Quer esperar a chegada de sir Lucius para interrogá-los?

– Quero. Acabei de receber a informação de que ele está a apenas quinze quilômetros daqui, então deve chegar dentro de uma hora.

Depois que o policial saiu, Verity disse:

– Estou surpresa que você não queira ir logo para casa para ver seu tio.

Rafe a fitou.

– Ele ainda está vivo? Sarah não o matou lá?

– Acho que ela poderia ter tentado se não estivesse ocupada me convencendo a ir com ela.

Ela explicou como Sarah tentara enganá-la, e como não quisera arriscar a vida do tio dele.

– Ah, meu anjo – disse ele –, eu não queria que você se sacrificasse por ele. Não me entenda mal, eu o amo, mas ele vai acabar morrendo. Eu lamentaria a perda dele, mas não sobreviveria se a perdesse.

Essa declaração fez com que ele ganhasse outro beijo, desta vez na frente de todos, fazendo com que as pessoas no pátio, que sabiam o que estava acontecendo, aplaudissem.

Rafe ficou vermelho até a raiz dos cabelos, o que Verity achou muito engraçado.

– Acho que precisamos de mais privacidade – disse ele. – Já providenciei uma sala de jantar privativa para nós, para o caso de você querer comer e descansar.

– Parece perfeito! – exclamou ela, deixando que ele a levasse para a sala pequena mas arrumada, com mesa e cadeiras.

Depois de pedir comida, Rafe disse:

– Enquanto esperamos por sir Lucius, preciso contar uma coisa para você.

Seu repentino tom de voz grave a deixou assustada.

– Precisa?

– Não quero mais esconder de você. Não quero nunca mais esconder nada de você. – Ele suspirou. – Venho tentando descobrir quem era a minha mãe. Tio Constantine sempre foi vago sobre esse assunto, e eu aceitava isso quando era mais jovem. Até que aconteceu uma coisa peculiar enquanto eu estava na Península.

Rafe respirou fundo.

– Recentemente, descobri que tive uma ama de leite que falava português, que meu tio trouxe do Brasil. Ele falava português comigo, mas muito mal. Parece que foi com ela que eu aprendi, apesar de ela ter morrido quando eu era bem pequeno e não me lembrar muito bem dela.

Ele pegou a mão de Verity.

– A questão é a seguinte, na Península, descobri que o português de Portugal não é igual ao do Brasil. As palavras que meu tio usava, que eu me lembro vagamente de escutar na minha infância da minha ama de leite, são de português de Portugal. Então, meu pai não podia estar na América do Sul quando aprendeu a língua. Ele tinha que estar em Portugal. O que significa que minha mãe provavelmente não era brasileira.

A mente dela começou a juntar os pontos, pensando nas possibilidades.

– Isso quer dizer que meu tio mentiu – continuou ele. – E a única razão que consigo pensar para isso é que meu pai tinha uma amante em Portugal antes de se mudar para o Brasil e sofrer o acidente. Isso significa que sou ilegítimo. E, se isso for descoberto, não poderei herdar o título.

Para ela, parecia algo totalmente diferente.

– Hum. O acidente no Brasil foi documentado?

– Foi. Eu vi o atestado de óbito. Mas só do meu pai. Não consigo encontrar o da minha mãe nas pastas que meu tio tem sobre ela.

E Rafe provavelmente teve muito tempo para procurar durante os meses em que buscava os relatórios do tio. O que só reforçou as suspeitas de Verity.

– Rafe – disse ela, com calma. – Pense bem. A probabilidade do seu suposto pai mudar de continente e morrer logo depois de você nascer é praticamente zero. O mais provável é que você seja filho ilegítimo do seu suposto tio.

Ele piscou para ela, claramente nunca tinha considerado essa possibilidade.

– Mas isso significaria que ele mentiu para mim. Que ele escolheu não me registrar.

– Claro que não. Você não herdaria nada, talvez nem a propriedade dele, dependendo de como a patente e o testamento foram escritos. A única forma de seu tio garantir que você herdaria era criar uma história em que você era legítimo.

Rafe a fitou.

– Ele nunca nem disse que me amava. Eu sempre quis que ele dissesse, mas...

– Ele provavelmente temia que as pessoas descobrissem a verdade. – Ela cobriu a mão dele com a dela. – Mas qualquer homem que trouxesse um livro escrito e ilustrado a mão da Alemanha para seu filho estava mostrando seu amor.

E o fato de Rafe aprender alemão mostrava ao general que Rafe o amava.

Ele engoliu em seco.

– Mas não temos como provar a sua teoria. E se o Colégio de Armas pesquisar a minha linhagem e eu não puder provar que sou legítimo...

– Isso é tão importante assim para você?

– Para mim? Não. – Ele olhou dentro dos olhos dela. – Mas isso arrastaria nós dois para um escândalo, e você já sofreu o suficiente com um. É por isso que eu fui... covarde e não contei antes de nos casarmos. Eu tinha medo de que isso fosse relevante para você. Que você se recusaria a se casar comigo se descobrisse.

– Meu Deus! – exclamou ela, apertando a mão dele. – Vou tentar não me sentir insultada por você ter essa impressão de mim. Mas não vai se livrar tão fácil assim de mim, sir. Mesmo que eu descubra que você é um mendigo que veio do outro lado do mundo e que não tem um centavo no seu nome, eu ainda vou te amar.

Desta vez, quando ele a beijou, foi um beijo longo, lento e profundo, o tipo de beijo que era o prenúncio de que coisas boas viriam.

Então, ela se afastou e olhou para ele.

– Tem *uma* pessoa para quem o seu tio pode ter contado a verdade.

– Pen?

– Sir Lucius.

Rafe ficou tenso.

– Não posso perguntar a ele sobre isso. Se eu fizer, não poderei voltar atrás depois.

– Você confia nele tão pouco assim? Ele não tem a sua vida e seu futuro nas mãos há anos?

– Tem, mas...

Bateram na porta.

– Pense a respeito – aconselhou ela ao se levantar para atender a porta.
– É tudo o que peço.

Era sir Lucius, claro. Quando ele tentou tirar Rafe da sala e ir para longe dela, Rafe apenas disse:

– Verity acabou de ser sequestrada por causa dessa missão. Além disso, ela sabe de tudo. Eu confio a minha vida e a segurança do meu país à minha esposa. Então, ela fica.

Para surpresa dela, sir Lucius aceitou. E Verity achou que não seria apropriado comentar que ainda não tinha comido nada.

Os dois planejaram como interrogar Sarah e concordaram que o lacaio não os levaria a lugar nenhum, a não ser que ela não revelasse nada. Então, eles se afastaram um pouco para discutir algum outro assunto aos sussurros.

Pelo visto, sir Lucius tinha outra carta na manga.

– O que a senhora acha, lady Verity? Devemos dar a lady Holtbury uma chance de escolher entre enforcamento e serviço ao país? Um espião seria útil para passar informações falsas para os franceses. Podemos deixar que ela continue suas atividades sob a minha supervisão e que continue a vida dela como tem sido até agora. Podemos confiar que ela não vai agir nas nossas costas?

– Eu só sei de uma coisa – opinou Verity. – Ela vai fazer qualquer coisa para que os filhos estejam seguros e sob a sua guarda. É o que há de mais importante para ela.

– Ah. Amor maternal. – Sir Lucius sorriu. – Posso trabalhar com isso.

Quando os três entraram na pequena cela onde Sarah estava presa, a mulher começou:

– Quem diabos é *este* sujeito?

Cerrando os dentes para não dar uma bronca nela, Rafe respondeu:

– Seu novo chefe. Se a senhora tiver sorte.

Sarah não entendeu o que a resposta de Rafe queria dizer. Logo saberia. Rafe aprovara a proposta de sir Lucius. Não tinha escolha, embora não gostasse nem um pouco. Afinal, a mulher ameaçara Verity.

Só por isso, já gostaria de vê-la enforcada.

Mas admitia, mesmo de má vontade, que seria melhor usá-la. Afinal, a mecânica para compartilhar informações com os franceses já estava montada. O Gabinete de Guerra podia se beneficiar mais em não enforcá-la.

– Parece, madame – disse sir Lucius –, que a senhora vinha enviando mensagens para os franceses por meio da rede de contrabando do seu marido. Mas a Coroa está disposta a ignorar seus crimes se a senhora começar a enviar mensagens escritas por *nós* para os franceses, exatamente da mesma forma que estava fazendo.

Sarah arregalou os olhos.

– Eu poderia ficar com meus filhos e continuar esposa de Osgood?

– Sim, a senhora poderia ficar com seus filhos, e seria obrigada a continuar casada com ele, já que são os contrabandistas que facilitam o envio de informações. – Sir Lucius se debruçou sobre a mesa. – Mas a senhora também teria que revelar quem lhe informa sobre as tropas, quem é o seu contato da França e quais informações a senhora enviou até agora, até onde consiga se lembrar.

– E quero saber por que a senhora atirou no meu tio – acrescentou Rafe.

– Isso também – concordou sir Lucius. – E teria que jurar manter segredo. Nem mesmo seu marido poderia saber que está trabalhando para nós.

– Isso não é problema – declarou Sarah. – Ele nem sabe que trabalho para os franceses.

Aquilo chocou Rafe.

– Ele não a ajuda?

Ela riu.

– Para ele, o contrabando é só um negócio, trazer conhaque e seda da França para vender ou emigrantes fugindo da guerra que estejam dispostos a pagar o preço que ele estipular. E enviar guinéus e jornais ingleses, junto com algum soldado francês fugitivo, pelo mesmo preço alto. Ele faz dinheiro com essas trocas. É só o que importa para ele.

– Dinheiro que alimenta nossos inimigos – enfatizou Rafe. – E como a senhora entra nessa história?

Sarah lançou um olhar ressentido para Rafe.

– Só concordei em mandar as cartas pelos contrabandistas de Osgood. Só... de vez em quando. Quando meu contato em Londres tinha algo importante para enviar. Eu dizia aos homens que eram cartas para a minha avó na França, e eles ficavam felizes em levar sem que Osgood soubesse... contanto que eu arcasse com o preço, que meu contato em Londres não se importava nem um pouco em pagar.

Sir Lucius estava anotando tudo.

– E quem é o seu contato em Londres?

Sarah se virou para Verity.

– Eles vão mesmo deixar que eu volte para a minha família?

– Vão – respondeu Verity, irritada. – Contanto que você seja sincera e responda a tudo o que perguntarem.

Sarah olhou para Sir Lucius.

– E se meu contato em Londres descobrir isso? O governo vai proteger os meus filhos?

– Eu juro pela minha honra – prometeu sir Lucius. – Supondo que não seja a senhora a revelar.

– É mais do que você merece – disse Rafe. – Você ia abandonar a minha esposa no meio do nada. Ou matá-la.

– Eu nunca faria isso, eu juro – protestou Sarah. – Eu não pretendia fazer mal a Verity. Só precisava fugir antes que meu contato descobrisse. Ou vocês descobrissem.

Rafe não sabia se acreditava totalmente na mulher, mas nunca poderia provar suas intenções.

– E qual é o nome do seu contato? – indagou sir Lucius.

Sarah suspirou.

– Comte de Grignan, o conde francês.

Rafe e sir Lucius trocaram um olhar, surpresos.

– O quê? – Verity teve a ousadia de perguntar.

– Ninguém nunca desconfiou dele – disse sir Lucius. – Supostamente, é um monarquista. Sendo aristocrata, fugiu da Revolução Francesa. E é amigo de vários oficiais britânicos.

Sarah deu de ombros.

– Só sei que meu falecido marido, pai dos meus filhos e um péssimo jogador, devia uma fortuna em dívidas de jogo a ele. Quando Osgood começou a me cortejar, Comte me disse que perdoaria a dívida se eu aceitasse o pedido de casamento de Osgood, para que pudesse usar os contrabandistas dele para enviar uma ou duas cartas.

Olhando pela janela, ela acrescentou:

– Eu não tinha alternativa. Se não fizesse o que ele mandava, ele me jogaria na prisão dos devedores. – Ela se virou para Verity. – Eu não podia deixar que meus filhos crescessem na prisão. Você entende, não é?

Verity assentiu, embora Rafe desconfiasse que depois de ser prisioneira de Sarah por quase um dia, ela fosse menos empática do que parecia. Mas ele também sabia que crianças morriam na prisão dos devedores. O desespero era compreensível.

Em parte.

– Depois que eu e Osgood nos casamos – continuou Sarah –, tentei fazer com que ele pagasse a dívida para que eu não precisasse fazer nada para o Comte, mas, por mais que eu implorasse, Osgood não aceitou pagar, mesmo tendo dinheiro. – Sarah fez uma careta. – Conforme a guerra avançava, uma carta se transformou em duas, e duas se tornaram cinco, e logo eu estava mandando cartas regularmente para o Comte. Eu me sentia péssima, embora não fosse um trabalho difícil. Até que...

– Meu tio apareceu – completou Rafe, com o tom de voz frio.

Sarah olhou para ele.

– Eu não tinha intenção de machucá-lo. Quando a minha reunião com ele na taverna desandou e percebi que ele desconfiava que *eu* estava envolvida com espionagem, entrei em pânico. Eu saí, na esperança de fugir dele e me esconder. Mas ele me alcançou quando eu estava montando no meu cavalo. Ele puxou as rédeas para impedir que eu fosse embora. Por isso, eu atirei na direção dele. Para que ele se afastasse. Mas...

– Você causou um ferimento que logo vai matá-lo – terminou Verity.

– Sim. – Sarah se endireitou. – Eu precisava me proteger. E proteger os meus filhos.

Rafe suspeitava que tinha muito mais coisa além do que Sarah estava dizendo, mas duvidava que ela algum dia contasse toda a verdade para ele sobre o tiro. Não enquanto houvesse possibilidade de ela ser enforcada pelos seus crimes.

Verity a fitou.

– Você nunca desconfiou que o tio de Rafe tinha alguma conexão com ele?

– Só quando meu cocheiro o descreveu para mim uns dias atrás. – Ela olhou para Rafe. – Você estava na Inglaterra havia poucas semanas. Supus que por isso tenha demorado tanto para agir ao tomar conhecimento da descoberta de seu tio sobre os contrabandistas de Osgood.

– Exatamente – respondeu Rafe, com ironia.

Quando Verity lançou um olhar longo e significativo para ele, Rafe segurou o riso. Então, sua esposa esperta ainda era a única a tê-lo reconhecido em todos os disfarces.

– Por que Grignan simplesmente não ofereceu para pagar Holtbury para enviar as cartas? – questionou sir Lucius.

– Ele fez isso – respondeu Sarah, fungando. – Mas Osgood não aceitou mandar informações para nossos inimigos. Vocês ficariam surpresos com quantos contrabandistas se recusam a cruzar essa linha, principalmente para ajudar um francês.

– Bom saber que meu pai não cruzou essa linha e se tornou um traidor – disse Verity, com sarcasmo. – Pelo visto, na cabeça dele, fazer contrabando, que é quase tão ruim, e se recusar a pagar as dívidas da esposa são atitudes perfeitamente normais.

Rafe se esforçou para não dar uma risada.

– E Deus me livre denunciar Grignan – acrescentou sir Lucius.

– Isso chamaria atenção para os contrabandistas dele e fecharia o caminho que ele usava – concluiu Rafe. – Precisamos pensar no que fazer a respeito de Holtbury.

Naquele momento, Verity sentiu um nó se formar no estômago e seu rosto corar.

Sir Lucius se levantou.

– É verdade. Mas acho que já passou da hora de você levar a sua esposa para casa e ver como está seu tio. Vou encontrá-lo no Castelo Wolfford para pegar os relatórios dele e discutirmos mais sobre como lidar com esse assunto. – Ele olhou para Sarah. – Seu marido espera que a senhora volte logo?

– Na verdade, ele ainda está em Londres. Não está me esperando.

– Então, vou me despedir de Rafe e de lady Verity – disse sir Lucius –, e, quando eu voltar, acertaremos os detalhes do nosso acordo.

Sarah assentiu.

Quando estavam no corredor, que se encontrava vazio provavelmente por ordem de sir Lucius, ele estendeu a mão para Rafe.

– Bom trabalho, coronel. Eu lhe agradeço, e seu país lhe agradece. Se, algum dia, precisar de alguma coisa…

– Na verdade, preciso.

Rafe se virou para sua esposa maravilhosa, cujo rosto mostrava o mais puro amor e incentivo, e entendeu que precisava perguntar sobre seus pais. Nunca ficaria satisfeito sem saber.

Depois de avançarem mais um pouco no corredor, ele decidiu que o melhor era ser direto.

– Quem é meu verdadeiro pai? O homem que acredito ser meu tio? Ou o irmão mais novo dele?

Sir Lucius o encarou por um longo momento, então pareceu tomar uma decisão.

– Constantine, é claro. O irmão mais novo dele morreu sozinho no Brasil.

Rafe congelou. Embora tivesse pensado que se sentia preparado para aquela resposta, não estava nem um pouco. Seu mundo virou de cabeça para baixo e ele perdeu todo o equilíbrio.

Então Verity pegou sua mão e tudo pareceu melhorar.

– Há quanto tempo você sabe? – perguntou Rafe.

– Há alguns anos, desde que você começou a espionar para Wellington. Seu tio… seu *pai*… me procurou e explicou que, há muito tempo, tinha tido um filho com uma amante, que faleceu. Ele disse que aceitaria voltar a trabalhar para o Gabinete de Guerra se eu fizesse uma coisa por ele. Ele queria documentos legais em que constasse que o filho dele era, na verdade, sobrinho. Sobrinho legítimo.

Rafe estava lutando contra as lágrimas. O fato de seu tio… seu *pai* ter ido tão longe para garantir que ele fosse legítimo mostrava que Constantine se importava muito mais com Rafe do que ele imaginava, exatamente como Verity dissera. Ficou tonto só de pensar nisso.

– Ele sempre dizia que você era sobrinho dele – explicou sir Lucius –, mas acredito que começou a perceber que a falta de documentos acabaria criando problemas. Pelo que ele me contou, a ama de leite que ele trouxe de Portugal na mesma época em que o irmão morreu era sua verdadeira mãe, que já estava sofrendo de tuberculose. Mas ele queria que o filho fizesse parte da vida dele, e ela também, enquanto estivesse viva, o que, infelizmente, não foi por muito tempo.

Sir Lucius abriu um sorriso fraco.

– Seu... pai é muito perspicaz. Ele sabia que você era um ativo inestimável para a Coroa, e que ele ainda poderia ser, por isso me fez esse pedido. E eu providenciei tudo. Os meus superiores concordaram. Claro, se algum dia você revelar isso para alguém, vamos negar, mas você não tem motivos para isso.

– Eu disse que ele te amava – declarou Verity, com carinho. – Ele só não podia te dizer.

Sir Lucius sorriu para ela.

– Você tem uma esposa muito esperta, coronel.

– Acredite em mim, eu sei bem disso – disse Rafe, com um nó na garganta atrapalhando suas palavras.

– Seu pai quase explodia de orgulho toda vez que contava sobre suas conquistas – contou sir Lucius. – Sinto muito por não ter feito mais por ele.

– O que você fez foi dar o mundo para mim, e para os herdeiros dele – concluiu Rafe. – Acho que ele apreciaria isso.

Sir Lucius assentiu.

– Acho que sim. Vou entregar para você os documentos que "provam" a sua linhagem. Então, você estará por conta própria. – Ele deu um tapinha nas costas de Rafe. – Agora, vá para casa e tente passar os últimos momentos com ele. Irei assim que possível, mas, se eu não chegar a tempo, diga a ele que tenho orgulho de ter sido amigo dele.

– Pode deixar – respondeu Rafe, com a voz embargada.

Ele e Verity desceram as escadas em um silêncio amigável. O coração dele estava tão cheio que Rafe mal conseguia falar. Quando estavam saindo do prédio da cadeia, o zelador da hospedaria veio correndo com uma cesta.

– A comida que o senhor pediu! – gritou ele. – E já até pagou. Tentamos manter aquecida para o senhor e sua senhora.

– Obrigada – disse Verity. – Eu fico com isso.

Enquanto se dirigiam para a carruagem, Rafe brincou:

– Estou vendo que sempre vou precisar alimentá-la.

– Comida é a minha vida – declarou ela, feliz. – Além de você, claro.

– Espero que, algum dia, eu esteja em primeiro lugar na sua lista de prioridades.

– Já está. – Ela abriu um sorriso atrevido. – Bem, na maior parte do tempo. No momento, é um empate.

Ele riu até chegarem à carruagem.

Embora tenham chegado exaustos ao castelo, Verity nunca tinha estado tão feliz em chegar a algum lugar. Rezou para que o pai de Rafe ainda estivesse aguentando firme.

Pen encontrou com eles na porta.

– Venham logo! O médico disse que pode ser a qualquer momento.

Rafe pediu ao médico que desse um pouco de privacidade a eles, e o homem se retirou para a sala de jantar, onde Pen estava servindo uma refeição.

Então, Rafe foi para o lado do pai.

– Estou aqui – disse ele, baixinho. – É o Rafe.

– Raphael?

Seu pai abriu os olhos reumáticos e segurou a mão de Rafe.

– Você... – Ele se esforçava para respirar. – Soltou o menino?

Verity não conseguiu se segurar e começou a chorar. Mal conhecia o homem, mas sentia como se conhecesse a sua alma.

Enquanto isso, Rafe estava pálido.

– Soltei. O menino está solto. Encontrei as chaves e a velha bruxa. O céu está cheio de nuvens pretas. – Nesse momento, ele engasgou. – E lady Holtbury está sob custódia. Sir Lucius disse que tem muito orgulho de ser seu amigo. Você se saiu muito bem... pai. Eu amo você. Só gostaria de ter estado presente para salvá-lo.

Seu pai sorriu para ele.

– Você me salvou... quando nasceu.

E, ainda sorrindo, ele morreu.

Eles ficaram ali por um longo tempo, chorando abraçados. Um pouco depois, Rafe foi contar para Pen que Constantine tinha partido, enquanto Verity continuava ao lado do pai de Rafe.

Ela afastou o cabelo da testa dele, pensando em como ele se parecia com o filho.

– Obrigada por tudo que fez por ele. É a minha vez de cuidar de Rafe agora. E juro que estou à altura dessa tarefa.

– Eu sei que está – afirmou Rafe da porta. – E espero que me deixe cuidar de você de vez em quando.

Verity sorriu para ele.

– Sempre.

Então, ela se levantou e foi ficar ao lado do marido.

– Eu gostaria que ele tivesse tido tempo de conhecê-la – disse Rafe. – Ele teria gostado muito de você. Sempre gostou de mulheres irreverentes.

– Tal pai, tal filho – murmurou ela, e deu um beijo no rosto de Rafe. – Eu gostaria de ter contado para ele sobre o Fantasma. Ele teria muito orgulho.

Rafe balançou a cabeça.

– Nenhum espião que se preze deve ser desmascarado por uma dama. Ele teria ficado horrorizado por você ter me descoberto.

– Discordo. Eu sei exatamente por que o descobri.

– É mesmo?

– Porque, na primeira vez que o vi, alguma coisa dentro de mim sabia que você era o meu amor verdadeiro. A minha alma clamava por você mesmo que eu não soubesse. Por isso, continuei vendo você em todos os lugares até que fosse meu.

Com um sorriso, ele a puxou para seus braços.

– *Essa* é a melhor explicação.

EPÍLOGO

Castelo Wolfford
Julho de 1813

Quase um ano depois do casamento, Rafe estava sentado em seu escritório, desfrutando da tranquilidade antes do caos do grande jantar daquela noite, segurando o filho recém-nascido no colo. Os olhos de Constantine Lucius Wolfford eram cinzentos como os do pai, o cabelo era dourado e cacheado como o da mãe, mas, sem a menor dúvida, ele herdara o queixo forte do avô. Constantine puro.

– Ele é tão lindo quando está dormindo – sussurrou Verity ao entrar.

– Ainda não consigo acreditar que é nosso – comentou Rafe. – Fiquei morrendo de medo de que você não sobrevivesse ao parto. Seus gritos...

– Foram normais, segundo as minhas irmãs.

– Se aquilo é normal, eu detestaria escutar o que não é.

Verity riu.

– Talvez você tenha outra chance, contanto que eu e você continuemos...

– Meu lorde – disse um dos lacaios, da porta. – Sir Lucius Fitzgerald está aqui para vê-lo.

Aquilo o pegou desprevenido, mas nunca recusaria uma visita do antigo superior, ainda mais depois de ele ter viajado até tão longe.

– Deixe-o entrar.

Rafe olhou para Verity.

– Você o convidou?

– Não. Deveria ter convidado?

– Como é uma reunião de família, não esperava que ele fosse convidado.

Rafe tinha se tornado um tanto protetor em relação ao tempo que passava com Verity e a família. Nenhum Fantasma jamais invadiria seus domínios, não se ele pudesse evitar.

Rafe estava ansioso por receber todo o grupo barulhento no Castelo Wolfford para o batizado de Constantine. Nos últimos tempos, ele passara a gostar de companhia mais do que poderia imaginar. Eles o envolveram na bagunça deles e, para sua surpresa, ele se encaixou perfeitamente.

Claro, devido às circunstâncias, lorde e lady Holtbury nunca eram incluídos nas atividades familiares.

Sir Lucius apareceu na porta.

– Espero não estar atrapalhando.

– De forma alguma – respondeu Rafe.

– Vou levar Constantine para a ala infantil – disse Verity para Rafe, e pegou o menino no colo.

– Não vai, não – contrariou sir Lucius enquanto ela passava por ele. – Quero conhecer quem ganhou o meu nome.

Lucius passou alguns momentos admirando o bebê, o que deixou Rafe emocionado e Verity orgulhosa.

Então, ele acrescentou:

– Além disso, lady Wolfford, essa notícia também lhe diz respeito.

O ar solene do amigo fez com que Rafe se levantasse para dar lugar para a esposa se sentar. Ele percebeu a preocupação estampada em seu lindo rosto enquanto aninhava o bebê que ainda dormia. Rafe colocou a mão sobre seu ombro para tranquilizá-la. Enfrentariam qualquer coisa. Juntos.

Sir Lucius pigarreou.

– O governo me autorizou a informar aos dois que pretende conferir a Rafe o título de conde de Exmoor. Quando a guerra acabar, claro. Não podemos fazer isso enquanto os oficiais da inteligência continuam... hã... fazendo o trabalho deles. Pode chamar atenção.

Como Rafe e Verity continuavam encarando-o, aturdidos, ele acrescentou:

– Acredito que já estejam sabendo do enorme triunfo de Wellington na Batalha de Vitória, que não teria acontecido caso Sarah tivesse continuado passando informações a nossos inimigos. Muito pelo contrário, as informações falsas foram primordiais para a vitória. O sucesso de Wellington fez com que os russos, prussianos e austríacos recobrassem suas forças na luta contra Napoleão. Então, a Coroa deseja recompensá-lo, coronel, e essa pareceu a melhor forma de fazer isso.

Verity percebeu na hora o que a oferta de um título significava.

– Agora Rafe não precisa mais temer que alguém descubra que ele é ilegítimo. – Ela levantou a mão para segurar a dele. – Porque, mesmo se tirarem seu título de visconde Wolfford, ele terá um condado próprio, que recebeu por seus próprios méritos.

Rafe olhou para o filho, com lágrimas nos olhos. Seus filhos não precisariam se preocupar sobre o tipo de escândalo que manchara a vida e a reputação de sua esposa. Eles poderiam andar de cabeça erguida mesmo se descobrissem que tio Constantine não era tio de Rafe, mas seu pai.

– É claro que preferimos que não tirem o título de visconde Wolfford dele – afirmou sir Lucius. – E nem preciso dizer que teremos que mencionar o serviço de Rafe para Wellington como o motivo de ele ganhar o condado, mas... sim... isso o protegerá contra qualquer mal que meus superiores puderem evitar.

– Obrigado – disse Rafe, com a voz embargada, emocionado por ver que tantas pessoas cuidavam dele no lugar de seu pai. – Meu pai teria ficado orgulhoso.

Verity se levantou para apertar a mão de sir Lucius com a sua que estava livre.

– Somos muito agradecidos, sir. Sei o quanto isso significa para meu marido. E para nosso filho.

Sir Lucius pareceu um pouco constrangido.

– Obrigado, lady Wolfford. A senhora é muito gentil.

– O senhor deve ficar para o jantar – convidou Verity. – Será uma noite inesquecível.

– Eu ficaria honrado – disse ele. – Mas, por favor, lembre-se de que não pode revelar...

– Eu sei – afirmou ela, irritada, ao mesmo tempo que Rafe disse:

– Ela sabe.

Sir Lucius deu uma risada.

– Vejo que continuam lendo os pensamentos um do outro.

– Sempre. – Rafe sorriu para ela. – Por favor, sir Lucius, junte-se ao resto da nossa família na sala de estar. Já o encontraremos.

Sir Lucius pegou o pequeno Constantine do colo de Verity.

– Vou levar esse pequenino aqui para cair nas graças de todo mundo.

Verity ficou tensa e estendeu as mãos.

– Cuidado como o segura... Cuidado...

– Posso ser solteiro, querida lady – disse sir Lucius –, mas tenho sobrinhos e sobrinhas. Seu herdeiro está seguro comigo, pode acreditar.

– É melhor que esteja – avisou Rafe –, ou vai encarar a ira de Vênus.

Sir Lucius apenas riu e saiu.

– Nosso filho vai ficar bem. – Rafe puxou o corpo tenso de Verity para seus braços. – Sir Lucius só precisa atravessar o corredor até a sala de estar, onde quatro mães vão começar a brigar na mesma hora para ver quem pega o menino no colo.

– Uma pena que este não seja um evento da Ocasiões Especiais – comentou Verity. – Ou teria um monte de damas brigando por Constantine para chamar a atenção de sir Lucius. Ele precisa de uma esposa.

– Precisa mesmo. Talvez a Ocasiões Especiais deva se oferecer para conseguir uma para ele. A empresa está ainda mais popular agora.

– Isso se deve em parte à sua brilhante sugestão de só aceitarmos clientes selecionados. Eu gostava do que fazia antes, mas gosto ainda mais agora que trabalho com pessoas que precisam de ajuda, sem me preocupar com quanto podem pagar.

– Você quer dizer quando tiver a chance de voltar a trabalhar. – Ele apertou a cintura dela. – Agradeço por você ter aceitado perder o último mês da temporada por causa do resguardo. Tenho certeza de que nosso filho também agradece.

– Já avisei que vou compensar na temporada na casa de Diana em Exmouth. Temos grandes planos. Acho que talvez até se torne um evento anual da Ocasiões Especiais, embora eu fique feliz por minha mãe estar ocupada demais para ir este ano.

– Estarei lá, com certeza. Por um único motivo, estou contando os dias para vê-la com roupa de banho.

Ela riu.

– Você sempre gostou de me ver de roupa de banho. E de camisola, ou com qualquer vestido decotado...

– E nua como Vênus. Não se esqueça.

– Como poderia? Hoje em dia, já quase consigo notar quando você está pensando nisso.

– Como agora, talvez? – Rafe lhe deu um beijo longo, ao qual ela correspondeu com avidez. Após alguns momentos, ele se afastou dela e suspirou. – Mas, agora, acho melhor nos juntarmos aos convidados.

– Também acho. – Verity tirou um fiapo do paletó preto dele. – Antes disso, preciso contar uma coisa para você.

– É mesmo? – perguntou ele, desconfiado. – Tem alguma coisa a ver com o porquê de a noite de hoje ser "inesquecível"?

– De fato, tem. – Ela abriu um sorriso brincalhão. – Porque hoje, finalmente, você terá o seu jantar especial.

Pensando na última vez que tivera um, os olhos de Rafe se iluminaram.

– Pelo amor de Deus, não esse tipo de jantar – disse Verity, corando. – Isso podemos fazer mais tarde. Este será o jantar que você deveria ter ganhado quase um ano atrás depois de ter dado um lance tão alto no leilão. Cada prato foi planejado com você em mente, e o cardápio é o mesmo para todos.

– Então, me parece bom que não seja aquele tipo de jantar especial.

Balançando a cabeça, Verity se soltou do abraço dele e se dirigiu para a porta.

Ele foi atrás.

– Não vai ter sopa de lentilha, vai?

– Deus do céu, não. Odeio lentilha. Nunca servirei lentilha para o meu marido. Além disso, segundo monsieur Beaufort, você também detesta.

Rafe sorriu.

– Ele já chegou? O batizado é só daqui a três dias.

– Ele precisava preparar o jantar, claro. Mas precisei arrancá-lo do afilhado hoje de manhã e arrastá-lo até a cozinha. Ele já ama o menino como se fosse filho dele. Ele jura que Constantine sorriu para ele, mesmo que ainda não tenha sorrido para mim. Eu me atrevo a dizer que aqueles dois vão ser unha e carne quando nosso filho crescer.

– Excelente – disse Rafe enquanto atravessavam o corredor. – Talvez o pequeno Constantine consiga tirar dele a receita do delicioso Pavê do Duque.

– Não acredita que a sua esposa vai conseguir isso?

– Não está naquelas receitas velhas dele que você encontrou na cozinha, então, não. – Ele passou o braço pela cintura dela. – Por favor, diga que vai ter no meu "jantar especial" desta noite. Quer dizer, o jantar com comida de verdade.

– Vai ter Pavê do Duque nos dois – contou ela, de forma travessa.

Rafe fingiu cambalear.

– Nossa, assim você faz meu coração parar, mulher. Vai ter uma porção de creme turco extra em cima? Ele costumava colocar só para mim.

– Eu sei. Por isso vai ter nos dois jantares especiais.

Rafe a fitou com atenção.

– Você lê mentes.

– Só a sua, meu amor.

Era verdade. Verity tinha um jeito misterioso de saber exatamente o que ele estava pensando. E nunca deixava de surpreendê-lo.

Quando chegaram à sala de estar, ele a segurou por um momento na porta, absorvendo a cena. Constantine agora estava no colo de Eliza, que cantava uma cantiga da ninar para ele. Nathaniel bombardeava sir Lucius com perguntas sobre a guerra, e Diana estava mostrando para a mãe como usar um fichu corretamente.

Geoffrey estava balançando Suzette no joelho, enquanto Jimmy tentava falar com a menininha de 1 ano de idade, e a mãe de Geoffrey tentava ensinar a ele como educar de forma apropriada uma filha. Enquanto isso, Rosie e o marido examinavam o novo sistema de sinos que Rafe mandara instalar recentemente em todo o Castelo Wolfford.

No meio da bagunça, o pequeno Constantine dormia.

Rafe prendeu a respiração ao se dar conta de que Constantine nunca saberia o quanto era sortudo. Ele não precisaria invejar ninguém por ter uma família. Ele nunca se perguntaria se era amado, nem seguiria um caminho que não queria porque lhe disseram que era seu dever. Ele receberia todo o afeto e carinho que merecia, como um menino de sorte.

Mas Rafe saberia. E sempre teria consciência de que ele e seu filho tinham essas preciosidades porque a mulher ao seu lado se recusara a desistir dele. Graças a ela, Rafe, finalmente, tinha uma família.

Essa nem era a melhor parte. Graças a Verity, Rafe tinha amor suficiente para durar por gerações.

O que mais um homem poderia querer?

CONHEÇA OS LIVROS DE SABRINA JEFFRIES

DINASTIA DOS DUQUES
Projeto duquesa

Um par perfeito (apenas e-book)

O duque solteiro

Quem quer casar com um duque?

Um duque à paisana

ESCOLA DE DEBUTANTES
Um duque para Diana

O que acontece no baile

Acidentalmente apaixonados

Para saber mais sobre os títulos e autores da Editora Arqueiro,
visite o nosso site e siga as nossas redes sociais.
Além de informações sobre os próximos lançamentos,
você terá acesso a conteúdos exclusivos
e poderá participar de promoções e sorteios.

editoraarqueiro.com.br